西田谷洋
Nishitaya Hiroshi

村上春樹のフィクション

Fiction of Haruki Murakami

ひつじ書房

⊙ひつじ研究叢書〈文学編〉

第一巻　江戸和学論考　鈴木淳著
第二巻　中世王朝物語の引用と話型　中島泰貴著
第三巻　平家物語の多角的研究　千明守編
第四巻　高度経済成長期の文学　石川巧著
第五巻　日本統治期台湾と帝国の〈文壇〉　和泉司著
第六巻　〈崇高〉と〈帝国〉の明治　森本隆子著
第七巻　明治の翻訳ディスクール　高橋修著
第八巻　短篇小説の生成　新保邦寛著
第九巻　村上春樹のフィクション　西田谷洋著

ひつじ書房

村上春樹のフィクション

目次

はじめに……002
一 『騎士団長殺し』におけるメタファー 002／二 村上春樹における危機と物語の想像力 010
三 本書の構成 013

I 修辞的構成……19

1 修辞と構成――超短編小説……020
一 はじめに 020／二 超短編の構成 025／三 超短編小説と外部 034／四 超短編集の構成 042

2 幻想空間の生成――「三つのドイツ幻想」……055
一 はじめに 055／二 フレームの可変性と自閉性 057／三 接続と切断 060
四 流動する典型性 066／五 幻想空間の構成 069

3 亡霊の偏在性と局所性――「鏡」……071
一 はじめに 071／二 亡霊のフレーム 073／三 反体制という体制 075／四 空間と主体の変容 077
五 鏡像の亡霊 079／六 境界を考える 081／七 変化した「僕」 082／八 おわりに 084

4 残存のコンストラクション――「蛍」……087
一 はじめに 087／二 残存のサブスキーマと透明性 091／三 アイデンティティの危機？ 094

四 対話のレトリック 096／五 方便としての三角関係 099
六 伝わるもの／伝わらないもの 102／七 「蛍」の修辞的構成 104

5 コンストラクションの問題──超短編Ⅱ「青が消える」「とんがり焼の盛衰」「カンガルー日和」……108
一 はじめに 108／二 転換の到来 超短編 110／三 転換の振幅 「青が消える」 113
四 転換との距離 「とんがり焼の盛衰」 116
五 創られる転換点 「カンガルー日和」 117／六 コンストラクションの評価 121

6 物語とコンストラクション──「ささやかな時計の死」……126

Ⅱ

幻想の物語……133

1 語り手と視点──「タイランド」……134
一 語り手の位置 134／二 物語のスキャニング 137／三 自由間接話法と視点 142
四 「タイランド」分析の視点 146

2 距離とエコー──「レキシントンの幽霊」「バースデイ・ガール」……153
一 話法と時間 153／二 距離による虚構 「レキシントンの幽霊」 155
三 エコーによる構成 「バースデイ・ガール」 162

3 自己の重層性──「自己とは何か」……177
一 はじめに 177／二 物語の開かれ 179／三 物語の重層性 182

4　表象不可能性／物語とアイデンティティ――ティム・オブライエン『本当の戦争の話をしよう』……188
一　ある『ノルウェイの森』論 188／二　物語と主体の位置 191／三　物語とモラル 194
四　物語の力と少女 199／五　語り直しと主体 202／六　サヴァイヴするアイデンティティ 207

5　プレカリアート・マネージメント――「ニューヨーク炭鉱の悲劇」……215
一　はじめに 215／二　プレカリアートの生 217／三　突然の生起＝到来 219
四　生を選択する困難 223／五　マネージメントされる生 225

6　女語りと自己承認――「眠り」「加納クレタ」「緑色の獣」「氷男」……231
一　はじめに 231／二　親密圏との切断 234／三　生のあやうさ 238
四　メランコリーの承認欲求 241／五　境界を越えるということ 243

7　動物性と人間性――「恋するザムザ」、テリー・ファリッシュ『ポテト・スープが大好きな猫』……247
一　はじめに 247／二　変わらないことを望む意味　『ポテト・スープが大好きな猫』 249
三　「恋するザムザ」 254

III　視覚性と物語

……261

1　解釈的断片性――『ふわふわ』……262
一　はじめに 262／二　タイトルと挿絵 263／三　直喩 266／四　いのちの空間論 268
五　ノスタルジーの語り 271

2 写実的物語性──クリス・ヴァン・オールズバーグ『西風号の遭難』……275
一 はじめに 275／二 越境の風 277／三 語りの枠組み 279

3 現勢化／潜勢化という方法──『アフターダーク』……281
一 はじめに 281／二 非連続・断絶する語り 283／三 計算論と暴力 287
四 半透明のメディア 289／五 システムへの嫌悪の内実 292／六 信仰の亀裂 294
七 不連続で隣接的な潜勢力 297

4 写真とマイナーチェンジ──『辺境・近境』『辺境・近境写真篇』……303
一 写真と紀行 303／二 紀行エッセイの写真 305／三 マイナーチェンシされた写真 311
四 作者と資本主義 316

5 レイヤーとコンポジティング──山川直人『パン屋襲撃』『100%の女の子』……321
一 はじめに 321／二 合成される『パン屋襲撃』 323／三 潜勢的なものの現勢化への抵抗 326
四 潜勢性と現勢性の対立の強化 331／五 レイヤーのコンポジティングと未了 333

6 物語のサンプリング──新海誠『星を追う子ども』『言の葉の庭』『君の名は。』……339
一 はじめに 339／二 新海様式 342／三 通過儀礼の物語 『星を追う子ども』 344
四 断片性の美学 『秒速5センチメートル』 347／四 損傷と回復 『言の葉の庭』 349
五 恋の潜勢性 『君の名は。』 351／六 小説版の位置と新海誠における陶酔 354

IV 倫理とイデオロギー……361

1 解釈と倫理──「めくらやなぎと眠る女」 362
一 はじめに 362／二 接続回路の縮減 363／三 記憶の断層性と視覚性 365

四　排除される友だち367／五　成長と傍観369／六　記憶の再封印371／七　おわりに372

2　**虚構のモラリティー――「納屋を焼く」**……374

一　はじめに374／二　彼女の消失375／三　彼女の言葉を聴くということ380

四　納屋を焼くことと蜜柑むき383／五　虚構のモラリティー386／六　結論392

3　**夢のエージェンシー――「踊る小人」**……396

一　はじめに396／二　世界の二元性399／三　踊りの力403／四　知覚と予言405

五　夢と「僕」の決断409

4　**システムと責任――『世界の終りとハードボイルド・ワンダーランド』**……415

一　はじめに415／二　ブラックボックスのゆくえ419／三　自己言及性と他自律420

四　正義の空間424／五　責任と公正427

5　**コミットメントの意味――『職業としての小説家』「貧乏な伯母さんの話」「七番目の男」「蜂蜜パイ」**……433

一　コミットメントの書法　『職業としての小説家』433／二　唯物史観のオルタナティヴ

「貧乏な叔母さんの話」438／三　芸術の意義　「七番目の男」442／四　創作と内奥

「蜂蜜パイ」「日々移動する腎臓のかたちをした石」445／五　まとめ451

6　**小説の教育――『若い読者のための短編小説案内』**……454

一　はじめに454／二　自我と自己の枠組457／三　小説案内としての教育作用464

7　**ポスト・トゥルースとフィクション――「象の消滅」「TVピープル」「沈黙」**……472

一　はじめに472／二　字義と推意　「象の消滅」476／三　偽装と信　「TVピープル」479

四　現代的な嘘の物語　「沈黙」484

あとがき……492
初出一覧……497
索引……508

村上春樹のフィクション

はじめに

一　『騎士団長殺し』におけるメタファー

村上春樹『騎士団長殺し』は、雨田具彦が書いた騎士団長殺しの絵を「私」が見つけ、絵画教室の教え子で絵のモデルにしている少女秋川まりえが行方不明になったときにイデアとして現れた騎士団長を殺すことで絵画を再現し、メタファー世界を経由してこちら側に戻るとまりえが発見され最終的に「私」は夢の中で妊娠させたと思う妻とよりを戻したという最新長編小説である。[1]『騎士団長殺し』はそれまでの村上春樹小説の諸要素を織り込んで作られており、[2]そうした自己言及的な構成はとても興味深いが、ここではもう少し異なる観点に注目したい。

騎士団長を殺したときに現れた顔ながは「私」の尋問に「ただのメタファーであります」「ただのつつましい暗喩であります。ものとものとをつなげるだけのものであります」と答える。メタファーは二つの事物の間に観察される類似性認識をふまえ、ある特定の概念をそれとは別の概念で理解する操作概念である。メタファーはたとえる対象のソース領域とたとえられるターゲット領域を概念的写像によって接続する。現実的なこちら側の世界と非現実的なあちら側の世界、生の空間と死の空間といった二元論的な世界構造は春樹の小説にはなじみのものである[3]。

ソースとターゲットの間の写像関係が、顔ながの言う「メタファー通路」である。顔ながによれば、メタファー通路は「個々人によって道筋は異なってきます。ひとつとして同じ通路はありません。ですからわたくしがあなた様の道案内をすることはできないのだ」という。とすれば、ソースとターゲットとの関連付けの仕方や、どのソースとどのターゲットを繋げるかは、個人差があり、定まった写像はないということになる。また、顔ながの「川を渡った先もまた、どこまでも関連性に揺れ動く世界であります。あなた様が自分の目で見届けるしかありません」という発言はメタファーの写像を主体的に行うことを意味する。もちろん、個人差があるだろうが、たとえば、彼女をバラにたとえる場合は美しさや匂い（香り）、あるいはトゲトゲしさといった関連付けを行うのが現代日本ではそれなりに一般的であろう。写像の一般性を見ずに個人性・独創性に価値を置く点で、『騎士団長殺し』のメタファー観は、ステレオタイプ的な芸術の独創性、芸術の天才性と親和性がある。

さて、顔ながは「順路をひとつあやまてば、とんでもないところに行き着く」点すなわち不適切な写像によって二つの領域・世界の接続が失敗するだけでなく、「二重メタファーがあちこちに身を潜めて」いる点で、「私」が「メタファー通路に入ることはあまりに危険」だと指摘する。

「二重メタファーとは何なんだ？」と私は尋ねた。（略）「それはあなたの中にいるものだから」とドンナ・アンナが言った。「あなたの中にありながら、あなたにとっての正しい思いをつかまえて、次々に貪り食べてしまうもの、そのようにして肥え太っていくもの。それが二重メタファー。それはあなたの内側にある深い暗闇に、昔からずっと住まっているものなの」

メタファーが個人の主体的な写像設定によって成立するのに対し、二重メタファーとはメタファーの「正しい思い」、プラスの方向性へのベクトルとは正反対、マイナスの方向へと作用するベクトルを持つものである。(4)

二重メタファーは、『海辺のカフカ』の「相互メタファー」のバリエーションである。

相互メタファー。君の外にあるものは、君の内にあるものの投影であり、君の内にあるものは、君の外にあるものの投影だ。だからしばしば君は、君の外にある迷宮に足を踏み入れることによって、君自身の内にセットされた迷宮に足を踏み入れることになる。(37)

大島は「僕」を警察から匿うために森のそばの小屋に入れていき、かつて軍人が行方不明になった森の危険性を語る。内は外で、外は内という『海辺のカフカ』の相互メタファーは、光は影で、影は光であるという『騎士団長殺し』の二重メタファーと類似する。つまり、「私」の動きをとどめる存在である白いスバル・フォレスターの男やメタファー通路で「私」の脱出を阻む触手のようなものが二重メタファーであろう。「彼は私自身の中に存在しているのだから」「彼には何でもわかっている」という白いスバル・フォレスターの男や触手は「私」の行動のベクトルに対して逆方向のベクトルを作動させる。

この場所にあるすべては関連性の産物なのだ。絶対的なものなど何ひとつない。痛みだって何かのメタファーだ。この触手だって何かのメタファーだ。すべては相対的なものなのだ。光は影であり、影は光なのだ。そのことを信じるしかない。

『騎士団長殺し』では二重メタファーは両義的なものであるようにも捉えられるが、「すべては相対的なもの」という「私」の認識が示すように、相対的な認識による捉え方の対立、図と地の反転が示されたものと捉えるべきだろう。

ここで注意したいのは、相互メタファーにしろ、二重メタファーにしろ、主体の作用／反作用として展開されているということである。ここで、移動に伴う主体と対象の関係をみれば、主体の移動（「京都に向かっている」）とも対象の接近（「京都が近づいている」）とも捉えられるが、基本的には『騎士団長殺し』では前者のタイプの表現が多い。

懐中電灯の明かりを唯一の味方として、私は「メタファー通路」の間の中に足を踏み入れていった。

どれだけ歩いても天井の高さも、暗さの度合いも、空気の質感も、傾斜の角度もまったく変化を見せなかった。

ここでは、世界の中を「私」が移動している。後者は移動する「私」にとってのパースペクティブが一定であるさまを示している。しかし、次のような表現は依然として主体の移動の表現であるけれど、本来動かないはずの対象の運動を示してはいないだろうか。

進んで行くにつれて、私の前に次第に道のようなものが形成されていった。はっきりとした道ではなかったけれど、明らかに道としての機能を果たしているようだった。

ここでは「私」の移動によってパースペクティブが変化しているが、そこでは道が比喩的にできていくのである。さて、これは世界が変化すると共に主体が変化するという世界と主体の二元論に対し、パースペクティブのレベルで移動する主体にとってパースペクティブが変化しているという点で主体と対象の動きを統合的に捉える一元論的な理解が可能かもしれない。顔のない男が「私」に告げる「おまえが行動すれば、それに合わせて関連性が生まれていく」という言葉は世界の構成性を語ると共に主体の関与をも示している。

認知意味論では世界はメタファーを始めとする比喩によって把握=表現されると考える。世界を比喩的に捉える表現には同時に世界を捉える自己が表現されている。日本語では自己の姿が見えない当事者的な見方が優勢であるように、自己を明示的には表現には書き込んでいないかもしれない(5)。しかし、それでも捉え方から間接的に自己が示唆される。

そして、自己と自己を妨げる他者との境界は曖昧である。自己の中にこそ他者は存在するという構図は敵と味方の二分法を崩していく。「私」には反「私」が、反「私」には「私」が、光には闇が、闇には光がそれぞれ存在し、それは見方によってどのようにでも捉えられてしまう。

両義的にはこう捉えられる。「私」は宮城県のファミリー・レストランでめぐりあった女性とラブホテルでセックスをし、その女性に頼まれてバスローブの白い紐で首を絞めるが、その店にいた白いスバル・フォレスターの男は「私」に対して「おまえがどこで何をしていたかおれにはちゃんとわかっているぞ」と告げるような印象を与え、その後も「私」につきまとう。一方、別れた妻の夢を見たとき、「私」は自分が白いスバル・フォレスターに乗って男と妻がラブホテルに入るのを目撃し翌日妻をバスローブの白い紐で首を絞めることになる。「私」と白いスバル・フォレスターの男は相反する両面であった。

また、「私」は「メンシキさんにあってここにないものをみつければいいんじゃないのかい」という声に従って、免色渉の肖像画を描き上げるが、そのことによって紳士的な免色の別の側面、「何か不適切なものをあなたの中から引きずり出してしまったかもしれない」と感じる。芸術は表層には見えないメタファーを持つが、それは対象のもう一つの本質を暴くものとされている。

「私」の描いた白いスバル・フォレスターの男の絵を見たまりえは、「そのときによって善くなったり、悪くなったりするものかもしれない」と感想を漏らす。それは『1Q84』で示された「ひとつの善は次の瞬間には悪に転換するかもしれない」という認識とも呼応しよう。これは戦争中やカルトに限らず、ごくありふれた良心的・道徳的とされる日本人が残虐行為・排外的なヘイトを行ってしまうこと、それは世界中の誰もがそうであるかもしれないという問題ともつながろう。そういえば、この物語が固有名をもたない「私」によって語られることの意味を槇木野衣氏は「これは「誰」の話でもありうる(6)」として捉えていた。

さて、メタファー空間を流れる川を渡って出会ったドンナ・アンナは「優れたメタファーはすべてのものごとの中に、隠された可能性の川筋を浮かび上がらせることができます。優れた詩人がひとつの光景の中に、もうひとつの別の新たな光最を鮮やかに浮かび上がらせるのと同じように。言うまでもないことですが、最良のメタファーは最良の詩になります」と告げ、「私」も雨田具彦の「騎士団長殺し」を「優れた詩人の言葉がそうするのと同じように、最良のメタファーとなって、この世界にもうひとつの別の新たな現実を立ち上げていったのだ」と捉える。

メタファーとしての芸術は表層の光景・意味とは別に新たな光景・意味を持つという主張は、現実はそれとは異なるオルタナティヴな世界や意味と結びつくことで価値を持つが、それは現実と関連づけられてもいることを意味する。春樹の二元論的な世界構造はそれをいわば可視化したものに他ならない。

また、「騎士団長殺し」は未遂に終わったヒトラー暗殺を、西洋画ではなく日本画で、二十世紀ではなく大化の改新として、描いたメタファー画である。「自分の絵の中でかたちを変えて、いわば偽装的に実現させた。本当には起こらなかったが、起こるべきであった出来事として」という「私」の認識は、現実とは異なるもう一つの現実としてのメタファー＝絵画観を示す。

そして、騎士団長は「その本質は寓意にあり、比喩にあるからだ。寓意や比喩は言葉で説明されるべきものではない。呑み込まれるべきものだ」という。これは寓意・比喩はその世界を経験すること、その世界に入ることが求められているのであり、「私」が騎士団長を殺し顔ながが現れた穴に身を投じることはそうした芸術の受容・体験のプロセスのメタファーでもある。「私」も「この絵はわたしをどこか別のところにつれていこうとしている。正しいとか正しくないとか、そういうキジュンとは違う場所に」と思うように、事実確認的な真偽あるいは正邪の判断ではなく、芸術が働かせ得る力を感じる。

しかし、顔のない男の肖像画を「私」は現時点では描けず、「まわりの大事な人々をまもってくれるはずだ」というペンギンのお守りを「私」は取り戻すことができない。むろん、いつかは「私」は顔のない男の肖像画を描くことができるのかもしれない。しかし、それは努力や描き続けること、あるいは偶然といった今後の時間の展開の中で生じうるのではないだろうか。

こうした努力や活動を行い続けること、あるいは存在し続けることといった、存在や行為の進行・継続のモチーフは村上春樹の言説にはよく見られる。

たとえば、『ダンス・ダンス・ダンス』での「音楽が鳴っている間はとにかく踊り続けるんだ」という羊男の台詞や、『ねじまき鳥クロニクル2』の「それはそこにあって、僕の手が差しのべられるのを待っている。どれだけの時間がかかることになるのかはわからない。どれだけの力が必要とされるのかもわからない。でも僕は踏みとどまらなくてはならない。そしてその世界へ向けて手を伸ばすための手だてを見つけなくてはならない。それが僕のやるべきことなのだ。」という「僕」の台詞は、主人公の行為の持続を示す。

後に『ノルウェイの森』へと展開される「蛍」では「僕は何度もそんな闇の中にそっと手を伸ばしてみた。指には何も触れなかった。その小さな光は、いつも僕の指のほんの少し先にあった」と彼女に重ねられた蛍をイメージし続ける。存在の持続は、想像する行為の持続である。

また、村上春樹は自作の方法を「僕がこれまでやってきたことは、どれだけ物語のドライブというのを引き出してその中に自分を乗っけて、どんどん、とんどん話を進めて、人物がどんな風に動いていくかというのが、命題」(「『海辺のカフカ』を中心に」『夢を見るために毎朝僕は目覚めるのです』)であり、「物語の真の意味は、探そうとするプロセス、つまり探求の運動のうちにある」(「書くことは、ちょうど、目覚めながら夢見るようなもの」『夢を見るために毎朝僕は目覚めるのです』）と語っていた。村上春樹にとって「結末はオープンです。結末は最終的なものではない」（「夢の中から責任は始まる」『夢を見るために毎朝僕は目覚めるのです』）というように、持続・運動・行為は定まった帰結に向かうわけではない。

二　村上春樹における危機と物語の想像力

ここで村上春樹小説の世界を概観してみたい。

大学時代に政治運動からは距離を取り再会した彼女とはうまくコミュニケーションがとれず結ばれはしたものの「僕」から離れてしまう過去を描く「蛍」は教科書教材にもなり、長編化され『ノルウェイの森』としてベストセラーとなり映画化もされた。この両作、もしくは一方を読んだことのある人も多いだろう。

村上春樹は、現代日本最大のベストセラー作家であり、世界中で翻訳されノーベル文学賞候補者にもなっている。国内的には組織的な政治に対して距離をとりつつ、システムに対して個の側に立ちつつ、主として過去にトラウマを持つ男性が主観的に世界や悲恋を語る彼の物語は語り手／主人公に対する共感を生み、「100パーセントの恋愛小説」（『ノルウェイの森』）というキャッチコピーや内容について一切触れない広告（『色彩を持たない多崎つくると、彼の巡礼の年』）等の宣伝戦略は、内容理解を必要としない村上春樹人気を作り出している。

さらに、作品の内容を読み込む場合でも、語り手／主人公の世界把握には限界があり、提示された世界は断片的で空白に満ちている。「納屋を焼く」で焼いた納屋が実在しないのはなぜなのか、『ねじまき鳥クロニクル』の結末時点での妻の真意は何か。描かれない／不確かに示される村上春樹の文体の解釈誘発性に多くの読者が夢中になっていく。

一方で、それは人生が断片的なものが集まってできていることを意味している。いわば隠され、誰の目にも触れない思いがけない物語が紡ぎ出される。先の「蛍」では彼女が去った後に主人公の閉じた目には飛び去った蛍の光がいつまでも残る。ロマンティック／ノスタルジックな物語では、あるものが永遠に失われ、別のかたちで残される。損なわれたものは二度と見出されることはない。このことは、物語の語り手が思わないようなかたちで、世界を語る物語が語り手や世界を作り替えていることになる。同様に、村上春樹の定番のフレーズ「やれやれ」は、事態が自らの制御を越えて展開し、想定とは異なる場所へと自らを誘う事への諦念でもある。傷つき／傷つけながら私達は世界に向き合っていく。

村上春樹はそのデビュー作『風の歌を聴け』や、最大のベストセラー『ノルウェイの森』において、学生運動という政治の季節を舞台としつつ、それとは異なる生き方を提示する小説を描いていた。その点で、政治と恋愛という対立が一見、彼の作品にはあるようである。また、一九九五年のオウム事件・阪神淡路大震災を受けて、事件の被害者と信者にインタビューした『アンダーグラウンド』・『約束された場所で』をまとめ、「地震の後で」と題して連載した短編小説集『神の子どもたちはみな踊る』を上梓するように、九五年を契機としていわゆる「デタッチメントからコミットメントへ」という転換が起こったとも言われている。しかし、『羊をめぐる冒険』での政界の黒幕の暗躍や『世界の終りとハードボイルド・ワンダーランド』での情報戦争の敗北が描かれ、大戦や学生運動の暗部を描く『ねじまき鳥クロニクル』、『海辺のカフカ』や『1Q84』があるように、村上春樹の文学において政治と恋愛とは対立関係にはなく、人間にとっての様々な苦難・災厄が描かれる。現代ではグローバル資本主義によっていたるところで人は危機に直面する。

一方で、村上春樹は挿絵や写真を含む創作・翻訳を多くてがけ、自らの作品を絶えず本文だけでなく写真すらも改訂し、自らをプロデュースしていく作家でもある。自らの作品をパッケージとして次々とマイナーチェンジし、空白を残すことで解釈の欲望を誘発する点で資本主義のあり方に合致する。危機を招来する枠組みの中で危機と向き合うのである。

エルサレム賞受賞講演で使われた「卵」と「壁」の比喩によれば、個人はシステムと対立し、様々な暴力にさらされる。暴力にさらされることは傷つけられやすさの問題と結びつく。人は脆弱で攻撃を受けやすい側面があり、それを回避しようとすると今度は自分が鈍感に相手を攻撃してしまう。村上春樹文学の人間関係にはそうした不器用な、あるいは強引で暴力的な要素が見られがちである。『色彩を持たない多崎つくると、彼の巡礼の年』はかつて仲間達から関係を断たれた主人公がその理由を訪ね歩く物語である。「緑色の獣」では迫ってくる怪物にヒロインは残虐に力を行使する。こうした暴力の連鎖はどこまで回避できるのだろうか。「タイランド」ではかつて受けた暴力への復讐を願うヒロインに霊能力者が憎しみを捨てることを示唆するが、それは被害者に沈黙を強いることでもあるとすれば、問題は簡単には解決しない。

「鏡」では鏡のなかの「僕」に「僕」が操られかけ、「踊る小人」では「僕」は小人に乗っ取られそうになる。『アフターダーク』でもヒロインの姉は向こう側に拉致され、こちら側では眠り続ける。そうしたシステムから個人への働きかけは、こちら側ではどうすることもできずに一方的に突然取り憑き離れていく点で亡霊のようである。これは、村上春樹文学の中にある様々な二項対立が、厳密にはどこかで通底しあっているような事態とも呼応する。それは「蛍」や『ノルウェイの森』での「死は生の対極ではなく生の一部としてある」という捉え方、「めくらやなぎと眠る女」等の語り手が現在において否応なしにトラウマ的に過去に囚われてしまうあり方、『世界の終りとハードボイルド・ワンダーランド』での記憶の閉鎖性を利用した意識／暗号化システムが記憶が完全には閉鎖していなかったために破綻していく展開などにみられる。東京に地震が起きることを主人公が夢の中でかえるくんとともに阻止する「かえるくん、東京を救う」においてかえるくんは「目に見えるものが本当のものとはかぎりません」「ぼく自身のなかには非ぼくがいます」と語る。私達は前向きな夢をかなえる一方で、そうであってほしくないような破滅的な予測・夢もまた具現化していく。とするならば、そうした災厄・恐怖に対処する想像力を育てていく必要がある。村上春樹が翻訳したティム・オブライエン『本当の戦争の話をしよう』は死者をよみがえらせることのできる、物語の力への信頼を語る物語としても解釈できる。

三　本書の構成

次いで本書の構成について整理する。

物語は細部のレトリックの配列によって構成されている。そこで「I　修辞的構成」では、物語の修辞的な構成を検討する。

I─1では、村上春樹の超短編を提喩・換喩・ジョーク・回文・カルタ形式・連携関係あるいは受動性・広告・エッセイといったレトリックやジャンル・特徴から考察し、レトリックが物語の構成と解釈にいかに関与するかを検討した。日常と非日常の二項対立から生起する幻想の装置として、I―2では、写像フレームの前景化、プロトタイプ性からの逸脱、過去・他者の不可知性に注目した「三つのドイツ幻想」の三小品を分析した。また、村上春樹は対立する二項が通底する構造を持つが、I―3では、そうした通底の装置として亡霊概念を用いて「鏡」の二項対立構造を脱構築すると共に亡霊と共にある生を読解した。こうして村上春樹小説では細部のレトリックと物語全体の構造とを対応させることで有意な読解が可能である。I―4では、それをコンストラクションというフラクタル現象として捉え、残存の理想認知モデルと物語表現／物語内容との対応を通して「蛍」を読解した。しかし、全体は部分の総和以上の意味がある。とすればコンストラクションはそれを見いだす分析者側の制作物に他ならない。I―5およびI―6では、村上春樹教材のみならずその先行研究に見られる転換点のコンストラクションの検討を通して、操作概念を評価する文脈を検討しないまま多用すると き、思考の停止と共感の共同体が強化されていく問題を示唆した。

物語を送り手から受け手へと伝達される事象の変化を描くフィクションとして規定するとすれば、物語がいかに提示されるかを検討する必要がある。「II　幻想の物語」は語りの構造を視点やエコーから検討すると共に、語る主体／語られる主体の諸様相を分析する。

II―1では旧著『語り寓意イデオロギー』『認知物語論とは何か?』の視点と語りを統合する理論モデルをふまえて「タイランド」の視点構造を整理しつつ物語分析を行った。そうした統合モデルが必要とされるのは物語が日常の言葉ではなく虚構制作物だからであり、リアリティを構築するために時間表現や話法表現がある。II―2では、「レキシントンの幽霊」の心的距離による虚構生成と、「バースデイ・ガール」のエコーによる虚構生成を検討する。

ついで、Ⅱ―3では物語の主体の重層性を「自己とは何か」の「僕」や牡蠣の位置づけから検討する。重層的な主体性の一つとしてⅡ―4では一見、矛盾し分裂する真実の表象不可能性を提示するかに見える語る主体の強さを『本当の戦争の話をしよう』の短編群の語りのバリエーションから検討する。また、Ⅱ―5では「ニューヨーク炭鉱の悲劇」を、切断や死への停滞ではなく、ネオリベラリズム下の主体形成の寓話として読解する。そうした語る主体は春樹においては多く男性だが、数少ない女語りである「眠り」「加納クレタ」「緑色の獣」「氷男」を女性の自己承認と男性肯定のせめぎ合いとして捉え、親密圏との距離、可傷性の加害と被害の両面から検討する。また、主体性を考える上で人間性と動物性との相互性の問題をⅡ―7では女との恋愛の寓話である『ポテト・スープが大好きな猫』、人間の非人間性を描く「恋するザムザ」の分析を通して検討する。

また、村上春樹の物語は挿絵が添えられたり映像化されたりした。そうした視覚的な複合メディアとして村上春樹の物語を捉えることで「Ⅲ　視覚性と物語」では物語の視覚性、視覚的要素と物語との関連を検討する。

Ⅲ―1では挿絵が物語展開と対応しない『ふわふわ』の断片性を検討した。Ⅲ―2では、挿絵が物語展開と対応する『西風号の遭難』の写実の非写実性に注目した。もちろん、視覚性はそうした画像・映像にとどまらず、文字列が喚起する視覚性もある。Ⅲ―3では『アフターダーク』の視覚表現が作り出す現勢化／潜勢化や半透明の持つ意味を検討した。Ⅲ―4では村上春樹の紀行エッセイでヴァージョンの差異化を図る要素の多くが写真であることをふまえ、マイナーチェンジの機能を論じる。

Ⅲの前半では村上春樹の物語の持つ視覚性について検討したが、後半では村上春樹の映像的受容を検討する。Ⅲ―5では『パン屋襲撃』『100%の女の子』を原作小説と対照し、物語／場面に対し物語／映画表現の提示の前後関係や様々なイメージの同時的な重ね合わせが作り出す意味を考察した。Ⅲ―6では村上春樹の小説や自作をサンプリングした物語として新海誠アニメを分析する。

物語とは何かを問うにあたって解釈者のポジションは重要である。「Ⅳ　倫理とイデオロギー」では、物語の解釈を通して倫理やイデオロギーがいかに作動するかを検討する。

Ⅳ―1では「めくらやなぎと眠る女」解釈において先行論の文脈を検討し、解釈のテクスト相互関連的性を指摘する。Ⅳ―2では「納屋を焼く」解釈においてテクストが構成する文脈と先行論との齟齬の解消を目指した。Ⅳ―3では「踊る小人」解釈を通してエージェントを駆動する背後の力を検討する。Ⅳ―4では、『世界の終りとハードボイルド・ワンダーランド』の世界システムのあり方とそれを成り立たせる責任、公正を分析する。

Ⅳ―5では、自伝的エッセイ『職業としての小説家』とメタフィクション「貧乏な叔母さんの話」「七番目の男」「蜂蜜パイ」に示された小説・芸術創作の価値を検討を通して個人的な課題の発見に倫理性を見いだす。Ⅳ―6では『若い読者のための短編小説案内』が行う第三の新人と村上春樹との系譜化とその受容に見られる権威・熱情への支持を検討した。そうした事態は今日ではポスト・トゥルースと呼ばれる現象に親和性がある。Ⅳ―7では、フィクションと嘘の関係をふまえつつ、「象の消滅」「TVピープル」「沈黙」において新聞・TV・噂等のメディアの力学の中で、言語の使用が自己と他者の信用関係において、いかなる効果をもたらすのかを検討する。

本書は、以上の四部構成により、短編小説、長編小説にとどまらず、超短編小説、エッセイ、ルポルタージュ、評論等多彩なジャンルにおいて様々な活躍を見せる現代日本文学を代表する作家・村上春樹のフィクションの様相を、短編小説を中心としつつ、それ以外のジャンルにも目配りし、物語論とイデオロギー批評を始めとする諸理論にもとづいて分析することを試みる。

［注］

（1）物語のクロニクルは大森望・豊崎由美『村上春樹「騎士団長殺し」メッタ斬り！』（河出書房新社二〇一七・四）三三〜三六、四四〜四六、六一〜六三、七一〜七二、八四頁におおよそ整理されている。

（2）清水良典「自画像と「父」なるもの」（『群像』二〇一七・五）・小山鉄郎「「イデア」に対抗する「私」（『文學界』二〇一七・五）・上田岳弘「「僕」も「私」もやれやれできない」（『新潮』二〇一七・五）等参照。

（3）瀬戸賢一「村上春樹とメタファーの世界」（『よくわかるメタファー』ちくま学芸文庫二〇一七・七）参照。

（4）この点で、佐々木敦「凡庸なる小説家の肖像」（『文學界』二〇一七・五）一〇二頁の「AがBのメタファーであり、そのBもCのメタファーだ」という二重メタファー観は正しくない。

（5）橋本陽介『物語論　基礎と応用』（講談社二〇一七・四）一一五頁も「西洋の言語では、常に状況の外に視点を置いて語ろうとするのに対し、日本語は状況の内部に視点をおきやすい言語である」と指摘する。

（6）「暗殺と森」（『新潮』二〇一七・五）一三五頁。

I　修辞的構成

1　修辞と構成――超短編小説

一　はじめに

文学史的にはモダニズム以後、一般にコントや掌の小説とも呼ばれ[1]、村上春樹が「超短篇小説[2]」・「短い短編[3]」・「ひょひょいのひょい[4]」・「ショート・ショート[5]」と呼ぶテクストを本章は一括して超短編小説と呼称する。

単行本化されたものを列挙すれば、『夢で会いましょう』(冬樹社一九八一・一一、講談社文庫一九八六・六)・『象工場のハッピーエンド』(CBS・ソニー出版一九八三・一二、新潮文庫一九八六・一二、講談社一九九九・二)・『村上朝日堂超短篇小説夜のくもざる』(平凡社一九九五・六、新潮文庫一九九八・三、以下『夜のくもざると略記』)・『またたび浴びたタマ』(文藝春秋二〇〇〇・八)・『村上かるた　うさぎおいしーフランス人』(文藝春秋二〇〇七・三、以下『うさぎおいしーフランス人』と略記)があり、また「あしか」(『ビックリハウス』一九八一・一〇)・「月刊「あしか文芸」」(『ヘンタイよい子新聞』パルコ出版一九八二・七）等のように初出掲載以後は単行本化・文庫化されず全集『村上春樹全作品1979〜1989⑤』（講談社一九九一・一）にのみ収録されているテクストもある。

村上春樹は長編小説作家を自認し、「長編小説（略）のあいまにこれくらい短いものをちょこっと作り出すのは、逆にあたまの力が抜けて気分転換によかった」[6]と言い、「無→アイデア→自動筆記→完成というプロセスがひとつひとつ積み上がっていって、その無意識の集積の中から何かが自然に見えてくる」[7]と超短編小説を捉えていたが、それだけにとどまるものではない。

短編小説はストーリーの線状性と断片性を併せ持つ様式であるが[8]、超短編小説は「広告としての記号としての言葉のありようを自覚し（略）一義的意味をいったい解体し再構築すること」[9]によるストーリーの断片性を全面化した「ナンセンス文学」[10]の様式であり、文体、ジャンルにおいても多様な展開を持つ。

超短編小説は、幻想小説・不条理小説を中心としつつ、「朝からラーメンの歌」（『夜のくもざる』）・「サヴォイでストンプ」（『象工場のハッピーエンド』）の歌、「スクイズ」・「スター・ウォーズ」（『夢で会いましょう』）等の詩、「マット」（『夢で会いましょう』）の選評、「グッド・ニュース」（『夜のくもざる』）のニュース、『夜のくもざる』の広告、『またたび浴びたタマ』・『うさぎおいしーフランス人』のカルタなど多岐に渡るジャンル展開を行っている。

また、断片である故にそれはユニットないしモチーフとして他のテクストとの関係を持つが、たとえば同じ登場人物やアイテムが登場するにしても一連の時間的連鎖を想定しうる事例と、連鎖が成立せず全く異なる事例がある。例えば、亀の手を行動から見抜いてゲームに勝つ「ストレート」（『夢で会いましょう』）の起源譚として、亀を遠ざけるためにレコードをかける「フリオ・イグレシアス」

(『夜のくもざる』)と万策尽きてやってきた亀とトランプをする「トランプ」(『夜のくもざる』)を想定できるが、亀との関係では遊戯→敵対→和解、対応策の案出方法は合理的→直感→想定外といった別個の図式が用いられている。また、渡辺昇から旧型品を新品と交換してもらう話としてサブタイトル「あるいは幸運としての渡辺昇」で正続が示される「鉛筆削り」と「タイム・マシーン」(共に『夜のくもざる』)では、交換者出現は本業のついで→交換目的、交換品は記号表現と記号内容が一致するもの→一致しないものと対照化される。あしかの若者の苦悩とあしか祭りの開催が語られる「あしか」と、あしかの「私」の作家生活が描かれる「月刊「あしか文芸」」とはあしかを登場人物とする点では共通するがストーリー的な連続性はない。

さらに、超短編小説集は画本としての性格を持つことが多いが、イラストと本文とは「意味内容的には直接の関係はな」[11]いままに「作品の世界を具現化する」[12]とされる。塩田英子氏は、バラエティ番組におけるテロップと画面の関係を①情報整理型(内容明示：番組内容の明示と予告、発話内容の明示。情報整理：新情報と旧情報の提示、発話の修正・省略)、②反復型(部分的な反復、発話全体の反復)、③解釈型(視聴者代弁型、出演者代弁型)に整理したが[13]、挿絵と本文とは書き手が異なる以上解釈的関係とならざるを得ないものの、『またたび浴びたタマ』・『うさぎおいしーフランス人』はカルタ形式という点もあって②に近く、『象工場のハッピーエンド』『夜のくもざる』は超短編小説の世界そのものではなくその言語的世界の雰囲気を喚起させる点で③に近いと言えよう。むろん、極論すればリアリズムも解釈的表示に他ならず、また空白は解釈の過剰化をもたらす。久保田裕子氏は「ホルン」(『MEN'S CLUB』一九八五・九)の初出時の挿絵はタイトル通りで『夜のくもざる』ではシュールな空虚さをもつ人形に描き直されたと説くが[14]、『夜のくもざる』でも依然タイトル通りのホルンが描かれている。

また、「コロッケ」（『夜のくもざる』）の挿絵はコマ二個と猫の積み木二個からなる。歳暮が届けられるようにコマは正月用の玩具として物語世界の現在が年末であることを示し、猫の積み木が組み合わさっていることは女の子と「僕」が結ばれる物語世界の未来を喚起させると強引に解釈することもできる。挿絵と物語とは繋がるようで切断され、切り離されているようで接続する動態の中で意味を生成する。こうしたゆらぎ・不確定性はテクストと他のテクスト、現実との関係、さらには超短編小説というジャンル自体の解釈依存性にも同様に敷延できよう。

村上春樹の超短編小説は語りの効果として対象が作られる。事象・出来事に現れる奇妙で不思議な存在は不確定性・両義性を帯びている。それは例えばあしかという動物性と人間性の両義性であったり、重宝するくりゃくりゃの正体が何であるのかは結局不明のままであったり、留守番電話でありながら母親に似ていたりする。語りはそれを修辞的に構築し表現していくのである。村上春樹の超短編小説の多くが一人称の語り手もしくは無人称的な映し手であることは、そうした出来事と存在をいかに受容したかを効果的に表現するのにふさわしいからであろう。語りとは捉え方でもあり、対象をコンテクストに関連づける際のゲシュタルト構造は世界を透明化・自明化する。しかし、対象の個々の要素の関連づけの方略は一つではない。その点で、村上春樹の超短編小説は幾度となく読まれてよい。

しかし、村上春樹の超短編小説はそれほど研究が進展してないのが現状である。八〇年代の広告文化の言語論的様相とシャバート、トーマス編『Sudden Fiction』（文春文庫一九九四・一）の翻訳による春樹自身の「超短編小説」ジャンル意識の形成をたどり、超短編小説を言語的ゆらぎと捉えることで広告と商品、本文と挿絵、内容の対立を論じる久保田「超短編小説」（『村上春樹がわかる』朝日新聞社二〇〇一・一二）がほぼ唯一の優れた考察であり、他には同時代評や、柴田元幸他『世界は村上春樹をどう読むか』（文芸春秋二〇〇六・一〇）での翻訳の検討、『村上春樹作品研究事典増補版』（鼎書房二〇〇七・一〇）の作品解題等があるだけで、十分な考察が施されているわけではない。それらは、村上春樹の個人史や時代の文化動向と超短編小説を結びつけ、村上春樹独自の達成を評価する。だが、超短編小説は後に「ショート・ショート」と呼ばれ直され、その様式的な技巧は特異なものでもない。とすれば、改めてその様式や展開を捉え直す必要があるだろう。

ここでは多様な村上春樹の超短編小説を九つのアプローチによって捉えてみたい。具体的には、三部構成を採用する。第二節は隠喩・換喩、ジョーク、受動性から超短編小説の内的構造の特徴を概観する。比喩やジョーク、回文、駄洒落やパロディなどの言葉遊びは、単純な情報伝達を目的としない言葉の創造性を駆使した[15]超短編小説の構成方法である。第三節は超短編小説を他ジャンルであるエッセイ、コミュニケーションとしての広告、他テクストとの関係である連携関係といった外部との境界設定・関係性から看取される伝達構造の点から考察する。広告の世界観の提供はエッセイでの虚構性の浸蝕とも繋がるが、関係性を設定するフレームには注意深くあらねばならない。第四節は超短編小説集の各短編間の配列・構成にどのような意味があるのかを、回文・カルタ・ハイブリッド性に注目して考察する。春樹テクストの異なる世界を接続していく物語構造のあり方が反映したテクスト集の構成は、全体性の形成／阻止を円環性の逸脱として示す方法や雑多なものの集成とする方法である。

二　超短編の構成

1　隠喩と換喩　「アイゼンハワー」

糸井重里との共著『夢で会いましょう』冒頭におかれたテクスト「アイゼンハワー」（あるいは戦後史における1958年の位置）」は、一九五〇年代を代表するジャズ・サックス奏者ソニー・ロギンスが音階練習を原子怪獣との戦いと子どもに説明する第一の挿話、アイゼンハワーの米軍と原子怪獣との実際の戦闘を描く第二の挿話、九歳の「僕」がドーナツを母親にねだる第三の挿話からなる。

このテクストでは三つの挿話及び、タイトルの人名、サブタイトルの戦後史・西暦という一見繋がりのないかに見える関係が問われなければならない。原善氏は「最後に〈僕〉が振り向くまでの夢想の世界が前二者の世界」[16]と捉えるが、再考の余地がある。第一の挿話では音楽演奏のアウラとは演奏技術だけではない何かが必要なのだとすれば音階練習だけではどうにもならないのが原子怪獣としての音楽であり、第二の挿話では世界最強の米軍の軍事力でも原子怪獣に太刀打ちできないことが示される。二つの挿話は、力では制御できないものが描かれており、第三の挿話でも、母親と九歳の「僕」の間には体力差があるが、しかし「僕」の空腹は力では制御できない点で原子怪獣なのである。この内容上の類似点の抽出は、隠喩、より正確にいえば提喩である。

隠喩は、起点領域から目標領域への写像であり、二つの領域の類似を探す点で新しい世界理解の視座を提供する。ジョージ・レイコフ、マーク・ジョンソン『肉中の哲学』（哲学書房二〇〇四・一〇）は、写像される二つの異なる領域間でスキーマが保持されると主張する。[17] 原子怪獣をめぐる三つの挿話は互いが互いにとっての隠喩であり、力では押さえられないものというスキーマの抽出によって統合される。

こうした隠喩の特徴は『夢で会いましょう』所載の他のテクストにも見られる。例えば、ライト・フライのこわごわした捕球を地雷原に落ちた手榴弾を捉える恐怖に喩える直喩を用いる「チャーリー・マニエル」は、外見と内心を恐怖で繋ぐ。また、共通の体験を通して得られた第二の天性を描く「タルカム・パウダー」は、同じ子とセックス、同じ性病、同じ性器の大きさ、同じ悪口、同じ還付金額という二項間の共通項による類似性を見いだす。端的に言えば、レイコフの隠喩論は隠喩を提喩的に捉える立場に他ならない。提喩は、部分と全体の関係を扱う限りで換喩の一種と見なされているが、提喩の場合、部分と全体とは抽象・具体のレベルの差異とともに内容的類似性を持ち、その共通性によって部分を使って物事の本質に到達する有機体論的世界観になじみやすいからである。[18]

次に、タイトルは、実在の人物でありテクストの登場人物でもある人物の名前であるメインタイトルとの関連づけにより、サブタイトルは彼の任期の一時期を戦後史の中に特別な意味をもたせることになる。作中人物でそのテクストを示すメインタイトルと、時期・状況全体の中での個別的な時間・状況を示すサブタイトルは共に、ある事柄を同一領域内の隣接する別の事柄を用いて表現する換喩である。

隣接性は、類似性・共通性と親近性を持つことで容易に全体と接続する場合もあるが、全体との関係が不透明な断片性[19]と親近性を持つ場合もある。したがって、テクストの換喩的な読解には困難を強いられる。テクストは不透明性を持つが故に多様な解釈を誘発し、当座のヘゲモニーを握る解釈も全体性の変更によって局地的な解釈に転落しうるからである。例えば、『夢で会いましょう』所載の「ラヴレター」は、「私」は手紙を書いたものの書きたいことを書き落としたような不安感を持ち手紙を郵便ではなくクモザルに届けさせるように、コミュニケーションの不可能性を描くテクストだが、これは表現が意図に対応せず、手段が目的に合致しない点で、透明性が阻止されるのである。

では、本作の場合はどうか。タイトルは、外的な歴史的状況を全体とする部分である。とすれば、一九五八年の一月一日は国際原子時の基点であり、欧州原子力共同体が誕生した日でもあり、この年では核弾道弾ミサイルの性能向上につながる米ソの人工衛星打ち上げがなされ、米ソ冷戦下、軍拡・核兵器開発競争の激化の中で、アイゼンハワーはフルシチョフと核軍縮を行うための首脳会談を望んでいたが果たせなかったという経緯を参照できよう。一九五八年とは核としての原子力、あるいは核に限らない原子の力が世界を席巻する時代において核軍縮などの有効な手立てがない時期であり、アイゼンハワーは世界随一の軍事力を持ちながらも有効な手立てをとることができなかった大統領である。力ではどうにもならない時期のどうにもできない指導者がタイトルの含意として解釈できよう。このとき、タイトルは、力では押さえられないものというテクストとの類似性を帯び、原子怪獣をめぐる挿話が力では押さえられないもの、一九五八年の核軍拡に抗することができないアイゼンハワーの名のもとに統合されることになる。

2　ジョーク「プレイボーイ・パーティー・ジョーク」

「プレイボーイ・パーティー・ジョーク」（『夢で会いましょう』）は、「深刻な場面が設定されながら、それに対し一種ナンセンスな、事象の意味を無化するような発想形式に特色がある」[20]と評されるが、これは性的な話術によって笑いをとることを狙う七つのパーティ・ジョークを断章形式で展開したテクストである。

ジョージがアリクイと抱き合う場面を目撃したアリスの詰問にジョージはアリクイをしまうまと思ったと言い訳する（ジョーク1）。ジョークは、①背景説明（浮気現場）→②導入部（アリスの発言）→③落ち（ジョージの弁解）という構造を持ち、[21]ジョージの抱く相手がアリクイならば妻以外との異性との関係として不倫になるが、しまうまではそうならないという②と③の対比は「対立する項目を上位から下位へ転移させる技法」[22]である。とすれば、この登場人物はいずれもアリクイなのである。

このようにジョーク理解において推論は重要な役割を担っており、ポール・グライス『論理と会話』（勁草書房一九九八・八）の協調の原則は語り手は意味生成に十分関連性のある表現をしているという推論の前提であり、量（十分なだけの情報を提供せよ）・質（真実を述べよ）・関係（関連性を持たせよ）・提示方法（判りやすくせよ）の四つの会話の格率はその具体的な方略である。ジョーク1は、アリクイを抱いている確信犯ジョージがしまうまとアリクイを間違えたと質の格率に違反することでアリスを誤解させようとする。しまうまとアリクイが抱き合う場面を目撃したルイスがフレッドを探すとしまうまが「よく見ろよ。俺がベッドの中でフランスパンかじっているだけじゃないか」と答えるジョーク2は、動転しているからかルイスがアリクイとフランスパンを誤認し質の格率に反すると共に、情報量の多い「フレッド」ではなく「しまうま」という不特定多数を指す表現を用いることで、量の格率違反を犯して読者を誤解させるのである。

しまうまとアリクイが帰宅すると隣家のリチャードがオナニーをしていて注意すると、君らの家は隣だと言われるジョーク3と、一月なのに裸で泳ぐアニーに寒くないかと聞くと今は八月よと言われマイケルがコートからカレンダーを見ると確かに八月だったというジョーク4は提示方法の格率に反する。なぜなら、ジョーク3ではリチャードがいるのが自宅なら二人が中に入れたのがなぜなのか、二人の自宅ならなぜリチャードが入れたのかは不明であり、ジョーク4ではマイケルが持つカレンダーと着ていたコートが指示する季節は異なり、いずれも判断の枠組み・根拠が曖昧・両義的となるからである。[23]

では、こうした格率違反をしかけているのは誰なのか。山口治彦氏は「登場人物がやったのだ」の仮説を提示する。

（1）ジョークに両義性をもたらすためであれば、登場人物は会話の格率に違反できる。

（2）語り手は格率違反を避けなければならない。しかし、語り手自身が格率に違反する必要がある場合には、語り手は、その責任を登場人物に転嫁するか、もしくは自らにかかる責任を軽減する手段を講じなければならない。[24]

ジョーク5は、妻を殺して自首したアリクイはマンドリンに死体を詰めた理由を「きっと何かのコンプレックスじゃないかと思うんですが」と語り、警部はそういう話は『プレイボーイ』よりは『モノンクル』むきなんだよ」と答える。アリクイのコンプレックス発言は理性のない無意識での犯行だから悪意はないと図々しく罪の軽減を示唆するのに対し、それは事情聴取には通用しない場違いな発言であると皮肉る。警部の発言はアリクイの嘘を見抜くと共に、テクスト・タイトルにもある「プレイボーイ」に言及しその話題はこのテクストにはふさわしくないと、語りの水準を侵犯するメタ的なコメントであるが、アリクイの嘘と同様、会話の格率違反を行っているのは、なるほど登場人物である。

ジョーク6は、くつわむしと抱き合っている姿を見て驚いたエディにレーガンが「見てわからんのか」「しまうまがみんな出払ってたんだよ」と怒鳴り、語り手は「なんかもうよくわからないな」とコメントする。ジョーク7は、大統領の椅子にアリクイが座っているのを見たレーガンが怒るのに対し、語り手は「それだけ」と言う。ジョーク6は通常の性癖を持たず獣姦常習者であるというレーガンの発言が、ジョーク7はいるべきではない場所にアリクイがいることが、それぞれ登場人物の言動として読者の常識と矛盾し質の格率に反している。さらに、ジョーク6・7は、物語世界内での登場人物の発言に語り手が反応することで語りの水準の侵犯を行うことが提示方法の格率に反しナンセンス性が生じることになるのである。

3　受動性　『夜のくもざる』

さて、登場人物においてもっとも反復して描かれる主人公は受動性を持つ。

『夜のくもざる』のプロットの共通項に主人公の不条理な出来事との遭遇がある。不条理に主人公が接触する媒介として他者が主人公を訪れる。「僕」の持つ旧型品を新品に取り替えてくれる渡辺昇（「鉛筆削り」「タイム・マシーン」）、「私」を襲撃すべく蚊取り線香や通信手段を破壊し不快なレコードの摩耗後に満を持して現れる海亀（「フリオ・イグレシアス」「トランプ」）、日常を異化すべく跳梁する猿たち（「新聞」「夜のくもざる」）、あるいは突然電話をかけてくる女性（「うなぎ」「バンコック・サプライズ」）等、到来者の来訪によって主人公が維持してきた日常的循環が変化してしまう共通モチーフがある。主人公は不条理に巻き込まれるのである。

海亀は「ストレート」(『夢で会いましょう』)で描かれるが、その有り様は『夜のくもざる』の諸編とは対照的である。「ストレート」では「私」は海亀の行動パターンを見抜き合理的にゲームで勝利し、自分の癖に「露ほども気づいちゃいない」海亀への侮蔑を込める。一方、後者の諸編では「私」は海亀に騙され打開策は「勘の導くまま」という非論理的なものであり、そもそも親交を深めたかった海亀の意図を読み誤り不毛な日々を過ごしていたのである。前者では「私」は意志決定者であり知性・策略の行使者であるのに対し、後者は到来者の意志の従属者・補助者であり、幸運は知性とは無関係に偶然に与えられたものである。

むろん、この対比を『夢で会いましょう』と『夜のくもざる』全体に適用することができないことは、猿が自分の意に従う「ラヴレター」と制御不能な暴力として現れる「サドンドス」が『夢で会いましょう』にあることからも明らかだが、ともかくも『夜のくもざる』の主人公たちは、彼自身の意識はともかく、凡庸なその他大勢の一人として知的・身体的に劣った存在である。

たとえば、タイムマシンの旧型を新型と交換したいという渡辺昇に「僕」はこたつをタイムマシンとして見せ、渡辺は新品のこたつをタイムマシンとして交換する「タイム・マシーン」では「僕」の詭弁を渡辺はそのまま受け入れる。そもそも渡辺の狙いがこたつであり、古い時代の文脈・雰囲気を現在に伝える古い製品を「タイム・マシーン」と比喩的に呼んでいるとすれば、「僕」の芝居は渡辺の想定内なのである。また、地下鉄での大猿の跋扈と政府の無策に憤る「僕」が描かれる「新聞」だが、大猿の仕業とされるのは一瞬の停電後の隣のサラリーマンの持っていた新聞の上下逆転であり、実際には隣のサラリーマンの悪戯のようだが「僕」はそれに気づけない。さらに、「高山典子さんと僕の性欲」では「僕」に気づく／気づかないに関わらず高山さんは早足なので、高山さんに「性欲を抱いたことはない」自分を誤解したのではないと「僕」は思う。だが、性欲が無いならば性欲は発話されない。性欲が無いという発話は性欲が有標的なことを意味し、俊敏な高山さんは気づかないふりをして「僕」から逃げ出したとも解釈でき、「僕」はそれに追いつけない。そして、女の子がお歳暮として現れる「コロッケ」では、体の提供を申し出たものの断られた女の子は泣き落としや料理によって「僕」と親密になることに成功する。泣かせた女の子と関係の緒を見つけ仲直りすることで「僕」には能動性があるかのように見えるが、そこまでがK社と女の子の計算の範囲だとしたらどうだろうか。

『夜のくもざる』の男性主人公は、知的判断が欠落し（偶然・愚鈍）、身体能力が欠如していたり（虚弱）、能動性が欠如していたりする（消極性・受動性）。能動的・実効的な策略を知と呼ぶとすれば『夜のくもざる』で示されているのは、その欠如・無効性である。この点で、男性主人公は国家・社会にとっての有用・有能とは対立する領域に存在する。国家・社会の秩序からの逸脱者が、主人公が存在する私的領域に出現し、主人公は受動的に翻弄される。こうして無能力ゆえの冒険に身をゆだねる受動的な愚者の空間が『夜のくもざる』の物語世界に成立する。

「僕」が真由美から車内で襲ってきた男の鎖骨を折って「世の中には鎖骨を砕かれて当然ってやつもいるのよ」という言葉を聞く「スパナ」は、恐らくはムード・流れに乗れたためにキスできただけでそのタイミングが間違っていれば自分も鎖骨を折られたかもしれないという恐怖が無力感と共に会話文と地の文で「そりゃ、ま、そうだろうけど」という述懐で締めくくられる。「僕」はなぜうまくいったのか判らないのである。

もちろん、事象生起の原因を知ることは容易ではない。事象生起は常に予測不可能であり、理解不可能な不確定なものである。不確定な世界のなかに存在する主体が出来事の当事者となるとき、主体は生起する原因と結果の複雑な流れに翻弄される。このとき主体は、混沌として具体性を欠いたように見える世界に隠れた因果的つながりを見出し、そのつながりのなかに自らを位置づけようとする。[25]語り手が無能な主人公の立場から語ることは、主人公の価値観にある種の脈絡・正当性を与えることである。こうした受動性の空間は、世界を本質的には非連続的でバラバラなもの、通常の連続状態を非本来的な蓋然性が高いだけの状態とみなすことになる。[26]世界が非連続であるならば世界はその都度再創造されるのである。

猿の物まねが模倣から逸脱へと変化していく「夜のくもざる」はその端的な寓話である。複写は対象Aと対象Bの同一性・因果性をもたらすが、猿の模倣行為は二項の同一性・因果性を解体していく。これはメタフィクションとして読解すれば、作家の創作過程における制御不能なものの出来の寓話でもある。また、想像した世界の登場人物への別の登場人物の発話内容を読者に問う「ストッキング」は、いわば主人公・物語世界への非連続な受容反応を可視化させようとしたテクストである。

孤独で死にかけたときに聞こえてくるかすかな汽笛で再生できた時の汽笛くらい好きだと少年が少女に語る「夜中の汽笛について、あるいは物語の効用について」では、少年の語る物語は死と生の間を往還し、少年の生は少女の存在に浸され、愛に包まれることである。二人の愛のために少年は物語を創造するが、愛の達成の有能・能動的な過程は描かれない。受動的であることが二人の愛の幸福と安寧をもたらすのである。

三　超短編小説と外部

1　広告「ドーナツ化」

北田暁大氏は消費社会論も批判理論もいずれも広告を意味のメディアとして捉える意味論的アプローチであるのに対し、スペクタクルを構成する装置として総体的に機能しつつ個別的には弛緩した受容しかされない広告の両義性をふまえ、第一に《広告である／ない》という差異（眠り）と《広告である》こと（目覚め）との間の弁証法的な作用の問題系と、第二に気散じの受容空間で直にモノの世界が飛び込んでくる／に晒される受け手の身体性の問題系を提起し、語用論的・空間論的なコミュニケーションの場に広告史を定位しようとする。[27]ただし、語用論・空間論も広告を伝達における意味のメディアとして捉える点では北野説は従来の意味論的枠組みと変わらない。『夜のくもざる』は小説集でありつつ、洋服・筆記具ブランドの広告集でもあるが、直接商品やブランドの効用を語るわけではない。ブランドは「文脈を蓄える器」[28]であり、村上春樹という意味的・時間的・空間的一貫性を備えたパーソナリティによって伝えられる広告はイメージと共に世界観・自己認識あるいは心的現実を伴い、[29]『夜のくもざる』は社会的な事柄へとテクストを創りあげる。

ここでは、ドーナツに変身した恋人と二年前に嘆き別れた「僕」をなぐさめてくれた妹までもドーナツ化してしまい家族が悲嘆にくれる話である「ドーナツ化」をとりあげたい。ドーナツ化する人々に「オウム事件」の影響を見る指摘もあるが、[30]掲載誌の男性誌としての性格を押さえるべきだろう。

妹や恋人という女性ばかりが人間外に変身し彼女たちの問いかけを「僕」は「偏狭」と批判・黙殺すると共に、「元気かい」と心配しているのに相手が拒絶するというかたちで男性側が正当化される表現が看取される。女性の他者化は広告で利用されるアーキタイプ(31)の反復・透明化である。女性は「人間存在の中心は無なのよ。何もない、ゼロなのよ。どうしてあなたはその空白をしっかり見据えようとしないの？　どうして周縁部分にばかり目がいくの？」と「僕」を糾弾する。存在の中心は無であるという主張はそれほど奇異なものではあるまい。主体はアイデンティフィケーションの過程を通して主体化していく以上、主体に予め実体的な中心が本質としてあるわけではないからだ。本質はもともと存在しないが、存在するかのように本質が構築されるにもかかわらず固定観念に囚われた「僕」はそれを受け入れることができない。「僕」が周縁しか見ないという彼女の非難は、現前と非在という存在論の二面性を知った者の苛立ちであると共にドーナツのリングと中空という形状的二面性をふまえたダブル・ミーニングでもある。

また、「ずっと昔国分寺にあったジャズ喫茶のための広告」は、従来は村上春樹の個人史と結びつけて読解されたが(32)、これは広告内広告であり、宣伝対象が入れ子の内外で直接的には異なっている。ジャズ喫茶というかつての先端文化を、店主から客への店内の雰囲気の紹介と要望として伝えるこのテクストは、それを知らない者に選ばれた世界観と守るべきスタイルを提示するという構図が安価なボールペンや新しいシャープペンではなく選ばれた文化としてのパーカーの万年筆を使い続けることの要請と連携していくのである。

ジェラルド・ザルトマンは、自分がどういう人間になりたいかわからない→「これは私に今までにない全く新たな経験を提供してくれる」→「このブランドを買おう」という宣伝モデルを提示する(33)。

世界観やコンテクストを喚起する『夜のくもざる』をはじめとする物語は経験性のメディアであり、直接的／間接的に広告として機能する。

2　エッセイ　『ランゲルハンス島の午後』

エッセイはある主題に関する感想や心境を自由な発想のもとに表現した個性的な著作形式であり、言語形式の散文性と、物語の回顧的視点の欠落、[34]テクスト外の現実への指示とがその特徴であるが、小説も一般に自己の外的現実との対応を指摘し、村上春樹にも『回転木馬のデッド・ヒート』のように当初はエッセイと見られていたが後に小説と目されるテクストがあるように言語形式面でそれをエッセイか小説かに区分することはできない。また、送り手と受け手の相互作用によるタイトルが喚起するエンターテイメント的なテクスト・意味形成を行う「談話性を有する〝場〟のあるテクスト[35]」という規定も小説と区別することができない。結局、テクストの一人称を実在の作者、出来事を事実と対応させる読解を行うとき、それはエッセイとなり、異なる読解を行うときそれは小説たり得る。

ここでは、『村上春樹作品研究事典増補版』ではエッセイに分類される『ランゲルハンス島の午後』（光文社一九八六・一一、新潮文庫一九九〇・一〇）を用いて現実を指示する様態と内実を確認してみたい。

『ランゲルハンス島の午後』は、「若者向けの雑誌がよく「シティー・ライフ云々」といった特集をくんでいるけれど、正直に言って、そういうのは実際に都市に住んで気持ち良く暮らそうと思う人間にはあまり役に立たない」（1）と巷に流布するイメージ言説を事実によって修正する。では、事実は何か。テクスト外に存在するとされるそれは、過去の実体験・視聴覚体験など「僕」が知覚・認知できる限りで近接した局所的なものであり、近しい点では「僕」に親和するものでありうる。ゆえに、テクストは類型的な非親和的イメージを否定し、「チェーホフなんか読んでいると、情景的にすごく似合いそうである」(1)と個性的な親和するイメージを肯定する。

親和するイメージによって物語は駆動する。それは例えば女の子である。「綺麗な女の子がフランス料理店でフォークだけを使って食事している光景はなかなかセクシーである、と僕は確信している」(2)は、食事のマナーとしての正しさではなく女の子への親和性がそれが可能な文脈・物語の構築を通して語られる。一方、親和しないものには財布の中の妻の写真がある。

女房の写真を入れておくというのもちょっとまずいような気がする。「これうちの女房、さんじゅー××なんだよね」なんてとてもやれない。困ったことである——というほどのことでもないんだけど(6)

ここでは若い恋人や娘の写真を入れる友人に対し、「僕」が妻の写真を入れることは異性愛の冒険に反するのである。

親和しないものとの二項対立をふまえ、親和するイメージの中で物語が創造されていく。その際ポイントとなるのは非日常の到来、異化である。台風で止まった中央線で読書と葡萄で時間を潰したという挿話(20)は事件として非日常が語られる。またとりとめもないことも言語表現によって異化される。アンダーパンツの収集を「人生における小さくはあるが確固とした幸せ(略して小確幸)」(19)と語る挿話では縮約による言葉「小確幸」が日常言語を異化して創造される。今年はいつもと違い念願の夏の盛りにクリスマスレコードを購入できたという挿話では「僕が夏にまいておいた種は立派に生長し、そろそろ町にクリスマスが訪れようとしている。そしてうちのレコード棚では（略）その出番をじっと待ち受けているのである」（21）では擬人法によって非人間的なものが主体化する。

日常は親和せず、非日常が親和するとすれば、虚構的世界が現実的世界に浸透する帰結も容易に生起する。

旅先で見た核戦争ものの映画館の観客は少なく、「我々四人はその「核の冬」的にがらんとしたベルリンの映画館の中で思わず互いの顔を見合わせ」（23）るように、虚構世界の核の冬による人類減少が現実世界の観客や劇場の「暗さと切なさ」（23）として浸透していく。この挿話では虚構と現実の境界の消失・弱体化が示されるのである。また、地下鉄銀座線で見た二人を「僕」は親子と思ったが、実際は赤の他人であった。しかし、「僕」は「大猿の呪いはまだ彼女たちの上にのしかかっていて」（24）て、二人は親子であることに気づかないのだと思う。この挿話は、大猿の暗躍が語られる「新聞」（『夜のくもざる』）「サドンデス」（『夢で会いましょう』）と類似し、個人ではどうにもならない超越的な力の作動が想像されている。もちろん、「新聞」は猿の仕業とされるものはサラリーマンのいたずらであり、本作では「僕」の妄想である。

表層の現実に対し想像力は他者の本当の姿を発見する。しかし、それは他者に物語を授けることであり、現実の出来事・他者の忘却でもある。こうした想像可能性とせめぎ合う表象不可能性の問題系は、他者の抑圧が春樹的不条理の物語パターンであることに気づかせてくれる。このとき、エッセイと超短編小説は極めて接近した位置にいる。

3　連携関係　「パン屋襲撃」「パン屋再襲撃」

テクストは世界の中にあり、世界と様々な連携関係を持っている。テクストは、そのテクストによって具体的なかたちで想像された状況の細部を自らに組み込んでいる。テクストは世俗的であるが故にその効果・使用法には所有関係、権威、権力の行使が絡んでくる不均衡な場である。

テクストの世俗世界性を特徴付ける二項対立が血縁関係《フィリエーション》と連携関係《アフィリエーション》である。前者は自然な親子関係を意味し、後者は文化を通しての同一化の過程を意味する。

空腹のため「僕」と親友とでパン屋を襲撃したもののパン屋からワーグナーを聴くことを条件にパンをもらう超短編小説「パン」（『夢で会いましょう』、初出「パン屋襲撃」『早稲田文学』一九八一・一〇）と、空腹に襲われた「僕」が妻にパン屋襲撃とパートナーとの別離の経緯を話したところ「僕」との一体化を望む妻にひきずられてマクドナルドを襲撃した短編小説「パン屋再襲撃」（『パン屋再襲撃』文芸春秋一九八六・四、文春文庫一九八九・四、初出『マリ・クレール』一九八五・八）とは、襲撃に対する「僕」の回想やマクドナルド襲撃を「再襲撃」とタイトルで表記することなどから正続の関係にあるとされる一方で別個のテクストとする見解も存在する。多くの論者は正続関係で捉えるが、石倉美智子『村上春樹サーカス団の行方』（専修大学出版局一九九八・一〇）は「パン屋再襲撃」単独での読解を試み、小島基洋「村上春樹『パン屋再襲撃』論」（『札幌大学総合論叢』二〇〇八・三）は『村上春樹全作品』での配列順序や「パン屋再襲撃」での回想と「パン」とのズレから正続関係での把握に疑義を唱える。

もっとも、事件や登場人物が類似していても二つのテクストは別個のものであり、また全集の配列順序が物語内容の時間順序と逆でも正続関係は成立する。端的に言えば、両作のそれを正続と見なす

／見なさないのは分析者のフレームによる。ここでは、先行する「パン」との関係を通してその重要な意味を産出すると見なす血縁関係の原理ではなく、テクストがいかに誕生しているのかを問う連携関係の原理を参照してみたい。むろん、エドワード・サイードが、連携関係は、「一つのテキストをテキストとして自己維持することを可能にするものであって、これにはある広がりを持った情況が関わる――つまり著者の地位、歴史的時間、公刊の条件、流布と受容、基盤となる価植観、想定される価値観や概念、コンセンサスについて抱かれる暗黙の前提条件の枠組み、推定される背景、等々である[36]」と述べるように、帝国文化の言説に血縁関係的に連なると見なされている文学テクストを、それが産出・受容される歴史・文化・社会のネットワークの連携関係にあると捉えるものである。[37]だが、二つのテクストのパラレル・ワールド的な関係を連携関係と捉えることで自明な前提とされてきたものが同一化のプロセスによって形成されたものであることが明らかになる。したがって、ここでは「パン屋再襲撃」が連携関係によって構築した血縁関係的なものを解体していくことが必要だろう。

再襲撃のきっかけとなった「特殊な飢餓」は「僕」にボートの下の海底火山をイメージさせ、先行研究では呪いとして指摘され、マクドナルド襲撃後に解消したとされる。[38]しかし、「パン」での親友との疎遠化の拡大が呪いだとしたら、「パン屋襲撃の話を妻に聞かせたことが正しい選択であったのかどうか、僕にはいまもって確信できない。たぶんそれは正しいとか正しくないとかいう基準では推しはかることのできない問題だったのだろう。つまり世の中には正しい結果をもたらす正しくない選択もあるし、正しくない結果をもたらす正しい選択もあるということだ。このような不条理性（略）を回避するには、我々は実際には何ひとつとして選択してはいないのだという立場をとる必要がある」と語る「パン屋再襲撃」の現在時は妻との疎遠化、自己の無責任化が進行しているのである。それもまた呪いそのものではないだろうか。呪いや危機は語りの現在時でも進行しているとすれば、その時点でも海底火山は恐らく眼下にイメージ化できるはずである。イメージの中で「僕」が乗っているのがボートであり、テクストの終端で不可視化することは、不動の海底火山と浮動するボートとの対比において単なる時間の推移を意味し、呪いや危機の解消とは異なる。

風丸良彦氏は、「パン屋から直接呪いをかけられることを回避したものの、結果的には、「交換」を選んだことによって呪縛された[39]」と「パン」の結末を把握する。しかし、呪いは本当にあったのだろうか。パン屋の「呪ってやる」という言葉と、実際にそれが発動するか否かは別の問題である。なるほど、「パン屋再襲撃」は解呪を語るテクストであるが、呪いがあると語るのは語り手の「僕」である。冒頭部の引用は現在の状況は自分の選択には全く責任がないと弁解しているのである。「僕」がパン屋襲撃の過去の経緯を話した故に「僕」を愛する妻は暴走して強盗事件を犯すことになってしまったが、「僕がどんな風に考えたところで、それで何かが変わるというものではない。そういうのはただの考え方に過ぎないのだ」と責任逃れをしている。裏を返せば、「僕」と親友との別離は、本来、呪いとは異なり、「僕」が親友とどのように人間関係を作り破綻させてきたかが問題なのであって、それを呪いと呼ぶことで「僕」は自分に非がないように語っている。

とすれば、高橋龍夫氏のように妻を「ネーションへの誘引力を「呪い」としてもたらした「パン屋の主人」と同じ位相[40]」にあるとみなすこともできない。無批判に暴走し他を巻き込む力に対する批評性を高橋氏は「僕」に見いだしているが、ヒトラー親衛隊的な「僕」たちがワーグナー好きの共産党員を襲撃するという「パン」の構図が含意するのは全体主義ともう一つの全体主義の抗争でもある。また、高橋氏は、「「僕」は、個人的欲求に根ざした主体性は封印され現代に浮遊される存在と化した[41]」と説くが、親友と共謀し妻に過去を呪いとして提示することで暴走する力なるものを作り出したのは他ならぬ「僕」なのであり、冒頭の「僕」の述懐が示しているように、自己を安寧の場に位置づけることが可能な解釈する主体性を「僕」は獲得したのである。

四　超短編集の構成

1　双方向性の差異化　『またたび浴びたタマ』

『またたび浴びたタマ』は回文のカルタ文に物語を付したカルタ形式のテクストであり、回文は上下の方向の反転による双方向性を持つエクリチュールである。

巻末の「あとがき」では、「すらすら」と簡単な作業であったはずの執筆が四苦八苦し「ぐるぐると逆転」していくさまが語られる。テクストの意味生成に影響を与えるパラテクストが末尾に位置することは、冒頭からの読みで意味づけられたテクストを再コード化・反転させる手法であり、この反転・逆転のモチーフこそは回文の双方向性に対応する。

これは実際の項目でも看取される。「記号はしるし、しるしは動き」の物語は、「記号とは言うまでもなく事物の意味の表象でありますが、その関係性は固定されたものではなく、絶え間のない遷移にさらされています」と、記号表現と記号内容の関係は恣意的であり、共時態では外示的な意味が通時態の中では内包的な意味へと変化しうるという記号の二面性を主張する。だが、「言っている僕にもさっぱりわかりません。あ、頭が痛い」という告白があるように、二面性を直喩／隠喩の比喩で説明し、意味を事物に対応するものと捉える語り手は記号論をよく理解していないことが明らかになる。正確さを保証する説明が曖昧でいいかげんな妄言へと転化することは、テクストの二面性、反転性を体現する。

ただし、この反転・逆転のモチーフは回文の円環性自体を解体していく。①レイアウト。回文は読点（「返金から、裏換金へ」）・濁点（「硬め、ためしに〆めたメダカ」）の有無や促音の位置、カンマの有無（「そうよ、私したわよ。……嘘」）などで、音的・表記的に厳密には対称ではない。②同語反復。「今朝は、薬でリスクは避け」・「心はマルクス、車はロココ」の物語は男が「すりこぎ」で殴る点で精神異常者の夫と団塊の世代のマルキストとを等号で結ぶように、反転・逆転とは異なる複数項の接続が見られる。③装丁・挿絵。反転・逆転ならば対照的な長さの表紙となるはずがそうではなく、通常の表紙イラストとややずれた位置につけられたもう一つの表紙イラスト、巻末の二つのイラストがあるが、これらは同じ構図で笑顔と困った顔の二つからなる。こうした形式面の特徴が示すのは、このテクストの反転・逆転とは対称化ではなく異化であることである。

物語レベルにおいてその特徴がもっとも現れるのは、端的に言えば再帰的にテクストやテクスト製作に自己言及するメタフィクション・タイプの項目である。「西でリヤ王、大槍で死に」は、当初の案「リア王と大アリ」の駄洒落的な展開よりは英雄らしく戦死した方が物語の登場人物として幸福ではないかと語るように、当初の回文に言及することでそこからの異化として物語を提示する。ここで主な話題となるのは下ネタである。「知らぬことてつだって、床濡らし」はタイトルの回文はエッチな想像しかできないという会話が物語となっており、その想像の内実は示されないが語り手は蒲団の中でカクテルを作るという想像を仮の回答とするが、これは受け手の突っ込みを期待したボケとして読者をテクストに組み込むのである。「蒸らした股、白む」は、下ネタっぽいが説明はしない、そもそも下ネタ回文を作りたいわけではなくたまたまできたものだといい、「メモで〈陰部〉、文意で採め」でも「またへんなものができた」とその下ネタを自己否定しつつ、非主体的なテクストの創造が語られる。したがって、「盛岡の巷、下町の香りも」も「たまにはきれいにまとめたい」と下ネタ排除は意識的なものであると共に下ネタが本来の傾向であることが示される。すなわち下ネタはベタなネタではあるが、それは遊戯的であると同時に日常的には否定される二面性や再帰性を通じて異化される。

　回文の異化性を利用した『またたび浴びたタマ』は、回文それ自体を否定する物語をも収録する。「天狗の軍手」は、天狗の遺産を分割継承する兄弟の物語である。長男は団扇（風力）、次男は下駄（速力）、そして三男は軍手（回文）を継ぐ。兄達の継いだ遺品の能力を期待した弟は遺品の軍手がただの軍手であることに「回文じゃねぇか」と抗議する。これは、回文に対する否定であるが、しかし回文が笑いを生むことに対する自己言及性でもある。つまり、「天狗の軍手」の物語は、本来の価値はないが異化によって別の価値を創出できるテクストとしての自負を体現する。これらの点で『またたび浴びたタマ』は、逸脱・脱線・二重化を再帰的に自己生成していくメタフィクションなのである。

2　網状の統合　『うさぎおいしーフランス人』

『うさぎおいしーフランス人』は、『またたび浴びたタマ』と同じくカルタ形式のテクストである。このテクストは、前書きと二つのカルタ形式を配列し、差異化と統合化の二つの機能によって構成されている。

前書きは、テクストが書かれる経緯を語る中で、読解のコードを提示すると共に、作家主体の能動性とは異なる創造の原理を開示する。「僕」は「クラッシック」な「遊ぶもの」である「犬棒かるた」に対し「読むもの」としての「村上かるた」を「何か面白いこと」として呈示する。それは「まったく世の中のためにはならないけれど、時々向こうから勝手に吹き出してくる、あまり知的とは言いがたい種類のへんてこな精神領域」が「僕」にあるためであり、挿絵画家の「安西水丸さん」がそれを「理解してくれる」のは「同じような精神領域」があるためであり、読者にも「世の中のためにならないものって、ときどきは必要ですよね（と同意を求める）。ですよね。」と語り手への同調を求める。

カルタ形式のテクストは、「あ」から「わ」に至る絵・文字・短文・物語によって構成される。物語レベルにおいても各カルタの物語には内容上のつながりは一部の例外を除いて存在せず、異なる言説を構成するが、その語り手は出来事に対するコメントを記し、世間知の側に自己を位置づけ聴き手に共感を求める匿名の語り手として、共通の価値観を持ち、断片が相互に関わるテクストが形成される。

テクストは差異化によって二元構造を持つ。「エルヴィスはこの「下北音頭」で（略）グラミー賞を受賞しました……というのはもちろん嘘です」（I「太鼓をそんなに叩いたら、霊感も逃げます」）は、嘘が史実・現実とは異なる世界を作り出す機能を示す。また、I「うさぎおいしーフランス人」では、「うさぎ追いし」を「うさぎおいしー」と誤解しそれに基づいて振る舞うフランス人が登場するように、思い違い・脱線はオリジナルとは異なる世界を作り出すのである。

「江戸時代ってなかなかワイルドな時代だったんですね。常陸の国の現場から、中継でお伝えしました」（I「かわいい金魚屋、山賊がねらう」）は、「中継」の使用によって受け手とは異なる世界が存在し、その世界と受け手の世界とを語り手が中継点となることで接続する。また、II「裸体のたらい回し」は処女の裸体のたらい回しで遊ぶ殿様を高僧が諌める挿話であり、末尾の「↓こ「高僧の高僧焼き」の項に戻る」によって高僧が香草焼きされるII「高僧の高僧焼き」に戻ることが指示され、二つの世界が接続される。

また、「ラブアンドピース」（I「少ししたらジミヘンを出してやれ」、II「レノンに腕押し、ラブアンドピース」）等の同じ言葉の使用や、子豚の釣り師（I「うさぎおいしーフランス人」・「猫にジェームス・コパーン、豚に牧伸二」）等の同じ登場人物の登場、先述の高僧の諌言と処刑やI「知恵の輪ブラジャーにはお手上げ」「ふうふう、吹いてもいっこうに収まりません」での不倫カップルの顛末等の内容上の連作が存在する。こうした言葉や人物の反復や内容の連続によって、五十音順の物語の配列とは異なる、各物語間の関係が構築されるのである。

中村三春氏はカルタ形式は「真実の〈告白〉という直線的合目的性を旨とする物語性を否定し、事態を対等に配列する円環様式ともなり」うると指摘しつつ太宰治「懶惰の歌留多」はいろは47文字の途中で中断することによって円環性が宙づりになると論じている。[42]

では、『うさぎおいしーフランス人』の場合はどうか。カルタ形式Iは、五十音のメインとして、一文字につき一つの物語で、短文→カラー絵→物語の頁順に配列形式は一定である。一方、カルタ形式IIは、五十音のサブとして、短文・白黒絵・物語、さらに時に四コマ漫画も挿入され、絵の位置は短文や物語と同じ頁となり定まったレイアウトがあるわけではない。また、一文字につき物語は一つとは限らず、複数の物語がまとめられており、四コマ漫画は元の物語内容からの派生として別の物語の流れを作り出す。

カルタ形式の円環性を利用した『うさぎおいしーフランス人』の語りは、差異化によって世間の価値から逸脱する世界を創造し受け手へと中継・接続させ、カルタ形式Ⅰ・Ⅱの円環の逸脱によるテクストを構成する。反復や連作及びカルタ形式Ⅱの同一項の複数の物語は、五十音による円環の統合に対する差異化として機能し、そして差異化されたテクストは円環性とは異なる別の網状の統合を果たしていくのである。

3　ハイブリッド性　『象工場のハッピーエンド』

『象工場のハッピーエンド』は、特異なテクストである。安西水丸の挿絵はテクストの内容と対応させるために用意されたものではなく、文庫化後に刊行された単行本新版にのみ「にしんの話」が掲載されている。また、多彩な内容の収録テクストは、広告、物語、歌詞、翻訳、自伝、メタフィクションのように重なりあいつつも多様なジャンルからなり、個々のテクストの字体やサイズもそれぞれ異なっている。また、語り手も「僕」「我々」「私」あるいは無表記と多岐に渡る。語り・ジャンル・内容・フォントの多様性、収録テクストのバージョン毎の相違こそは、個々の収録テクストが断片として逸脱をもたらす異なりであることの標識であること、異質さの感覚を生起させることが狙いであることを意味する。そうした統一的な基準・目印の存在しない、違う出所からの物語が超短編小説集全体として雑種的に統合されることは、切断の意識と連鎖の意識が不分明なかたちで認識されるパラドキシカルなテクストとして構成されている『象工場のハッピーエンド』の異種混交性を意味している。『象工場のハッピーエンド』は、その点では、物語群の構造・形式の離散性・雑種性への意識への発動が創作＝享受の楽しみとなるようなすぐれて形式主義的なテクスト集と言いうる。

ただし、個々のテクストは直接は無関係でも、テクスト集の中に組み込まれたとき、別次元での繋がりが生成される。表層的には一貫した調子ではなく別の調子を組み合わせた不連続な転調でテクスト集が編まれることは、表層とは異なる水準での未知なる連続を構築するのである。端的に言えばそれは、物語製作の寓話に他ならない。

テクストの配列順に読解してみよう。

冒頭の「カティサーク自身のための広告」は、「カティーサーク」という言葉についての広告であり、言語の自己言及性を主題としたテクストとして、「言葉の響き」自体を味わうことが読者には求められる。また、「言葉の響き」は記号表現によって様々な記号内容が効果・意味として作り出されることであるとすれば、氷を入れると美味しいとは、アクセントを入れることでテクストが引き立つ、もともとの言葉に対し別の言葉を接合・配列するという意味である。言語で構築されたテクストでもコンテクストや使用法によって効果が変動することを説く点で、言語テクストの記号作用の制御をめぐる技巧の意義と読者への誘いを示す。

一九六〇年代を「とてもシンプルでとてもハッピーで、とても中産階級的だった」と語る「クリスマス」は、当時のシンプルゆえの普遍性と、現在との対比でその普遍性が局所的で限定的なものでしかないことを示す。また、コーヒーの持つ孤独・闇と、温もり・暖かさの二面性が少年から大人への転換を用意すると捉える「ある種のコーヒーの飲み方について」は、「僕」の行動のみならず「我々」のふるまいを語る点でも、行動のパターン化・図式化としてある種の飲み方が記念写真・風景として通過儀礼的に定位されると説く。この二つのテクストは、二面性を持つ世界の捉え方＝語り方をめぐる寓話と解釈できよう。

次に、「ジョン・アプダイクを読むための最良の場所」は、上京したてでまだ孤独な「僕」がアプダイクを読むふさわしい場所は一九六八年四月の机やベッド以外何もない部屋のマットレスであったと語ると共に、大学入学前の主人公の初体験と彼女の涙を描くアプダイクの翻訳が付記される。地の文と引用を重ねることで、上京前の「僕」の彼女との別離が喚起される。このテクストは、テクストを読む場所の一回性の喪失を語るのである。また、歌詞を回想しつつ「僕」は今の彼女を想像する「FUN　FUN　FUN」は、喪失された時間が現在では埋められない距離の彼方にあることを示唆する。つまり、語られた対象の不在や喪失がこれらのテクストでは示される。

続いて、使用者にあう万年筆を作るのに万年筆屋の主人が年齢や使用目的、月給、傷跡や体、骨格を調べていく「万年筆」は、万年筆屋が大通りを外れた場所にあり、その主人が容貌から「鳥」と呼ばれるように、隣接性によって対象を指示する換喩的なテクストである。同様に、万年筆は使用者の字を書く能力を媒介・外化する道具であり、主人の骨格の調べ方は骨格→（能力）→道具という隣接性によって全体性を形成する点で換喩的であるが、いい文章を書く万年筆を手に入れるための隣接性は「僕」には提供できない。主人の求める万年筆の完成と「僕」の求めるいい文章を書く能力にはズレがあり、断片は隣接しても全体性を形成することができないのである。「万年筆」は、書き手と書く道具とテクストの関係を示すと共に断片性によるテクスト創造の不可能性が示される。また、料理と小説の創作過程を喩えた寓話「スパゲティー工場の秘密」は、めんとは文字列であり、双子や羊男という虚構的な存在が虚構製作に介入するというテクストの自己再帰的な生成を語るメタフィクションである。双子や羊男の妨害／助力は書く主体の複数のエージェントなのであり、それらを制御することで物語を完成させようとする「私」の書く物語が浮上する「スパゲティー工場の秘密」は、テクストの創作過程や想像力によるテクスト創造の可能性が語られる。その点で、他者が気づかないものに気づける語り手「僕」と作家マクドナルドとの類似性が創られ、「僕」の卓越性が示唆される「マイ・ネーム・イズ・アーチャー」は、作家の優越と孤立という二面性と作家の認知能力が問題とされる物語と言えよう。

さらに、おばさんが「僕」に声をかける非日常的な前半と日常・慣習として工場に入る後半とに二分される「A DAY IN THE LIFE」では、「僕」とおばさんの会話は地の文では常体であり、会話文では丁寧体であるように、事態は二重化されるのであり、別の面があるのである。また、双子祭りでは双子以外は自らを欠損として認識してしまうという「双子町の双子まつり」では、スタンダードの可変性が描かれる。こうした世界の二面性の把握の上に、スニーカーの語義から僕が創ったスニーカー誕生秘話である「マイ・スニーカー・ストーリー」が展開する。なるほど、創造された起源説話は真実ではなく嘘であるが、虚構性の自己暴露を行う語る現在もまた嘘の語りなのであり、虚構の中で虚構が語られるメタフィクションでは嘘は物語の起源として中心的な意義を持つのである。

また、「鏡の中の夕焼け」は、昔を忘れろと忠告して「私」の機嫌を損ねた犬が、ある空間に魅入られると永遠にそこを彷徨う退屈さに陥るという鏡の中の夕焼けの話を語り助かる。「私」の昔は甘美で「私」を虜にし、鏡の中の夕焼けも犬を魅入らせるように物語なのであり、それに囚われるとは物語に自己投影することである。言い伝えは昔に囚われるなという犬の主張を物語化したものである。交換／比較される妻と犬とカモシカは男ならぬモノとして交換可能であり犬が語る物語は交換可能なものが交換不能な特別性を獲得しようとするための手段であり、それによって「私」の心を動かし、虚構の価値・物語の効用が提示される。そして、モノの交換価値を評価する「私」は、物語を物語として自覚して好意的に受容する点で、物語を愛好する読者の役割が与えられている。しかし、物語の価値ともいうべき特別性は、ありきたりの言葉の中から作られた互換可能な非特別性でもある。

最後の「サヴォイでストンプ」は、全てを眺められないが全てを感じられる、言葉では言えないが聴ける、馬鹿騒ぎと深い悲しみのように拮抗・反転する対比がリズムを作り、目では見えない街の人々の心に音楽が生まれるという芸術の誕生の経緯を語るテクストである。スイング・ジャズとは即興ではない入念に準備されたダンス・ミュージックであった。これを今までの小説製作のモチーフにつなげれば、工夫された文学テクストは、単なる活字の羅列とは異なるアウラを多くの人々の心の中に作り出せるのである。その点で、テクスト集の結末が本作であることは小説創造の祝祭でもあるのである。

こうして虚構製作の寓話として『象工場のハッピーエンド』を読むならば、世界の二重化と喪失、優れたテクストを創作する困難性とそうして作り出された虚構テクストの意義を、言語的な技巧によって創出する物語が読み取れる。このように『象工場のハッピーエンド』は、形式面での離散構造と共に、内容面での文学テクスト創造の寓話として異種混交的に構成されているのである。

［**注**］

（1）　柳沢孝子『私小説の位相』（双文社出版二〇一〇・七）参照。

(2)『村上朝日堂超短篇小説夜のくもざる』タイトル。
(3)「あとがきその1」(『夜のくもざる』)。
(4)「解題」(『村上春樹全作品1990〜2000①』講談社二〇〇二・一一)。
(5)「かえるくんのいる場所」『はじめての文学村上春樹』文藝春秋二〇〇六・一二)。
(6)注3に同じ。
(7)注4に同じ。
(8)中村三春「短編小説」(『村上春樹がわかる』)五六頁参照。
(9)久保田裕子「超短編小説」(『村上春樹がわかる』)七三頁。
(10)中村前掲論文五九頁。
(11)久保田前掲論文七二頁。
(12)注9に同じ。
(13)「文字テロップと推論モデル」(『表現研究』二〇〇一・一〇)五〇頁参照。
(14)久保田前掲論文七二頁参照。
(15)山梨正明『認知構文論』(大修館書店二〇〇九・三)一九五頁参照。
(16)「アイゼンハワー」(『村上春樹作品研究事典増補版』)一七頁。
(17)西村清和『イメージの修辞学』(三元社二〇〇九・一二)は、隠喩の写像説を批判し述語付け説を提起しているが、二項間の類似性を問題としない隠喩観は疑問である。
(18)ワイジャンティ・セリンジャー「換喩から提喩へ」(『日本文学からの批評理論』笠間書院二〇〇九・五)一五九〜一六〇頁参照。
(19)中村「表象テクストと断片性」(『日本近代文学』二〇〇〇・五)一八四頁参照。
(20)山田吉郎「プレイボーイ・パーティ・ジョーク」(『村上春樹作品研究事典』一九七頁。
(21)小泉保『ジョークとレトリックの語用論』(大修館書店一九九七・五)四六頁参照。

（22）小泉前掲書六四頁。
（23）山口治彦『語りのレトリック』（海鳴社一九九八・一一）三七頁参照。
（24）前掲『語りのレトリック』五八〜五九頁。
（25）松浦雄介『記憶の不確定性』（東信堂二〇〇五・三）一七〇頁参照。
（26）青柳悦子『デリダで読む『千夜一夜』』（新曜社二〇〇九・五）四七四頁参照。
（27）『広告の誕生』（岩波現代文庫二〇〇八・一二）七〜二四頁参照。
（28）阿久津聡・石田茂『ブランド戦略シナリオ』（ダイヤモンド社二〇〇二・七）一六頁。
（29）前掲『ブランド戦略シナリオ』三九頁参照。
（30）村上前掲解題。また、原善「ドーナツ化」（『村上春樹作品研究事典増補版』）一三三頁参照。
（31）ザルトマン『心脳マーケティング』（ダイヤモンド社二〇〇五・二）二五二－二五四頁は、季節・英雄・人生サイクル、上下、血、大地／空・雨、明／暗、火、女性、二面性を文学のアーキタイプとする。
（32）岩崎文人「ずっと昔国分寺にあったジャズ喫茶のための広告」（『村上春樹作品研究事典増補版』）八九頁参照。
（33）前掲『心脳マーケティング』二六七頁参照。
（34）フィリップ・ルジュンヌ『自伝契約』（水声社一九九三・一〇）一七頁参照。
（35）高崎みどり・新屋映子・立川和美『日本語随筆テクストの諸相』（ひつじ書房二〇〇七・二）一一五〜一一六頁参照。
（36）『世界・テキスト・批評家』（法政大学出版局一九九五・七）二八七頁。
（37）ビル・アシュクロフト、パル・アルワリア『エドワード・サイード』（青土社二〇〇五・一〇）五〇〜五二頁参照。なお、本節とは観点が異なるが、小澤純「村上春樹「パン屋襲撃」が「パン」に〈変成〉するとき」（『G-W-G』二〇一七・五）は、「パン」、「パン屋を襲う」、名前やメディアを変え展開していった「パン屋襲撃」執筆時の現在の緊迫さを問題としつつ、改題・再録等によってそこからの齟齬や・曖昧化が生じていったが、当時の『早稲田文学』の投稿欄の読者の期待の現れであると共に村上春樹の転向が喚起された物語として解釈しており、興味深い。

(38) ジェイ・ルービン『ハルキ・ムラカミと言葉の音楽』(新潮社二〇〇六・九) 一六三頁参照。

(39) 『村上春樹短篇再読』(みすず書房二〇〇七・四) 六〇～六一頁。

(40) 「村上春樹「パン屋再襲撃」の批評性」(『専修国文』二〇〇八・九) 四八頁。

(41) 高橋前掲論文五一頁。

(42) 『係争中の主体』(翰林書房二〇〇六・三) 一二三頁。

2　幻想空間の生成——「三つのドイツ幻想」

一　はじめに

幻想は、日常世界とは異なる理法を持つ異世界を認識・経験することである。現実の事象を別のものとして把握＝表現する比喩や間接話法は、その限りで小さな幻想と言えるだろう。物語が経験性を語るメディアだとすれば、幻想物語は異世界の認識・経験を受け手に向けて語るメディアである。

ツヴェタン・トドロフは、「自然の法則しか知らぬ者が、超自然と思える出来事に直面して感じる「ためらい」(1)」を幻想文学の指標とする。幻想的なテクストの最終的な受け手、すなわち内包された読者は、日常世界の側にいるものとして設定されるため、異世界を日常世界とは異なるものとして認識し、超自然的な現象によって合理的科学的な現実認識に揺らぎを与える。とすれば、日常見慣れたものを差異化することも幻想を生む契機となる。

村上春樹「三つのドイツ幻想」(『ブルータス』一九八四・四、本文の引用は『蛍・納屋を焼く・その他の短編』新潮文庫一九八七・九）のタイトルは、このテクストをそうした幻想文学として読むことを指示している。また、永原孝道氏は「記憶というものがいかに曖昧なものであるか[2]」と指摘するように、記憶も現在の日常世界とは異なる幻想を生む可能性を持つ。

村上春樹テクストの特徴の一つとして二元論的な世界構造、日常と幻想の干渉・交渉を挙げることができるが、「三つのドイツ幻想」の三つの小品はいずれもテクストが舞台とする世界にもう一つの世界が重ねられる限りにおいて、異世界と日常世界の接触としてのロー・ファンタジー・タイプの幻想小説と言えよう。

ところで、永原氏は、ドイツは「過去のカタストロフの記憶に凍結された場所」であり、カタストロフの「反復を予感させる」という。いわばドイツは破滅を場の記憶としたクロノトポスであるというのだが、決して過去は反復しない。記憶とは過去から保持され続けるものではなく、現在において想起される、言い換えれば記憶とは現在時点で作成される認識である。また、カタストロフのコンテクストが違う限りで、反復は反復たりえない。もちろん、世界大戦、ホロコースト、9・11等を題材とするテクストに見られる如く、戦争と記憶の問題は、現代文学の問題領域の一つでもある。「三つのドイツ幻想」が冷戦の未だ持続した時期のテクストであるため、戦争はかつてあった／これから起こるものとして捉えられたのである。裏返せば、世界をいかに把握するかによって世界の捉え返しが可能となる。幻想という表現の戦略はそのために要請される。

本章は、「三つのドイツ幻想」が、どのような構造・表現によっていかに幻想を生成しているのかを解明することを目的とする。

二　フレームの可変性と自閉性

人は認識する際にフレームを通して世界を把握する。自らのフレームに自覚的な場合もあれば、無自覚な場合もある。フレームに自覚的な場合でもそれはフレームの一部であり、フレームの全てを自覚できるわけではない。だが、自らのフレーム操作によって世界を読み替えることができるとすれば、世界は自らの望む相貌を表すだろう。

セックスと冬の博物館との間に関係を見いだす語り手の「僕」が、その博物館の館員として開館の準備をする様子をイメージする「1　冬の博物館としてのポルノグラフィー」（以下、第一話と省略）は、そうしたフレームの選択による幻想の可能性を語るテクストである。

第一話冒頭の「セックス、性行為、性交、交合、その他なんでもいいのだけれど、そういったことば、行為、現象から僕が想像するものは、いつも冬の博物館である。」は、セックスを冬の博物館へ写像する、第一話全体のフレームを提示する。このフレームは〈冬の博物館はセックスである〉という隠喩的な〈BはAである〉構文となっている。このフレームの機能は、ⅰ）世界の多重化、ⅱ）属性の同等化、ⅲ）参照点による意識の移動として説明できる。

ⅰ）世界の多重化とは、現実空間とは異なる幻想空間を制作することで、現実世界の唯一性がゆらぐことを指す。「僕」は、セックス等の性的な言語空間を作り出し、また別に冬の博物館という別のイメージ空間を作り出す。

ⅱ）属性の同等化は、A・B両項の属性が等価となることで、多重化された世界が一方の側に一体化することである。セックスと博物館とには、生命／死、湿気／乾燥などの対比があり、それが低級／高級という序列で秩序化される。ただし、神聖の並列と見ることも可能であり、何が高級か何が低級かは評価を下す概念化者によって異なる。謹厳な博物館を猥雑な、温かなものへ、命を生み出すセックスをおごそかな、死んだ古いものへと読み替えられる。こうした価値の逆転・並列がフレームの目的の一つである。

iii）参照点による意識の移動とは、セックスを経由した冬の博物館という幻想への意識の飛翔を指す。セックスは快楽追求行為であり実体のない関係概念だが、それを冬の博物館という時間的空間的な実体概念で捉えようとする。また、セックスは互いに徐々に興奮し高ぶっていくが、冬の博物館もまた開館のための準備作業を進めることで開館することができる。セックスと冬の博物館は存在的（実体化）・構造的（準備過程）な転写がなされるのだ。かくて、セックスを考える内面の中に徐々に冬の博物館の幻想が増大していく。

しかし、「もちろんセックスから冬の博物館に至るまでには、ちょっとした距離がある」と言うように、この写像は直ちには成立しない。語り手は受け手が発想の突飛さに違和感を持つことを、いったん受け入れた上で、相手を説得する。ここでの「距離」は連想の容易度が低いことを、「手間」は連想を実現させるために面倒な工夫をしなければならないことを、「意識の回路の道のりに一度習熟」するとは、連想が自動化するようになることを、それぞれ意味する。「僕」は、想像行為の事実を提示し、それが事実であることを強調し、その具体的な手順を語る。

「セックスが街の話題となり、交接のうねりが闇を充たすとき、僕はいつも冬の博物館の前に立っている」とあるように、性的な言動やイメージが「僕」を冬の博物館の想像へと誘う。その想像の中で「僕」は博物館の開館準備を進めていく。僕の入館→開館準備→ミルク・手紙→展示・梱包作業→洗面台→開扉と開館準備を進め、館内を暖め使用可能な状態に作業していく営為は、性行為の進行の隠喩でもある。また、「セックスが、潮のように博物館の扉を打つ。」という性行為の律動の隠喩で〈セックス→博物館〉写像が示され、博物館に差す「冬の光は床を舐めるように低く、部屋の中心まで届いている」と光が性的な動きの隠喩で捉えられる。この写像によって、次第にセックスと冬の博物館が結びついていく。

そして、〈セックス→博物館〉写像の馴化を補うのが、〈博物館→セックス〉写像である。オーナーの手紙の指示内容「①36番の壺を梱包し倉庫にひっこめる。②そのかわりにA・52の彫像台座（彫像なし）をスペースQ・21に展示する。③スペース・76の電球を新品と交換。④来月の休館日を入口に明示しておくこと」は、「僕」の実際の作業では「☆36番の壺☆A・52の台座☆電球☆勃起」と、一つ一つが確認していく中で、最後の末尾だけが性的なものに置換される。また、「僕」は、開館準備中に「ペニスがきちんと勃起していることをたしかめ」、それを「問題はなにもなかった。」と捉えるように、性的な現象と博物館という場との連結が自然なものとして提示される。

ところで、「僕は――僕の思いちがいでなければ、ということだけど――この博物館で働いてるのだ。」という、「僕」の想像世界の中での自分の立場の説明では、「思いちがいでなければ」と、想像の完全性・自律性の揺らぎ、不確かさが示されている。これはどういうことだろうか。

これは、そもそもの写像の強度とも関連している。開館準備の想像の最後に、「誰かが戸口に立っているのが見える。でもそんなのはどうでもいいことで、戸口のことなんか何だってかまいはしないのだ」と「僕」は語る。〈セックス→博物館〉の写像が完成すれば、「僕」にとって、それ以上のことは考慮する必要がない。一方で、セックスは愛情の確認行為、すなわちコミュニケーション行為でもある。だが、「僕」は、「誰を理解することもやめる」。言葉は他者と関わり、その言葉を紡ぎ出すイメージにおいて他者を考慮しないということは、「僕」にとってのセックスが独りよがりな快楽の追求であること、また〈セックス↓博物館〉という写像が個人的で他者の承認に耐え得ない自己完結的なものであることを意味している。「僕」の幻想は、閉じた個人的なものとして定位されるのである。

第一話では写像フレームによって「僕」の能動的な想像行為の中に幻想空間が構築される。それは自己完結的であるがゆえに他者を排除して空間は完成される。

三　接続と切断

現実が「今・ここ」にいる自分によって規定されるとすれば、他者や過去は「今・ここ」ではないために、現実ではなくなる。いや、現在の自分にとって、理解しうる自分とは異なり、他者の内面や過去は理解しがたく、その理解し難さが謎めいた世界としての幻想を生む。

東ドイツの青年に要塞を案内され、戦争直後のドイツにいるような気分になる「僕」が、一九四五年にゲーリングが考えていたことは誰にも分からないと思う「2　ヘルマン・ゲーリング要塞１９８３」（以下、第二話）は、そうした他者の内面や過去が作り出す謎、すなわち障害としての幻想を語るテクストである。

第二話は冒頭で「ヘルマン・ゲーリングはベルリンの丘をくりぬいて巨大な要塞を構築しながら、いったい何を想っていたのだろう？」と要塞が反撃しなかった謎からゲーリングの意図が謎として呼び込まれ、結末直前でも同じ問いを繰り返した上で結末で「でも1945年の春に千年王国の帝国元帥が何を考えていたかなんて、結局のところ誰にもわかりはしないのだ。」で疑問の回答が放棄される。第二話は、ヘルマン・ゲーリングの内面に関する疑問とその回答の放棄を額縁[3]とし、他者の内面という問題提起と他者の内面は不可知であるという結論というフレーム構造の中に、戦跡を親切に案内してくれる青年と東京の女性の挿話が描かれる。

ここでは、接続と切断というモチーフが伺える。ⅰ）現在と第二次世界大戦、ⅱ）ウェイトレスと彼女、ⅲ）青年と「僕」。そしてその全てが他人の心を理解しようとすることとそれを断念すること、他者の内面の不可知へと収斂されるのである。

ⅰ）青年は東ベルリンを「何時間もかけてぐるぐると歩きまわり」戦跡を「いちいち僕に示」す過去の戦争と現代を空間で繋ぐ行為であり、「彼のあとをついて東ベルリンの戦跡をたずね歩いていると、だんだん、まるでほんの数ヵ月前に戦争が終ったばかりと言われても信じられそうな気分になってくる。」。一九八三年の現在と一九四五年の戦争との三八年間の時間差が、「数ヵ月」に短縮される。過去の大戦の世界を現在に近い世界として、「僕」の世界認識が揺らぐ。現実の時間が、青年の言葉によって歪んだ幻想の時間へと転換するだが、やがて「僕」は要塞を「戦争そのものの死骸のように」捉え、戦争を終わったものとして位置づける。

ⅱ）東京の女性は性的な魅力のあるドイツのウェイトレスと結びつけられて想起される。彼が案内してくれたレストランに現れたウェイトレスは、「まるで、巨大なペニスを讃えるといった格好でビールのジョッキを抱え、我々のテーブルに運んでくる。」と捉えられるように、「僕」の性的欲望がウェイトレスに投影されている。ウエイトレスと彼女とは「べつに顔が似ているわけでもないし、何が似ているわけでもないのに、その二人はどこかでひっそりと結びついている。おそらくヘルマン・ゲーリング要塞の残像が、彼女たちを迷宮の闇の中ですれちがわせているのだ」と「僕」は語る。

二人は「結びつ」いているが「すれちが」ってもいる。対応関係は「似ている」こと、類似性によるものではなく、ヘルマン・ゲーリング要塞の残像によって二人は「すれちが」う。これは、二人の結びつきが隣接的な関係によるからだ。ヘルマン・ゲーリングとヘルマン・ゲーリングの作った要塞。過去のヘルマン・ゲーリングの意図がわからないように、過去の東京の彼女の意図も判らない。現在訪ねたヘルマン・ゲーリング要塞とその近くのビアホールであったウェイトレス。この関係を図化すれば以下のように整理できよう。

東京		ドイツ
意図：彼女	（—）	ウェイトレス
—		：
意図：ゲーリング：要塞：ビアホール		
過去		現在

：＝隣接・換喩　—＝類似・隠喩

両者の繋がりは直結型ではなく、ゆるやかな迷宮的な関係である。そして、二人が結びつくことは、過去と現在とを繋ぐ回路が、戦跡巡りによって作り上げられているからに他ならない。「僕」が過去に封印した記憶が現在に想起されるのはこのためである。要塞の役割は、ウェイトレスと「僕」の知っている彼女を結びつけることにあり、「迷宮の闇の中」とは、要塞の地下通路であると同時に、「僕」の心の中の闇でもある。この結果、ウェイトレスと繋ぎ合わされた彼女に対しても「僕」の性的な欲望を読み取ることができる。現在の「僕」と彼女とは距離がある。「僕」の好意の対象であった彼女は「僕」と距離をとり、「僕」には彼女が僕から離れる理由が判らない。彼女の心は「迷宮」「闇」すなわち不可知のブラックボックスとして、「僕」には捉えられる。他者の内面は、現実の人間の表面からは不可知の世界、謎めいた幻想空間なのである。他者理解の不能が幻想を出現させる。

iii）そもそも、青年の案内は僕の気持ちを誤解してなされるのであり、他人の気持ちはわからないというフレームに合致する。青年は、戦跡を「おどろくくらい熱心」に案内してくれるが、「僕」は、「いかなる理由から僕がベルリンの戦跡に興味を持っていると彼が考えついたのか、僕にはまるでわからなかった」。他者の内面は不可知であるというレベルでは、「僕」には青年の考えが判らない。もちろん、僕は、青年が僕の気持ちを勘違いしているということがわかっているとも言える。他者との不可知的な関係が描かれることで自他の境界が確立するが、しかし、「僕」の可知によってその境界はゆらぐことになる。ただし、それは「僕」の側からの一方的なものであり、やはり自他の境界は維持され続ける。

ところで、青年の「案内は実に手際よく、要を得ていた」。また、勧められた「チキンは悪くないし、ビールもうまい」。そして、青年の話す英語は、「この何日かのあいだに僕が出会った東ベルリン市民の中ではいちばんわかりやすい」。「今は建築技師」の青年は、かつて船員をして「英語を覚えた」という。青年は、ガイドとしての適切な能力を発揮する。しかし、「僕」は不審感を抱く。一緒に飲んだ青年の「指は長く、つるりとしていて、船員の指には見えない」ことに「僕」は気づく。そして、ガールフレンドの友達の女の子に合わせようとする青年に「僕」は、「明日は昼前にニュールンベルグにたつんだ」と僕は嘘をつ」いて別れることにする。

ここで読者に提示されているのは、「僕」の青年を拒否する内面への接続と切断である。では、船員らしくない指を見てなぜ僕は拒否するのか？

a）時間秩序という世界構成の観点。青年は強引かつ巧みな案内によって、「僕」は過去（の戦争）と現在を接続させてしまった。「僕」は、こうした世界構成をらしくないものとしてその接続を解除しようとする。「僕」の拒否はそれに対応する。

b）強引かつ巧みな案内の労力と世界情勢との観点。青年は強引かつ巧みな案内によって「僕」に急接近するが、彼の船員という言葉とその身体とは対応しない。当時は冷戦下であり、ロシア批判や案内その他の親切によって「僕」を安心させ、後述の女性によって「僕」を籠絡することで、西側の人間である僕を東ドイツのスパイ協力者に仕立てようとしている。「僕」の拒否は、情報戦争に巻き込まれることを回避しようとしている。

c）強引かつ巧みな案内の労力と国際交流との観点。青年はあくまで国際親善ないしは単なる個人としての親切心から積極的に「僕」に関わろうとした。何故落胆するかは、親切心が満たされないため。船員らしくない指も、もう時間がたっていたこと、また船員といっても労務に従事しなくて良い上級船員であったためである。このとき、「僕」の嘘は、相手の親切心を無にしないための婉曲的な断りとして、親切の過剰さに対する拒否となる。

もちろん、こうした他者との接続の切断という理解は、読者の側からの「僕」への接続であり、その内実はテクストでは空白であることによって確定されず切断される。しかし、「僕」と青年が別れると決まることで「僕」は危機を脱したことが語られる。

「生ぬるい手が僕の神経を握っているような気がする。いったいどうすればいいのか、僕にはよくわからない。僕はこの奇妙な弾痕だらけの街のまん中で完全に途方に暮れている。それでもやがてその生ぬるい手は、潮が引くようにゆっくりと僕の体内から去っていく。」

生ぬるい手が握り、その手が去る。「生ぬるい手」の移動とは状況が不本意な状態から好転していくことを喩える比喩とすれば、ここでは「僕」はどうしていいか「わからない」状態にあり、「生ぬるい手」とは明晰な判断を阻止するものの比喩となる。したがって、店を出た後、「僕」は「交叉点に立つと、いろんなものをすっきりと見わたすことができる」と語るように、明晰さを獲得することができる。

また、明晰さ、クリアとの対比で、この「生ぬるい手」は闇・迷宮と親近性を持つ。とすれば、「弾痕だらけの街のまん中」にいることも合わせ、要塞の闇・迷宮の影響力に「僕」が囚われ解放されると解釈することもできる。そもそも、一方でヘルマン・ゲーリング要塞を語る部分で人心の不可知論が語られていた。したがって、その明晰さは、「わからない」ことが「わかる」のではなく、「わからない」ということが「わかる」ということなのだ。結末の人心の不可知論はその比喩的反復として現れる。

第二話は、外的な時間の歪みと内的な心の闇という二つの幻想が描かれる。このように見るとき、言葉が幻想を作り出すと共に他者が幻想として捉えられていることがわかる。不可知であることは幻想の根拠となるのである。

四　流動する典型性

日常は反復されていく中で安定性を増していく。反復によって通念の適用が保証され、本来のあり方というカテゴリーを作り上げていく。したがって、本来のあり方から逸脱することは日常とは異なる幻想を生む根拠となる。フォルマリズムは詩的言語を日常言語からの異化として捉えたが[4]、幻想は日常的な現実の異化なのである。

ベルリンの壁に近いために空中庭園を高くできないヘルWに、「僕」がなぜ安全な所に移らないのかと訊ねると「ここがいちばん良いんだ」と答える「3　ヘルWの空中庭園」（以下、第三話）では、日常の一般的な空中庭園観からのズレとしてヘルWの空中庭園が語られる。すなわち、ヘルWの空中庭園は異化された空中庭園なのである。また、戦争は非日常であり、東側に近いヘルWの空中庭園は冷戦下の緊張に満ちた非日常的な場であるとすれば、ヘルWの空中庭園のある空間自体が異化されていると言える。

ここでは、i）らしくあることと、ii）流動することというモチーフが働いている。

i）らしくあることとは典型・プロトタイプらしさであり、境界を画定すると共に、典型からの逸脱の程度が問題となる。ヘルWの空中庭園は、ヘルW自身も「もっとずっと空中庭園的に」したいと思っている。そして、「もう少し高く浮かせるとぐっと空中庭園らしくなる」が、ベルリンの壁に近いために十五センチの高さにしかできない。このため、「注意深く見ないと、それはただの屋上庭にしか見えなかった」。「僕」は、同じ空中庭園に属する庭を、「屋上庭」（屋上の庭）と「空中庭園」（屋上よりさらに高く作った庭）とに区別する。ヘルWも空中庭園「らしさ」にこだわっている。ここで問われているのは、カテゴリーのプロトタイプ性からの距離である。

そういえば、ヘルWのカバンは、「デイバッグのようでもあり、バスケットのようでもある要領を得ない形のキャンバス地のいれもの」であり、デイバッグやバスケットというカバンの下位カテゴリーに含まれるようであり、少しズレているようでもある。また、「あたりの空気はひどく寒かった。僕はぶ厚いダウン・ジャケットを着て首にマフラーをまきつけていたが、それでも殆ど何の役にも立たな」いが、これは防寒着が防寒着の役割を果たさないという点でプロトタイプからズレていく効果を持つと言えるだろう。

思えば、「僕」が最初に見たヘルWの空中庭園の様子は「霧の海の中に空中庭園がぽつんと浮かんでい」て、そして「白いガーデン・チェア」があった。白い霧と白い椅子は同色系であり、座った人がそこにとけ込んでいく。境界が曖昧化し一体化する。

ii）予め定まっている場や境界からの逸脱のモチーフ。それを端的に示しているのが「流れる」という言葉だ。すなわち流動化するとき、アイデンティティは固定的なものではなく変化していくことになる。本来あるべき場所ではなく、どこかに流されてしまいそうな僕の感覚は、世界をそのような流動的な緊張に満ちた空間として捉えることになるだろう。

「僕」は「白い霧が足元でゆっくりと身をくねらせながら南の方に流れていくのを眺め」、「霧の上にぽっかりと浮いていると、まるで地面ごとどこか知らない土地に流されてしまいそうな気」になる。実際には空中庭園は建物の屋上に造られた庭園であり、そのまま建物の場所で崩落することはあっても、流れていくことはないが、足元の見えない霧の流れがそういう印象を「僕」に与える。自分ではどうすることもできない受動的な流転は、「北海の上空まで流されちゃうんじゃないか」という「みんな」の発言によって肯定される。

ベルリンの壁に近すぎるために、日常的な安定が、「流される」ことで壊れてしまうよう危機意識もまたヘルWにはある。流されてしまえば「生きては西ベルリンに戻れ」ないからだ。「僕」に安全な場所で空中庭園を造ってはどうかと勧められ、ヘルWは「ケルン、フランクフルト……」といくつかの候補を想起しつつ「首を振」って、「私はここが好きなんだよ。友だちもみんなこのクロイツベルクに住んでいる。ここがいちばん良いんだ。」と強調する。その逡巡と強調こそが、日常世界は何かを契機として非日常的な戦時世界に変貌しうることを示している。

しかし、それはそうして確立された幻想空間が、瞬間後に崩壊する事を意味するわけではない。流動化された世界は、その世界の中で自律展開していく。一端、幻想世界から外れたとしても、その契機があれば幻想世界に人は参入していくことができる。

そもそも第三話の冒頭では「僕が最初にヘルWの空中庭園に案内されたのは霧の深い十一月の朝だった。」と「僕」は語っている。「最初に」は、僕がこの後二度目の空中庭園訪問をしていることを意味している。「今も」浮かんでいるヘルWの空中庭園は、僕が再び幻想に参入していく空間的な装置なのである。

五 幻想空間の構成

ここで三つの幻想譚を整理してみたい。

第二話は東ベルリン・東ドイツ、第三話は西ベルリン・西ドイツを物語空間とし、物語時間としては第二話の過去が終わった時点以後Cの過去が可能となる。一方、第二・第三話それぞれが過去を持つのに対し、Aは過去らしい過去を持たない。

第一話は舞台としては不定、すなわちドイツか否かも判らないどこかの街を舞台とするが、ドイツ全体を示唆するものとしても読める。タイトルは、この街がドイツであることを指示するが、所蔵品にルイ一四世のものがあることから、フランスの街でもよいはずである。街の特定困難さは、どこかという限定性ではなく、どこでもという一般性・総称性を街に付与する。この一般性はドイツ全体、世界一般を意味する点で東・西両世界を統合する。

以上を整理したのが以下の表である。

	空間	時間
第一話	不定？一般？	現在
第二話	東ベルリン	現在／第二次大戦時（要塞建設時）
第三話	西ベルリン	現在／戦後（空中庭園建設時）

第一話を、この物語全体のフレームとすれば、世界を現実とは異なったものとして想像＝創造し、その現実と幻想とを重ね合わせるというテクスト解釈の枠組みを提供しているものと見ることができる。三つの話は、幻想と日常がお互いに浸食し合う物語であった。言い換えれば、ここととは異なる世界・他者を想定し、自他が不可知の関係であり、それが持続することを描きつつ、それらが相互に交渉しつづけていることを示唆するのである。

［注］

（1）『幻想文学論序説』（創元ライブラリー一九九九・九）四二頁。

（2）永原孝道「もし彼の言葉がミステリーサークルであったなら」（『ユリイカ』臨増二〇〇〇・三）。なお、他の先行研究には『世界の終りとハードボイルド・ワンダーランド』や『羊をめぐる冒険』を読む参照枠としてこのテクストを取り上げる遠藤伸治「三つのドイツ幻想」（『村上春樹作品研究事典』鼎書房二〇〇一・六）がある。

（3）第二話は空行によって要塞見学・ベルリン見学・彼との別れの三つに分けられる。

（4）ちなみに、ヴィクトル・シクロフスキー『散文の理論』（せりか書房一九七一・一）は、詩が詩的言語によって異化されるのに対して、普通の言葉である散文を使った小説は、視点と構成によって異化されると主張する。

3　亡霊の偏在性と局所性——「鏡」

一　はじめに

亡霊に出会ったとき、人はなぜ恐怖するのだろう。

亡霊とは、あちら側からこちら側に到来し、かつて存在していたものが到来する点で再来するものである。また、亡霊は、今は存在しない者の記憶を前提に成立する記憶の現れ方とも言える。能動的に思い出す回想・想起に対し、亡霊的な記憶は意図的に制御できないものとして現れる。亡霊は主体が望まないのに現れて取り憑くのである。取り憑かれることは苦痛や悲しみを伴い、憑かれた主体は、平穏な関係性から逸脱する。主体に制御できない亡霊のメッセージは決定不能な謎であり、亡霊と対峙することで主体を取り巻く現実は問い直される。

ジャック・デリダ『マルクスの亡霊たち』（藤原書店二〇〇七・九）は、こうした取り憑くことで存在＝現象＝到来する亡霊のモチーフを利用し、今日では広範な影響力を失ったマルクス主義を活性化させるべく、マルクスの精神＝可能性への回帰として死者を延命・復活させる。また、マルクス主義革命の指示や情念は超越的な他者から一方的に示されるだけで、これはメディアや宗教が持つバイザー効果と等しい。さらにデリダは、問題解決をメシアニズムなきメシア的なものによる救済に見いだすが、マルクスの亡霊は資本主義体制に亀裂を生じさせるものの体制変革の理論化はされてはいない。『マルクスの亡霊たち』は、現代の宗教的なるものの回帰に対応し、「メシア」概念に頼らざるを得ない点にキリスト教・ユダヤ教の思考の枠組みに依存するという限界を持つ。デリダの亡霊概念は体制に寄生し、体制の変質を目指しつつも体制の永続が前提なのである。

しかし、そうした限界性はあるものの、超越的他者との遭遇をめぐる倫理的・社会的・政治的な考察を亡霊概念を用いて行うことは可能である。なぜなら、村上春樹のテクストは憑き物を題材とする事が多く、個人的な日常の裂け目から現れる非日常的な力の発現としてそれらは描かれているからである。わけても、取り憑くものが生物学的な死者ではない村上春樹「鏡」[1]こそは亡霊の幽霊とは異なる亡霊性を検討するにふさわしい。

既に石橋紀俊氏は、反復（不）可能性の観点から、存在論が前提とする時間の線状性と起源を批判する亡霊の憑在論を展開し、「僕は語りの場に集うみんなに対して「主人」であるとともに、「みんな」に取り憑いている亡霊を招き寄せ、歓待する「主人」でもある[2]」という極めて卓抜な分析を行う。ただし、亡霊は「僕」のもとには再び訪れてはいないようである。本章では「鏡」の亡霊の起源を問うことで亡霊の単発的出現の理由を検討すると共に、やはり亡霊が偏在性を伴うことを明らかにする。

二　亡霊のフレーム

「鏡」では、語り手の「僕」の家に集まった者たちが「順番にそれぞれ怖い体験談」を語る。これは、話の場の参加者が話し手の話を聴くという巡物語・百物語の構図であり、話し手の話が話の場に埋め込まれた額縁構造である。春樹テクストには同種の形式に「七番目の男」があり、巡物語・百物語では、聴き手の様子や話し手の反応が示されることで枠の中の物語はリアリティを持つ。また、聴くことによる語りのリアリティの保証・構築は『回転木馬のデッドヒート』や『アンダーグラウンド』等でのインタビュー・「聞き書き」[3]形式にもつながる。巡物語では、話し手の話はそれぞれ個別の現実を伴い、人々は話を聴くことで種々の現実が自分の現実と接続しうるものであることを確認し、それは読者の現実にも結びつくのである。百物語の恐怖は、巡物語の形式が持つ物語世界内と現実世界との接続機能によってもたらされる。

また、「僕」は、怪談を幽霊のような生と死の二つの世界がクロスするタイプと、予知や虫の知らせ等の超常的な感覚のタイプとに整理し、話の場で話された内容がどちらかの分野に分類できるとした上で、いずれにも「適さないって人もいる。たとえば僕がそうだね。」「僕という人間は幽霊だって見ないし、超能力もない。なんというか、実に散文的な人生だよな。」と語る。ここでは、「僕」は、みんなの話のタイプを二項対立として図式化し（a：幽霊／b：虫の知らせ）、自らをその例外事項として掲げる（A：みんなの話／B：「僕」の話）。また、「僕」の人生の平凡さを語ることで別種の人生を喚起する（α：散文／β：韻文）。

しかし、額縁は本編の解釈フレームであるが、本編は額縁のフレーム規定を相対化する。「僕」の話の場合、二つの世界のクロスは経験したことはないし超常的な感覚もないという「僕」の言明に反し、本編では「僕」は鏡の世界とのクロスを鏡の中の「僕」とのコンタクトを通して経験して異常の発生を予感している。また、「散文的な人生」は、韻文（詩）的な人生と対比されうるが、平凡でリアルな日常と共に劇的でロマンティックな非日常も「散文」カテゴリーは語りうる。「僕」の話は、非日常的な出来事をロマンティックに語る「散文」なのである。さらに言えば、虫の知らせや予知と幽霊とは厳密に区別できるのだろうか。いずれも合理的には説明不能な現象であり、虫の知らせや予知の能力は「今・ここ」とは異なった時空間にアクセスするものであり、幽霊は霊的感能力に優れた者が見ることができるものと見ることもできる。

こうして額縁が規定するa／b、A／B、α／βの二項対立は、本編の語りや百科事典的知識と呼ばれるテクストの文化的コードによって崩され、全面的ではなくともa＝b、A＝B、α＝βのように表面的には対立する二項が通底する部分を持つ。実態に反して語る「僕」は信頼できない語り手とも言え、「鏡」では二項対立の設定とその変質あるいは両項の通底を示す二項対立自体に再帰・言及する図式がテクスト全体のフレームを構成しているのである。

一方の項だけでは世界が成り立たずに、もう一方の項との力の関係性によって世界が創られており、そうした関係性・力学のメディアとなるのが亡霊であるとすれば、「鏡」のフレームとは亡霊のフレームなのである。

三　反体制という体制

「鏡」は、一九八十年代半ばに「三十何」歳となった「僕」が、「六〇年代末の例の一連の紛争の頃」、「なにかといえば体制打破という時代」に高校を卒業してから「大学に進むことを拒否して、何年間か肉体労働をしながら日本中をさまよっていた」、その「放浪の二年めの秋」から「二ヶ月ばかり中学校の夜警」をした出来事の回想が物語内容となっている。

体制ではなく体制打破、進学ではなく肉体労働、定住ではなく放浪を続けていた当時の「僕」の軌跡は、体制秩序とは別の可能性を喚起する点で亡霊である。

夜警、宿直代行員は、異常や不審者を発見し秩序を維持することが仕事である。渡邉氏は、「僕」が「反体制の態度を取りながら、実はドロップ・アウトしたにすぎず、義務教育という体制そのものの場でアルバイトするという体制のおこぼれにあずかっている」[4]と指摘する。確かに、「僕」は自分を正しいと認め、不審者を「寝込みを襲」うかもしれない「変なもの」と見なし、「木刀を持って学校をまわる」のである。一方、「闖入者のように振る舞っていたのは僕自身」[5]であり、「僕」は、夜間の見回り「以外は音楽室でレコード聴いたり、図書室で本を読んだり、体育館で一人でバスケット・ボールをしてたりして」いた。夜警の排除対象者の行為と夜警の行為がここでは類似している。「僕」は学校という場にはふさわしくない行動をすることで、学校という場の秩序を建物の内部から攪乱している。とすれば、中学校で夜警をする「僕」は、体制打破と体制従属という「矛盾に対しても無自覚」[6]なのではなく、もともと体制に屈服・従属する行為体と体制に抵抗する行為体との両面を持つ主体として捉えるべきだろう。「僕」は体制打破・逸脱をめざしつつ、体制を維持・構築するのである。

夜警の仕事は、九時と三時に一回ずつ三階建て校舎の教室や職員室、体育館、講堂、プールなどを見回るというものである。

見回るチェック・ポイントは二十くらいあって、歩いてひとつひとつそれを確かめ、ボールペンでOKサインを用紙に書き込むんだ。職員室――OK、実験室――OK、てぐあいにね。もちろん用務員室に寝転んだままOK、OKって書いちゃうこともできる。でもそこまで手は抜かなかったよ。

「僕」は夜警の仕事をチェックリストの確認をすることと捉えている。このチェック項目は公の学校管理のために定められたものであり、「僕」は公的な指令を夜警として代行していく。そして、他者の定めたチェック・ポイントを確認し「僕」がチェックリストを満たす限り、中学校の空間は安定した日常の秩序・体制を作り上げる。チェックを満たすとは、世界を反復可能な規則性として捉えることである。連日のチェックの反復という慣習実践が日常の可変性・可塑性を制御し、自動化された安定した体制を構築・維持していく。反体制は、体制逸脱の志向で規則化されることで体制を補完するものとなり、二項対立とその通底というフレームと対応する。

人生もまた同一の慣習実践の反復でもある。人生で決まったレールの上を走るとは、他者が定めたチェックを満たすことに疑問を持たないことである。「僕」の人生も、「もう一度人生をやりなおすとしても、たぶん同じことをやっているだろうね。そういうもんだよ」と反復の選択として回顧される。事件の発生した午前三時の見回りも例外ではない。「僕」は、「嫌だな、見回りたくないな」と思うが、「一度ごまかすと、その先何度もごまかすことになるからね」と決心して見回りに行く。行動パターンとは、個別局面での選択の傾向がその人全体の選択傾向として類似・反復することから見いだされる。

ただし、ごまかしは反復することも、しないことも可能である。たとえば、「二度あることは三度ある」と「三度目の正直」とは反復の持続と終了を示す矛盾した諺である。反復とは選択肢の片方であって、その反対も選択肢としてある。そもそも、今まで採用したのとは異なるチェック・ポイントもまたありうる。「僕」が主体的に選んだ反体制的生き方は、「なにかといえば体制打破という時代だった」という述懐が示すように、「時代」と概括される他者が定めた反復する体制でもある。したがって、「僕」には別の生き方も可能であり、そうした可能性が当時の「僕」に亡霊的に憑依しうるのである。

四　空間と主体の変容

亡霊の憑依はそれまでの（反）体制の枠内で生きようとする者からすれば不条理な事件である。しかし、特異な出来事が成り立つ前提がないわけではない。不条理な出来事は反復される規則的な日常との対比によって不規則的は振る舞いがなされる特異点となるが、その日常が既に異常に包まれていたのである。

その事件が発生したのは「十月の風の強い夜」である。「どちらかというとむし暑いくらいの感じ」で、「夕方ごろからやけに蚊が多く」、壊れた仕切り戸が「一晩中」「風にあおられてばたんばたんとうるさかった」。いつもとは違う台風の接近に由来する音響と温度と生物活動が日常空間を変質させていたのである。問題の午前三時では、それはより顕著である。「風はますます強くなって、空気はますます湿っぽくな」り、「あいかわらず」続いていた仕切り戸の音は「何かしらさっきとは違うような気」がする。このため、「僕」は「なんだかすごく変な気」になり、寝起きの良い平生と違い「起きたくない」と思う。こうした空間の変調、主体の失調が亡霊を招き寄せる。

しかし、そもそも夜警をする「僕」の有様が亡霊的であった。また、体制の側の正当性・規則性と等しく反体制にも正当性・規則性はあり、昼夜にはそれぞれ図と地が存在する。こうした秩序の相同的な二項対立の中で、「僕」という主体は両側を通底させる。なぜなら、「僕」は、夜警という行為体と不審者という行為体の融合した主体である。また、学校空間は、昼の時間では生徒や教師が図となり夜警は背景であるが、夜においては教師・生徒が後景へと退き夜警が前景化する。こうした秩序の転換の場として夜の学校があり、その場に存在する主体にも変容がもたらされる。

戸は頭の狂った人間が首を振ったり背いたりするみたいな感じでばたんばたん開いたり閉じたりしていた。すごく不規則なんだ。うん、うん、いや、うん、いや、いや、いや……っていった感じだよ。

その夜の仕切り戸の不規則な音響は、中学校の空間を体制・反体制の規則性とは異なる秩序へとゆるがせる。見回りで「何も起こらなかった」・「何もかもちゃんとあるべき場所にあった」という「僕」の認識は、何かが起こる、何かがあるべき場所ではない場所にある」という事態生起を前提とした認識なのである。また、三時の時点で起きたくないと思った「僕」の状態は、「体が起きようとする僕の意志を押しとどめてるような感じ」として語られる。「僕」の主体的な意志によっては「僕」の身体が制御できない事態は、心と体の分裂を意味し、亡霊による「僕」の体の支配の契機たりうるだろう。

かくて亡霊が「僕」に憑依するための空間的・主体的な変容が成立する。

五　鏡像の亡霊

見回る「僕」は、突然「暗闇の中で何かの姿が見えたような気が」する。それは、昨日まではなかった鏡に「僕の姿がうつっていただけ」であり、「僕」は「ほっとする」。しかし、「僕」は、「外見はすっかり僕」である「鏡の中の像は僕じゃない」ことに気づく。鏡の中の「僕」は、「僕以外の僕」であり、「僕がそうあるべきではない形での僕」である。それは「僕」に対して「固い氷山のような憎しみ」を向けるように、当時の「僕」すなわち「僕がそうあるべき」である「形での僕」とは対照的で、その故に否定されるしかない「僕」である。

亡霊は、「僕」のもとに鏡像として現れた。亡霊は、そうであるべき正常に対してそうあるべきではない不気味なものを対置する。ルイ・アルチュセールは人は大文字の他者から呼びかけられ応えることで主体となるという呼びかけ構造を説いた(7)。大文字の他者とはキリスト教圏では神であり、一般的には国家体制や社会でもある。「僕」という主体は様々な呼びかけとそれへの応答として構成された運動体である。この場合、鏡の中の「僕」は、反体制的な生を送る「僕」を否定する点で体制側のかくあるべき「僕」という巨大な社会的圧力である。

僕の体は金縛りになったみたいに動かなかった。やがてやつのほうの手が動きだした。（略）気がつくと僕も同じことをしていた。まるで僕のほうが鏡の中の像であるみたいにさ。つまりやつのほうが僕を支配しようとしていたんだね。

「僕」は金縛りになり、自分の意志で自分を制御できず、鏡の中の「僕」によって「僕」の動きが支配される。このとき、「僕」の身体は、社会的イデオロギーが「僕」を本来の体制に戻すべくヘゲモニーを「僕」から奪おうとした体制と反体制の抗争の場となるだろう。しかし、呼びかけには応えることと応えないこともできる。もちろん、選択可能性は対称的ではなく、体制的な圧力を拒絶することは多大な労力を要する。だからこそ、「僕」は「最後の力」で鏡を割ることで体制打破の主体として呼応し、体制側の主体になれという呼びかけを拒否する。

「というわけで、僕は幽霊なんて見なかった。僕が見たのは――ただの僕自身さ」という事後の「僕」の概括は、「既製の〈自己〉に、徹底した〈造り変え〉を迫る〈他者〉[8]」ではなく間隙をぬって出現するイレギュラーな特異現象として「ただの僕」はあるのであり、「僕」という主体は様々な呼びかけとそれへの応答として構成された行為体の集合・運動体であることを意味する。[9] むろん、社会的規範等のイデオロギー・力はある時点で拒否できたとしても、その都度作用しうるのであり反復可能である。したがって、亡霊が「僕」に再来しないとは限らない。

六　境界を考える

「僕」は亡霊と遭遇した場を逃れ、翌日確認するとそこには元から鏡はなかった。特異点に生じる鏡は、「僕」が呼びかけを拒否することで特異点ごと消失してしまう。鏡は、実在するのではなく、特異点という、「幾重にも重なる不在と存在のあわい目[10]」、日常と非日常との間の揺らぎとして現象する。亡霊は、ありえたかもしれない自分を封印した日常の切れ目から出現する。亡霊は、「僕」の一部であって一部ではない。言い換えれば、亡霊はこちら側でもあちら側でもない境界的なものである。亡霊は「閾の経験までも変状させ、（略）閾の可能性を出現させる[11]」。

さて、中学での亡霊体験を話し終えた「僕」は、場の聴衆にこの家には鏡が一枚もないと告げる。鏡は、亡霊の「僕」が出現するための媒体である。「僕」の家に鏡がないのは亡霊が再来するのを避けようとするほど「僕」の恐怖が強いからである。もっとも、亡霊の「僕」が出現したのは鏡が存在しない場所であり、何もない場所に亡霊は到来しうる。亡霊は「もてなすもの――いまだもてなすものではなく、招き入れる力を持っていない――を不意打ちし（略）正当性を認められた我が家を、限界づける境界線そのものを、問いただださせる[12]」ほどであり、亡霊は中学ではなく、この家に、客である聴衆に、そして読者のもとに到来しうる。とすれば、「僕」がしたような鏡を置かないことでは亡霊の再来は防げない。

もちろん、怪談は話し手がその出来事を実在であるかのように語る様式であって、実際にその出来事が発生したかどうかは別の問題である。ここから高比良直美[13]・原善[14]各氏は「僕」が聴衆を楽しませ怖がらせる工夫をしている、つまり亡霊を演出したのだと説く。なるほど、語り手統御の原則からすれば、語りの現在の時点から境界のゆらぎの表現は怪談を語るという目的のために最適化される。ただし、こうした解釈は作家が虚構を作るモデルであり、そこでは亡霊体験があった「かのように」(as if) 語られる演出として理解される。しかし、亡霊体験があった「として」(as) 語られる実在報告というモデルもこのテクストは許容する。確かに、原氏は「鏡」を「無かったものを在るように見せかける虚構の装置[15]」である「メタフィクション[16]」として捉えているが、メタフィクションは語られた出来事、語る主体の審級を重層化していくのに対し、原氏はテクストが含意する以上の制約を課しているように見える。なぜなら、亡霊体験発生の真偽は「鏡」テクスト内部からは決定できず、実際に「僕」が亡霊体験をしたとも解釈しうるからである。

七　変化した「僕」

実際に「僕」が亡霊体験をしたと解釈した場合、鏡を置かないのは、「口に出しちゃうと同じようなことがまた起こるんじゃないか」と体験を話すことを長く避けたように、鏡を置くことで予め亡霊が出現する下地を作るのを避けたい「僕」の恐怖の現れである。ただし、事件からの十数年、亡霊は「僕」のもとに再来していない。その理由には「僕」の変化が考えられる。

昔の「僕」は、「相手が素人なら、たとえ向こうが日本刀の真剣持ってたって別に怖かなかった」が「今ならいちもくさんに逃げる」という。強気な過去と臆病な現在という変化は老いたからだろうか、それとも亡霊体験やその後の人生経験で恐怖を覚えたからだろうか。「僕」はこのようにも語っていた。

なにかといえば体制打破という時代だった。僕もまあそんな波にのみ込まれ（略）そういうのが正しい生き方だと思ってた。ま、若気のいたりというかね。（略）正しかったとか間違っていたとかじゃなくて、もう一度人生をやり直すとしても、たぶん同じことをやっているだろうね。

当時の「僕」が「正しい」と思った行動は、「若気のいたり」というように今の「僕」は採用しない。むろん、人生をやり直し反復するとすれば若い頃には反体制的な行動を反復するだろう。しかし、それから十数年後の現在はそうではない。体制打破しようとした「僕」は変質したのである。

そもそも、体制打破とは与えられた立場＝内容ではなく成し遂げられるべき課題＝実践である。日常的な体制は「僕」が好んだように反復によって構成されるが、反復は「表象＝再現前化とは異なるからこそ[17]」、「もろもろのヴァリアントを伴って（略）ひとつの仮面から他の仮面に向かって形成され[18]」る。すなわち、反復は差異を伴い反復は仮面＝偽装を継続し、差異の蓄積が反復の内実を変化させて「僕」を変容させる。未来も、反復であっても、それまでとは異なる差異があり、それが当初とは異なる帰結へ逢着させる。反自分・他者的なものとしての亡霊は接触の初めに拒絶反応をひきおこすが、亡霊は取り込まれるに当たって受け入れ側を変形する。未来に向けて自分を開くことは、亡霊の到来を受け入れるべく備えることである。生きることは亡霊を馴化させ新たな習慣を身につけることでもある。「僕」は体制に抗って自己形成しつつ、少しずつ体制を受け入れて変化・変質する。

そうした変化を自覚しているからこそ、現在の「僕」は「その頃」と「今」を対比し、当時の振る舞いを「若気のいたり」と概括するのである。現在の「僕」は体制の中に組み込まれている。それゆえ、現時点では、体制側の圧力の像としての「僕」が亡霊として現れる条件はない。

八　おわりに

かつて避けていた体験談を今再び語るのは、以上の変容によって「僕」には亡霊が到来しないことを確認し、それまで囚われていた恐怖を克服しつつあるためである。そして、亡霊は話の場の若い聴き手たちにも到来しうるものとして語られる。

全作品で追加された「人間にとって、自分自身以上に怖いものがこの世にあるだろうかってね。君たちはそう思わないか?」という記述は、二項対立とその通底という『鏡』のフレームに従えば、「人間」には日常のアイデンティティとは相反するアイデンティティのバイザー的な現れである「自分自身」があり、それは「僕」も、話の場の「みんな」も同様なのである。反体制的な「僕」は体制の亡霊の脅威に怯えて生き続け、いつかそれを受け入れており、この点で「僕」は亡霊と同化したとも言えよう。そもそも、歴史的に当時の反体制のあり方が集団の運動だから、集団に属さない「僕」は反体制ではないという見解[19]には誤解があると言うべきだろう。「僕」は体制という体制、反体制運動という体制、そのいずれもから距離をとって単独で行動する反体制的主体だからである。また、亡霊の到来を話の場の聴き手たちに教える「僕」は日常のアイデンティティとは異なるものがあることを教える点でも亡霊である。「僕」という語り手によって亡霊の存在に気づかされた「みんな」はこれから亡霊と対面せざるを得ない。また、境界は体制／反体制だけではないのだから、かつてとは異なる亡霊が「僕」のもとにも到来しうる。もちろん、語り手の亡霊たちは、こうして到来する機会をうかがい偏在することになる。「鏡」はそうした亡霊の憑在論をめぐる物語である。

［注］

（1）『トレフル』一九八三・二、『カンガルー日和』（平凡社一九八三・一、講談社文庫一九八六・一〇）、『村上春樹全作品1979～1989⑤』（講談社一九九一・一）。本章での引用は文庫版による。

（2）「不在の鏡／不在の僕をめぐって」（『遊卵船』二〇〇四・六）一三五頁。本章は多くを氏の論に負っている。

（3）千国徳隆「村上春樹「鏡」をめぐる冒険」（『国語展望』一九九五・六）三〇頁。

（4）渡邉正彦『近代文学の分身像』（角川書店一九九九・二）二〇一頁。

（5）前掲石橋論文一三二頁。

（6）鎌田均「「小説として読む」ということ」（『月刊国語教育』二〇〇五・一）五七頁。

（7）ルイ・アルチュセール「イデオロギーと国家のイデオロギー装置」（『アルチュセールの「イデオロギー」論』三交社一九九三・二）参照。

（8）佐野正俊「〈他者〉からの遁走」（『月刊国語教育』二〇〇〇・七）五七頁。加藤義信「村上春樹の小説にみる鏡像体験の諸相」（『あいち国文』二〇〇七・七）も同様に「他者」として捉える。

（9）「僕」が複数の行為体の集積とすれば、反体制の不徹底さを立て直すべく反体制的な亡霊もまた現れると言えよう。この場合、反体制的な世界へと「みんな」を「僕」は誘うことになる。ただし、「僕」

の人生の歩みは、そうした反体制を強化する方向には進んではいない。また、この指摘は単に語られる「僕」に限るものではなく語る「僕」のあり方を構成する語りについての指摘を含んでいる。そうした意味で語り手分析の必要性を説く山田伸代「村上春樹「鏡」を読む」（『日本文学』二〇一六・二）は研究史を捉え損なっている。

（10）杉山康彦「鏡の怖さ・存在の恐れ」（『〈新しい作品論〉へ、〈新しい教材論〉へ』（右文書院一九九九・七）四五頁。

（11）ジャック・デリダ『アポリア』（人文書院二〇〇〇・四）七二頁。『アポリア』では「着来者」であるが、境界再考の機能の点で「亡霊」概念と同様に捉えられる。

（12）前掲『アポリア』七二頁。ただし、本章の論旨にあわせて引用はニコラス・ライル『ジャック・デリダ』（青土社二〇〇六・一二）二一五〜二一六頁の訳を使用した。

（13）「意識の反転」（『群系』一九九八・二）三一頁。

（14）「村上春樹「鏡」」（『国語教室』二〇〇二・二）参照。

（15）原善「村上春樹「鏡」が映しだすもの」（『上武大学経営情報学部紀要』二〇〇〇・九）六三頁。

（16）前掲「村上春樹「鏡」が映しだすもの」六二頁。

（17）ジル・ドゥルーズ『差異と反復・上』（河出文庫二〇〇七・一〇）六二頁。

（18）ドゥルーズ前掲書六〇頁。

（19）渥美孝子「村上春樹「鏡」」（『〈教室〉の中の村上春樹』ひつじ書房二〇一一・八）、跡上史郎「村上春樹「鏡」のあちら側とこちら側」（『昭和文学研究』二〇一四・三）参照。同様に、小論の体制／反体制のコンストラクション分析を一九六〇年代の歴史分析と限定して捉える清水良典「答えのない「謎」」（『作家／作者とは何か』和泉書院二〇一五・一一）の批判も当たらない。

4　残存のコンストラクション――「蛍」

一　はじめに

村上春樹「蛍」(『中央公論』一九八三・一、単行本『蛍・納屋を焼く・その他の短編』新潮社一九八四・七、全集『村上春樹全作品1979～1989③』講談社一九九〇・九、引用は『蛍・納屋を焼く・その他の短編』新潮文庫一九八七・九)は、三十代前半の語り手「僕」が、自殺した友人の彼女と自分との十四、五年前の交遊と別れを語るテクストである。

深津謙一郎「『ノルウェイの森』」(『ジェンダーで読む愛・性・家族』東京堂出版二〇〇六・一〇)は、『ノルウェイの森』の「蛍」相当部分を論じ、主人公とヒロインの関係を記号表現と記号内容の間の差異として捉え、かつて存在した伝達可能性を回復することが彼女を抑圧する表象の暴力を論じている。一方、山根由美恵「「蛍」」に見る三角関係の構図」(『国文学攷』二〇〇七・九)は、「僕」と彼女との恋愛感情に気づいた友人が自殺したと考えることで生じる罪悪感に耐え自らが生きる論理を構築しようとする「僕」の苦悩と、関係を持ったことで精神的に追いつめられた彼女の精神の病という「内実」を推測し、友人の自殺の理由と二人のぎこちない関係に蓋然性を与える解釈を提示する。生方智子「精神分析批評の射程圏」（日本近代文学会大会二〇一〇・一〇・二四）は、「蛍」のイメージを①〈見たまま〉の風景②記憶の風景③〈目を閉じて見える〉風景の三つに区分し、記憶とアイデンティティの揺らぎを説く。

しかし、深津氏の立論と異なり「僕」は友人がいた頃も完全な発話を遂行していたわけではなく、山根氏の分析でも彼女は依然狂気のままである。また、生方氏は記憶の表象に伴う語り手の主体性のゆらぎを情動や残存と関連づけるが、再考の余地がある。

なぜなら、情動は前個体的／前人称的な触発し・触発される身体能力として自律神経系の身体的・直接的反応を含むと共に、意識や意思に先立つ強度として諸々の身体のあいだを循環・流通するとされ、[1]情動論はアイデンティティがいかに生み出されそこに情動・感情が結びつけられているかを考える。だが、情動は表象される限りで情動としてカテゴリー化され、前意識・前個体的なものではなくなり、それは共同体の規範と語り手の個体的・意識的なものとの相関としてのフレームと結びつくことになる。結局、情動論では、情動は現代版共同体的無意識として主体外から主体を超越的に構築していくのであり、精神分析的無意識を規範化するための方略の一つなのである。

ところで、ジョルジュ・ディディ＝ユベルマン『残存するイメージ』（人文書院二〇〇五・一二）の残存は、記号表現という痕跡によって見いだされる抑圧と抑圧されたものの回帰であり、それによって主体がゆらぐというイメージの強迫的な再来を扱う。[2]

ユベルマンは、こうした残存するイメージを実証主義史学への批判と捉える。しかし、シーラカン

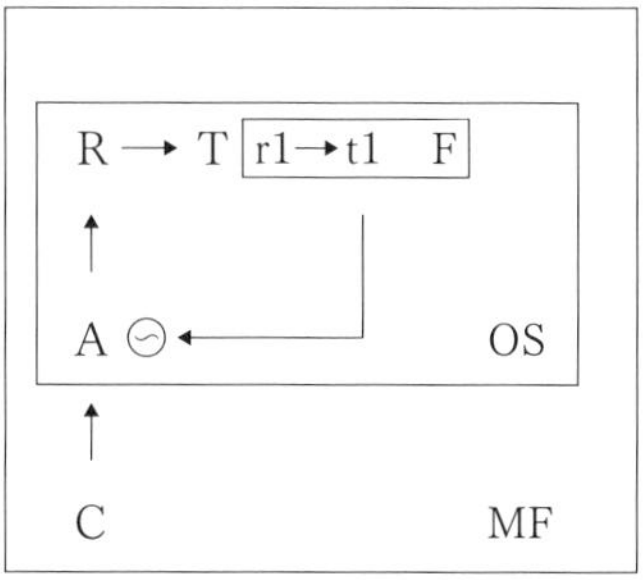

R　痕跡　　T　残存
r1　残存の内容　　t1　現実
A　行為体　　(～)　状態変化
F　認知の焦点　　MF　認知の最大スコープ
OS　焦点が位置づけられるオンステージ領域
C　認知主体
→意識の経路・間隔

図1　残存のICM

スは逆行したわけではなく、生き延びてきた。平板な均質的な進化を前提とし局所的な進化の複合による時間のズレを逆行と捉えるのはむしろ逆に歴史を単純化し信仰を語っているに等しい。また、精神分析は、理性的主体の合理的決定を揺るがす無意識・他者を設定するが、結局欲望が合理的に作動する超主体を想定していることになり、その作動のメカニズムは再考されねばならない。

むしろ、残存的なものは主体の制御が及びにくい周辺部と主体との間の回路が認知的に安定したために発生するのではないか。このため、残存を意識化しているときは、非合理的な表象へ無批判に向かい、残存に囚われていないときは現実の外的なゴールへ向かう。

以上をふまえ、残存の理想認知モデルを図1のように整理することができよう。

「蛍」の「僕」は友人の自殺の衝撃を「みんな忘れてしまうことに」することで死を生と切断しようとした。しかし、「僕」の「中には何かしらぼんやりした空気のようなものが残った。(略)死は生の対極としてではなく、その一部として存在している。(略)それをことばとしてではなくひとつの空気として身のうちに感じたのだ。」と思う。ここでは、以前の生と死の二項対立という認識に対し、死は「ぼんやりした空気」として対立した二項を越境して残存するため、現在は死は生と共にあると認識する。過去が現在に錯時的に現れ、それによって現在の自己がゆらぐのである。

また、「僕」は「はっきりとそれを認識した。そして認識すると同時に、それについては深刻に考えまいとした。それはとてもむずかしい作業だった」と語る。ここでは、表層的な認識の存在と深層的な思考の放棄が語られる。しかし、思考は環境との関係によって形成されるとすれば、[3]認識＝知覚によって思考が誘発されることは不可避である。これは、不可避なものを回避しようとするパラドキシカルな課題なのである。このため痕跡が必然的に残存として自動生成されるが、痕跡を認知したとき誘発される思考を検討しないため、思考の是非・倫理の解明が不可能になる。

語り手「僕」Cは登場人物「僕」Aが痕跡Rから残存Tを認識し、死r1は生の一部（t1）であるという認知の焦点Fが「僕」Aに再帰し「僕」に変化をもたらすという事態OSを構築＝把握し表現する。いわゆる情動とは、図1の場合、MFにおいてOSがフレームとして機能し、AとCのズレが意識されない現象を指す。

さて、物語テクストを構成する事象は、外的な出来事としての事態もあれば、欲求や想像などの内的な事態も含まれる。事象を構築するテクストの表現と合成パターンは「記号構造の集合体」[4]である構文として、具体的な集合体は物語表現を構成し、スキーマ的な集合体は構文スキーマとなる。[5]そうした具体にも抽象にもなる枠組みであるテクストのコンストラクション[6]をＩＣＭやレトリックに着目していくことで、認知主体の物語構築のプロセスを探ってみたい。ラネカーは「高次のレベルに進むにつれて、ある特徴が連続的に再帰するという、一種の「フラクタルな構成」が指摘できる」[7]と述べている。

本章は、そうしたコンストラクションのフラクタル性を利用し、「蛍」解釈の更新を行いたい。第二節では、「蛍」の物語内容／物語表現を構成するコンストラクションを残存の理想認知モデルおよび、容器（到達不可能・保存）、越境（浸透・葛藤）などのいくつかのサブスキーマの組み合わせとして捉える。第三節では残存の効果とし物語世界外の主体のゆらぎ現象を整理し、第四節〜第六節は物語世界内の潜在と顕在、抑圧と回帰といった葛藤を扱う。一方で、コンストラクションのフラクタル性もまた情動の前個体性と同じくフレームによって抽出されるのであり、そのため、第七節では、挿話の構成の比喩関係からイデオロギーに関わる緒を確認する。

二　残存のサブスキーマと透明性

「僕」が暮らした寮は、創設者の無償の教育への熱意／税金対策・詐欺という相反する成立理由を持つが、「僕」はどうでもいいと二項対立を廃棄する。同様に、寮の同居人は、外見から右翼と思われていたが、実際はノンポリであることを「僕」は知っている（右翼／左翼の対立とその破棄）。一方で寮の同居人と「僕」とは、言葉は伝わるものの、気持ちは通じない。

この言語の交換可能性と伝達不可能性の描写は、表層とは異なる深層を把握する「僕」の意味づけの能力と「僕」の疎外・孤独を表象する。ここではA／Bの二項対立とそれを越境xする越境のスキーマを抽出できるのであり、そうした越境は概念化者C「僕」によって果たされる（図2）。

「僕」は彼女が去った後、同居人から「インスタント・コーヒーの瓶に入れた蛍」をもらう。瓶の中の蛍は、身近にあり見ることができながら、触れることができない。また、「僕」に離された蛍は

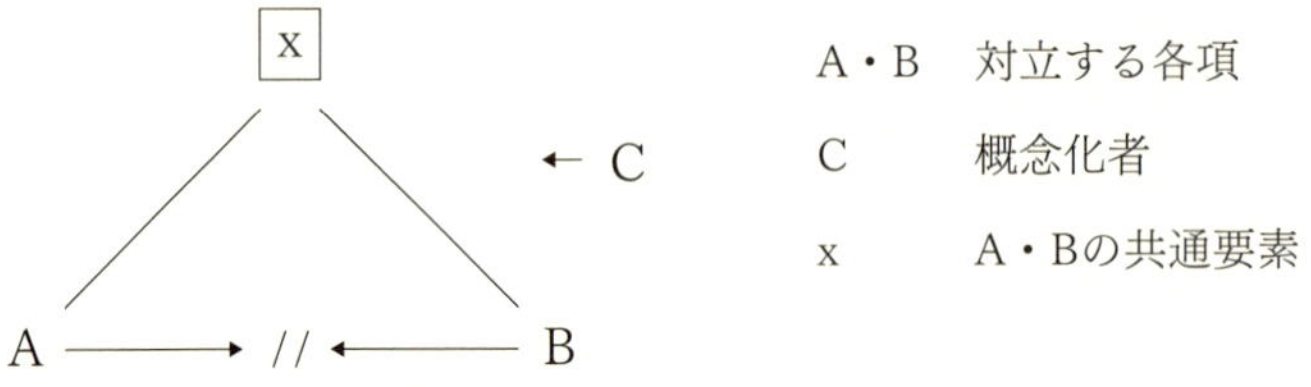

図2　越境のスキーマ

次のように描写される。

> 蛍が消えてしまったあとでも、その光の軌跡は僕の中に長く留まっていた。目を閉じた厚い闇の中を、そのささやかな光は、まるで行き場を失った魂のように、いつまでもさまよいつづけていた。僕は何度もそんな闇の中にそっと手を伸ばしてみた。指は何も触れなかった。その小さな光は、いつも僕の指のほんの少し先にあった。

蛍の光の線はにじんでいき、かすれていく。しかし、蛍の光は実在しないのに「僕」の中に残留する。実在しない蛍はイメージとしてさまよう。「僕」はイメージできるがそれに触れることは出来ない。想像可能であってもそれは到達不能であることを表象する。

ここでは、対象Aは容器Bに包含されており、観察者Cからは観察できるものの、壁・空間などの境界によって遮断されており、観察者Cは対象Aに到達することができないという容器のスキーマが作動している（図3）。容器の中と軌跡という残存するイメージは、捉えられるようで捉えられない、存在するようで存在しないというパラドックスを持つ。

「僕」は、人々の意思の存在は「確か」だと断定するが（越境）、それらは自分の少し先に存在し、それらを仕切る壁によって内実はわからないとする

（容器）。

誰もが誰かに何かを求めていた。それは確かだった。しかしその先のことはわからなかった。僕が手をのばしたそのほんの少し先に、漠然とした空気の壁があった。

空気の壁は向こう側を一体のものとする限りで容器を構成している。不可知のものを、根拠なく確かだと断定＝推測できるのは「僕」なのである。

同様に、容器のスキーマは越境のスキーマと支え合いながら彼女の目の表象を構成する。

> 彼女はしばらく何かを考えていた。それから僕の目をじっとのぞきこんだ。彼女の目は不自然なくらいすきとおっていた。彼女がこんなにすきとおった目をしていたなんて僕はそれまで気づかなかった。ちょっと不思議な気のする独特な透明感だった。

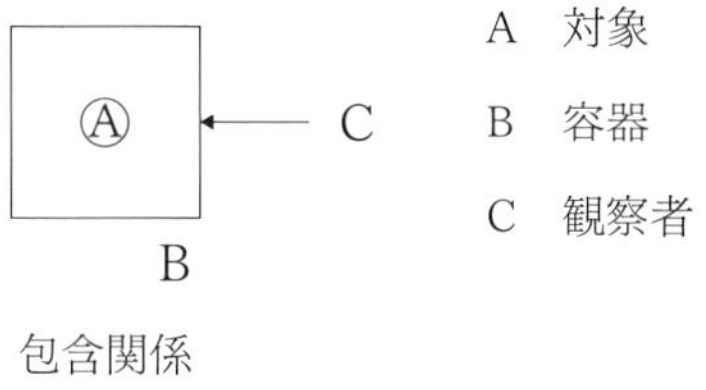

図3　容器のスキーマ

彼女の目の美化・不自然化は、語る現在の汚れた日常からは喪失された対象であることを含意する。彼女の目は彼女の「僕」への能動的な関与があるとき視覚レベルで透明性が付与され、関与の原因として「何かを考え」てとあるように外面と内面の境界を越境しつつ、その思考の内実には不透明性が割り当てられ到達不可能なものとされる。

一方、彼女が「僕」に働きかけられないとき、彼女の視線は不透明と表象される。

彼女はなんとか話しつづけようとしたが、そこにはもう何もなかった。何かが損なわれてしまったのだ。彼女は唇を微かに開いたまま、ぼんやりと僕の目を見ていた。まるで不透明な膜をとおしたような、そんな視線だった。僕はひどく悪いことをしてしまったような気がした。

「僕」は彼女の沈黙は彼女の異常に由来するものと示唆する。「僕」は自分が傷つけたと断定しない。あくまで「ような気」がしただけである。それは、彼女が異常であり、「僕」は単に制止しただけであり、狂った彼女に罪悪感を意識するだけ「僕」は良心的な男性というアイデンティティを作ることができるのである。

三　アイデンティティの危機？

ところで、回想では「僕」のアイデンティティは異なるのだろうか。つまり、「僕」は回想される過去をうまく想起できない。むろん、回想形式のテクストの忘却による距離化・間隔化は、必須の仕掛けである。

蛍は微かに光っていた。しかしその光はあまりにも弱く、その色はあまりにも淡かった。僕の記憶の中では蛍の灯はもっとくっきりとした鮮やかな光を夏の闇の中に放っているはずだ。そうでなければならないのだ。蛍は弱って死にかけているのかもしれない。僕は瓶のくちを持って何度か振ってみた。蛍はガラスの壁に体を打ちつけ、ほんの少しだけ飛んだ。しかしその光はあいかわらずぼんやりとしていた。たぶん僕の記憶が間違っているのだろう。蛍の灯は実際にはそれほど鮮明なものではなかったのかもしれない。僕がただそう思い込んでいただけなのかもしれない。あるいはその時僕を囲んでいた闇があまりにも深かったせいなのかもしれない。僕にはうまく思い出せなかった。最後に蛍を見たのがいつのことだったのかも思い出せなかった。

ここで語る現在の「僕」は想起された過去を誤りとして、記憶に対する現在の信念、蛍の光の強さというメタ記憶からそれを修正しようとする。しかし、距離・間隔のあいた想起された過去の蛍の光はやはり淡く、そもそもメタ記憶自体の妥当性に確信が持てない「僕」は記憶を修正しきれない。「僕」は記憶に対して能動性を発揮できないことにより受動的な主体となっていく。

ずっと前に彼女がそれを着ているのを見たことがあるような気がした。でもそんな気がしただけのことかもしれない。僕にはいろんなことがうまく思い出せなくなっていた。何もかもがおそろしく遠い昔に起こった出来事のように感じられた。
あれはいつのことだったのだろう？　そしていったい何処だったのだろう。うまく思い出せない。今となってはいろんなことが前後し、混じりあってしまっている。僕は目を閉じて、気持ちを整理するために何度か深呼吸してみた。じっと目を閉じていると体が今にも夏の闇の中に吸いこまれてしまいそうな気がする。

彼女のトレーナーと水門を飛ぶ蛍の群れについて、前の引用では対象への距離と共に対象の内容が思い出せないとされ、後の引用では対象の時空間が混合しおそらく現在の自分が当時の夏の闇の中に吸い込まれるとされるように、過去の出来事に対し受動的な「僕」の心性が提示される。

こうした物語世界内の過去の時点のものか、物語世界外の現在時なのか確定できない時空間の混濁現象と主体の出来事に対する被受動性は、残存というトラウマの立場からは、「僕」の主体性は彼女にまつわる記憶の残存によって揺らいでいくと捉えられるだろう。それは残存にいわば主体性があって「僕」に強迫的な作用をもたらしているという考え方でもある。

一方、認知限界によって記憶・表象の主体的制御に限界があり、テクスト記述の断片性によって構成される、記憶を制御する主体は複数の行為体の集合として統一的な主体性の像をもつことが容易ではないとするならば、距離化・間隔化によって作られる忘却・混濁現象は有契性の原理でテクストを統合しきれない意味現象であり、語る主体もまた柔軟に可変していると捉えられよう。

ただし、前節で示した彼女に対するアイデンティティ・立場の確保は、こうした回想の限界を語ることによっては、しかし、揺らぐことはないのである。

四　対話のレトリック

次に、語られる「僕」と彼女とのコミュニケーションを確認する。そこには「僕」の言葉の力によって抑圧された彼女の言葉との潜在する葛藤が看取されるからである。

また会うことを「筋合じゃない」と言う彼女に、「僕」は「筋合いなんてほどのものは何もないよ」と答える。彼女は「僕」に適切な言葉が浮かばないと言い訳する。

「本当にうまくしゃべれないのよ。何かをしゃべろうとしても、いつも見当ちがいな言葉しか浮かんでこないの。見当ちがいだったり、まるで逆だったりね。それで、それを訂正しようとすると、もっと余計に混乱して見当ちがいになっちゃうの。そうすると最初に自分が何を言おうとしていたのかわからなくなっちゃうの。まるで、自分の体がふたつにわかれていてね。追いかけっこしてるみたいな、そんな感じなの。まん中にすごく太い柱が建っていてね、そこのまわりをぐるぐるまわりながら追いかけっこしてるのよ。それでちゃんとした言葉って、いつももう一人の私の方が抱えていて、私は絶対に追いつけないの」彼女はテーブルの上に両手を置いて、僕の目をじっと見た。「そういうのって、わかる？」「誰も多かれ少なかれそういう感じってあるもんだよ」と僕は言った。「みんな自分を正確に表現できなくて、それでイライラするんだ」僕がそういうと、彼女は少しがっかりしたみたいだった。「それとはまた違うの」

意図した言葉には到達できず見当違いな言葉しか浮かばないという彼女の言葉を字義的に理解すれば、彼女は範列性の言語障害をもつ失語症である。しかし、自らの失語症的状態を適切に説明できる点で彼女は失語症とは異なる。

彼女はなぜうまく言えないと語るのか。自らのことはうまく説明でき、「僕」との関係はうまく語れないとすれば、失語症的な言明はレトリックである。その理由に関わるのが「筋合」であり、そもそも彼女の言葉を理解できない「僕」の愚鈍さなのである。

「僕」は彼女の言葉に「うまく答えられることもあれば、どう答えていいのか困るようなこともあった。何を言っているのかまるで聞きとれないということもあった。しかし彼女にはそれは別にどうでもいいように見えた」と判断する。しかし、彼女が伝達の達成を顧慮しないというのは「僕」の評価であって、実際には「僕」が彼女の言葉を理解できていない可能性もありうる。意味不明な言葉を発する点で彼女は病の側に位置づけられるが、それは「僕」が彼女が発する言葉を聞き流しているためかもしれない。また、僕は「僕にはうまく話すことはできなかった。彼女が最初に僕に言ったように、正確な言葉を探そうとするとそれはいつも僕には手の届かない闇の底に沈みこんでいた」と語る。深津氏は、「僕」の失語症は意図と表現が厳密に対応しようとする言語性癖であると指摘し、「僕」の主体化の物語を読みとる。しかし、後述の手紙のように目的のために必要な言葉と実際に表出された言葉が異なるとすれば、そもそも不適切な言語表出・理解の主体は彼女ではなく「僕」なのであり、「僕」の主体化は挫折する。

続いて、「僕」は、かつて「彼と話していると、時々僕は自分がとても面白い人生を送っているような気分になったものだった」と思う。面白く思うのが一時的であるように、「僕」は基本的につまらない人生だと思っており、彼への「僕」の負の感情が示唆される。恋愛がうまくいく彼とそうではない「僕」、三人の主役である彼とゲストの「僕」という関係からは、劣った「僕」の立場が見えてくる。

しかし、「僕」は彼の死にショックを受けてしまい、「僕にしても彼女にしても本当は十八と十九のあいだを行ったり来たりしている方が正しいんじゃないかという気がした。（略）死者だけがいつまでも十七歳だった」と思う。「僕」は、永遠の循環・停滞を望み、彼を想起するが、彼の残存を招いているのは「僕」自身である。

さて、「筋合」とは物事の道理であるが、確かな根拠や関係でもある。彼を求める「僕」に、彼から心変わりした彼女が会うことを求めるのは「筋合じゃない」という言葉で表現しうる。彼女自身の「言いたいこと」に関する迂回的な説明は、「僕」の一般論への解消という反応に対する彼女の落胆が示すように、本心を抑圧しその周辺を語ることで本心を喚起させるレトリックである。彼女が求めていたのは、彼女の気持ちに応える「僕」の言葉なのである。「僕」のこうした鈍感さをふまえるとき、彼女の言葉の恋の含意は、観察者＝語り手である「僕」によって潜在させられ、狂気の側に回収されてしまう。

五 方便としての三角関係

「僕」は対話での彼女にあった角、いわば緊張を怒りとして把握する。

彼女のしゃべり方にはどことなく角があった。彼女は何か僕にはわからないことで僕に対して腹を立てているように見えた。そして僕と彼女は別れた。あるいは彼女が僕に腹を立てていたのは彼と最後に会ったのが彼女でなく、僕だったからかもしれない。こういう言い方は良くないと思うけれど、その気持はわかるような気がする。（略）しかしそれは結局のところ、どうしようもないことなのだ。

「僕」は最後に彼に会いたい彼女の希望が叶わなかったから彼女は怒っていると語る。しかし、それは彼に最後に会えた「僕」の思いを彼女に投影したものである。彼女の気持ちを聞いたわけでもないのに、「僕」は二人の関係に彼を召喚する。彼女に対する「僕」の言い訳は、起こってしまった事態は挽回できず、「僕」は受動的にしか関われないというテクスト全体を貫く諦観＝弁解でもある。こうして召喚された彼は、「僕」と彼女の関係の進展を妨害する理由として使用される。

彼女の求めているのは僕の腕ではなく、誰かの腕だった。彼女の求めているのは僕の温もりではなく、誰かの温もりだった。少なくとも僕にはそんな風に思えた。

ここでは、精神分析的な大文字の他者や超自我として彼が「僕」の恋を制止し、あるいはライバルとして「僕」を励起させ損なっているわけではない。彼女との関係がうまくいかなくなったことを弁解する語りでは、精神分析的な構図は言い訳の根拠として利用される。「僕」は彼女の気持ちを聞かず意識的に彼を想像＝召喚しているからである。

一方、彼女と「僕」の間の境界を「僕」の働きかけによって乗り越える場合もあった。

僕はそっと手を伸ばして彼女の肩に触れた。彼女の肩は小刻みに震えていた。それから僕は殆んど無意識に彼女の体を抱き寄せた。彼女は僕の胸の中で声を出さずに泣いた。熱い息と涙とで僕のシャツが濡れた。彼女の十本の指がまるで何かを探し求めるように僕の背中を彷徨っていた。（略）僕は彼女と寝た。そうすることが正しかったのかどうか僕にはわからない。でもそれ以外にどうすればよかったのだろう？

「僕」は「無意識」に行動する点で、彼女と結ばれるのは不可避であり、他の選択肢はないと語る。しかし、女性が泣いていても、抱かないという選択肢も本当はある。そもそも、「僕」が彼女を抱き寄せたのは無意識であるということは、主体を意識的・理性的存在と見なす法的立場からすれば、それは「僕」の意志ではなく、「僕」には責任がないことを意味する。彼女の指が「僕」の背中で動いていたのは、彼ではなくて「僕」を求めていたからとも考えられるのに、「僕」と彼女の間に彼を介在させ障害を作り出していたのは「僕」自身である。その上で「僕」は、彼女への欲望を自らのものではないと語るのである。いわば破局を不可避としつつ責任を回避する自己正当化がはかられている。また、テクストで「僕」が犯した唯一の失策として語られている挿話がある。

僕はどうして彼と寝なかったのか訊ねてみた。でもそんなことは訊ねるべきではなかったのだ。

「僕」は、今ここにいる彼女への気遣いではなく興味本位から、あるいは彼自身への関心から彼とのことを口にする。ここでは「べきではなかった」と明確に「僕」の失策として「僕」には意識されている。この後、彼女は「僕」から体を離し沈黙し別離するのであり、彼女と破局したのは「僕」のせいと認めていると解釈できる数少ない箇所である。

ただし、それは即座に隠蔽されてしまう。

彼女は背中を向けて眠っていた。あるいは彼女はずっと起きていたのかもしれない。でもどちらにしても僕にとっては同じことだった。一年前と同じ沈黙がすっぽりと彼女を覆っていた。

「僕」は彼女の覚醒と睡眠の二項対立をどちらでもいいと廃棄する。これは、これまでの越境のパターンと類似している。しかし、寮の経営者の噂なり政治的党派なりの二項対立と異なり、彼女の覚醒の有無は確かめようとすれば確かめることができる。しかし、「僕」は彼女が大切ならコンタクトするべきなのに確かめようとはしない。「僕」は、彼女の側からは、彼女をどうでもいいような存在と思っていると判断されてもしかたがないふるまいをしている。「僕」は、これまで言葉の機微を読み取らないし、気を遣うこともしない、責任もとろうとしない。さて、越境は快適な生活などの高次の共通項を抽出するように、乗り越えを可能にする主体の力が誇示されていた。ここでは何に向かって越境は果たされたのか。そもそも、沈黙は「一年前と同じ沈黙」なのだろうか。現在は、二人の関係が一年前とは異なり、それに伴い沈黙の意味も異なるのに、同じとして語るのは、二人の関係をそれ以前と同じことにしたいという「僕」の願望の現れである。

六　伝わるもの／伝わらないもの

彼女と連絡がとれなくなった「僕」は彼女に「長い手紙」を書く。テクストで示されているのはその要約である。その手紙で彼女に会いたいといいつつ迷いながら「僕」がこだわるのは「世界はあまりにも不確実」であるために「自分が感じていることをできるだけ正直に書」くことである。聴き手の気持ちを動かすには聴き手に働きかけねばならないが、「僕」が行うのは自分に対しての配慮のみである。

このため、要約された「僕」の手紙は、〈自分はどうしていいかわからない。気楽に行きたいし深刻なのは嫌だ。同じように君に会いたいんだけど迷っている〉という、「僕」が優柔不断で責任をとりたくないかのような含意を持つ。ここでは「僕」の気持ち自体が潜在しまた顕在する相反する言説が組織される。

一方、彼女の手紙で「今はうまく書けないのです。この手紙ももう十回くらい書き直しています。」と示された表現困難性だが、むしろ手紙は後述のように理路整然と記されていた。すなわち、表現困難性の提示は別の何かを含意する。

彼女は、「何度か相談しようと思ったのだけれど、どうしてもできませんでした。口に出しちゃうのがとても怖かったのです。」と発話による事態の潜在／顕在の恐怖を語り、「あなたに自分自身を責めたり他の誰かを責めたりしないでほしいということなのです。これは本当に私がきちんと全部引き受けるべきことなのです。」と一切を自分の責任に収束させようとし、「この不確実な世界のどこかであなたに会うことができたとしたら」と現実には生起し得ない可能性を語ることで「僕」との繋がりを仮定しつつ、現実には、「これが限界です」「さようなら。」と「僕」との別離を告げていた。

彼女の手紙は、責任を回避しようとする「僕」をふまえ自らの責任を語り、「不確か」な世界で彼女への気持ちは確実だと語る「僕」の言葉をずらして将来は「不確実」だが現時点の別離は譲らない。彼女は配慮や責任もなしに彼女を得ようとする「僕」を巧みに拒絶するのである。

「僕」は彼女の返事を何度も読み返し悲しみを感じる。

読みかえすたびにたまらなく悲しい気持ちになった。それはちょうど彼女にじっと目をのぞきこまれている時に感じるのと同じようなやり場のない悲しみだった。（略）それは風のように輪郭も無く、重さもなかった。僕はそれを身にまとうことすらできなかった。

言葉は伝わるが気持ちが伝わらないと考えたとき「僕」は悲しみを感じる。「僕」には彼女の気持ちはわからず、わからないから彼女や風景と一体化できず孤独なのである。

七　「蛍」の修辞的構成

最後に比喩から「蛍」のプロット構成を整理する。

第一に先行論には、蛍を、たとえば彼女や理想的コミュニケーションなど、何かの象徴として捉える見解もあった(8)。この場合、起点領域から目標領域への写像である隠喩が作動している。隠喩は表現と対象との間を拡張的につなぐことになる。

第二に、「蛍」は、学生寮に同居人と住んでいた話、彼女の話、同居人からもらった蛍の話の三つの挿話から構成されている。「僕」の語りは、「僕」が暮らしていた寮・同居人の話からその話の聴き手であった彼女のことへと移り、その彼女に送るといいと同居人がくれた蛍の話題へと移る。こうした話題の展開に類似しているのは誕生日の時の彼女の話題の繰り出し方である。

彼女はその日は珍しくよくしゃべった。子供の頃のことや学校のことや家庭のことを話した。どれもとても長い話しだった。長いうえに異常なくらい克明な話だった。Aの話がいつのまにかそこに含まれるBの話になり、やがてBに含まれるCの話になり、それがどこまでもどこまでも続いた。終りがなかった。

彼女の話は、ある話の部分が次の話の全体となるように、元の話の全体と元の話の部分、元の話の部分と次の話の全体との部分・全体の関係で展開していく点で換喩的な構造をもつ。換喩とは、事物相互間の隣接性に基づく単一の概念領域内での全体領域と下位領域の間の写像関係である。彼女の話も「蛍」全体の話も展開の換喩性の点で類似する。換喩はプロトタイプと周縁事例との関係でもあり、隣接性は、単語の指示による対象への還元は強力になしうるとしても、長いテクストではテクストのまとまらなさを喚起させる。

第三に、そうしたプロトタイプと周縁事例間の共通項・スキーマを抽象化／具体化していくのが堤喩である。コンストラクションは異なる階層間においてもフラクタルな共通性を持つことから、カテゴリーの上下関係に基づく意味の伸縮現象としての堤喩的な構造をふまえ、本章では「蛍」のコンストラクションとして残存を理想認知モデル化して捉え異時性・葛藤・症状構造などの要素をテクストの構造に見いだした。[9]

その際、本章では葛藤の場として会話・手紙・三角関係をとりあげた。葛藤はそもそも相反する事態・力・価値の衝突であり、いずれかが他を比して優先状態となる。こうして表象される事態に何らかの逸脱が認知され、同時にその逸脱の責任主体の存在が暗示的に認知される。[10] こうした第四の修辞としてのアイロニーでは、テクストの主体がターゲットとなる。本章の後半では、主に登場人物・語り手の「僕」の把握を検討した。「僕」は記憶を語るが記憶される事態に対し不信感を抱くなど、あまり根拠・責任を示さない。「僕」は、残存するイメージとしての彼女や蛍を把握＝表象して捉え、そうしたものに囚われる受動的な「僕」自身をも表象する。話者は、それによって、「僕」を相対化するのである。

むろん、話者は実在の概念ではなく、それが必要とされる解釈時に制作される操作概念に他ならない。さて、このようにテクストは四種の比喩いずれによっても解釈できる。このことはヘイドン・ホワイト『メタヒストリー』（作品社二〇一七・九）の、メタファー＝アナーキズム、換喩＝急進主義、提喩＝保守主義、アイロニー＝自由主義、というイデオロギーと比喩の類型学を疑わせる。[11] 例えば、セリンジャー・ワイジャンティは、換喩は「物事を「還元主義的」に形象する比喩」であり、「部分」が「全体」を完全に表象できないと説くが[12]、還元可能性／不可能性は比喩自体の意味作用なのではなく、解釈者が付与させるものである。同様に「蛍」に付与されうるイデオロギーも解釈によって異なりうる。コンストラクションは、細部の音韻・修辞からプロット、さらには世界観・イデオロギーに至るまでフラクタルでありうるが、等しく／異なって捉えられるのはそれがフレームに由来しているからに他ならない。

このことが意味しているのは、フレームは社会的・歴史的であるが、歴史的・社会的なものもフレームによって構成されるということである。社会的・歴史的現象は認知的であり、かつまた認知現象は社会的・歴史的である点にある。それゆえに歴史・社会と心とは二項対立関係にはなく、社会の中の心、心の中の社会として捉えられる。

［注］

（1）藤木秀朗「『ザ・コーヴ』と情動の文化」（『JunCture』二〇一一・三）・水嶋一憲「情動の帝国」（同）参照。

（2）本書の検討は小著『ファンタジーのイデオロギー』（ひつじ書房二〇一四・四）Ⅱ―2参照。

（3）河野哲也『心は体の外にある』（日本放送出版協会二〇〇六・二）参照。

（4）ロナルド・W・ラネカー『認知文法論序説』（研究社二〇一一・五）二〇三頁。

（5）前掲『認知文法論序説』二一一頁参照。

（6）尾谷昌則「伝統文法から構文文法までの史的展開」（『構文ネットワークと文法』研究社二〇一一・三）が整理するように、構文は認知言語学では音韻論・統語論・意味論をつなぐ概念である。一方、前掲『ファンタジーのイデオロギー』Ⅲ―1・小著『テクストの修辞学』（翰林書房二〇一四・九）Ⅰ―6～7のコンストラクション（構成体）は主として統語論・意味論・語用論・物語論をつなぐように、概念にズレがある。

（7）前掲『認知文法論序説』六四五頁。

（8）原田敬三「村上春樹『蛍』の分析」（『国語表現研究』一九九八・三）・天野広也「村上春樹「蛍」論」（『成蹊国文』一九九八・三）等。小著『認知物語論とは何か？』（ひつじ書房二〇〇六・七）Ⅳ―1で蛍の意味論的ネットワークを整理した。

（9）高橋英光『言葉のしくみ』（北海道大学出版会二〇一〇・二）一二五頁参照。

（10）岡本雅史「レトリックが照らす認知とコミュニケーションの相互関係」（『言語運用のダイナミズム』研究社二〇一〇・六）二一六頁参照。

（11）小著『政治小説の形成』（世織書房二〇一〇・一一）Ⅱ―1では、ホワイトの修辞学にかえて認知意味論で世界観としてのイデオロギーを考察した。

（12）「換喩から提喩へ」（『日本文学からの批評理論』笠間書院二〇〇九・八）一五九頁参照。

5　コンストラクションの問題
――超短編II「青が消える」「とんがり焼の盛衰」「カンガルー日和」

一　はじめに

構成体《コンストラクション》は、分析において核となる細部の表現と物語全体との関係を説明する操作概念である。[1]私は、以前、計算論的なスキーマほど抽象的でもなくスクリプトほど可変性に欠ける具体的手順でもなく、表現細部の語彙・レトリックと物語の全体構造ないし社会的言説との関係を解釈的に説明しうる操作概念としてコンストラクションを定義した。

本書のこれまでの分析成果を概括する。一見、統一性をもたないかのような断片的なエピソードの集積である「アイゼンハワー」から力ではどうすることもできないという共通項を抽出した。[2]「三つのドイツ幻想」の異化の技法は日常・現実と非日常・幻想の境界が持続しつつ相互に交渉し続けるコンストラクションとして捉えられる。[3]同様に、「鏡」は、二項対立の設定とその変質あるいは両項の通底を示す二項対立自体に再帰・言及するフレームを構成する。[4]そして、精神分析批評が表象不可能な事態を把握する際の残存の倫理的・多重的なモデルをコンストラクションとして捉え返して、村上春樹「蛍」を解釈すると共にフラクタル現象を検討した。[5] このように、コンストラクション分析はテマティスムの新しいバリエーションとも言えよう。

しかし、ゲシュタルト構造の点で全体には個々の要素の総和以上の意味がある。テクストを構成する部分の分析は、テクスト全体の分析とは必ずしも対応しない。[6] したがって、細部の構造とテクストの全体構造との関係性を問う必要があるだろう。

そこで、本章では、転換点を描く村上春樹の任意の短編小説・超短編小説を選び、コンストラクションと物語解釈との関係を検討する。ある転換に直面して不可逆的な経緯をたどり、転換以前の状態には戻れず、その喪失をノスタルジーとして語る。こうした転換点によって事態が変わってしまったというコンストラクションは、村上春樹のベストセラー『ノルウェイの森』に限らず、春樹の教科書教材の物語がよく採用しているが、転換点は転換点として自明なのだろうか。

転換点をめぐるコンストラクションは、いわば転換点ジャンルを構成する。転換点をめぐる読解フレームが、具体的な物語に対して働きかけ、転換するというプロトタイプに基づく物語解釈、一方で転換からの逸脱・距離化によって変容しうる物語解釈をもたらすだろう。

第二節では比較的明確な転換点を扱う。「一日ですっかり変わってしまうこともある」は「僕」の作家への展開が示される。「鉛筆削り（あるいは幸運としての渡辺昇①）」は新品の鉛筆削りがもらえる幸運の到来という転換点が描かれ、「ジャック・ロンドンの入れ歯」では物語の本題である教訓は経験を通して獲得される。コンストラクションは直接的にも間接的にも語られる。第三節で扱う「青が消える」では「青」が消える現象が生起するが、「僕」の記憶からは消えてはいない。いわば転換点が瞬間ではなく幅を持っているのである。第四節では「とんがり焼の盛衰」では、とんがり焼の新作をめぐる承認と排除の争闘が描かれるが、「僕」の転換点への関与は「青が消える」とは対称的である。第五節ではそうした転換点が創られた起源であることを喚起する「カンガルー日和」をとりあげる。

二　転換の到来　超短編

本節で扱うのは超短編小説もしくはエッセイである。村上春樹のエッセイの小説性について前に指摘したように、(7)エッセイと小説の間は近く、転換点の扱いを検討する上で両者の差異は、選んだ作品群においては問題はない。

「一日ですっかり変わってしまうこともある」（『村上朝日堂はいかにして鍛えられたか』新潮社一九九七・六、新潮文庫一九九九・八）は、ものの見方が変わってしまう転換点をモチーフとする。語り手は「何かに対するものの見方が、あるひとつの出来事を境に、たった一日でがらりと変わってしまうということはたまにある。」とトピックを提示する。転換の頻度は頻繁ではなくたまにあり、方向性はポジティヴ／ネガティヴに変化する。

次に、ダイナ・ワシントンの「たった一日がなんて大きな変化をもたらすか」で描かれる恋も世界が「昨日までとはまるで違った」もののように感じられる。

三番目に、「僕」は「ふらっと暇つぶしに見に行った」ようにデ・キリコに対する関心がなかったが、美術館で「デ・キリコの一生をそのままたどれるように」展示されている絵を見て「予想を裏切って面白かった」と思う。「ふだんあまりに巧妙な「複製」に取り囲まれているせいで、「実物」の持つ荒々しさや激しさや重さを、つい見失っていく傾向」があるが、美術館で展示を見ることで、それまで美術書で見ていたときとは明らかに異なる「本物の作品の持っている重み」を「僕」は感じることができたとする。

四番目の事例として、「僕」が「そうだ、今から小説を書こう」と思った二十九歳の四月の「ある一日」から一年後、「僕」は作家デビューを果たす。「僕」は「まさにこの日に、神宮野球場の外野席で、既に作家になっていた」と語る。

こうして「一日ですっかり変わってしまうこともある」では転換のモチーフが反復する。

こうした転換点は他の超短編作品でも現れる。

「鉛筆削り（あるいは幸運としての渡辺昇①）」（『メンズクラブ』一九八五・一一、『村上朝日堂超短篇小説夜のくもざる』平凡社一九九四・六、新潮文庫一九九八・三、『はじめての文学村上春樹』文藝春秋二〇〇六・一二）は、水道修理屋で鉛筆削り収集家の渡辺昇によって薄汚い鉛筆削りをぴかぴかの新品の鉛筆削りに交換して「僕」は手に入れることができたという幸運が訪れたという物語である。

「僕」の所有していた「薄汚い」「ごくあたりまえの」鉛筆削りは、レアな品物であり、その価値は渡辺のみが知っている。「僕」からすればただの古びた「アトムシールつき」の鉛筆削りに過ぎず、交換してもらった「ぴかぴかの」「新品の最新式の」鉛筆削りの方がうれしい。渡辺も「交換用の」鉛筆削りと「けっこう珍しい」貴重な品物を入手できて満足しているはずである。

こうして、「こんな幸運は人生の中でそう何度もあるものではない」という「幸運」は「僕」にも渡辺にも訪れていることになる。また、お互いの品物に見出す価値は異なり、価値は相対的に決定されている。一方、渡辺の交換用鉛筆削りを「いつも」「持ち歩いている」努力は「非現実的[8]」であるかもしれないが、何もしない受け身の「僕」にとって、その「幸運」は「何度も」ないのに対し、渡辺にとってはその「幸運」は交換品を持ち歩く準備の努力によって実現可能性が高められていたと言えよう。佐野正俊氏は「意思を超えて人間に作用する幸運[9]」と捉えるが、その点では意思は介在していたのである。

「鉛筆削り（あるいは幸運としての渡辺昇①）」はそうした意味で「幸運」のエピソードによって、幸運前から幸運後という転換が描かれていた。

「ジャック・ロンドンの入れ歯」（『朝日新聞』一九九〇・五・二一、『村上春樹雑文集』新潮社二〇一一・一、新潮文庫二〇一五・一一）は、朝鮮半島に渡ったジャック・ロンドンに会いたがった村民の目当ては入れ歯であったことから、ロンドンは努力しても認められるのは稀だという教訓をひきだし、「僕」は大学生のヒッチハイクで寝ている間に同行者から罵られたことから、悪口を言われたときは寝たふりでやりすごすという教訓を導く物語である。

「僕」は、誕生日が同じで自殺した作家ロンドンの作品をよく読んでいたという導入から、ロンドンが経験から教訓を導いたエピソードと、「僕」が経験から教訓を導いたエピソードを「似たような経験」として語り、「二者に共通して認められる個人的教訓獲得過程の特徴[10]」として、そうして得た「個人的教訓」は「得ようと思って得られるものではない。それは不可思議な道筋を通ってかなり唐突に頭上から落ちてくるもの」であり「効用もまた大きい」と語りつつ、一方で「一般性、普遍性があるかまでは知らない」というように、これまで語ってきた経験・効用を相対化してみせる。

「ジャック・ロンドンの入れ歯」の教訓は、「鉛筆削り」の幸運と同じく、あるとき突然到来する点で、到来前から到来後の転換が描かれる。
こうして三作品では転換点が描かれる。

三　転換の振幅「青が消える」

「青が消える（Losing Blue）」（『LEONARDO』一九九二、『村上春樹全作品1990〜2000①』講談社二〇〇二・一二）は、世界から青が消えたことで「僕」はガールフレンドや駅員や総理大臣に訴えるがどうにもならず、青は僕の好きな色なのだとつぶやく物語である。

あらためて物語を概観する。

みんなはミレニアムで盛り上がっていたが、「僕」は二〇〇〇年になっても「世界が変わるってわけでもないんだ。くだらない」と思う。しかし、一九九九年一二月三一日に、世界から青が失われ白色に変わってしまった。「僕」は青が好きだったし周りからも青がよく似合うと言われていた。白は「見知らぬ人の骨のような」色であり、後に総理大臣から聞かされる若山牧水の短歌も白は「空の青／海のあをにも染まま」ない色として孤独・断絶を含意する。そのときの「僕」は元ガールフレンドと喧嘩別れをしていて「ひとりぼっち」だった。

元ガールフレンドに青の消失について電話しても、「みんなが楽しんでいる」ときに「どうしてあなたはわざわざ（略）青がどうした（略）なんてロクでもない話を私に聞かせなくちゃならないのよ」と「半分喧嘩腰」で電話を切ってしまう。彼女は集団の流れに身を任せつつ、一方で「僕」が喧嘩別れの相手なので冷たいのである。

駅員に聞いても「政治のことは私に聞かないでください」「私は青のことなんてこれっぽっちも知らないんですよ」と返されてしまう。駅員の言葉から、青の消失には政治が関与し、言論が統制されているらしい。米仏という資本主義陣営の大国の国旗を崩しうる三原色に干渉できる技術ないし現象は、駅員を始めとする大勢の人々が知っているが、口にできない。一方、人々と関係を切断していた「僕」はその事情を知らないのである。

最後に、「僕」は総理大臣の合成音声に青の消失を尋ねる。しかし、総理大臣の声は「何かひとつなくなったら、また新しいものをひとつ作ればいいじゃありませんか」と、変化を「経済」の原則として提示する。日々変化し続けること、そのフレキシブルな流れに身を任せて生きること、それを視覚レベルでも実現しうる技術革新＝経済＝人生が日本に導入された象徴が青の消失であったとも言えよう。「青」が僕のアイデンティティであったとしても、青の消失はアイデンティティを可変的に状況に応じて流動化させていく。しかし、大高知児氏が「権力や時流に負けそうになる「僕」なのではあるが、自分の好きな「青」という言葉と「青」という色の記憶だけは守り続けようとしている」[11]と指摘するように、そうしたフレキシブルなモードを「僕」は拒否する。そうした抵抗の可能性／困難性が結末の「僕」の「小さな声」だったのではないだろうか。

むろん、青が消える事態は、個人的な孤独・喪失感から文明批評性に至る様々な解釈[12]が可能である。大高氏は、「システムの寡占化・画一化の動きが生じ、政治的・社会的に無関心な層が増加するに伴って、独裁的な政治が進行してしまう」[13]と読み解き、原善氏は初出英語版からの母親の消去と全作品日本語版でのガールフレンドの記述の厚みと総理大臣の声の簡略化への転換が、個人的な虚無感・孤独感による普遍化をもたらすと説く[14]。そこで重要なのは事態の転換と旧事態にこだわる「僕」とそれを軽視し新事態を重視する大勢という構図であり、両者は同じ読解のグラディエーションなのである。

さて、日本語版は英語版のタイトルが括弧書きされ、それに「青が消える」という日本語表記が追加される。山下航正氏は、原題の進行形等から、「語り手にとっては、この〈物語〉が語っている〈現在〉も継続中[15]」であり、「僕」は「〈出来事〉を〈物語〉として完全には相対化できて[16]」いないと捉えるのに対し、原氏はそれを「誤読」として「時刻が示されて進む現在進行形であることが作品の大きな特徴[17]」と指摘する。しかし、原氏の物語内容水準の把握と異なり、山下氏は物語行為を問題としている。[18]もっとも、語り手を実体視する立場を採用するとしても、語り手は過去を対象化できていないわけではないし、事態は単純に現在進行形なのではあるまい。

英語の進行形は、ジェフリー・リーチによれば、[19] lose は移行出来事動詞であり、「消える」という移行への接近、「消える」という限定された達成の時間を含意することで、消えつつある変化を表現する。losing は「消える」到達点とそこに至る先行局面を意味する。また、日本語の「消える」は動作の開始・過程・到達点の全体を捉える限りで完成相である。おおよそ、原題の進行形、日本語題の基本形は消える過程を全体として把握すると言えよう。

物語では、青色が消える。このとき、青色が物理的に消える過程と共に記憶・概念としては「僕」や人々には残ることで、青色が社会的・政治的に排除されつつ、「僕」がその価値を主張する葛藤が描かれる。青が消える転換点と消失の前後の過程を全体として描く。よって、「僕」は語られる過去に囚われて相対化できないというわけではない。

四　転換との距離　「とんがり焼の盛衰」

「とんがり焼の盛衰」（『トレフル』一九八三・三、『カンガルー日和』平凡社一九八三・九、講談社文庫一九八六・一〇、『村上春樹全作品1979〜1989⑤』講談社一九九一・一）、『めくらやなぎと眠る女』（新潮社二〇〇九・一一）は、料理に一家言ある「僕」がとんがり焼の新商品募集に応じたものの、社員もとんがり鴉も「僕」のとんがり焼には賛否相半ばし、殺し合うとんがり鴉を見て嫌悪感を持った「僕」は応募をやめ鴉なんか死んでしまえと思う物語である。

村上春樹は、「とんがり焼の盛衰」を「文壇に対して抱いた印象を寓話化」（『めくらやなぎと眠る女』）したと述べるように、波瀬蘭氏はとんがり焼を芥川賞になぞらえ、とんがり鴉を選考委員とした「文壇との決別[20]」の物語として解釈する。しかし、寓話は多義に開かれており、表現と解釈文脈との相関に応じて変容し、作者の意図に縛られるわけではない。たとえば、大國真希氏は、「集団が有する（資本的な）欲望のアレゴリーとも考えられる[21]」とし、中村三春氏は「とんがり焼の盛衰」や「あしか祭り」など『カンガルー日和』所収の短編群を「ナンセンス文学[22]」と呼称する。とすれば、改めて物語表現に基づいて検討する必要があるだろう。

「僕は菓子についてはちょっとうるさい」と繰り返し言い、社長や専務の長い話のポイントを的確につかむように、「僕」は自らを常識人のように語るが、人々と違って「有名」なとんがり焼・とんがり鴉については知らず、とんがり焼説明会で「とんがり鴉？」と叫ぶように、世間知にうとい人間なのである。

さて、とんがり鴉は、ぶくぶく太った体で叫びながら餌を奪い合い殺し合うように醜くあさましい。しかし、ペットフードをペットが食べた量で決めるように、とんがり鴉が好むからとんがり焼なのだとすれば、その判定方法には一定の合理性がある。とすれば、「僕」のとんがり焼は社員達の間でも若手と年配者とで判断が分かれていたように、とんがり鴉の反応は、単一の真理・価値観から複数の真理・価値観へと、時の移り変わりと共に変化しつつあることの現れである。

したがって、「僕」がとんがり鴉に当落をゆだねることに「間違っている」と不審を抱き、「僕は自分の食べたいものだけを作って、自分で食べる。鴉なんかお互いにつつきあって死んでしまえばいいんだ」と思うことは、「僕」を支持してくれている者たちへの嫌悪と共に、行事・イベントには溶け込めない人間であることも意味する。

物語はとんがり焼をめぐる唯一絶対の価値から争覇しあう複数の価値へという転換を底流とする。人々のとんがり焼への信仰・畏怖のみの状態から非信仰・嫌悪を含む状態へと転換していく。また、それは、とんがり焼自体の、明快な全体一致的な境界設定から、判定する主体とされた集団にすらとんがり焼の境界は決定不能であり、その故に判断の正当性の是非をめぐってとんがり鴉が殺し合う状態に陥る。そうした転換点に対し、「青が消える」の「僕」と同じくイベントには拒否反応をしつつ、「青が消える」の「僕」と異なり転換の流れに与しているのが「僕」であった。

五　創られる転換点　「カンガルー日和」

「カンガルー日和」(『トレフル』一九八一・四、『カンガルー日和』平凡社一九八三・九、講談社文庫一九八六・一〇、『村上春樹全作品1979〜1989⑤』講談社一九九一・一、『はじめての文学村上春樹』文藝春秋二〇〇六・一二、『めくらやなぎと眠る女』新潮社二〇〇九・一一）は、赤ちゃんカンガルーの誕生を知ってから一月後のカンガルー日和に動物園に訪れた「僕」が、母カンガルーの袋に赤ん坊が入ったのを見て満足した彼女から声をかけられるという物語である。

カンガルー日和とはカンガルーを見物に行くのにふさわしい日のことである。

佐野正俊氏は、「「見物」に消極的な「僕」は、「カンガルー日和」という巧妙な〈戦略〉を用いて、実行日を「一か月」間にわたって先伸ばしにし続けていた[23]」のであり、「不本意ながらも「彼女の目あて」に自己をすり寄せた結果、つまりは〈合理化〉の結果、そのように語らざるを得なくなった[24]」と指摘する。

カンガルー日和という動物園に行くべき転換点は「我々」にとって適切なタイミングがあるためと語られる。しかし、カンガルーの誕生を知ってから一ヶ月はあっという間に過ぎている。「僕」は天候や用事があってなかなか行けなかったと言うが、語られている最初の一週間のうち、雨の二日、区役所、虫歯の計四日間はともかく、ぬかるみや嫌な風は単なる気分的なものである。理由の記されている一週間すら多くは言い訳であり、記されない三週間分も単に決断の先送りであることが推測される。動物園訪問は、一ヶ月の経過を新聞の集金で知るように「僕」の中では優先度が極めて低いのである。

もちろん、以前は「カンガルーの赤ちゃんだけがいま問題になるのだろう」と彼女に反論していた「僕」は、いざ動物園に来てみると「目あてはもちろんカンガルーの赤ん坊である。それ以外に見るべき何があるだろう」と発言している。しかし、これは彼女に言い負かされた後の「言わされている[25]」言葉とも解釈でき、さらに言えば、カンガルーはおろか動物園行きにそもそも消極的であった「僕」の無関心さを示してもいる。

中野和典氏や増田正子氏は、村上春樹の作者自解（「自作を語る」『村上春樹全作品1979～1989⑤』）や、彼女の「いろんな可能性を思いつ」いた母親カンガルーが「ノイローゼにかかって奥の暗い部屋にひっこんでいるんじゃないかしら」なったり「二度とカンガルーの赤ちゃんをみられないような気がする」等の発言を彼女の自己投影として解釈し、彼女の「出産への不安[26]」・「子どもを産み育てること、新たな家族を持つことへの願望と不安[27]」を読み取る。しかし、彼女の妊娠はないと考えても、カンガルーを早く見に行こうという婉曲的な言葉、なかなか動かない「僕」へのやんわりとした嫌味と解釈できる。

いざ来てみると、赤ちゃんカンガルーが袋の中にいない事態に彼女は「赤ん坊じゃないみたい」と言い、「私たちもっと早く来るべきだったのよ」と悔いる。しかし、先延ばしにしたのは「我々」ではなく「僕」であり、前者の発言には「僕」は慰めの言葉をかけるが、後者には言葉ではなく、「僕」が彼女の腰を「軽くとんとんと叩く」にとどめる。それは、「刺激しない程度に諭している[28]」との辛島氏の評もあるが、つまりは行きたくなかった「僕」の判断の結果を受け入れさせていることでもある。

「僕」はふだんはそうした力を背景に女性を従えるが、「これまで女の子と議論して勝ったことなんて一度もない」ように、言葉だけでは女性に負けてしまう。女性を「女の子」と見下し、女性の論理を不思議なもの、聞かなくてもよいものとしているから負けても平気なのであり、一方で負けることが「僕」のカンガルー以外に見るべきものはない、という、カンガルーのために動物園を訪れることを合理化する発言をさせるのである。

さて、「僕」はカンガルーについて彼女から質問攻めを受けるが、「僕」の答えは記事を根拠とするなど、彼女の疑問は「僕」によって一応答えが与えられ、彼女の言葉から「僕」の疑問ができる点で、一見、「僕」が優位であるかのようである。しかし、質問に「僕」がうまく応えられないことを中野氏は、「自責にかられるという「僕」の一方的な献身[29]」と評価する。しかし、カンガルーの生態を知らないにもかかわらず、単に言葉だけで体面を取り繕うことは「献身」とは言い難い。

一方、彼女は「僕」のように口から出任せを言うのではなく、わからないものはわからないと誠実に返答していた。また、彼女が見たがっていた子供が袋に入っている姿はカンガルーのプロトタイプでもある。とすれば、彼女の不安定さを見るのは一面的に過ぎよう。

しかし、「僕」は慰めの言葉をかけたり、アイスクリームを買い、「何か食べる」と声をかける。「僕」のカンガルーへの関心は彼女との関係から生まれており、動物園でのそうしたふるまいは彼女に対して気遣える誠実な「僕」が演出されているのである。

結末の彼女の言葉「ビールでも飲まない」が『はじめての文学』版のみ「マレー熊を見に行かない」なのは、彼女が「子供の目を取り戻している[30]」からではあるまい。当初目的を満たして、食欲を満たすべく他場所へ移る他のバージョンに対し、『はじめての文学』版はカンガルーがいた動物園の他の動物もというありふれた理由ではないだろうか。ビールに誘う彼女はようやく「僕」を気遣えることができ、二人に調和が訪れたことになる。[31]しかし、これは調和とは言い難いことはこれまでの検討から明らかであろう。

カンガルー日和というタイミング・転換点は天候・大勢あるいは「我々」によって用意されたよう

でありながら「僕」が自分で作ったものであり、そうした作為性に気づくとき、転換点自体が無効化されてしまうのである。

六　コンストラクションの評価

こうした転換点の無効化・相対化は他にも見ることができる。たとえば、二節で扱った単純な物語ですら、そこには転換を相対化しうる語り方がなされている。

青嶋康文氏は四番目の作家への転換の記述に対し、「何をきっかけに小説を書こうと思いたったのかは何も語らない。ただ、その時の身体の反応のみを語」っており、「「わかる」ということは、簡単に説明できることではなく、その人の奥深いところで何か変化が起きるということ[32]」と指摘する。しかし、意味不明で無根拠な記述しか提示しえないとすると、それは「僕」の思いの切実さと共にその叙述自体を相対化してしまうことになりはしないだろうか。

また、「鉛筆削り（あるいは幸運としての渡辺昇①）」において、鉛筆削り程度の品物がもらえることを人生においてめったにないという「僕」の言葉は字義的にとらえていいのだろうか。ここでは渡辺という妙な人物によってもたらされたことが「何度もあるものではない」のであって、そうでなければ何かしら今後とも起こりうるのではないだろうか。

同様に、「ジャック・ロンドンの入れ歯」において、二人の教訓は他者理解の困難、関係改善の放棄に関わり、従軍記者も行うなど積極的なロンドンはともかく、少なくとも「僕」の場合は、「僕」のそれまでの人生での対人関係の実践が、関係を切断して自己正当化をはかる教訓に至っているとすれば、明確に意識化されただけで、実践的には変わらないとも考えられる。とすると、これらは転換点だろうか。端的に言えば、それは単に転換点として描かれているだけである。それが転換点として意味を持ちうるのは読解フレームを通してである。

コンストラクションはそれ自体としては意味・価値を持たず、解釈の文脈と関連づけることで有意性を帯びる。たとえば、「とんがり焼の盛衰」は大勢に抗して個人の感性を守る物語（文壇批判の寓話）とも、大勢側から蒙昧を指弾する物語（大きな物語の崩壊）とも解釈できる。分析者の文脈によって細部の解釈が規定される構図となれば、先行論との関係において提出される解釈は、それを駆動する文脈が新奇であれば、その文脈を肯定する受容側の文脈によって分析成果は注目されることもあれば、否定する文脈では突拍子もないものとして否定され、文脈が陳腐化すればそれを肯定する受容側の文脈では安定した定評を受け、否定する文脈では負の価値を帯びる。

このとき問題となるのは操作概念を使用／受容する文脈である。操作概念を評価する文脈を検討しないまま多用するとき、思考の停止と共感の共同体が強化されていくのである。

［注］

（1）小著『ファンタジーのイデオロギー』（ひつじ書房二〇一六・五）Ⅲ―1参照。
（2）本書Ⅰ―1参照。
（3）本書Ⅰ―2参照。
（4）本書Ⅰ―3参照。

（5）本書I—4参照。
（6）小著『テクストの修辞学』（翰林書房二〇一四・九）I—1参照。
（7）注2に同じ。
（8）無署名「鉛筆削り」（『中学生の国語3学習指導書』三省堂二〇一二）一二七頁。
（9）「鉛筆削り」（『村上春樹作品研究事典増補版』鼎書房二〇〇七・一〇）三八頁。
（10）無署名「ジャック・ロンドンの入れ歯」（『新しい国語　教師用指導書』東京書籍一九九三）八〇頁。
（11）『青が消える（Losing Blue）』の可能性」（『村上春樹と一九八〇年代』おうふう二〇一二・五）一八六頁。
（12）松本誠司「村上春樹『青が消える』による学習者の読みの交流」（『国語教育研究』二〇〇八・三）、佐藤洋一・岡田智「小説教材における「習得・活用」の授業・評価開発」（『愛知教育大学教育実践総合センター紀要』二〇一〇・二）は、「僕のガールフレンド」の消失、「環境問題」、「旧時代の文化が消えることへの警鐘」・「大切なものが変化する現代社会」・「現代人の無関心」等をあげる。
（13）前掲「『青が消える（Losing Blue）』の可能性」一八〇頁。なお、鎌田均氏はこうした「寓意性、批評性が私たちの文明社会を撃つ」（『青が消える』」（『〈教室〉の中の村上春樹』ひつじ書房二〇一一・八）二三四頁）読解によって「自分のあり方そのものを根本から覆すような」「感動の深み」（同二二五頁）が「教室の「深まり」を求める状況は緊迫度は増している」点で重要と説く。これは、いわゆるテクスト論における語りの反転と自己に対する否定性を日本文学協会国語教育部会的に言い換えたものだが、結局、イデオロギー暴露というよくある作品の解釈可能性の幅にとどまる、予想された読解である。すなわち、「深み」や「根本」等の語彙は単なる自説の卓越化のためのレトリック以上の意味を持たず、こうしたレトリックを少なくとも作品解釈レベルの論述で使うことは論証の邪魔なのである。同様に、「緊迫度」とは誰にとっての「緊迫度」なのか。たとえば、特定の方向のみの解釈をすることが、どういう点で国語教育において必要性があるのか全く示せない、極めて情緒的な言明なのである。テクスト論を「和風てくすと論」として批判する日本文学協会国語教育部会のアプローチはテクスト論＝「和風てくすと論」の偏向バリエーションであり、自らのアプローチの欠陥に無自覚な点でテクスト論よりも弊害が大きい。

（14）中野登志美氏は「人のアイデンティティや存在理由は代替えが可能なのか」（「自己を問う〈読み〉を働き掛ける虚構」（『国語教育研究』二〇一一・三）七頁）という問いとして捉える。

「村上春樹「青が消える（Losing Blue）」が消したもの」（『昭和文学研究』二〇一五・三）参照。また、

（15）「村上春樹「青が消える（Losing Blue）」」（『日本文学』二〇〇八・一〇）六三頁。

（16）前掲「村上春樹「青が消える（Losing Blue）」」六四頁。

（17）前掲「村上春樹「青が消える（Losing Blue）」が消したもの」一五頁。

（18）「語りと文学教育」（『日文協国語教育』二〇〇九・一一）参照。ただし、須貝千里氏は「登場人物としての「僕」と語り手の「僕」を分離することができない」とし、太字表記などから「外部がないということが外部から問題にされている」（「国語教科書の中の「ポスト・ポストモダンの声」」『月刊国語教育研究』二〇一〇・五、八頁）と説き、新見公康氏は人物としての語り手の外部の機能としての語りが「僕」を批評する（「村上春樹「青が消える」を読む」（『横浜国大国語教育研究』二〇一二・一〇、八〜九頁参照）と評するが、語りの機能が批評・問題視しているわけではなく、分析者が問題としているのである。

（19）Leech, G. N. (1971) *Meaning and the English Verb*. Longman, pp.18–19.

（20）『村上春樹超短篇小説案内』（学研パブリッシング二〇一一・三）一六七頁。

（21）「とんがり焼の盛衰」（『村上春樹作品研究事典増補版』一三八頁。また、清水良典「とんがり焼きの盛衰」（『国語総合学習指導の研究』筑摩書房二〇一三・三）も同様である。

（22）「短編小説」（『村上春樹がわかる』朝日出版社二〇〇一・一二）五九頁。

（23）「村上春樹「カンガルー日和」の教材研究のために」（『日本文学』二〇〇〇・八）五〜六頁。

(24) 前掲「村上春樹「カンガルー日和」の教材研究のために」四頁。
(25) 辛島デイヴィット「カンガルー日和」(『英語で読む村上春樹』二〇一六・五)五五頁。
(26) 「逆説の母子像」(『福岡大学日本語日本文学』二〇一二・一)三五頁。
(27) 「「カンガルー日和」(村上春樹)試論」(『文学・芸術・文化』二〇一四・三)四四頁。
(28) 前掲「カンガルー日和」四九頁。
(29) 前掲「逆説の母子像」三五頁。
(30) 前掲「逆説の母子像」四〇頁。
(31) 根本啓二「「カンガルー日和」を読む」(『国語　教育と研究』二〇〇九・三)は、彼女が被保護から保護することへ転換すると共に、「僕」の不本意な訪園から満足したそれへの転換が描かれると解釈し、物語のグローカルな構造を読解する。また、宮嶌公夫「「カンガルー日和」について」(『イミタチオ』二〇一六・五)は、「お互いにお互いの内面とは積極的に関わろうとしない二人の」「関係性こそを〈僕〉は再現」するため、過去の出来事なのに現在形も使われているとする。非過去形は事態を図式的に捉えているが故に、そうした関係性をシナリオ的に提示しているのである。
(32) 「身体の深いところでわかるということ」(『〈教室〉の中の村上春樹』ひつじ書房二〇一一・八)三二三頁。

6　物語とコンストラクション――「ささやかな時計の死」

物語は時間的因果による出来事配列、物語スキーマや物語文法、事象の語り手による媒介、現実理解の基礎となる様式など様々な定義が可能であり[1]、文学作品だけでなく、社会実践と捉える観点もある。また、物語を前後する会話と行為の文脈で形成されるもの、局所的な現れと同時に社会的歴史的文脈に位置するもの、即興と偶然性のパフォーマンス、それによって権力や支配が行使されアイデンティティが形成されるとも考えられる[2]。

認知言語学は、言葉が身体性によって動機づけられており、主体の出来事の捉え方が言語表現に反映されていると考える立場から言語と比喩とは切り離せない等の主張を持つ学問で、言語だけではなく物語の分析にも有効なアプローチである。では、認知言語学で、物語はどのように理解できるだろうか。高校国語教材でもある村上春樹「ささやかな時計の死」（「ささやかな時計の死。」『ハイファッション』一九八六・一二、のち「ささやかな時計の死」『村上朝日堂はいほー！』文化出版局一九八九・五、新潮文庫一九九二・五）を例示に用いながら話を進めよう。

「ささやかな時計の死」は、昔はねじまきによって時計に密接に関わることで時計が家族の一員であったものだが、電池式で便利になってからは時計との距離がひらき電池切れで突然時計がとまるという話と、そうして現在とまってしまった時計を「僕」に贈ってくれた女性（物語では「彼女」と表現）が死んだ話からできている。「僕」の人生は「僕」が語ることで擬似的に自伝的な構造を伴い、記憶のような物語となる。

認知心理学では文章理解として物語を捉え、読者が物語世界を疑似体験すると考える。佐藤浩一氏等の疑似自伝的記憶モデルでは、出来事の時間的展開とその語りの点で物語と自伝的記憶とは類似し、物語読解には自伝的記憶に似た記憶表象が擬似的に作られ、読者は物語世界を現実世界のように疑似体験する。(3)

さて、読者が物語世界への入り込みによって強い疑似体験をする状態を没入と呼ぶ。読者は、物語世界へと輸送され、読者の意識が物語の出来事に集中して、物語世界を鮮やかにイメージする。物語世界への入り込みとは物語を読み、物語世界に移入することで、その世界を味わい代理経験できることを指す。移入の利点として、読者は移入によって、未知の情況に対する経験の蓄積が可能になる点があり、欠点として物語の語り手や登場人物の考え方に影響されたり制約されたりして、現実状況に適切な判断ができなくなる点がある。移入によって「僕」に同一化すると「僕」のものの見方や価値観に囚われてしまう場合がそれである。

「ささやかな時計の死」に対する相沢毅彦氏の物語解釈を検討しよう。(4)

相沢氏は、「僕」と彼女の関係はもっとも「稀薄な」関係だという。なぜなら、偶然同時期にハワイに行くことになった「僕」たち夫婦と一緒に滞在した友人の妻である彼女に対して、「四人で借りた方がずっと安い」という経済的合理性を一緒に滞在した理由にしたり、「気心もまあ知れている」

と「まあ」という言葉が示す躊躇いがあり、さらに妻も彼女をケチと評しているからである。一方で、彼女は、その死が他の友人達の死のように「正直に言って、悲しいというよりは悔しさの方が先に立つ」ような「同年代の知人・友人」の一人でもあり、「僕」がねじまき時計に思いをはせるように、彼女も「一九六〇年代に流行し、それ以降流行らなくなってしまったものを八〇年代の「現在」においてもなお目を向け続けている」点で似ているとする。

相沢氏は、「筆者」として春樹と「僕」を繋げ、彼女の死を電池時計的に捉えられつつ、同時にねじまき時計的にも捉えられている語りの両義性を、物語への共感的な移入によって丁寧に捉えていると言えよう。

このように心理的なモデルで物語コミュニケーションを捉えた場合、そのコミュニケーション検討の対象は現実の作者（この場合、村上春樹）と読者（私たち）に限らない。物語は単一の主体が統括するわけではないからである。コミュニケーションの分析に認知的アプローチを採用する関連性理論の推論モデルによれば、語り手にとっての語り手と聴き手にとっての語り手は異なり、意図したことと理解したことの間にはズレが常に生じる。物語は語り手と聴き手との間に構築された媒介物として、内容と表現の間の様々なレベルで有意味性を最適化するよう構造化されている。

さて、認知言語学では、山梨正明『修辞的表現論』（開拓社二〇一五・一〇）のように、物語の描写は、語りの位置が変動することで、視野が変化し、語りの表現に表れる認知と表現の対応があることを想定する。物体を見る視点を変えると物体の形がそれに応じて変化するように、認知主体（作者／読者）と物語世界との相互作用の中で認知主体が心の中に物語世界のイメージを作り上げる。

また、認知言語学は日常のなんでもない認識にこそ比喩が大きく関与すると捉える。たとえば、

「最近の時計は殆どが電池式で何をせずとも二年くらいは一人で動いてくれる」はねじまき時計が毎日ねじを巻いてやらないといけないのとは異なり単独行動が可能な点で、「大げさに言えば時計は我々の家族の一員であった」はねじまき時計への密接な人の（ねじをまくという）関わりの点で、擬人的表現である。一方で、これはそうした世界との身体的な交感・共鳴の表現でもあり、そうした点で世界に対する語り手「僕」の感情移入の表現になる。こうした擬人・交感・共鳴の表現からは、共感の契機となる物語世界内の「僕」とその対象表現（「時計は我々の家族の一員」）とその潜在的な意味（たとえば「時計は懐かしい／親しみがある」など）、そしてそれらを物語世界への心的径路の中継点ともなる焦点化子を通して操作する語り手という表現構造が想定される。

さて、歴史的現在も生き生きとした表現ではなく、過去の事態のイメージ図式的な把握、あるいは橋本陽介『物語における時間と話法の比較詩学』（水声社二〇一四・九）のいうスクリーンに映った事態の観察による表現と捉えられる。もちろん、物語世界は、物語表現から構築されるものであり、語り手／聴き手のバイアスのかけ方によって大きく変わりうる。

福沢将樹『ナラトロジーの言語学』（ひつじ書房二〇一五・一〇）は、そうした作者の表現／内容へのバイアスを、作者（作家／内在する作者）／語り手（演ずる語り手／談話の語り手／文の語り手）／視点（文型の視点／判断の視点／知情意の視点）／言及対象に区分し、という階層性によって説明するユニークな理論展開をしている。

さて、山梨正明『認知構文論』（大修館書店二〇〇九・三）が言うように、個々の要素の総和以上の意味が全体にある。物語のコンストラクション（構成体）はミクロな表現の細部とマクロな全体双方に見いだせる有意なまとまり・構造であり、ミクロとマクロの関係を繋げたテーマ批評のスタイルで物語解釈を行える。

「ささやかな時計の死」も突然の死というモチーフで時計と彼女の死を繋いでいく物語である。この物語のコンストラクションは、物語前半の時計の突然の死と後半の彼女の突然の死が物語全体を貫く突然の死というテーマとなるからである。ここで注意すべきはコンストラクションを厳密に検討すれば、ミクロとマクロは同一ではないことである。時計が停止・故障することと、人が死ぬこととは同一ではなく、また「ささやかな時計の死」の物語全体のテーマも突然の死に対する無念のみを語っているわけではなく、「僕」の女性嫌悪も含め、様々な解釈が可能であろう。それらを比喩的に繋げている限りで、カテゴリー／階層ミステイクを起こしている。さらに言えば、物語が自明の前提とする語りもまた本来実在しているわけではない。単なる文字列に対してコミュニケーション図式を写像することで生まれる操作概念である点で、語りもある種の比喩である。同様に、モダンからポストモダンへという通俗的な状況説明による意味づけもまた「ささやかな時計の死」の分析にはそぐわない。たとえば、相沢氏が見落としているのは、物語の次のような側面である。たとえば、生前時計に対する返礼ができなかった点で、彼女がケチな程度には「僕」もケチなのであり、同年代の女性を「少女」と呼ぶのは連帯感であると共に見下しでもある。

繰りかえせば、時計の停止と人の死とは同義ではない。ねじをまいたり電池を交換すれば再び活動する時計と、もはや二度とよみがえらない人とは異なる。彼女は電池時計の突然の停止になぞらえられる限りで、相沢氏の主張する思い入れに反して、その程度の関係性でしかないとも言える。むろん、これは比喩の写像が動作の停止と生命活動の停止の一点で接続しているためで、時計と人間とのずれは写像に亀裂を生じさせる。

物語の内的あるいは外的な文脈とは当該の物語そのものではないという点で、物語に対する比喩であるとすれば、そこには常にずれがある。この点で、比喩である語りが解釈の決定的な差異を創り出すわけではなく、その背後のフレームが都合のいい結論を導きだしているという松本修『文学の読みと交流のナラトロジー』（東洋館出版社二〇〇六・七）の田中実批判は相沢論にもあてはまる。日本文学協会国語教育部会は自分たちの主張が孕む盲目が誰のどういう利得に繋がるかについて、いいかげん気がついてもいいのではないだろうか。

［注］

（1）ジェラルド・プリンス『改訂物語論辞典』（松柏社二〇一五・六）参照。
（2）佐藤彰・秦かおり編『ナラティブ研究の最前線』（ひつじ書房二〇一三・一一）参照。
（3）佐藤浩一『自伝的記憶の構造と機能』（風間書房二〇〇八・一一）参照。
（4）「「ささやかな時計の死」論」（『〈教室〉の中の村上春樹』ひつじ書房二〇一一・八）参照。

II　幻想の物語

1　語り手と視点――「タイランド」

一　語り手の位置

物語は「一・二名あるいは数名の（多少なりとも顕在的な）語り手によって、一・二名あるいは数名の（多少なりとも顕在的な）聞き手に伝えられる一ないしそれ以上の現実の、あるいは、虚構の事象の報告（所産と過程、物象と行為、構造と構造化としての）[1]」と規定されるように、語り手／書き手から聴き手／読み手へと出来事が伝達されるテクストとして制作／受容されるジャンルと一応定義できる。そこで、旧稿では、表現の視覚性と時制を関連づけた語りの構造を次のように整理した。

物語世界外から物語内の具体的な事象・出来事を回顧的に語るときは一貫して過去形となる。また、語り手は、物語場面のイメージを語っているので、物語場面の動的イメージはそのまま過去に位置づけられて過去形になる。その継続として、過去の事象・出来事と理解されるコンテクス

トで物語場面の状況・順序等の説明を挟むときに、動作がスキーマ化され、自然に完成相を用いた歴史的現在になる。(2)

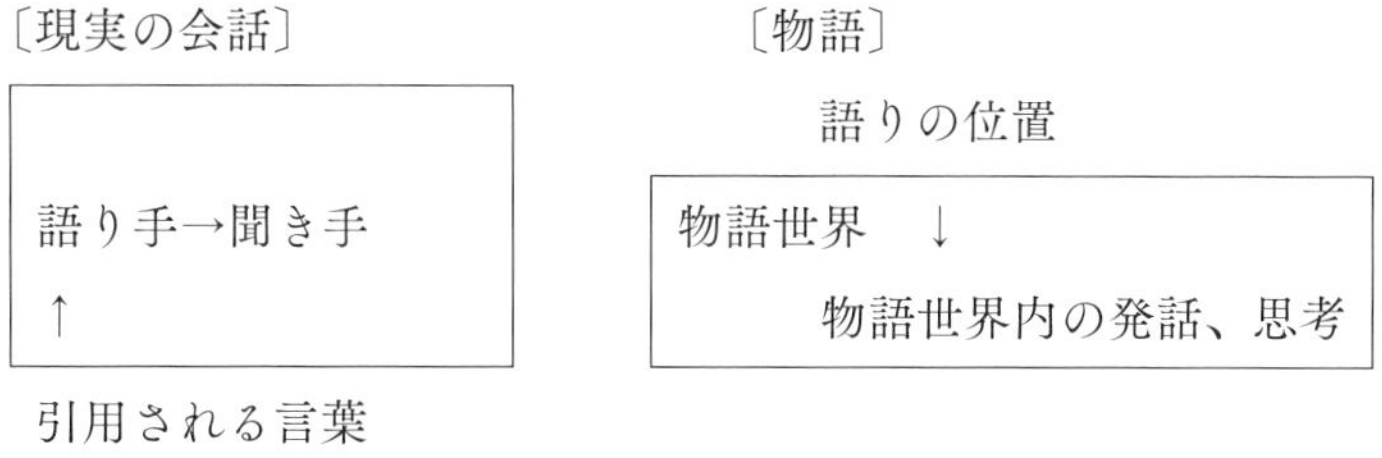

旧稿では、物語テクストと話し言葉は同じ認知能力を基盤として生成されるという考え方を前提としていた。日常会話・日常言語と物語・文学言語とは発話／語りの構造は異なるが、前者から後者への派生が生じていると考えられるからである。

会話における対話では話し手はその時空間での事象・経験を直接言及し、会話物語では以前に得られた直接的意識を想像あるいは想起して言語化する、そして書かれた詩や物語では経験してない事象も以前言葉やイメージで受容したことも想像して語ることもできる。同様に、引用が話し言葉から書き言葉、小説へと展開したという山口治彦『明晰な引用、しなやかな引用』（くろしお出版二〇〇九・一二）もこうした考えを裏付けよう。

橋本陽介『物語における時間と話法の比較詩学』（水声社二〇一四・九）はナラトロジーでは語りは機能に過ぎず、日本の物語論者は語り手論になり、語りの位置が語り手の現在として実体化されているが、話し言葉の語る現在の私と語られる過去の私／出来事という同一性が小説の物語では成り立たないとして、語りの構造を二種類に整理する。(3)

橋本氏は、発話者と出来事との表現関係は、話し言葉では発話の位置と語られる出来事とが同一時間軸に並んでいるのに対し、物語では語られる出来事と「語りの位置は同一時間軸上にあるのではなく、物語世界の外側にありながら、漸進的に眺めながら語っている」[4]と指摘し、その関係を「脱同一時間化」[5]と呼ぶ。

これは、牧野成一「物語の文章における時制の転換」(『言語』一九八三・一二)の空間・統括・絵画化説、樋口万里子「Viewing HP and the Present Tense in English」(『VIEWPOINT: 認知言語学の視点』日本英語学会大会ワークショップ一九九五・一二)のイメージスキーマ説、小著『認知物語論とは何か?』(ひつじ書房二〇〇六・六)の参照点のフレームモデルとも対応しよう。

さて、橋本氏も指摘するように、類型はあくまで類型であり、小説言語において現実の話し手のような人格的な言表行為主体が存在しないと断定するのは一人称小説や無人称の語り手を想起すると難しく、日常コミュニーションの会話物語から、非日常コミュニケーションの書かれた物語へと物語が派生展開してきたとすれば、二類型の間には段階性・程度性の異なりがある。とするならば、物語現在が語り手になるのではなく、物語行為の帰結として語り手や話者がありそれが物語現在へと展開したと想定されよう。

また、橋本氏は、物語構造について物語行為の基点となる語りの位置は「永遠の「いま、ここ」」であり、「現存のいま、ここ」、「ある一つの具体的な時空間に位置づけられているわけではない」[6]と適切に指摘する。むろん、人格化された語り手が存在しない物語があることと、そうした物語を生成する基点やそれによって作られたとされる物語が無色・透明・公正・中立・客観であることとは別である。物語解釈とはそうした観点から語り手ないし語る位置と語られる出来事という、断片と断片の表現性／関係性／構成性を利用する方法なのである。

この点で、物語世界内の出来事がいかに語られ、表現されたか、そして、いかに構築されたかというアプローチは重要である。そこで、本章では、村上春樹「タイランド」（『新潮』一九九九・一一）を素材として、旧稿の視点の参照点モデルを改めて整理し、自由間接話法と視点の関連を検討し、「タイランド」の先行論が持たない視点から物語解釈を行う。

二　物語のスキャニング

ジェラール・ジュネット『物語のディスクール』（水声社一九八五・九）は、物語世界の情報の再現量の制御を示す焦点化概念を提示し「だれが語っているか」という語り手の語りと「だれが見ているか」という登場人物の視点というレベル間の混同を回避しようとした。だが、焦点化が、「どのようなコンテクストにおいて、だれが見ているものとして提示されているのか(7)」、すなわち「どのように語るのか」という領域に対応する点で、ジュネットも語りと視点を混同している。

物語表現は対象に対する把握のあり方が投影されているのであり、旧稿では、視点と語りを区別せず、誰が見ているものとして提示しているかという視点と語りを統合して分析することを主張した。

さて、ミーケ・バル(8)は、物語を、語りテクスト（語り手／聴き手）・物語内容（焦点化子／被焦点化子）・ファブラ（登場人物）に分類し、焦点化の主体と対象、すなわち焦点化子と被焦点化子を動作主として規定する。バルの焦点化は、「語りに先立って、物語世界がどのような眼差しに切り取られているのか(9)」という問題意識から、物語における意識の志向性の問題系を構成する。

村上春樹「タイランド」で主人公・さつきが見た夢では、登場人物はさつき、焦点化子はさつき、被焦点化子はさつき、うさぎ、「何か」となる。

①うさぎの夢を見た。短い夢だ。②金網がはられた小屋の中で一匹のうさぎが震えている。③時刻は真夜中で、うさぎは何かがやってくるのを予感しているようだった。彼女はは じめのうちは外からそのうさぎを観察していたのだが、④気がつくと彼女自身がうさぎになっていた。彼女はその何かの姿を、暗闇の中にほのかに認めることができた。⑤目が覚めてからも、口の中にいやな後味が残っていた。

なお、以下に、さつきの夢の中での焦点化を括弧に括って示した。

語りテクスト：語り手→物語場面→聴き手
物語内容：① Fr1→ Fd1（②③ Fr1→ Fd2④ Fr2→ Fd3）⑤ Fr1→ Fd1
ファブラ：さつきがうさぎになって何かを暗闇に認める夢を見る
　Fr ＝焦点化子　　Fr1＝さつき、Fr2＝うさぎ
　Fd ＝被焦点化子　Fd1＝さつき、Fd2＝うさぎ、Fd3＝何か

焦点化子は変動し、被焦点化子が新たな焦点化子となる場合がある。この点で、バルの焦点化子論は、視点を、事態認知に際しダイクティックな固定的位置を占めるのではなく、事象に際して相対的に移動するものとして捉えている。

物語世界内／物語世界外、物語言説／物語内容との関係を視点移動説から解決するのが山岡實『「語り」の記号論増補版』（松柏社二〇〇五・一〇）である。山岡氏は、物語世界内と物語世界外との間の

語り手の移動度を測定し、物語世界内では作中人物は実際に見ており、物語世界外では語り手が根元的に見ているとし、焦点化は語りに先行すると位置づけ、日本語では視点と発話点が重なると捉える。山岡氏は「日本語の物語の場合、語り手と登場人物は融合し易く、登場人物が物語世界の現場から、眼前の出来事・状況を知覚・体験すると同時に語るという、内的独白が頻繁に行われる傾向がある[10]」と指摘する。

一方、オニールでは、焦点化は語りと共に物語内容が物語言説に変換される際の媒介であり、語り手や内包された作者が動作主なのに対し、焦点化子とは「選ばれた場所、物語が提示される任意の時点で、当該物語がどこから見られて提示されているかのその場所のこと[11]」とみなす。オニールは、焦点化子の位置（物語世界内／外）・情報範囲（内／外面）によって術語を組み替え、内的焦点化は、語り手を経由して語られるため、外的焦点化に埋め込まれた二次的焦点化だとする。この点で、内的焦点化は複合焦点化なのに対し、外的焦点化は単一焦点化となる。語り手は対象を直接焦点化することも、登場人物を通して間接的に対象を焦点化することも選択できる。次ではバルのモデルに重ねて先の「タイランド」の同じ場面を分析した。

①うさぎの夢を見た。短い夢だ。［EF（CF さつき→ CO さつき）］②金網がはられた小屋の中で一匹のうさぎが震えている。③時刻は真夜中で、うさぎは何かがやってくるのを予感しているようだった。彼女ははじめのうちは外からそのうさぎを観察していたのだが［EF（CF さつき→ CO うさぎ）］、④気がつくと彼女自身がうさぎになっていた。彼女はその何かの姿を、暗闇の中にほのかに認めることができた。［EF（CF うさぎ→ CO 何か）］⑤目が覚めてからも、口の中にいやな後

味が残っていた。［EF（CFさつき→COさつき）］

EF＝外的焦点化子　CF＝内的焦点化子　CO＝内的被焦点化子

オニールでは、焦点化はテクストレベルで作動する。焦点化は語りのレベルに根拠を持ち、さらには内包された作者のレベルで焦点化が制御される。語る前に認知主体の心的空間で内包された作者は焦点化の時空を同定し、語りと焦点化を決定する。オニールは、厳密には全ての焦点化は「重畳し交錯する眼差しの多層性ゆえに、「複合」は、こと読者の立場からする限り、「複雑」[12]であるという理由により、複雑焦点化と呼ぶ。

ここで注目したいのはオニールとバルのモデルが意識の志向性をたどる手法へとつながることである。

それを旧稿ではスキャニングと呼んだ[13]。スキャニングは世界に視線を投げ掛け視線を移動することであり、ある対象を探索の手がかりとして参照しながらターゲットに到達する参照点能力に由来する[14]。語り手や登場人物の視点移動を心的中継点である焦点化子が心的経路を移動する現象と捉えるならば、視点が参照点を制御することで物語表現が作られると考えられる。心的中継による心的接触の動きによって世界は様々に表現される。表現には認知主体の世界の事象把握／事象構築の認知プロセスが反映している。とすれば、視点と語りとは不可分なものとして説明されなければならないと考えたのである。

樋口万里子「節を超えて」（『認知コミュニケーション論』大修館書店二〇〇四・二）は、日本語表現の視点は、発話時ではなく、事態の見え方だけに関わる操作概念だとし、タ形はある一纏まりの事態の実

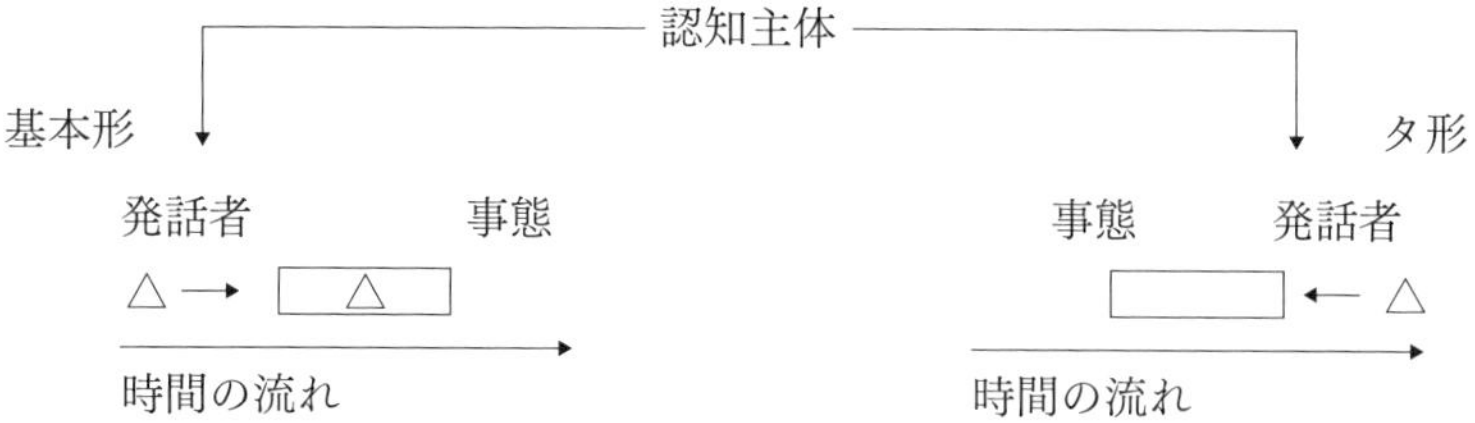

現・生起全体を後方から見たイメージの、基本形は事態の一纏まりを前方・内側から眺めるイメージの、方向性を指示する視点を誘導する標識となるのであって、日本語では認知主体の位置は言葉には現れず、視点は語り手の場合も登場人物の場合もあり、基本形やタ形が関わるのは、ある視点と事態の相対的な時間的位置関係だけで、その視点がどこにあるかは文脈等で補う仕組みとする。

①うさぎの夢を見た。短い夢だ。②金網がはられた小屋の中で一匹のうさぎが震えている。③時刻は真夜中で、うさぎは何かがやってくるのを予感しているようだった。彼女ははじめのうちは外からそのうさぎを観察していたのだが、④気がつくと彼女自身がうさぎになっていた。彼女はその何かの姿を、暗闇の中にほのかに認めることができた。⑤目が覚めてからも、口の中にいやな後味が残っていた。

引用文で□のタ形は語り手の視点から登場人物の動作や場面状況が、下線部のタ形は登場人物のまなざしで動作の実現が、下線部の基本形は同時性やその時の状況が描かれている。樋口氏は、日本語のアスペクト・テンシステムは話し手と事態との相対的な位置関係を示し、事態を認識し表現している主体や時間的位置はコンテクストで補うので、ル形／タ形は発話者から見て事態が相対的にどのような時間的方向にあるかを表すと指摘する。

ただし、こうした相対的な参照点の位置の混在も、認知主体の物語制作によって生成されている。私は、視点を語り手が統御するという立場を採用するため、視点は語り手に帰属し、視点人物と呼ばれる動作主は参照点であり、参照点からの視野が語り手を通して制御されると考える。語り手は、参照点を移動させることで物語世界の対象の把握の過程を描き、対象の細部が前景化されたとき対象の連続的変形の過程が描かれる。いわば、参照点からの心的接触の動きによって世界が様々に表現される。静的な参照点からはフレームとしてのパースペクティヴが構築され、動的な参照点からは対象がフレームに配列され、世界とその表現が構成される。そして、動的な展開は語りの原点からの時制によって捉えられ、歴史的現在や主語欠落等の日本語によく見られる過去形・非過去形混淆状態はシナリオ的な図式化、見取り図的な全体像、あるいはスクリーンを見ながら語るために生じるのである。[15]

三　自由間接話法と視点

自由間接話法も形態論的な有標性に囚われずに考えるならば、相互テクスト性の原理に基づき、その言葉は様々な視点の現れとも解釈できる。

自由間接話法は、自由間接文体、体験話法、描出話法、自由間接言説、自由間接表現等と呼ばれるが、本章では自由直接話法を含め、語り手の言葉から作中人物の言葉が感じられる表現、言い換えれば語り手と作中人物が一致すると共に距離が感じられる表現と広く定義する。山口氏は、「話法とは、引用を行うために文法化された言語手段である[16]」と規定し、「語りのコンテクストにおいては、伝達節を有する直接話法と間接話法とが無標の引用形式である。その結果語りにおける自由な話法の重要度は相対的に低くなる[17]」と指摘する。しかし、文法形式を伴わないとしても、自由間接話法的な表現は、いわば、死喩と同じで根元的にテクスト世界は引用によって織られているとも考えられる。

もともと「タイランド」では主要登場人物との会話は物語世界では英語でやりとりされたのを話者が日本語物語として翻訳、いわば間接話法化したものと言えよう。

「ときはただいまきりゅのわるいとこをひっこしております。どなたさまもおざせきにおつきのうえしとべるをおしめください」。さつきはそのときぼんやり考え事をしていたので、タイ人スチュワードがいくぶんあやしげな日本語で放送したそのメッセージの意味が解読できるまでに少し時間がかかった。当機はただ今、気流の悪いところを飛行いたしております。どなた様もお座席におつきの上、シートベルトをお締め下さい。

括弧内は発話の直接話法的な再現であろう。傍点部は、その意味をさつきが理解した点で間接話法である。しかし、もともと正しく傍点部として発話されていたスチュワードの言葉を体調の悪いさつきがよく聞き取れなかったために括弧内のように聞こえたとすれば括弧内は間接話法である。また、そもそも傍点部がスチュワードが意図した発話、発話したつもりの発話であったとすれば、再現性の基準をどこにおくかによって括弧内は間接話法でも直接話法でもありうる。さつきとスチュワードの関係性をどう捉えるかで物語内容解釈にも影響が出る場合があろう。

さて、この間接・直接の区別は伝達節・引用符等の文法形式の差異や語り手／作中人物の経験・発話の直示性・口語度によって測定され[18]、山口氏は自由間接話法を四類型に整理する。[19]

		語彙的直示形式	
		保持（元発話者の視点）	変更（引用者の視点）
文法的直示形式	保持（元発話者の視点）	Ⅰ（自由直接話法）	Ⅱ（逆転型自由間接話法）
	変更（引用者の視点）	Ⅲ（近接型自由間接話法）	Ⅳ（遠隔型自由間接話法）

山口氏によれば、Ⅱ逆転型は例外的で破格的な用法であり、話し手と聞き手の位置取りの変化に対応するとされ、Ⅲ近接型とⅣ遠隔型は登場人物に近く受け手から遠い語り手と登場人物に遠く受け手から近い語り手の違いで区別され、特に説明できる。なお、Ⅳはエコー発話として対話の場で見られ、三人称小説のコンテクストで見られないとされ、遠隔型は、対話の場ではエコー発話によって作られるが、語りでは場面設定の調整が必要となるとされる。

また、こうした自由間接話法の要素、語り手と作中人物、元発話者と引用者、視点と参照点の間には制御・操作の権力関係を見いだすことができる場合もある。

　その夜、広い清潔なベッドの中でさつきは泣いた。彼女は自分がゆるやかに死に向かっていることを認識した。身体の中に白い堅い石が入っていることを認識した。うろこだらけの緑色の蛇が暗闇のどこかに潜んでいることを認識した。生まれなかった子どものことを思った。彼女はその子どもを抹殺し、底のない井戸に投げ込んだのだ。そして彼女は一人の男を三十年にわたって憎み続けた。男が苦悶にもだえて死ぬことを求めた。そのためには心の底で地震さえをも望んだ。ある意味では、あの地震を引き起こしたのは私だったのだ。あの男が私の心を石に変え、私の身体を石に変えたのだ。遠くの山の中では灰色の猿たちが無言のうちに彼女を見つめていた。生きることと死ぬこととは、ある意味では等価なのです、ドクター。

中村氏によれば、[20] 傍線部は内的独白の自由直接話法であるが、必ずしもさつきの発話通りの形態とは限らない点で自由間接話法でもある。波線部は主語がなく、主語が「私」なら自由間接話法、「さつき」または「彼女」なら非間接話法的な地の文となる。そして傍点部はニミットの言葉の自由直接話法であり、エコー発話に傍点によってニュアンスが付加される。

さて、引用部は、老女の占いのヴィジョンやニミットの忠告を受け入れたさつきがこれまでの人生を反省するだけでなく、震災すら自分が起こしたと考えていく場面である。語り手は、さつきを被焦点化子として死を認識させ、さつきに参照点移動して石や蛇、子供を被焦点化子として認識させる。そして語り手は再びさつきに参照点移動して堕胎と憎悪を認識させる。その点で語り手は自由間接話法を用いてさつきの受動性を強調し、老女とニミットの主張を肯定しているのである。

自由間接話法は物語においては語り手と特定／不特定の作中人物の視点が混淆するものであった。たとえ、文法形式に変更がなかったとしても直接性／間接性が変動しうるのは、いかなる視点の混淆としてその物語を解釈できるかによる。このとき、他者の視点を表現にいかに取り込むかという語り手の引用・構成の問題として自由間接話法を考えることができるだろう。

四　「タイランド」分析の視点

そもそも、「タイランド」はかつて養父にレイプされ堕胎した女医のさつきがタイで占い師の老女から、震災で死ねば良いと思っていた男は生きており、体に抱えた石を飲み込んでくれる蛇が現れる夢を待てと言われ、運転手のニミットから言葉は嘘になると過去の告白を止められる物語である。

老女の占いは、継父への憎悪・殺意・恨みと関わるらしい石を蛇が飲み込む夢を見ることで、過去への否定的な感情に囚われるより別の生き方を示唆するものでもある。なるほど、その方が報復の連鎖を切断し幸せな生を送りうるであろう。暴力に報復してさらなる報復によって死ぬことと、報復を断念して生きることとは、それぞれ何らかの苦しみと幸いを伴う点でも、ニミットの言うとおり「生きることと死ぬことは等価」であろう。また、中村氏は、ニミットの言葉は「生き延びることを優先して、自らの「心の闇」を見つめることを忘れた警告である(21)」とも捉え、問題解決を物語が導く必要はないと指摘する。

しかし、導かないことが何を意味するかは考慮に値する。なぜなら、過去に受けた暴力を耐えよとは不正義を受け入れよということにもなるからである。一方、言葉は、不正義を告発し、問題解決を進めるための手段となりうる。過ちやありえないことを否定する基盤は言葉であり、自分の感情を吐露するのも言葉である。ニミットは「言葉にしてしまうと、それは嘘になります」とさつきの言葉を封じ、「夢を待」てとさつきに強いて、不正義を受け入れる夢への不信・否定を作り出す言葉を抑圧しているとも解釈できる。

　また、久保田裕子氏は「タイランド」では「言葉は〈出来事〉を超えることはできないでいるというありようが顕現している」[22]と捉える。北極熊の交尾の挿話やニミットの言葉は嘘になるという発言は相互コミュニケーションの断絶や表象不可能性という図式で物語解釈を行う根拠になるかもしれない。ただし、これはもう少し検討を要するだろう。

　そして、久保田氏は「タイランド」のタイを「タイの文化的・歴史的記号は消去されている」[23]・「無国籍な場所」[24]と評する。なるほど、グローバリズム下の東南アジアにおいて近代的な建物内でさつきの友人達やさつきが英語で話しているのに日本語として表現されてしまい、日本人が主人公で、日本語運用者が語り手である点でそこで描かれているのはタイそのものと異なるという指摘は正しい。しかし、観光客目当ての象があふれるタイの町並みや近代的な地域のすぐそばに遅れた貧困地域があり、そうした限界の枠内で主人公・語り手の立場から見えるものが示されているとすれば、無国籍、非文化・非歴史性という指摘には再考の余地がある。

　「タイランド」の「語り手は、本当のことを回避しながら語り続けるという彼女の語りの形を外側から描くことで批評性を持たせている」[25]のではない。その都度の出来事の展開に際して、人はその時々の感慨で過去の経緯を全て回想するとは限らない。また、さつきが詳細に語ろうとしたとき、ニミットは止めているのであって、さつきが回避しているのではなく、回避させられているのである。

　ここで注目すべきなのはそうした言葉によって何が織りなされているかである。この物語の語り手はさつきではない。さつきに焦点化することもあるが、作中人物とは異なる。物語はさつきを参照点とする言葉と語り手からの言葉を組み合わせることで織られている。さつきは語り手によって語られ、また周囲との間のコミュニケーションがさつきをそう方向付けている。

さつきにとっての「あの男」である継父を久保田氏は「彼女の内奥で作られた観念」であり、「男が死んでいたらさつきの観念的世界が補完され[26]」ると、さつきがイメージに囚われていることを指摘する。なるほど、三〇年会っていない男はイメージとして想起されるしかあるまい。だが、仮に継父が生き残った場合もさつきはイメージから逃れることはない。なぜなら、それは、老女が与えたイメージに囚われることだからである。同様に、結末の夢を待つさつきも既に老女が与えたイメージに囚われている。

元主人である宝石商から北極熊が一瞬の交尾以外は孤独な生涯を送る挿話を聞かされてニミットは「北極熊はいったい何のために生きているのですか」と問う。それに対し、宝石商は「私たちはいったい何のために生きているんだい?」と問い直す。さつきの直感が正しければ、ニミットと宝石商には同性愛的な関係があった。そして言葉を否定するニミットも、北極熊と同じく、宝石商とはディスコミュニケーションがあったことになる。

『いいかニミット。この音楽をよく聴きなさい。(略)ほら、その響きが聴き取れるだろう。熱い吐息や、心の震えが』とその方はおっしゃいました。私はその音楽を何度も繰り返して聴き、じっと耳を澄ませ、魂の響きを聞き取りました。しかしそれが本当に私が自分の耳で聴き取ったものなのかどうか、定かにはわかりません。一人の人間と長く一緒にいて、その言葉に従っていると、ある意味では一心同体のようになってしまうのです。

ニミットはジャズに対する鑑賞能力・嗜好を宝石商によって強制的に同化させられてしまっていた。

このとき、ニミットにはオリジナルの視点は抑圧され、上位の宝石商の視点がエージェントであるニミットの参照点を支配することにもなる。ニミットは宝石商と一心同体として生きつつ、死別していも生きていたときも断絶がある。この点で、生と死とは等価であり、現在の、いや、宝石商が生きていた当時から、ニミットは「もう半分死んでい」るのである。

さて、久保田氏は「西欧科学の医学者がアジアの「混沌」に治癒されるというようなオリエンタリズム的構図は解体されている」[27]と把握する。しかし、更年期障害で苦しみ、飛行機で医者が求められた時に男性開業医にしきられ、全てをニミットにまかせるように、さつきは受動的に形象されていた。そもそも理性を持った女性が言葉を封じられ超自然的な側の言葉を男によって受け入れさせられていく、すなわち文明から野生へと排除されていく点でそれは女性嫌悪的な物語でもあり、オリエンタリズム的構図は依然機能している。言葉は外界に働きかける手段であり、それを否定するのは夢のイデオロギーなのである。

こうしたイデオロギー暴露を、視点論の問題として捉え直してみよう。語り手（物語現在）によって視点／参照点が操作・制御されるのであるが、操作・制御される以上、情報の範囲・視角・傾向・価値観を左右する物語世界外の（非）人格的な語り手の戦略を検討対象とすることは、物語現象の解明に寄与しうる。

［注］

（1）ジェラルド・プリンス『物語論辞典』（松柏社一九九七・七）一一七頁。narrative としての物語は、物語内容としての story を表象する。このとき、蓮實重彥氏や田中実氏らの物語批判が後者に向けられたものであることは注意しておきたい。また、同書一二三頁では「物語の再現表象の媒材は多様である（音声・書記・身体言語、静・動画像、身振り、音楽、さらに以上のものの組み合わせ）」と指摘されるように、日本近代文学研究において語り論が導入されてしばらく活字媒材で描かれる物語の伝達が書記か音声かいずれの形式を採用しているかが問題とされた時期があった。しかし、昨今、野中潤「この教材に「語り手」はいますか」（『日本文学』二〇一七・一）が指摘するように、物語分析の局面においては語り手／話し手／書き手といった区別は常に厳密にされてきたわけではない。そもそも中村三春「語り論的世界の破壊」（『係争中の主体』翰林書房二〇〇六・二）が指摘するように語り手とは語り論のフレームが想定する操作概念に過ぎない。また、また、旧著や本書、また橋本陽介氏、あるいは日本語学での語りのスクリーン・モデルと呼称しうるアプローチが示していたのは、音声伝達形式を採用していても活字メディアの物語は日常会話の物語とは表現が異なることであり、そうした仮構された伝達形式の差異が表現の差異に有意にあらわれるとは限らないことも補足しておく必要がある。

（2）小著『語り寓意イデオロギー』（翰林書房二〇〇〇・三）七八頁。

（3）前掲『物語における時間と話法の比較詩学』三四一頁。

（4）前掲『物語における時間と話法の比較詩学』二〇七頁。

（5）前掲『物語における時間と話法の比較詩学』一一七頁。

（6）前掲『物語における時間と話法の比較詩学』四三頁。

（7）パトリック・オニール『言説のフィクション』（松柏社二〇〇一・二）一四三頁。

（8）Mieke Bal (1985), Narratology:Introduction to the Theory of Narrative. Toronto University Press.

（9）遠藤健一「オニールの焦点化論の可能性」（『言説のフィクション』）二五八頁。
（10）前掲『「語り」の記号論増補版』一四六頁。
（11）前掲『言説のフィクション』一一八頁。
（12）前掲『言説のフィクション』一三六頁。
（13）小著『認知物語論とは何か？』（ひつじ書房二〇〇六・六）参照。
（14）スキャニングを原義ではなくテクストの時空間関係の階層を転移していく主観的認知プロセスとして用いたのが、小著『テクストの修辞学』翰林書房二〇一四・九）の分析である。
（15）橋本氏も、視点との関係では、「視点人物から見える状態や動作はル形を取りやすい」「この事実は、語りの位置が物語現在内部の人物の位置に移動してしまっていることを示唆する」（二〇七頁）として、「現実の会話においては、引用する場が一次的であり、引用される側は二次的であるが、物語ではこの関係が逆転する。「物語現在」の発話が通常は一次的なものとなり、伝達節のほうが二次的なものになるのである」（三二〇頁）と説く。
（16）前掲『明晰な引用、しなやかな引用』三頁。
（17）前掲『明晰な引用、しなやかな引用』一二九頁。
（18）中村三春氏は「日本語における直接・間接の区別は、人称や時制よりもむしろ、いわば口語度（カギ括弧で括って直接引用と見なしうるか）に依存する」（『フィクションの機構2』ひつじ書房二〇一五・二、四三頁）と指摘する。
（19）「視点の現在と小説の語り」（『「内」と「外」の言語学』開拓社二〇〇九・一〇）参照。
（20）前掲『フィクションの機構2』四二〜四四頁参照。
（21）前掲『フィクションの機構2』六九頁。
（22）「言葉は〈出来事〉を超えることができるか」（『日本文学』二〇一二・八）三一頁。この点を魔術的リアリズムで捉えた論考にダルミ・カタリン「村上春樹「タイランド」論」（『国文学改』二〇一七・

三）がある。

(23) 前掲久保田論文二七頁。

(24) 前掲久保田論文二九頁。

(25) 前掲久保田論文二六頁。

(26) 前掲久保田論文三〇頁。

(27) 注24に同じ。

2　距離とエコー――「レキシントンの幽霊」「バースデイ・ガール」

一　話法と時間

日常会話と小説とは表現構造が異なる。日常会話では話し手と聴き手との直接的な関係で成立しうるのに対し、小説の語りでは語り手とその受け手以外に物語世界の登場人物の話し手と受け手の視点が関与するからである。語りで引用を行う際のコンテクストは、対話的引用のコンテクストより必然的に複雑な構成になる。

これは言語表現の直接モード（話者がいる同じ時空間で、環境に与えられている事象を直接言語化するモード）と、置換モード（今・ここ以外に得られた意識をも想像・想起するモード）の違いである。置換モードは別の主体が直接経験・間接体験したことを想像・想起・表現することも可能であるように、対象との距離がある。こうした点でウォーレンス・チェイフは物語のモードを「置換された直接性[1]」と呼ぶ。物語では直接性は間接的に構築される。その要素として、時間表現と話法表現に注目したい。

最初に時間表現である。

物語では過去形が多く用いられるが、今井隆夫氏によれば、「過去形のスキーマは距離であり、時間・相手・現実といった三つの距離感を表[2]」す表現形式である。橋本陽介氏は、「物語が置換モードを取るのは、そのほうが直接経験するままに報告するよりも、さまざまに展開しやすい[3]」ためとし、語りの位置が物語世界とは同一時空間の軸線に存在しないことにより、物語世界の現在を俯瞰的／実況中継的に語るためにル形／タ形の混交が生じ、過去や未来も表現でき、別の話題が挿入できると指摘する。こうしたル形／タ形の混交が物語の時間性やリアリティを創造している。

次に話法表現である。

日常会話では自他の発話を融通無碍に変形・融合する自由間接話法が無標の表現形式であるのに対し、「語り（narrative）のコンテクストでは、伝達節付きの話法（直接話法と間接話法）が無標の形式とな[4]」り、物語の「引用符はその発話内容を当該人物に帰属させるマーカー[5]」である。また、山口治彦氏は自由間接話法／自由直接話法を整理しつつ、「語りにおける自由な話法の重要度は相対的に低くなる[6]」とも指摘する。

しかし、一方で、ジュリア・クリステヴァが「どのようなテクストも様々な引用のモザイクとして形成され、テクストはすべて、もう一つの別なテクストの吸収と変形に他ならない[7]」とし、ジェラール・ジュネットがあらゆる作品を「第二次の文学[8]」と捉えるようにテクストは引用の織物であり、中村三春氏もテクストは「自由間接表現[9]」を常態とすると説くように、根元的にテクストは引用・創造され、自由直接話法・自由間接話法は死喩と同様に重要な役割を担っている。また、橋本氏は、「物語では語りによって語られた思考に誤謬はなく、表出されたその通りに人物は思考している。したがってその思考は語りに先立って独立しておらず、支配され想像ではなく創造されている」[10]と説くように、物語の話法は創造することでリアリティを獲得する。

本章では、村上春樹の任意の一人称短編小説である「レキシントンの幽霊」と「バースデイ・ガール」を事例に時間と話法の観点から虚構制作の構造と物語解釈を試みる。両作は、体験談・報告形式で語られることで事実を強調する点で共通する語りの姿勢を持つ。一方で、「レキシントンの幽霊」は心的距離による虚構生成を行い、「バースデイ・ガール」はエコーの話法によって虚構を生成する。エコーは同意／アイロニー、いずれにせよ言葉の上で肯定／否定を行うが、これは直接的な近い関係での表現技法であり、「遠さ」として表象される虚構は間接的な遠い距離によって具現されるからである。

二　距離による虚構　「レキシントンの幽霊」

1　経験の理解

「レキシントンの幽霊」（『群像』一九九六・一〇、『戦後再発見』講談社文芸文庫二〇〇一・一一。本節で考察する研究史的蓄積の多いショート・バージョンは『精選現代文』大修館書店一九九八、『新編現代文』三省堂二〇〇三として国語教科書に採用されている。ロング・バージョンは『レキシントンの幽霊』中央公論社一九九六・一一、中公文庫一九九九・一〇、『村上春樹全作品1990〜2000③』講談社二〇〇三・三）は、知り合いの建築家のケイシーに自宅の旅行中の留守番を頼まれた「僕」が一日目に幽霊たちのパーティーに遭遇したと思うが後は何事もなく、半年ぶりに再会したケイシーから眠りと愛の話を聞き、数年後に話すという物語である。

物語内容は、ケイシーの家に泊まった過去①とその半年後の再会②、そしてそれらを話す現在③という時間構造を持つ。

まず、③は、冒頭「これは数年前に実際に起こったことである。人物の名前だけは変えたけれど、それ以外は事実だ。」と、以下の結末に分割される。

ときどきレキシントンの幽霊を思い出す。ケイシーの屋敷の居間で真夜中ににぎやかなパーティーを開いていた幽霊たちのことを。そして二階の寝室でこんこんと深く眠り続けるケイシーと、彼の父親のことを。犬のマイルズや、立派なレコード・コレクションのことを。でもそれらはみんなひどく遠い過去に、遠い場所で起こった出来事のように感じられる。これまで誰かにこの話をしたことはない。考えてみればかなり奇妙な話であるはずなのに、その遠さの故に、僕にはそれがちっとも奇妙に思えないのだ。

③は基本的に現在から過去を想起し、現在の「僕」の感慨を「話」しているかのようである。「思い出す」は習慣・反復の「ときどき」に基づく括復表現である。しかし、「これまで誰かにこの話をしたことはない」は今回初めて話すという体験報告の形式であり、「実際に起こった」「ちっとも奇妙に思えない」は物語の事実性を仮構するレトリックであり、③の文体も倒置法を使った書き言葉の様式である。

①・②は③からみて過去に位置する。このため、基本的に動作は夕形で表現される。

> 床にこぼれた豆を集めるみたいに、意識をひとつひとつ拾い上げて、自分の体を現実に馴染ませた。そのあとでようやく、それに気がついた。音だ。海岸線の波のようなざわめき――その音が、僕を深い眠りからひきずりだしたのだ。誰かが下にいる。

末尾の傍点部は物語世界の時点の「僕」の心の中の認識の言葉としてル形で示され、傍点によって地の文と区別するように物語は書き言葉である。いわばスクリーンに投影される物語世界現在の状況にキャプションで傍点のついた言葉が付されている。書き言葉の語りであることが話し言葉の同一時間軸上の語りとは異なる表現特徴を帯びさせる。

一日めの夜中に目覚めるとパーティーのようなざわめきが聞こえ、いぶかりながら降りた階下の居間の扉の前で「僕」は「あれは幽霊なんだ」と気づく。この幽霊体験は、「僕」が寝る前にいた犬が夜に起きたときにいないこと、夜にズボンに着替えてベッドに潜り込んだのに朝目覚めるとパジャマであることから、「僕」の夢である。[11]

しかし、依然、幽霊のいる超常空間は眠りを媒介として到達可能である。これは単なる錯覚としての夢（合理的解釈）と幽霊が実際に一定の日時の夢に巣くっている驚異（超自然的解釈）の両方が可能である。

この超常経験はどのように理解されるだろうか。

経験が理解可能なのは、前からのコンテクストと関連づけることによってである。知覚的な経験は今・ここにおいて生起している瞬間が優先される。聞くこと、触れることといったように今まさに起きていることを知る。

パーティーが開かれる居間と音楽室とは繋がっており、音楽室にはレコードがあるように、幽霊達の世界は音の世界でもある。「僕」は音を聞くことによって幽霊を認識する。

また、音楽室にあるレコード・コレクションは松本常彦氏は「record（記録、記念、経歴）」[12]でもあるとする。「僕」はパーティーで話される曲や言葉を認識できない。

> 聞き覚えのある曲だったが、題名は思い出せなかった。コール・ポーターとか、ジョージ・ガーシュインとかその類の作曲家が、遥か昔に作った曲だ。話し声も聞こえた。（略）僕は会話の断片を聞き取ろうと耳を澄ませた。でも、駄目だった。会話は渾然一体として、単語ひとつ認識できない。

壁を隔てているためとも、ケイシーの家族達が作る幽霊の世界は家族ではない「僕」が入れず「僕」には判別できないためとも考えられる。

さて、幽霊達のパーティーの最中に「僕」は、クォーター硬貨を回すことで「ソリッドな現実の効果を思い出」し、深呼吸して体内の空気を入れ換える。

しかし、「僕」が空間の中で現実を感じるとしても、その空間が現実世界であるとは限らない。今・ここで生起している事態の現実感覚を持つだけである。

また、「僕」が幽霊の世界に再びたどりつけなかったのは目覚めてしまうからである。

パーティーが、ケイシーの家の居間で催されたのは、最初の日の夜だけだった。それからあとは変わったことはなにも起こらなかった。ただ何故か僕はそこにいるあいだ、毎日のように夜中に目を覚ました。いつも一時と二時のあいだだった。

再び言えば、幽霊の世界には一端眠ることで到達できる。「僕」はその世界にアクセスできる時間に眠ることを拒絶される。その結果、僕は深夜に目覚め、二度とパーティには立ち会えなかったと考えられる。しかし、「僕」にはそれが夢・錯覚なのか驚異・怪異なのかは確定できず、判断停止してしまう。

2　女の不在と遠さ

一方、人生の経験は個人的・歴史的時間のなかに再編成される。体験談、自伝といった物語は経験を再読可能なものにするメディアである。

ケイシーが帰宅したとき、ケイシーが世話を頼んだマイルズを心配しないことから、幽霊の家族に「僕」を加えようとするケイシーと「僕」との関係を黙契的なものとして捉えた中野和典氏は「「僕」が幽霊について口にしないことが、ケイシーを無用に傷つける危険を避けることになる(13)」と解釈するが、その後「僕」はケイシーに会わず、半年後の再会も偶然とすれば、むしろ「僕」の距離に注意すべきだろう。そもそも、「僕」は「その夜の出来事については口にするまいと心に決めていた」からである。

ケイシーは亡くなった父について「父は彼女のことをいつくしんで、とても大事にしていた。おそらく息子の僕よりも、母の方を、比べものにならないくらい深く愛していたと思う」と強い母への愛を語り、母の死後死んだように眠る父の姿とそれに対する恐怖を伝えるが、実際に父が亡くなったときの父の姿が眠っているときと似ているため恐怖を感じない。一方、ケイシーも「僕は父を愛していた。世界中の誰よりも父のことを愛していた。尊敬もしていたけれど、それ以上に精神的にも感情的にも深く父に結びついていた。」と父への強い愛を語り、父が死んだときに死んだように眠り続ける。父とケイシーとは愛する者の死に際して眠る点で「特別な血統の儀式でも継承する」かのようであり、ケイシーは「眠りの世界が僕にとってのほんとうの世界で、現実の世界はむなしい仮初めの世界に過ぎなかった」と「僕」に告げる。

幽霊の世界、家族の世界との繋がりは眠ることによって達成される。眠りはそうした家族・幽霊との接続を確認する行為であり、幽霊や家族を創り出す行為でもある。ケイシーや「僕」の過去の述懐は人生物語として、血統に限らない家族の記憶と幽霊とを繋ぎうる眠りの物語を紡ぎ出す。

もっとも、駒ヶ嶺泰暁氏が、「ケイシーと父、またはその延長上の父性愛的な家との葛藤の物語」[14]としてケイシーの体験談を捉えるように、ケイシーはジェレミーという男性調律師と同居しただけで結婚・養子縁組を行わず、ケイシーの家はケイシーの代で途絶え、「僕」は二日目以降は眠りから排除された。男系の血統の継承がなされるようで、それが崩されることは男同士の関係が同一性とともに対立する関係であるからであろう。

これまでの先行論では、「つまりある種のものごとは別のかたちをとるんだ。それは別のかたちをとらずにはいられないんだ。」というフレーズが分析の中心となっていた。

たとえば、木股知史氏は、「近親者を喪った深い悲しみは、嗚咽や涙ではなく深い眠りという別のかたちをとって現れるということ」と「「僕」が体験した幽霊は、ケイシーの内面が別のかたちをとって現れたのかもしれないということ」[15]の両義性として捉え、坂野唯氏は語り手に設定された小説家の「僕」は、非現実的な、しかし事実である物事を事実として伝えるために物語の形式を使うと説く。[16]佐野正俊氏はこれを別のかたちをとることのないものごとと別のかたちをとらずにはいられないものごとに対比し、前者を「ことばで表現して満足してしまう粗雑で類型的な観念」とし後者を「ことばによる説明が不可能な「ものごと」[17]」として説明する。とらずにはいられないようにそこには元の対象と先の対象間の結びつきが動機づけられたものである限りで後者も説明は可能でもありうる。つまり、このフレーズはメトニミーのレトリックであり、接続が無根拠なアレゴリーとしてある。とすれば、無根拠なものを確かなものとして語る動機が重要ではないだろうか。

このフレーズが開示する真の世界への覚醒は眠りによってもたらされるというパラドックスは、覚醒と盲目・没入の両義性を示している。幽霊達の世界は単なる夢なのか、夢を契機として成立する超常空間なのか。囚われた世界観に対する不信から解放された世界観に到達したかに感じるとき、不信が停止し、別の制約が働いてしまう。「僕」の幽霊体験とケイシーの経験を伝える物語は、同質性の世界に異物が関与できないという物語でもあり、その後の「僕」はケイシーには関わらないように距離を作っていた。

よって、「レキシントンの幽霊」の物語で大切なのは数年後の③で示される次のフレーズだろう。ほんの「数年前」の出来事が「ひどく遠い過去に、遠い場所」で起こったかのように感じられるという、遠さによって奇妙なことが奇妙ではなくなるという語り手の「僕」の述懐である。「遠さ」は日常においては障害となる。しかし、中野氏は「遠さ」は「「僕」とは縁遠く、隔絶したものであるからではなく、むしろそれが遠い過去と遠い場所における人々とのつながりを実感させるもの」[18]とし、駒ヶ嶺氏は倒置法で列挙されている項目は「「それらはみんな」、「思い出す」という述語によって統合されることとして「レキシントンの幽霊」になっている」のであり、「僕」はそれらの「鎮魂までも果たし」[19]たために遠いとし、引間氏は「「ぼく」は自分の中にも脈々と血のつながりが存在することを「幽霊」たちとの出会いによって理解したのである」[20]と説く。こうした「僕」との人間関係の繋がりがあることを「遠さ」と捉える見解に対し、山根氏は「幽霊やケイシーの孤独を〈「遠い」出来事〉、つまり自分とは密接に関わらないと位置づけた」[21]ことから言えるとする。

しかし、「遠さ」とは人間関係の疎遠や鎮魂とは異なろう。物語を語る時制が過去であるのは語られる事態への時間・対象・現実レベルの距離を示している。物語は現実世界とは異なる虚構世界として制作される。このとき、語り手の対象への心的な距離感もまた不思議な出来事をあたかもあったかのように創出する仕掛けなのではないだろうか。「遠さ」とは、物語がリアリティを獲得する装置なのである。

三　エコーによる構成　「バースデイ・ガール」

1　「彼女」の願いと逸脱

「バースデイ・ガール」（『バースデイ・ストーリーズ』中央公論社二〇〇二・一二、村上春樹翻訳ライブラリー二〇〇六・一、『めくらやなぎと眠る女』新潮社二〇〇九・一一、『伝え合う言葉中学国語三』教育出版二〇〇五）は、バイト先のイタリア料理店のオーナー（老人）に二十歳の誕生日の願いを叶えたとされる彼女とその話を聞いた「僕」がその願いと人生について話し合う物語である。

　物語は時間が異なる三つの場面からなる。①語り手「僕」の再構成する一一月一七日の二十歳の誕生日を迎えた彼女の物語、それから一〇年以上たった②三十歳過ぎの「彼女」が二十歳の誕生日の出来事を「僕」と対話する物語、③特定不可能な抽象的な語り手による老人の台詞を核とした結末部の物語である。①では視点人物である彼女の心情が示される一方で、②では視点人物である「僕」の心情表現は少ない。また、①はタ形を基本としつつル形を混交させることで事態の展開の叙述と共に世界の状態を描くのに対し、②はル形によっていわばシナリオ／スクリプト的な動作の連続が示される。語り手は②にいるのではなく、①②③の外部から現実の過去とは異なるそれらをスクリーン／スキーマを通して語っているのである。

　さて、二十歳の誕生日、彼女が老人に話した願いは具体的には明かされない。このため、五十嵐淳氏は明らかにされていないがと断りつつ「平凡でもいいから幸せな人生を送りたい[22]」、波瀬蘭氏は「これから先、何も〈願いごと〉を持たずにすむ人生を送れますように[23]」、可児洋介氏は、「「彼女」は老人に自らの欲望を先取りして与えられているかのような錯覚に半ば陥りながら、先刻の「老人」の台詞を口に出して反復したに相違ないのである。すなわち「私の人生が実りのある豊かなものであるように。なにものもそこに暗い影を落とすことのないように」と。[24]」と、それぞれ解読する。しかし、波瀬氏は「人間というのは、何を望んだところで、どこまでいったところで、自分以外にはなれないものなのね」という発言が彼女が願いを持ち続けていることを意味することを無視し、可児氏は彼女の老人への否定を把握できていない。よって願いの解釈は五十嵐氏に同意するが、むしろ、本稿では願いが確定されないことが物語の機構として重要であることを指摘したい。

彼女が老人に対してのみ願ったことを語り手も彼女も明らかにはしない。しかし、物語の各所では五十嵐氏が解釈するように随所で匂わされる。「僕」の願いごとが叶ったかという質問には彼女は「イエスであり、ノオね。まだ人生は先が長そうだし、私はものごとの成りゆきを最後まで見届けたわけじゃないから」と答え、その願いをして後悔しなかったのかという問いには以下のように反応する。

「私は今、三歳歳上の公認会計士と結婚していて、子どもが二人いる」と彼女は言う。「男の子と女の子。アイリッシュ・セッターが一匹。アウディに乗って、週に二回女友だちとテニスをしている。それが今の私の人生」

彼女の生活水準は低くない。彼女は高所得の夫と子どもをもち、大型犬を飼い、高級車に乗り、友人とテニスを楽しむ余裕もある。彼女は公認会計士と結婚したいと直接的・具体的に願ったのではなく、人生を歩んで現在の状況に到達したのである。

しかし、現在の家族構成・生活状況を語る彼女は、幸せだとは直接語らない。ここでは「僕」が「それほど悪くなさそうだけれど」と言うように、彼女が相手に現在の幸福を話させることで満足を得ていると解釈できる一方で、「沈黙」や「ひからびた微笑み」という態度、「アウディのバンパーにふたつばかりへこみがあっても?」「何を望んだところで、どこまでいったところで、自分以外になれない」という発言が示すように、現状に不満があるとも解釈できる。

この両義性は二十歳の誕生日の願いに理由がある。「それは実際に起こったことだし、たぶん大事な意味を持つ」と発言するように、彼女は願いに現在も囚われている。彼女は願いを想起するたびに、願い以外の人生の選択肢を消去したものとして自分の人生を顧みてしまう。自分以外にはなれないという発言からは、願いの反復としての人生を送ることへのあきらめと充実、反復から逸脱し自分以外になることへの憧れと忌避の両面が解釈できる。

2　エコー発話の機能

こうした逸脱と「バースデイ・ガール」の反復とはどのような関係にあるだろうか。
可児氏は、「「彼女」が「老人」によって「何かを望んでいる自分」という自己像を与えられている」ため、彼女が「「彼女」は老人の言葉によって自らの「望み」の確認を事後的に迫られ」「老人の台詞を反復する」[25]と指摘する。しかし、老人と彼女の会話は老人の言葉の反復だろうか。

a　「ああ、もちろん」と老人は言った。「もちろん、私はかまわんよ。君がそう望むなら」
　いいいいいい、私がそう望むなら？　と彼女は思った。ずいぶん奇妙な言い方だ。私がいったい何を望んでいるというのだろう。

b　「ああ、もちろん。廊下に出しておくよ。ワゴンに載せて。一時間後に。君がそう望むのなら」そう、それが私の望むことなの、今のところ、と彼女は思った。

c　いいいいいいいいいいいいいいいい、なにものもそこに暗い影を落とすことのないように、と彼女は頭の中で老人の台詞を反復した。どうしてこの人は、こういうちょっと普通じゃないしゃべり方をするんだろう？

老人と彼女の会話の多くでは、老人の発話のあとに傍点もしくは括弧で括られた彼女による老人の発話の反復のあと、それに対して否定的・限定的な思考・発話が付随する。傍点で示されるのは彼女の思考の直接話法であり、傍点や括弧無しに彼女の思考が示されている後半は自由直接話法である。ここでエコー発話という概念を導入する。エコー発話の用法は次のようなものである。

ある表示（representation）を使って思考や発話（つまり表示）を誰かに転嫁し、さらにその思考や発話に対してある態度を表明することを言う。（略）使用されている表示と転嫁されている表示には類似性（resemblance）の関係がある。解釈されている表示に対しては、様々な態度が表明される。その態度を大きく分けると、肯定的な態度（是認する態度）と否定的な態度（乖離的態度）に分類されるであろう。[26]

エコーとは語り手がその価値観と共に他者の言葉を引用・創造する方法である。そもそも、直接話法は「他人（過去の自分を含む）のことばを（現時点での）じぶんのことばとは異なる独立したことばとして提示する方法」[27]である。また、自由直接話法は直接話法で引用節のないものとみなされるが、既に語り手の言葉によって間接化されている。

たとえば、老人から時間を欲しいと言われた彼女は次のように思う。

だって私はこの人に時給で雇われているのだ。今更時間をあげるももらうもない。それに老人は悪いことをする人のようには見えなかった。

前二文は「私」という表記から自由直接話法であり、後の一文は「老人」という表記から自由間接話法でありうる。自由間接話法／自由直接話法は、いずれも語り手による媒介＝構築を経ている。直接話法すら日常の会話表現からは遠いという点で、やはり媒介＝構築されている。

老人の言葉を反復する彼女の言葉はエコー発話である。エコーは発話態度によって、肯定／否定いずれかの意味を伴う。肯定的なエコーは老人の言葉を自らの意思に合致するものとして繰り返す。しかし、a〜cでは、彼女は否定的にエコーし、一見、肯定的なbも業務としての望みであって彼女のプライベートな望みではないことが含意される。このため彼女のエコー発話はアイロニー的な意味を帯びる。彼女は、単に職務上の言動を自らの本心に基づくそれとして、あるいは若い女性なら美しく賢く裕福であることが望みのはずだというステレオタイプ的女性像を、強引に割り当てられることに違和を表明している。

それを十数年後の②の時点で彼女は次のように意味づけていた。

私だって、そのおじいさんの言ってることを真に受けたわけじゃないのよ。二十歳にもなっておとぎ話の世界じゃあるまいしね、でもそれが即席のユーモアだとしたらなかなか気が利いているじゃない。けっこう粋なところのあるおじいさんだったし、私も話を合わせてみようと思ったの。二十歳の誕生日なんだもの、少しくらい普通じゃないことがあったっていいじゃない。私はそう思ったの。信じるとか、信じないとか、そういうことじゃなく

彼女は老人の言葉を「真に受けたわけ」ではない。彼女は老人の発話を半ば否定している。しかし、

記念日に彼女は、あえて老人の発話を「ユーモア」として受容する。そうした両義的な姿勢の帰結として、その後老人に近づこうとしなかったことも、恐れともイベントの聖性の保持とも両様の解釈が成立しよう。

彼女は、このとき願いによって人生を決定する必要はない。しかし、疑っていた老人の言葉をエコーし、ユーモアとして願いを口にした結果、「三歳年上の公認会計士と結婚していて、子どもが二人い」て、「アウディに乗って、週に二回女友だちとテニスをしている」状態になり、否定的エコーの彼女の願いは半ば達成されてもいる。

3　「ユーモア」というエコー

彼女はなぜ「僕」に二十歳の誕生日の話を聞かせたのだろうか。

彼女の今の生活は、老人にした願いが彼女の人生を規定している。しかし、彼女はその生活に満足せず、逸脱する／追加承認されること、すなわち可能性を望んでいる。

つまり、彼女が現在に不満を持つ場合には、彼女は思いを誰かに語ることで、人間が自分以外になる可能性を承認してほしいと思っている。彼女の友人であり、夫ではない「僕」は、逸脱への契機たりうる。また、現状に満足している場合も「僕」の肯定によって承認欲求が満たされるのだから、不変の現状での満足ではあるまい。そのため、彼女は、過去の願いの話を「僕」に聞かせることで、逸脱／肯定いずれにせよ、さらなる満足を「僕」によって獲得したいと思っている。

しかし、「僕」はd〜eに見るように彼女の気持ちに寄り添うことができない。

d　僕らはひとしきり黙りこんで、それぞれの飲み物を飲み、それぞれにたぶんべつのことを考えている。

e　僕はそれについて少し考えてみる。でも僕の頭には、低音のオーヴンでゆっくりと焼かれている巨大なパイ料理のイメージしか浮かんでこない

また、ル形／タ形の混交による多様な表現を用いて世界を詳述する①に比して、②の表現がル形による手順的な叙述にとどまることは「僕」の関心が彼女の可能性にはないことを示している。

東森勲氏は、ユーモアをジョークの一つとして捉える研究の現状を整理し、「意図的なユーモアは心理的距離のあるエコー発話を用いることで、発話はユーモア解釈のためのコンテクストと衝突をおこし、不調和が生じ」「新しい、コンテクストの含みに置き換えられる」[28]として、定義・メタ表示形式のジョークをとりあげ、異常な定義や自己言及的な定義がジョークになる事例を概観する。「バースデイ・ガール」で定義・メタ表示形式のジョークが使われているのはステッカーをめぐるやりとりである。

「アウディのバンパーにふたつばかりへこみがあっても？」
「だってバンパーはへこむためについているんだよ」
「そういうステッカーがあるといいわね」と彼女は言う。「『バンパーはへこむためにある』」
僕は彼女の口もとを見ている。

ステッカーとは標語・モットーである。モットーとともにもう一つ別の含意を持つことで両義的なジョークたりうるのである。[29]

現在の彼女の状況が悪くないと言う「僕」に対して、彼女が指摘するバンパーのへこみは自損であっても事故の産物として、彼女の生活上の悩みとなる。それに対し、「僕」のバンパーはへこむためにあるという発言はバンパーの機能上の回答であり、見栄えを問題としないように、彼女の状況の瑕疵を取るに足りないものとしていなす言葉である。それに対し、彼女は「僕」の言葉をエコーし、「僕」の発言がステッカーたり得ない陳腐な言葉であることを匂わせる。そのことへの「僕」の心情は直接は示されないが、「僕」が彼女の口元、つまり表情を観察することでこの場の彼女の心情を知ろうとしていることが示される。

一方、「僕」も逆に彼女の言葉をエコーしステッカーにしようとする。

「人間というのは、何を望んだところで、どこまでいったところで、自分以外にはなれないものなのねっていうこと。ただそれだけ」

「そういうステッカーも悪くないな」と僕は言う。「『人間というのは、どこまでいったところで、自分以外にはなれないものだ』」

彼女は声を上げて楽しそうに笑う。それで、さっきまであったひからびた微笑みの影はどこかにふっと消えてしまう。

彼女の言葉は変われないと言いつつ、変われないことを半ば否定する含意もあるように、現状の満足と共に不満をも示す両義的な言葉である。それを「僕」がステッカーとしてエコーすることは彼女の思いを共有することになるのだろうか。「僕」のステッカーは自分以外になれないという一義化であり、彼女の言葉のパッケージ化によって彼女に切り返すことで、意味のずらしを含ませたユーモアたりうるのであり、その故に、彼女もユーモアとして受け取り「楽しそうに笑」うのである。では、「僕」はユーモアとして語っているのだろうか。ここでも「僕」の内面や表情は示されない。ここで「僕」がステッカーのレトリックをエコーしたのは、彼女の理解よりも場当たり的な対抗意識のためなのではないだろうか。それゆえ、続く彼女からの問いかけには答えられないのである。


「ねえ、もしあなたが私の立場にいたら、どんなことを願ったと思う?」

(略)僕はけっこう時間をかけて考えてみる。でも願いごとなんて何一つ思いつけない。「何も思いつかないよ」と僕は正直に言う。「それに僕は、二十歳の誕生日からは遠く離れすぎている」

「ほんとに何も?」

僕は肯く。

「何ひとつ?」

「何ひとつ」と僕は言う

彼女はユーモアのある答えを再び「僕」に期待してたたみかけるように二度にわたって問いかける。しかし、「僕」がそう答えたのは本当に願いごとを思いつかず、彼女の言葉へのカウンターも用意できないためである。

彼女は現状とは異なる可能性、あるいは事実と異なっても当意即妙的なユーモアを求めている。しかし、「僕」と彼女の間には価値観の共有もなく、否定的エコーも偶発的に発生させ得ただけであり、彼女の思いを知ることはできない。ここに、「僕」と彼女の間にディスコミュニケーションがある。彼女は「僕」に「とてもまっすぐな率直な視線」を向けて「あなたはもう願ってしまったのよ」と告げる。五十嵐氏は、「僕」は「一回性に無自覚に生きてきた存在[30]」だと指摘している。いわば無自覚に日々をエコーする点で、日常の秩序を無自覚に肯定し、そこから逸脱することを忌避するように、「僕」は否定的エコーを常態的に駆使することもできない。

つまり、彼女は「僕」との会話から可能性を見出したが、それは「僕」の発言を彼女自身の否定的エコー／ユーモアによって解釈しただけであり、「僕」の常態とは異なる。

物語とは様々な水準で他者の言葉を直接・間接に引用・創造することで織られた構成体である。エコー発話とは引用項と被引用項を関連づけることで引用・創造関係を表現すると共に、その明示によって批評的な意味を言葉に与える。改めて確認すれば、エコー発話は、発話の話し手とは異なるメタレベルの話し手の意味が発話に組み込まれている自由間接話法である。自由間接話法は物語では語り手と特定／不特定の作中人物の視点が混淆する表現であった。自由間接話法は他者の視点を表現にいかに取り込むかという語りの引用・構成の問題でもある。物語が自由間接話法的であるとすれば、それは単に物語世界内の人物関係にとどまらず、物語世界外の語りにも働いている。

そうした事例が結末の③である。

> 「しかしたったひとつだから、よくよく考えた方がいいよ。可愛い妖精のお嬢さん」。どこかの

暗闇の中で、枯れ葉色のネクタイをしめた小柄な老人が空中に指を一本あげる。「ひとつだけ。あとになって思い直してひっこめることばできないからね」

ここでは、①と②のさらに外側のレベルから語られており、彼女が「僕」に語った老人の台詞を引用・変換した語りとなる。[31]

老人の問いかけの場面のエコーは、彼女のこれまでの人生を縛ってきた制約の力を示すと共に、そうした制約に対する彼女の否定をも喚起しよう。それは「どこかの暗闇の中で」という不明確化、すなわち間接化によって、語り手が読者に対して読者が様々に囚われうる制約の存在と共に、制約への隷属と反発の可能性を両義的に示す構成となっている。

むろん、こうした分析は日常会話に対して適用されるべき操作概念を無限定に文学言語に拡張しているのではないかという批判も想定されよう。なるほど、日常会話が持つ速度・長音・イントネーション、発話の重複、間断といった言語情報、表情・視線・身振り等の非言語情報、つきあい年・職階・接触量・会話量・親疎等の諸関係といった送受信者情報は、物語では十全に表現されることはない。また、日常会話分析では、発話の真意を会話の当事者に分析者が事後確認することもあるが、物語では不可能である。[32] 一方、ダン・スペルベル、ディアドリ・ウィルソン『関連性理論［第二版］』（研究社一九九九・三）がエコー発話を解釈的用法として捉えるのも、彼らの場合は修辞レベルではあったが、文学言語への分析への可能性を見たからだろう。たとえば、不可逆的な日常会話において高度な処理労力を費やして発話を解釈していれば会話の流れから外れてしまうように、日常会話ではエコー発話は単純でないと理解されにくく、再読・精読が可能な文学言語においてこそエコー発話を高度に展開させうる。それゆえにエコーをグレディエンス性を持つ重層的な現象として捉えたとき物語解釈に豊かな広がりを持たせうるのである。

［注］

（1）Chafe, Wallace (1994) Discourse, Consciousness, and Time. The University of Chicago Press.
（2）『イメージで捉える感覚英文法』（開拓社二〇一〇・八）一六八頁。
（3）『物語における時間と話法の比較詩学』（水声社二〇一四・九）五七頁。なお、『日本語の謎を解く』（新潮選書二〇一六・四）八章は橋本氏の物語論概説である。
（4）『明晰な引用、しなやかな引用』（くろしお出版二〇〇九・一二）一九頁。
（5）内田聖二『語用論の射程』（研究社二〇一一・七）一七九頁。
（6）前掲『明晰な引用、しなやかな引用』一二九頁。
（7）『セメイオチケ1』（せりか書房一九八三・一〇）六〇～六一頁。
（8）『パランプセスト』（水声社一九九五・八）二一頁。
（9）『フィクションの機構2』（ひつじ書房二〇一五・二）四七頁。
（10）前掲『物語における時間と話法の比較詩学』三四六頁。
（11）田中実「「100％の愛」の裏切り」（『解釈と鑑賞』二〇一一・七）参照。
（12）「「氷男」密輸のためのレッスン」（『国文学』一九九八・二）一七〇頁。
（13）「物語ることについての物語」（『〈教室〉の中の村上春樹』ひつじ書房二〇一一・八）一九一頁。
（14）「「レキシントンの幽霊」論」（『村上春樹と一九九〇年代』おうふう二〇一二・五）一九〇頁。

（15）「「レキシントンの幽霊」論」（『甲南大学紀要文学編』二〇〇七・三）。
（16）『レキシントンの幽霊ほか二篇』論」（『米沢国語国文』二〇一〇・一）。
（17）「村上春樹「レキシントンの幽霊」の教材研究のために」（『日本文学』一九九九・一）八一頁。
（18）前掲「物語ることについての物語」二〇〇頁。
（19）前掲「「レキシントンの幽霊」論」二〇二頁。
（20）引間史之「教材としての村上春樹「レキシントンの幽霊」論」（『国学院大学大学院文学研究科論集』二〇一四・三）四七頁。
（21）「「曖昧さ」という方法」（『国文学攷』二〇一二・六）八頁。
（22）「村上春樹の教科書作品をどう読むか」（『研究紀要』二〇〇八・八）六四頁。
（23）『村上春樹超短篇小説案内』（学研パブリッシング二〇一一・八）一八一頁。
（24）「村上春樹「バースデイ・ガール」における語りの機能」（『学習院大学人文科学論集』二〇一二・一〇）一三四頁。
（25）注24に同じ。可児氏はここから老人の「邪悪な物語」が彼女を浸食しつつ、その話を聞く「僕」がその物語を拒否したのだと結論づける。また、「システム」によって損なわれる「個」の構図に「バースデイ・ガール」を位置づける深津謙一郎「「バースデイ・ガール」」（『村上春樹と二十一世紀』おうふう二〇一六・九）もその延長線上にある。しかし、国家・体制・制度とそれによって損なわれる個・自由という構図は、著名なエルサレム賞受賞時の挨拶「壁と卵」（『村上春樹雑文集』新潮社二〇一一・一）に限らず、村上春樹が折に触れ発言しているところであるが、物語の表現にはそこから漏れていく側面もあるのではないだろうか。
（26）ニコラス・エルウィン・アロット『語用論キーターム事典』（研究社二〇一四・五）一〇五頁。また、山口氏はエコー発話を「対話者の前言を引用者自身のイントネーションを付して繰り返すことにより、その前言に対する引用者の態度を表明する。前言の再提示や確認を求めたり、前言に対する驚きや不信感を表現したりするなど、会話の流れがスムーズではなく、何らかの障害があるときに用いられることが多い」(『明晰な引用、しなやかな引用』四六〜四七頁)と定義・整理する。

(27)『明晰な引用、しなやかな引用』二七頁。

(28)『英語ジョークの研究』(研究社二〇一一・一一)二二五〜二二六頁。

(29)山口『語りのレトリック』(海鳴社一九九八・一一)四三頁参照。

(30)前掲「村上春樹の教科書作品をどう読むか」六二頁。

(31)③の語り手は「僕」とみなすこともできるが、その場合には彼女に発言させられなくなってしまった「僕」の彼女に対しての仕返しとして、彼女が囚われている様を示すために③が用意されたとも解釈できよう。

(32)小著『語り寓意イデオロギー』(翰林書房)Ⅰ—7参照。

3　自己の重層性――「自己とは何か」

一　はじめに

物語の言語構造を検討するに際し、作者・語り手・視点・言及対象からなる主体の重層性を検討したのが、福沢将樹『ナラトロジーの言語学』（ひつじ書房二〇一五・一〇）である。福沢氏は、語りの作者／語り手／登場人物／言及対象の垂直分業と自／他の水平分業を指摘し、「〈作者〉と〈語り手〉との関係」を編集する責任者が自分と同じ／異なる人格に語らせる〈扮装性[1]〉、「〈視点〉と〈言及対象〉との関係」を視点が対象を自分とは別の／同じ対象として認識する〈認識性[2]〉、「〈作家〉と〈内在する作者〉との関係」を現実の作家が自身とは異なる／同じ内在する作者を持つ〈仮託性[3]〉、「〈演ずる語り手〉と〈談話の語り手〉との関係」を本文解釈した者が自分とは異なる／同じ者に上演させる〈上演性[4]〉、「〈談話の語り手〉と〈文の語り手〉との関係」を談話テクストを解釈する者が自分とは別人格の／自分で制作した原稿を解釈する〈解釈性[5]〉、「〈文の語り手〉と〈文型の視点〉との関係」を文の語り手は自分とは別の／同じ人格の視点を採用する〈再生性〉[6]、「〈文型の視点〉と〈判断の視点〉との関係」を文型の視点が自分とは異なる距離を置いた／同じ視点の判断を採用する〈隔絶性〉[7]、「〈判断の視点〉と〈知情意の視点〉との関係」を判断を行う主体は、自分とは異なる判断の視点／自分で知情意命題を捉える〈様相性〉[8]という、八つの区分からなる九つの階層構造に整理する。[9]

この図式は、実在する存在から概念上の存在へという段階性だけでなく、物語から文ないし分節へという細分化の方向性も看取できそうではある。一方で、たとえば、区分としての〈上演性〉と語りとしての「上演性の語り」とが異なる項目に配置されるように、操作概念の名称にさらに検討の余地があるように思われるが[10]、いずれにせよ、一人称のエッセイにも、こうした重層性を見ることはできる。

本章でとりあげる、日常だけでなく創作のあり方に言及し、寓話や例示を用いるエッセイ、村上春樹「自己とは何か（あるいはおいしい牡蠣フライの食べ方）」（『村上春樹雑文集』新潮社二〇一一・一、新潮文庫二〇一五・一一、以下、「自己とは何か」と略記する）は、大庭健『私という迷宮』（専修大学出版局二〇〇一・四）の解説として書かれたエッセイであり、空行で分けられた九つの段落のうち冒頭の第一〜第三段落が高校国語教科書『探求現代文B』（桐原書店二〇一四）・『現代文B』（桐原書店二〇一四）の教材に採用されている。本章では、「自己とは何か」の自己の重層性を検討することで物語の主体の役割を考察する。そこで、第二節では「自己とは何か」の論理展開をたどりつつ物語の意義を検討し、第三節では一見直接自己の問題とは結び付かないような牡蠣フライの食べ方の話から福沢氏のモデルに基づく自己の重層性を確認する。

二　物語の開かれ

「僕」は、自分もその一人である小説家が「自分とは何か」という問題を物語を書くこととして提示し、小説家の物語とカルト指導者の物語との差異をふまえつつ、牡蠣フライの食べ方を語ることで自己を語ろうとする。

「小説家は多くを観察し、わずかしか判断を下さない人間」であるのは、「多くの正しい描写」をするためである。小説家が判断すると小説がつまらなくなり、「物語がうまく動かなくなる」ため、「小説家がなすべきことは」、「結論を用意することではなく、仮説をただ丹念に積み上げていくこと」である。

一方、読者は小説家が集積した仮説を取り込み、「個人的にわかりやすいかたちに並べ替え」、「生きるという行為に含まれる」ダイナミズムを「リアルに「体験」する」ことになる。このため、小説の素材は「虚構＝疑似」だが、それが従う「個人的なオーダーと、並べ替えの作業プロセス」は読者にとって「実際的なものである（べき）」であることになる。

「自分とは何か？」という問いは小説家には意味を持たない。なぜなら、小説家は、「自然に、本能的に」「自分とは何か？」という問いかけを物語に置き換えていくことを仕事にしている。また、小説家は、世界中の「事象・事物と自分自身とのあいだに存在する距離や方向を」積み重ね、「多くを観察し、わずかしか判断を下さ」ないことで、仮説が「発熱して」物語が動き始める。

「本当の自分とは何か？」という問いは答えがなく、「現実世界とのフィジカルな接触」を失わせた。

人は自分を相対化するためには仮説を経由する必要がある。しかし、現実は情報過多、選択肢過多で、有効な仮説を選択することは不可能に近いように見える。しかも、先行の世代の「経験は、サンプルとしてほとんど有効性を持たない」。このとき、「強力な外部者」であるカルト指導者が「いくつかの仮説をわかりやすいセットメニューにして」提示することで、古い混沌とした現実が新しい「クリーン」な別の現実に変わり、相対性から絶対性へと価値が転換し、選択肢が限定され、人々に役割の明確化と努力による達成目標を与える。

一方、小説家も「同じようなことをやっている」が、小説家は読者を「物語という現実外のシステムの中に取り込」み幻想を押しつけるものの、「物語が終わったとき、仮説は基本的にその役割を終え」、読者は現実に復帰する。

宗教家と小説家の違いは、現実に戻るか否か、物語を開くか否か、即ち現実の「継続性」の有無である。カルトは「シンプルで、直接的で、明快なかたちを持った強力な物語を用意し」人々を誘引する。カルトの物語は不純物がなく有効性をもち、即効力を発揮するのに対し、小説家の物語は有効性・即効性を欠き、「何かがあるような気がする」にとどまる。しかし、文学には「継続性」すなわち「道義性」・「精神の公正さ」があり、「戦争や虐殺や詐欺や偏見を生み出しはしなかった。逆にそれらに対抗する何かを生みだそうと」努力してきたと対比してみせる。物語は魔術であり、「大きな力」と「危険性」を持つ。小説家は白魔術を用い、カルトは黒魔術を用いることで「深い森の中で、人知れず激しく切り結ぶ」。

「本当の自分とは何か」という問いかけに戻れば、「僕」は「牡蠣フライについて語る」ことを「通して、「僕」自身を語りたい」と思う。主体が対象を書くことによって主体を示すと共に、書かれたものから主体は効果として立ち上がる。「僕」は、「開かれている」ため世界中のものを物質・血肉・概念・仮説として「どんどん受け入れていく」。「本当の僕にとって」「なんだっていいことがいちばん大切なのだ」。牡蠣フライの食べ方の話はそうした事例なのである。

以上のように、「自己とは何か」の概要を整理できよう。

とすると、「僕」の言う「判断」とは仮説の集積の「個人的な並べ替え作業」であり「精神の組成パターンの組み替えのサンプル」とされるように、読解における意識の変容でもある。なるほど、そして意識の変容を送り手側が明示すれば受け手は自発性を感じることができないだろう。そうした読者の意識の変容は、「人生の中で何度もできることではない」とされるように、「フィクションを通して、まず試験的に仮想的に」「サンプリング」を行うことで、擬似的な変容が自発的・内発的になされていく。

また、「年若い読者」の考えていることがなぜ「ありありと正確に理解できるのですか」という問いに、「僕」は考えていることは理解できないが、その理解してもらえたという印象は「あなたが僕の物語を、自分の中に有効に取り入れることができたから」と回答する。物語は風であり、揺らされるものがあって風が目に見えるとは、物語は感動などの反応があって意義を持つことになる。読者が物語の「仮説の行方を決める」とは、解釈などの受容側の化反応によって物語が意義を持つことの顕れである。

こうした物語の開かれによって、叙述では当初、物語とカルトが違うものとされていたが、それはカルトの物語と小説家の物語が異なるベクトルやコンテクストを持つからであった。しかし、強制力とは警察・軍事隊を代表とする国家権力あるいは宗教結社・暴力団が行使する物理的な力だけなのだろうか。物語の力とはそうした物理的な力をなるほど持たない。だが、雰囲気によって、あるいは忖度させることによって人々を従わせてしまう、人々が進んで従ってしまう、しかし、それは物理的な強制ではなく、あなた自ら選んだことだから強制の結果ではないとするならば、そこには物語の持つ力を軽視しているのではないだろうか。文学作品が偏見の塊なのはよくあることであり、そうした物の見方・感じ方は人を縛り、導いていく。恋愛小説／漫画／ドラマを見たことがなければ、恋愛に陥ることがないとすれば、それは物語の強制力の顕れでもある。

三　物語の重層性

原稿用紙四枚で自分自身について説明できるかという読者からの質問に対して、「僕」は、「牡蠣フライについて書くことで」、「あなたと牡蠣フライとの間の相関関係や距離感が、自動的に表現される」という点で、自分「自身について書くこと」になるという「牡蠣フライ」理論を勧める。これは、対象の描き方が視点としての自己、あるいは比喩としての自己を含むという主張である。そうした事例として「牡蠣フライの話」はある。

牡蠣フライは個数や付け合わせのおかわりなどの「選択肢」がある。また、「僕」は「牡蠣フライそのものを食べにきた」のであり、牡蠣フライの衣を割ると「その中には牡蠣があくまで牡蠣として存在していることがわかる」ように、本質・実体に到達しうることが提示される。また、牡蠣の歯触りと香りは「共存すべきテクスチャー」として排他性が否定される。

「現在では僕の皿の上にいる」牡蠣の、かつての海での生を、「彼らはしばらく前まではどこかの海の底にい」て「牡蠣的なことを（たぶん）考えていた」とイメージする。一方、「僕はとりあえず牡蠣ではなくて、小説家であることを喜」び「自分がこの次は牡蠣になるかもしれないなんて、考えたくないもの」と思うように、有限の生を小説家の立場で味わう。一見、牡蠣を想像しているようであるが、自分の想像力の枠組みにあてはめ、またそのようになることを否定する点で、紗希の排他性の否定は反転しうる。

また、食べたことによる幸福を限定的なものとし、「限定されてない幸福」は「本当に限定されていなかったのか」と問い直すものの、「結論はなかなか出てこない」ように、決定的な判断を留保しつつ、なんらかの制約が幸福にはつきものであり、無限の幸福が存在しないことを喚起する。

牡蠣を食べて店を出たあとは次のように表現される。

僕は肩のあたりにかすかに、牡蠣フライの静かな励ましを感じることになる。それは決して不思議なことではない。何故なら牡蠣フライは僕にとっては、大事な個人的反映のひとつなのだから。そして森の奥では誰かが闘っているのだから。

食べた満足感が牡蠣フライの虚像を作り、「僕」への励ましを想像させる。森の奥とは精神の世界であろう。精神なり別世界なりで自分を支援する存在がいるという『ダンス・ダンス・ダンス』での羊男、森の中で小人と戦う「踊る小人」の「僕」といった村上春樹の物語が示すように、そこは異なる物語を持つ者同士の対立・争闘の場でもある。

さて、自己物語は構造的に自己の垂直分業であり、自己とは何かを物語に置き換えることは自己の水平分業となる。語り手の「僕」は作者・村上春樹と同一人物としてデフォルト的に解釈でき、「僕」は「僕」の視点から言及対象である小説家、自己や牡蠣について語る。このとき、小説家と「僕」は等しく、一方でこの小説家は「僕」とは異なる者も含まれる。また、「僕」の自己は物語化され、エッセイの中の「僕」にとどまらず、たとえば牡蠣フライ、あるいはそれ以前の牡蠣にまで比喩的に拡張される。

福沢氏のモデルに基づけば、「自己とは何か」の内在する作者は作者・村上春樹と同じ点で〈非仮託的〉であり、語り手の「僕」は作者と同じ点で〈非扮装的〉である。また、語り手と主人公とは同じ点で〈非上演的〉であり、それが村上春樹的な振る舞いである点で〈上演的〉でもある。語り手は自ら原稿を制作する点で〈非解釈的〉であり、語る「僕」は自分自身の視点を採用する点で〈非再生的〉であり、また「僕」以外の立場の見解も解釈的に引用している点で〈再生的〉でもある。さらに「僕」自らが表現を作る点で〈非隔絶的〉であり、自分で判断する点で〈非様相的〉でもある。「僕」が自分を内側から認識する部分では〈内観的〉であり、カルトや牡蠣フライについて認識する部分では〈外観的〉でもある。

「自己とは何か」はいくつかの区分で両義的であった。そうした両義性は前節で見たように、カルトに対して対抗しうる小説家の相対性、開かれを用意する一方で、もう一つの絶対性、閉鎖性を招いているとすれば、主体の重層性といかなる解釈とを接続するかに、物語の倫理がかかっているのではないだろうか。

［注］

（1）前掲『ナラトロジーの言語学』六〇頁。
（2）前掲『ナラトロジーの言語学』六二頁。
（3）前掲『ナラトロジーの言語学』八八〜八九頁。
（4）前掲『ナラトロジーの言語学』一〇六頁。
（5）前掲『ナラトロジーの言語学』一〇七頁。
（6）前掲『ナラトロジーの言語学』一二三頁。
（7）注6に同じ。
（8）前掲『ナラトロジーの言語学』一二三〜一二四頁。
（9）表現主体の階層・各階層間の関係と、物語世界・引用・嘘と虚構・時制との関係

四分類	九分類	階層間の関係	物語世界の内外	引用	嘘と虚構	時制
			物語世界内の語り	結社	―	―
〈作者〉	〈作家〉					
		〈仮託性〉	古典の語り	作者の引用	代作	―
	〈内在する作者〉					
		〈扮装性〉	上演の語り	現物の引用	普通のフィクション	―
〈語り手〉	〈演ずる語り手〉					
		〈上演性〉	実況の語り	コピーの引用	代読・代	―

					筆、建前	
	〈談話の語り手〉					
		〈解釈性〉	漏洩盗聴の語り	部分設計図の引用	気取られない嘘・お世辞・皮肉	―
	〈文の語り手〉					
		〈再生性〉	直接引用の語り	直接引用	普通のお世辞・皮肉	―
〈視点〉	〈文型の視点〉					
		〈隔絶性〉	固定視点の語り	間接引用	わざとらしいお世辞・皮肉	テンポラリティー（D型）
	〈判断の視点〉					
		〈様相性〉	筋の語り	あらすじ引用	受け売りの嘘	テンポラリティー（C型）
	〈知情意の視点〉					
		〈認識性〉	解説の語り	見立て引用	知覚失敗の嘘	パースペクチュアリティー

〈言及対象〉	上に同じ					
			物語世界外の語り	—	—	〈内的〉アスペクチュアリティー

前掲『ナラトロジーの言語学』二九〇～二九一頁。

(10) たとえば野村眞木夫「福沢将樹著『ナラトロジーの言語学』」(『日本語文法』二〇一七・三)は体験話法と同型性の観点からさらなる検討の必要性を指摘している。

4　表象不可能性／物語とアイデンティティ
――ティム・オブライエン『本当の戦争の話をしよう』

一　ある『ノルウェイの森』論

渡辺みえこ『語り得ぬもの：村上春樹の女性表象』（お茶の水書房二〇〇九・六）は、村上春樹テクストでは、女性間性愛は隠蔽されているが、それは父権社会の言語では女は語り得ないためであり、『ノルウェイの森』の「あの子」は快楽によって男性優位の異性愛体制を破壊し、玲子の幻想かもしれないその少女は闇の魔力でしか現実を転覆できない一九六〇年代の女性同士の愛の現実であるという。

『ノルウェイの森』は、異性愛者の男性の「僕」に聞かれることでレズビアニズムが浄化される。『ノルウェイの森』の語りは、レズビアン差別を表象し、玲子を壊し直子を自殺に追いやった「あの子」は周縁化された地下の主人公であるが、無意識の象徴として排除されている。読者がそれを見過ごすのは語りの自然化のためであるとする。そして、直子と玲子の共同生活は相互カウンセリングであり、直子の告白は非現実的な至高の快楽を暗黒として抑圧しており快楽の主体であることを禁じられていた玲子の性的語りの語り直しでもあるために直子は自殺したが、「あの子」を狂気とすることで玲子＝直子を被害者として読者は受容し、レズビアンに対する世間の恐怖が刻み込まれる。

また、『スプートニクの恋人』は、女と女の性体験は異性愛男性の意識によって承認・言語を獲得していくのであり、多くの女性は欲望の圧殺にも気づかないと捉え、吉屋信子・中山可穂・金原ひとみ・落合恵子らのレズビアン表象をたどり、父権社会で不可視化されたものを浮上させレズビアンのカテゴリーに出会うことは自己回復であると主張する。

渡辺氏は、レズビアン批評の立場から、レズビアンをプロットを駆動させる不可視の因果律をもたらす存在として主人公と呼ぶ。村上春樹テクストが男性を特権化し女性憎悪によって織られていることはかねてから批判されてきたが、男性のまなざしによって隠蔽・排除・周縁化されてきた登場人物を中心に据えることで、『ノルウェイの森』の物語を反転させてみせる。こうした読解を通して、レズビアンを語り得ないものとして位置づける本書の意義は大きいと言わねばならない。

さて、表象不可能性の問題系を村上春樹研究で最初期に導入した深津健一郎「証言の〈他者〉」（『明治大学日本文学』一九九七・六）は、他者を除去するこちら側とあちら側の同一化を拒む隔たりの保持が『アンダーグラウンド』では果たされたと説くように、渡辺氏の書名もこの隔たりを指している。

では、それは、①そもそも語り得ないのだろうか。また、②不可能な表象の操作は送り手側かそれとも受け手側なのだろうか。ジョルジュ・ディディ＝ユベルマン『イメージ、それでもなお』（平凡社二〇〇六・八）は、公平な議論の不可能性、全面的な言葉の不可能性による沈黙、問いを不可能にする対象の聖化と他の拒絶という表象不可能性の三つの側面を指摘している。「出来事とはそのとき、記憶にとってもっとも貴重な何か、つまり記憶が想像できるものになる可能性なのである」と説くユベルマンに倣えば、先の問いに回答を与えられよう。すなわち、①『ノルウェイの森』の「現実」、仮にこの表現に意味があるとすれば、それは語り得ぬものではないのと同じ程度に、想像できぬものでもない。さらに、受容と言いつつ語りの分析によって解釈の反転が示される限りで、『語り得ぬもの：村上春樹の女性表象』は二つを同一としているのであり、このことが端的に示しているのは、②読者の想像が表象不可能性に対する抵抗を可能にしているということである。

直子が女性の自我や自立をもたないと指摘することは女性の主体が予め存在することが前提であるように、『語り得ぬもの：村上春樹の女性表象』が男／女を始めとする二項対立を強固に維持するのは、隠蔽されたものの発見を精神分析の枠組みで語る限りそれは常に抵抗と抑圧の構図をとらざるを得ないからである。聴き手でもある「僕」によって出来事が承認され、語られ、構築されているとするならば、『語り得ぬもの：村上春樹の女性表象』の試みは構築主義に対する本質主義の批判とも言えよう。だが、そうした本質もまた構築されたものでもあり、構築されたものが本質としても機能する。日本文化を意識的自我と無意識の境界が曖昧だとするが、無意識とは関係性によって多元化された効果としての意味であって観察主体によって異なり、相対的に統語構造がきっちりしている欧米語とは異なりコンテクスト依存による言語運用を行う日本語は関係性がより繊細だと捉えるべきだろう。故にテクストの精読とそのフレームは常に細心の注意をもって検証されなければならない。

二　物語と主体の位置

村上春樹が翻訳したティム・オブライエン『本当の戦争の話をしよう』（文藝春秋一九九〇・一〇、引用は文春文庫一九九八・二）は、ヴェトナム戦争を題材とする二二の物語からなる短編集である。『本当の戦争の話をしよう』は、第一に暴力装置の問題と、第二にナラティヴ・セラピー、語ることによる療養・救済が村上春樹文学にも通じる。第一は『本当の戦争の話をしよう』が『ねじまき鳥クロニクル』のような戦争や『１Ｑ８４』の殺人といった直接的な暴力行使と、村上春樹の様々な作品にあらわれる見通しのきかない非合理的な世界で暴力が行使されることと類似する。第二に、「文章を書くことは自己療養の手段ではなく、自己療養のささやかな試みにしか過ぎない」（『風の歌を聴け』）という村上春樹に対して、『本当の戦争の話をしよう』では「ものを書くことをセラピーであるとは思わなかったし、今でも思っていない。でも（略）文章を書いていたからこそあの記憶の渦の中を無事に通り抜けてくることができた」（「覚え書」）といった書くことの効用が示される。また、『本当の戦争の話をしよう』の二作「レイニー河で」と「待ち伏せ」は国語教科書教材にも採用されている。その点で、本章では『本当の戦争の話をしよう』を日本語文学として検討する。

『本当の戦争の話をしよう』には「戦争の不可解さ」を「ありありとして存在させる[1]」という評価がある。しかし、オブライエンが、自作について「イマジネーションと現実の相互浸透を書いている[2]」と発言しているように不可解な現実の再現が目的なのではない。

『本当の戦争の話をしよう』はメタフィクションであり、松本一裕氏は「認識枠の混乱[3]」を持つと捉え、大勝裕史氏は「意味の可能性、肯定性には常に不可能性、否定性が併置されて」おり、物語は「語り聞くという地平すら共有できていない、交通不可能なほどに懸隔した他者の経験、歴史」[4]を示すと説く。こうした「脱構築的リアリズム」[5]の動因がトラウマである。高野吾郎氏は、「トラウマの深淵を無理やり言語化する「罪深き行為」と思えるからこそ、自己断罪の意味で（略）自己否定し続けている」[6]と捉える。また、トラウマではないが、田村均氏は国家目標と個の価値意識の対立から「心の分裂が生じ」[7]ると捉え、上岡伸雄氏は「アイデンティティの揺らぎを生のままで体験させ」[8]ると捉える。

しかし、トラウマ説・分裂説は構成された小説と構成されない心理を混同している。「ありのままに語れないことをすっかり承知の上で、やっぱりありのままに語ろうとしてしまっている」[9]という構図は事実の再現不可能性を前提としているが、表現と対応する事実がない物語を考慮しない。決定不能の一方で意味の方向づけがなされるのである。

『本当の戦争の話をしよう』で意味づけのツールは物語である。風丸良彦氏は脱構築派とは「かけ離れ」、「二項対立図式はそれが物語であることを強固に伝え」[10]るとする。上岡氏も、「曖昧さ＝両義性」の叙述から「語るという行為を、強烈に意識せずにはいられない」[11]と説く。また、「どんな話でも絶対的真実というものはまず存在せず、事実と虚構の境界は明確ではない」[12]点で、真実性とは語りの効果によるらしさとなる。

これに対し、服部康喜氏は、「経験が意味に結びつかなくなったため」「「物語る」ことが不可能」とし、「事実についての「物語」は小説ではな」[13]く、高野光男氏は、「記憶の再現への意思が「見せ消し」のように痕跡として残されている」[14]と捉える。しかし、『本当の戦争の話をしよう』は、物語と小説を区別せず、物語の真実性は事実に依存せず、語り方によって真実性を獲得すると主張する。つまり、服部・高野両氏の誤りは、物語／小説という表現を無視した区分を持ち込み、客体の代わりに捉える第三項という日本文学協会国語教育部会の現象学的なモデルに基づき、事実が先行しそれを語り手がいかに捉えきれ／語り得ないかという問題設定に立つためである。

一方、早川香世氏は「待ち伏せ」等のストーリー系列を身体性から分析し、「出来事の一回性とその再現不可能性がテクストで展開されているが、それでもなお語ること、「創作」することによって出来事のリアリティは生み出される(15)」と指摘し、関真彦氏は「円を描く動き(16)」の頻出から物語創出の工夫を指摘する。とすれば、多義的／決定不能とされる表現の細部がどのような物語を作り上げているか、物語を語ることの意義は何かは、今一度検討する必要がある。

そのため、本章では、表現の多義性に対し、それを語る主体性を捉え返してみたい。メタフィクションにおいても主体の無限後退、意味の決定不能性がしばしば指摘されるが、物語を語る主体が無色透明であることはないからである。

ポール・ド・マンは、「言語は束縛から解放され、もはや認識という制限に左右されない力をみずからの内部に発見する(17)」という行為遂行性を重視し、「実際に起こり実際に出来した物事にそなわる物質性」が含まれる「出来作用(18)」に注目し、意味の幻想である美学イデオロギーから記号表現としての物質性への転回を志向した。物質性へのコミットメントは経験へのコミットメントを意味する。なぜなら、ウォルター・ベン・マイケルズによれば、「あるものがどのように見えるかはそれがある人にとってどのように見えるかなのであるから、シニフィアンのかたちに価値を見出すとは、同時に、主体の位置に価値を見出すことであり、それは解釈者のアイデンティティに価値を見出す(19)」からである。

すなわち、解釈の意味の違いとは行為主体の位置の違いであり、信念の差異はアイデンティティにおける差異となる。この主体は現実に対する解釈者に限定されない。言葉があらゆる場面で同じ意味をもたず、発話に与えられるどの解釈が正しいのかについての解釈の抗争は、「どの言語をつかうのかがただしいのかについての紛争[20]」でもあるからである。テクストを「解釈の対象ではなく経験の対象とみなす[21]」とき、経験の主体が立ち上がる。

『本当の戦争の話をしよう』をそうしたアイデンティティのゆくえを語る物語として分析することが本章の課題である。そのため、第三節では「本当」の物語を語ることの内実から、いかなるモラルに基づくのかを検討する。そうしたモラルは語り手の主観性であり、第四節では、出来事の再現ではなく創出する語り手の介入、物語の力とそのジェンダー秩序を分析する。語り直しはそうした出来事の創造への力を示すものであり、第五節では二つの語り直し系列の語られる対象／人物の多様性の検討から語る主体を抽出する。また、第六節では苦しみ迷い変化する主人公を語ることで変容する主体性が導き出される。

三　物語とモラル

不明確な戦争の記憶を思い起こすことが難しいという「スピン」で、戦争の「記憶にこびりついているのは」、トランキライザー中毒になった戦友や、老人を斥候にしたことなど、「ちょっとした奇妙な断片」だった。物語は、そうした記憶を「不滅のもの」とする。

また、「覚え書」では物語のセラピー的な意義が確認される。

物語を語ることによって、君は自分の経験を客観化できるのだ。（略）君はある真実をきっちりと固定し、それ以外のものを創作する。（略）実際には起こらなかったことを創作して、その話を書き進める。でもそれによって君は真実をより明確にし、わかりやすくすることができるのだ。

物語を書くことで記憶を身体から分離し、操作でき、創作によって真実を明確化できる。ここでは、物語は作家の体験を書いたものという民俗詩学が採用されている。しかし、体験の再現という図式で『本当の戦争の話をしよう』を捉えるのは単純に過ぎる。

たとえば、家族を殺された少女の踊りを「いやらしい」意味づけで真似て踊るアザールに対し、ドビンズは「ちゃんと踊れ」と脅す「スタイル」で例示しよう。ここでは「いやらしい」過剰な解釈と「ちゃんと踊」る対象との一致、再現という解釈が対立する。しかし、表現対象と表現主体の差異は表現の差異を生みだしてしまう。「勇敢であること」で語られるバウカーがカイオワを救えなかった事件は「覚え書」では「私」の経験であった。また、「勇敢であること」が「バウカーの沈黙に応えてくれることを望んでいる」と「私」は語る。しかし、反応が返ることはない。とすれば、物語とは語り手の表現／価値である。

しかし、『本当の戦争の話をしよう』という短編集タイトルは、いかにも「本当の話」を語るかのようである。語り手はいかに「本当の戦争の話をしよう」としているのか。

「本当の戦争の話をしよう」で語り手は「本当の話」を次のように規定する。

本当の戦争の話というのは全然教訓的ではない。
本当の戦争の話というのはいつまでたってもきちんと終わりそうにないものだ。
本当の戦争の話の中にもし教訓があるとしても、それは布を織りあげている糸のようなものだ。
それだけを一本抜き出すことはできない。

本当の戦争の話は統一の価値観で整理できないため教訓譚にできず、まとまらない。教訓があっても物語を構成する一部に過ぎず、それだけを抽出すると物語も変わってしまう。

実際に起こったことと、そこで起こったように見えることを区別するのはむずかしい。起こったように見えたことがだんだん現実の重みを身につけ、現実のこととして語られることを要求するようになる。

事実とイメージとは区別できず、イメージがリアリティを確保し、現実として語られる。多くの要素が見逃されてしまうため、話は「シュールレアルな感じにな」り、往々にして「本当の戦争の話は信じてもらえ」ず、「本当の戦争の話は口にすることさえできない」。この点で、『本当の戦争の話をしよう』は、大勝氏が言う「「戦争の物語をいかに語るか／読むか」という可能性の探究、「戦争の物語を語れない／読めない」という不可能性の提示[22]」の物語とされてきた。しかし、『本当の戦争の話をしよう』は、現実の再現不可能性、表象の限界を語るテクストではなく、むしろ、本当らしさを語るテクストであろう。

「本当の戦争の話をしよう」での四人の兵隊のうち、一人が手榴弾に飛びついて三人を救う話と、一人が飛びついたけれど結局全員死ぬ話の比較では、前者は「本当にあったとしても」「陳腐なまるっきりのハリウッド型でっちあげ」であり、後者は「作り話」でも「本当の話」とされる。物語の「本当」は、実際に起きても嘘、「実際に起こったかどうかなんて大したことない」という記述は、事実に依存しない、教訓ではなく「真実」と感じられるものを表現し解釈することが「本当」とされている。

では「真実」とは何か。「真実」とは意味づけである以上、価値観・モラルと無関係には成立しない。「教訓」とは異なるモラルが関与しているはずである。

レモンの戦死からラットが水牛の子を虐殺した話をしたときに、その話を好きという「親切な性格の、人道的信条を有した年配の女性」が現れる。彼女が興味があるのは水牛の話の悲しみであり、「私」は「それは戦争の話じゃないんだ。それはラブ・ストーリーなんだ、それはゴースト・ストーリーなんだ」と思う。

大勝氏は物語の核心はラットの親友を失った悲しみであるのに、女性は「善意だが主題を理解しない聞き手」[23]であるために批判されると指摘する。しかし、「本当の戦争の話を聞かされたあとに、何かもっともらしいことを口にするなんて不可能である」という記述からは、「私」の反応もある種のもっともらしいまとまりを前提としているようである。もっともらしい反応を否定するのは己の語る物語の特別性を示したいからではないか。

「私」は「本当の戦争の話」を次のように規定していた。

本当の戦争の話というのは戦争についての話ではない。絶対に。それは太陽の光についての話である。（略）それは愛と記憶の話である。それは悲しみについての話である。それは手紙の返事を寄越さない妹についての話であり、何に対してもきちんと耳を傾けて聴こうとしない人々についての話である。

戦争は多義的で時に矛盾する。しかし、「私」はラブ・ストーリーを否定しつつ、愛と記憶の話であると主張する。ここには二つ問題がある。第一に、ある物語で真実とされているものは別の物語では否定される、その点で、「本当」・「真実」は、事実と物語との対応が重要ではなく、その語り方や文脈によることを意味している。そうした矛盾した限定的な認知／表現が可能な主体の位置が重要なのである。第二に、次節で後述する聴き手のジェンダー配置である。

また、フォッシーが基地に呼び寄せた恋人メアリがいつしかグリーンベレーと行動を共にしジャングルに消えるという挿話をラットが語る「ソン・チャボンの恋人」においてラットの「本当の話」は「事実をヒートアップさせ」るために尾鰭をつけるものであり、「感じた気持ちをそのまま相手に伝え」るのがラットの事実である。したがって「まあ話を聞け」というように、語られた話を聞くことが「本当」を保証するのである。しかも、それはただ過剰化するだけではなかった。

話をするとき、ラットはところどころで話しやめて、要するにこういうことなんだとちょっと説明を加えたり、あるいは手短な分析を行ってみたり、また個人的な意見を開陳したりして、物語の流れを止めてしまう傾向があった。（略）大事なのは生の素材そのものなのであって、生半可な解説なんか話の流れにとってはただ邪魔なだけなんだと、彼（西田谷注：サンダース）は言った。

サンダースにとって「筋道立てた」話がよい物語であり、ラットの話に汲まれる解説や分析は「物語のトーンそのものを損ねてる」ことになる。しかし、ラットにとっては語り手の介入が「本当」を証するのであり、ラットの語り方は語り手のそれでもある。出来事を断片化しつつ語り手が己の価値観に基づいて介入する物語、それこそが「本当の戦争の話」であった。

四　物語の力と少女

最初に撃たれたときラットに適切に手当てされたが、再び撃たれたときにジョーゲンソンのミスで後遺症が残ったため怒った「私」が仕返しようと映画さながらの襲撃の演出を仕掛けて和解する「ゴースト・ソルジャーズ」は、タイトルが「ゴースト・バスターズ」のパロディであるように、①映画と②幽霊とをモチーフとする。

①「私」は最初撃たれたとき「映画みたい」と喜び、仕掛けるときにも「まるで自分が映画の中にいるみたいだ。」と思う。また、ジョーゲンソンは「私」の仕返しを「いつか映画かなにかそういう仕事をするといいよ」と言う。これは、後に「私」が作家として、現実と虚構を横断した物語を創作する契機となるエピソードなのである。

②幽霊は「私」がヴェトコンを装って仕掛けたいたずらである。一方で「私」は自らが幽霊として自身の肉体から分離する。

目を閉じると、私は自分の体からふわりと抜け出して、闇を抜けてジョーゲンソンのいる所まで漂っていった。私の姿は目には見えない。(略) 暗い鏡を通して見るように、彼がまわりに積みあげた砂嚢の輪に寝そべっているのが見えた。口をつぐみ、脅え、耳を澄ませている。(略) 私にはそれが目に見えるようだった

分離した「私」は見えないはずのジョーゲンソンの脅えを見ているが、実際にはジョーゲンソンは「取り乱してはい」ない。これは「私」の想像であり、「ここは霊的世界なのだ」という言明が示すように想像＝霊なのである。この分離のモチーフは「ある部分では私はそれをやめたがっていた」や、被弾の回想夢等のように観察する「私」／観察される「私」として物語中に現れる。もう一人の自分や別の世界を観察＝想像することが幽霊を生みだし、そうした幽霊を使用するのが映画であり物語なのである。

そうした幽霊たりうる死者を蘇らせるのが、病死したリンダを生き返らせる物語の力を語る「死者の生命」である。

「私」は、「記憶と想像力と言語とが結びついて、頭の中に霊のようなものを作りだす」「お話のもつ力」で「死体は生命を与えられ」、死者に語らせられると言い、「大事なのは表面ではない。内側に生きている存在の証こそが問題なのだ」と主張する。内側という直接捉えられないものは、観察者のフレームに基づいて作り出されたものである。物語は事実の再現ではなく、語り手の価値観に基づく対象の再構成なのである。

子供の頃好きだったリンダは脳腫瘍で死ぬが、「私」はリンダの健康な姿を夢で描く。

私はリンダを私の眠りの中で蘇らせるための念入りな話を作り上げた。私は自分自身の夢を創作したのだ。

それは「一種の自己催眠」であり、「意思の力」「信念」によって「お話というものがやってくる」のである。「私」は「ただ夢に見た」だけでなく「自分で書き上げた」ことによって「お話の魔法を使うことを覚えた」のである。そうした夢を作り上げられる強靭な主体性を見いだせよう。リンダは「私」に「死んでいるときには（略）誰も読んでいない本の中に収まっているような感じ」であり「誰かがそれを手にとって読み始めてくれる」と生きられると告げる。この死と生の説明は、物質としての作品と生きられた意味としてのテクストに対比できる。

そもそも、夢で見た九歳のリンダの目には「子どもでも大人でもないもの。（略）進行しつつある明るい永遠性」があった。リンダは死と物語によって日常の時間から切断され切り取られ意味づけられたイメージとして現れ、現実にとっての他者として物語の中のリンダは日常から逸脱し魅惑する永遠の他者として、「私」によって領有される。[24]

「私」は今でも同じ方法でリンダをよみがえらせる。九歳の彼女は「新しいアイデンティティと新しい名前を与えられて、作り上げられたもの」である。「本当の名前がどうかなんて問題ではない」点で、実在との対応ではなく、表象上の少女像が生き生きとしていることが重要なのである。『本当の戦争の話をしよう』においてキャスリーンという名前を与えられる「私」の九歳の娘もまたそうしたリンダのヴァリエーションなのである。

さて、ここで前節の「本当の戦争の話」を決定できるジェンダー秩序についても触れねばならない。

「本当の戦争の話をしよう」で語り手がその言動を否定していたのは、「私」に近い「年配」の女性である。「私」には同年代であろう妻はいるが、物語で「私」と会話することはない。一方、「ソン・チャポンの恋人」で魅力的なハイティーン、メアリは、消える前に「夜にあそこ（西田谷注：ジャングル）にいると私は自分の体に密接しているように感じるの」と発言して行方不明になる。この物語は、女は本国で待つか、自然と一体化しても男達の世界の外側に位置することを示す男の女性恐怖の寓話でもある。二十年後にカイオワを弔いにヴェトナムに来た「フィールド・トリップ」では、十歳になったばかりの娘は「私」が過去を思いやることを「悪くない」と正当化し、批判されても「私」の考えは正しいものとして改めて主張される。『本当の戦争の話をしよう』では、若い女性は憧れつつ遠ざけ、幼い娘には半ば同意しつつ上から目線で否定するとともに対等な女性の見解は全否定され、そもそも存在が抹消される。男性のみが価値づけることができる点で、「本当」はジェンダー化されている。

五　語り直しと主体

『本当の戦争の話をしよう』には同一の事象に対する異なるヴァージョン、語り直しの短編群が二系列ある。ヴェトナム兵殺害をめぐる第一系列（「私が殺した男」「待ち伏せ」「グッドフォーム」）と、カイオワ戦死をめぐる第二系列（「勇敢であること」「覚え書」「イン・ザ・フィールド」「フィールド・トリップ」）である。本節では第一系列を中心に検討する。

「私が殺した男」は、「私」が殺した若い男の「身体的特徴から連想[25]」される生い立ちの想像と、

「私」がカイオワに慰められるさまを描く物語である。

死んだ男の片目は閉じられ、片目には星形の穴が空いている。星はヴェトナム国旗である金星紅旗の星としてヴェトナムに男が命を捧げたことが欠損として、「私」が殺したことが米軍マークの星型の穴として、示されている。目の穴は、男の殺害をめぐる感情と力の重層的な交錯の中に位置づけられよう。また、軍人養成プログラムや国力の差による体格差から、「私」は「自分が試されるような機会が到来しないことを。彼は願っていた」、「自分の評判が、そしてひいては家族や村の評判が失墜するることを恐れていた」と想像する。それだけではない。「眉毛は薄く、女の眉のように弧を描いていた」「優美といってもいい」「笑いものにした」し、「あまり早く自分が成長しないよう努力」したと想像される。「みんなは女の歩き真似をし」男は、学校で「なんてお前は可愛い顔をしているんだと」語りの現在において、自分が殺したアジア人男性を女性ジェンダー化して捉えるアメリカ白人男性の優越感が現れている。

「待ち伏せ」は九歳の娘が成人であると仮定して殺人経験の問いに応える物語である。

物語の機能としてはヴェトナム兵殺害を語る枠組みであるこの仮定を、高野氏は記憶の再現の逡巡を再現の不可能性と解釈し、「戦争体験の伝達不可能性、物語の不可能性（物語の終焉）の問題[26]」と捉える。しかし、様々な語りのバリエーション、語り直しからは、物語内容を任意に選別・提示できる語り手の能力や立場を捉えるべきだろう。

「待ち伏せ」の語り直しはヴェトナム兵殺害にかかわる。

①私は手榴弾を投げ、それは彼の足下で爆発し、彼を殺した。

②私は既に手榴弾のピンを抜いていた。私は腰を少し浮かせた。私は条件反射的にそうしたのだ。（略）投げるんだと自分に言いきかせる前に、私はもう既に手榴弾を投げてしまっていた。
③私の前数ヤードのところを彼は歩き過ぎていく。そして何かを考えてふっと微笑む。それから道を歩きつづけ、そのまま霧の中に消えていく。

①ではヴェトナム兵が怖かったため「私」は手榴弾を主体的に投げ、殺害している。兵器による間接的な殺害であってもその兵器を使用したのは「私」である。
②ではその手榴弾の投擲すらも主体的な決断によってではなく、「思考力の鈍った状態[27]」での訓練された身体による戦争機械の条件反射、すなわち非主体的な行動とされる。ヴェトナム兵は①では恐怖の対象としては「彼」というより「何か」とされ、②では手榴弾が「あいつを消してくれる」と表記される。ヴェトナム兵を一人の人格をもった相手として敵ではない「彼」と表現するのではなく、非人格化された敵として「あいつ」や「何か」と表現する、「私」の概念操作の違いなのである。相手を人格的な人間と考えないから消すことを考えるのである。
③は「私」が攻撃しなかった可能世界のヴェトナム兵の生を描く。「微笑み」は、「贖罪の念[28]」と評されるが、直接的には攻撃されなければ展開されうる未来の幸せや楽しみからもたらされている。故にそれは「了解不能の《他者[29]》」ではなく、意味づけられている。すなわち、③は死んでも生きているかのような表現、物語が可能なことの示唆なのである。
『本当の戦争の話をしよう』の内容は創作であり、事実の真実性よりも物語の真実性は強いという「グッドフォーム」では、「私」が殺した男についてさらに語り直される。

④ひとりの男が死んでいくのを見ていた。私が彼を殺したわけではなかった。でも私はそこに存在したし、言うなれば、私がそこにいあわせたこと自体が充分罪悪なのだ。（略）でもいいですか、実はこの話だってやはり作りごとなのだ。

⑤今から話すのが実際に起こった真実だ。そこにはたくさん死体があった。本物の顔のついた死体だ。でも当時私は若かったし、それを見るのが怖かった。おかげで二十年後の今、私は顔を持たぬ責任と顔を持たぬ悲しみを抱えている。ここからがお話の真実だ。彼はすらりとした、華奢といってもいいような二十歳前後の青年だった。そして死んでいた（略）私が彼を殺したのだ。

④は「私」が戦場にいること自体を罪として一般化する。しかし、手榴弾を投げたのは「私」である。この戦争機械と主体は異なるという発想は、戦争機械としての主体を無視し、良心的存在としての主体を延命させる。

⑤は「お話の真実性は、実際に起こったことの真実性より、もっと真実である」として、死体の顔を見なかったという出来事の真実性を、「私」が男を殺したという物語の真実性へと変換する。それまでの物語で事実であるかのように描かれていたことは虚構であり、「お話の力というのは、物事を目の前に現出させることにある。私はそのとき見ることができなかったものを今見ることができる」という記述は、事実の再現が物語の目的ではないことを意味する。ここでは語り手の「私」の能力／主体性が顕示されている。

私は正直にこう言うことができる、「まさか、人を殺したことなんてあるものか」と。あるいは私は正直にこう言うことができる、「ああ殺したよ」と。

さらに、「人を殺したことはあるの」「ホントのことを言ってよ」と尋ねる娘への矛盾する回答からは、物語は出来事を多様に意味づけ構築するものであること、そうした様々な語りができる「私」の主体性が、語ることに力＝価値があるとする「私」というアイデンティティの存続が目指されるのである。

第一系列が同一事象の語り直しであるのに対し、第二系列は「勇敢であること」ではバウカー、「覚え書」では「私」、「イン・ザ・フィールド」ではクロスと無名の若者、「フィールド・トリップ」では「私」という後悔する主体の多重化、後述する責任の多元化が展開される。

カイオワの遺体を発掘する「イン・ザ・フィールド」ではクロスは、自分の判断ミス、戦争、戦争を起こした者、巻き込まれたカイオワ、雨、河、野原・泥・天候、敵、榴霰弾、非政治的な者、国家、神、軍需産業、マルクス、運命の悪戯などに責任を帰すことができるが「戦場にあってはその原因はもっと直接的だ」と思う。しかし、クロスが名前を覚えていない部下の若者も[30]「そこに存在しない裁判官に向かって事情の説明をして（略）己の非を認めていた。」恋人の写真を見せた直後に砲撃を受けたためである。一方、カイオワの遺体を発掘したバウカーは「誰の責任でもない」「みんなの責任だ」と語る。

第二系列ではこうして出来事の報告の語り直しや責任の多元性を通して真実の多元性が示される。とすれば、そうした多元的な真実を語る異なる主体の位置が浮上する。

六　サヴァイヴするアイデンティティ

「レイニー河で」は徴兵された「私」が戦争に行くか否かに迷って行ったカナダ国境の川沿いで出会った老人エルロイのもとで逃亡を決断できずに戻ったという物語である。「私」はそれまで善悪の明確な世界で適切な時に勇気を行使すればよいと考えていた。しかし、「国家は自らの正義に対するしかるべき確信を持」つはずが、世論は分裂していた。それゆえに招集直前に「私」は逃亡も応召も怖く判断不能に陥る。

「私」は告白＝出来事を書くことを逡巡する。それは「心が二つに割れてしまった」「私がどのように潰れてしまったのかについて」書かれた物語である。「理由もわからずに戦争なんかできない」が、「本当に何かをわかるなんて不可能」であるとき、「私」は「あてもなく車を走らせた」と、思考・理解ではなく行動する主体が描かれ、真偽の区分ではなく経験そのものが重視される。苦しみ、潰れることによって選択がやむをえないものとなり、やむを得ない選択をこなしたことによって、今日の「私」が確保される。戦争から帰還し生き残った男として主体化し認められる。書くことによって戦争に行っただけではなく、戦後にそれを物語として対象化できる。主体がいかに生き残るかが重要なのである。

　この文章を書いている今だって、その締め付けられる感覚を味わうことができる。私は君に感じて欲しい

「私」は当時の応召／逃亡の選択を現在でも追体験できる。そしてそれを「君」も「感じる」ことが要請されている。ここでは、物語を書くこと、物語を読むことは、同一経験の場をもたらしうるとされる。


君ならどうするだろう？　水に飛び込むか？　自己憐憫に耽るか？

君の胸は痛むだろうか。死んでしまうように感じられることだろうか？　君は泣くだろうか？

そのとき私がそうしたように？


だからこそ「私」は己の行為・選択を「君」に問いかける。

しかし、「二つの世界を隔てる水上に引かれた点線」、それまでの反戦的な主張を守れる世界とそうでない世界との境界、すなわち国境を渡るか否かで「私」は選べない。

私はそれを押しとどめようとした。私は微笑もうとした。でも結局私は声をあげて泣いてしまった。


理性では「私」は選択できず、政治的立場決定を放棄する。理性を押しのけてあふれる涙は非理性的な身体的な反応である。しかし、「私」は選ばない行為によって応召を選ぶ行為をしている。

そして、「私」は「船から水の中にころげ落ちて、銀色の波に押し流されていくような」「溺れるような感覚」を味わう。

「私の人生が根こそぎ河の中にこぼれ落ちて、渦を巻いて消えていくように思えた。

川の半ばで「私」は過去／未来の人生で関わる人々に凝視される。それは当時の体験ではなく、メタフィクショナルな人生の物語、オルタナティヴな世界が仮設され、複数の方向性が示唆される。[31]このとき「私」は「あざけりや、不名誉や、愛国者どもに馬鹿にされることを我慢することができない。私は「対面」・「面目」のために戦争に行くのである。しかし、それは男らしさを演じることでもある。「溺れるような感覚」において「私」を取り囲んでいたのは多くが故郷やアメリカの人々であり、彼らへの応答が「私」を卑怯者にする。「私」は正義のない戦争には行かないという信念に反する行為を選択したからである。

私は卑怯者だった。私は戦争に行ったのだ。

服部氏は、「ひとつの行為は後に続く行為では決して代償できないということなのである。それは何よりも行為の一回性に根拠を持つ[32]」と意味づける。しかし、戦争に行かない場合も「私」は卑怯者になった。国民ならば国家の要請に基づき行くべき戦争から逃げる点で、国や故郷の人々を裏切るからである。松本氏も「「戦争に行くこと」と「卑怯者になること」を結びつけることができない「認識と解釈の枠としてのアメリカの神話」の敗北[33]」として意味づける。ここは、行為の代替え不能ではなく、ある行為が同時に複数の意味を持ち、ある意味が同時に複数の行為に対応することに注意すべきだろう。ここでは、正義／不正義が一つではない。

こうした事態はイデオロギー無き世界を喚起させるかもしれない。しかし、「私」の卑怯をめぐる苦しみも攻められることのない従軍・侵攻する側の問題であって、ヴェトナムの人々の苦しみではない。「溺れるような感覚」のときにはヴェトナムで殺害した兵士や民間人たちも「私」を眺めていた。しかし、彼らの苦しみは「私」の決断には関与しない。[34]「私」が苦しむのは応召するか／応召しないかという選択肢であっても戦争を止める選択肢ではない。「ふたつの異なった説明からひとつを選ぶとき、あなたはすでにアイデンティティを選んでしまっている[35]」とマイケルズが言うように、選択を苦しむことによって形成されるアイデンティティ、アメリカ人男性市民としてのアイデンティティは確保される。

こうしたアイデンティティの重視と呼応するのは、「ナイト・ライフ」でのラットの狂気が生むディープ・エコロジーである。ラットは「何十億という数の虫」がラットの「名前を呼」び、「体に穴を開けているのがちゃんと見える」といい、戦争は晩餐会として兵士達は「虫たちのための肉」なのだという。非合理的なラットの狂気は、戦争という非合理から自傷によって合理的に離脱していくとも捉えられよう。一方で、ここでは、ラットのアイデンティティと共に、虫や自然を生命体としてアイデンティティが付与されている。

さて、ジュディス・バトラー、エルネスト・ラクラウ、スラヴォイ・ジジェクは、「アイデンティティが完全に決定されない[36]」と指摘する。問題となるアイデンティティの真／偽は、アイデンティティが固定しているか否か、揺らいでいるか否かとは関係ない。信念・正義を放棄することは、自己の優越性を放棄することで揺らぎ変容した自己のアイデンティティを、アイデンティフィケーションを手に入れることである。それは同時に、自らのイデオロギーに盲目になるイデオロギーを獲得することでもある。

「私」は戦争に行き個人の信念は負けたかもしれないが、アイデンティティを持ちつつ変化していく者である。それは「死者の命」でリンダがニックにからかわれるのを防げなかったことと重なる。「私」は「肝心なところでは俺は何ひとつ変わっていないんだなと実感する」からである。迷いつつも罪と哀しみを知っている現在の「私」というアイデンティティが生き残る。それは、変化しても変わらぬ「私」という「アイデンティティを保持しようとすること」(37)なのである、『本当の戦争の話をしよう』に登場する人物たちには自殺したり、やりきれない者もいるが、多様な身体として生きることが導かれる。『本当の戦争の話をしよう』は同意し抵抗する多様で魅力的ある身体へ接続するために行為／記述することを求める。これは単一の価値観に駆動されることはハッピーエンドではないということを含意しよう。しかし、アイデンテイティのサヴァイヴは、自己の価値観ではなく国家・為政者とそれを支持する者の価値観に従うことであり、回りの諸力によって流されてしまう主体のあり方を示している。

『本当の戦争の話をしよう』が提示したのは矛盾し分裂する弱さを物語るアイデンティティの強さなのである。しかし、戦／病死者たちの死を超えて主体が生き延びるとき、他者と競争して自分だけが生き残ることから失われた他者を悼み、他者へと接続するサヴァイヴの可能性もないわけではあるまい。「フィールド・トリップ」において、主人公の「私」とは異なり、厳しい農夫の眼差しを記述する語り手が喚起するのはその可能性なのではないだろうか。

［注］

（1）奥山恵「作品の中の「戦争」」（『日本児童文学』一九九二・三）八〇頁。
（2）「アメリカ作家の仕事場」（『小説新潮』一九八九・三臨時増刊）八七頁。
（3）「敗北への帰還」（『明治学院論叢』二〇〇〇・三）七頁。
（4）「自動不安定装置」（『早稲田大学大学院文学研究科紀要』二〇一〇・二）四二～四三頁。
（5）三浦玲一『村上春樹とポストモダン・ジャパン』（彩流社二〇一四・三）二三頁。
（6）「自らを断罪する小説」（『比較文化研究』二〇〇八・一一）四三頁。
（7）「自己犠牲をめぐる三つの物語」（『名古屋大学文学部研究論集・哲学』一九九九・三）二〇頁。
（8）『現代英米小説で英語を学ぼう』（研究社二〇〇三・一一）七〇頁。
（9）前掲高野吾郎論文四〇頁。これは、「トラウマの衝撃（略）を薄め、変形し、一部を忘却することによって、〈トラウマ記憶〉は言語による〈物語記憶〉へと翻訳される」（四三頁）という下河辺美知子『歴史とトラウマ』（作品社二〇〇〇・三）や、「フィクションとは、本質的に伝達しようとしている過去の現実を消去する」（七一頁）というキャシー・カルース『トラウマ・歴史・物語』（みすず書房二〇〇五・二）らのトラウマ文学研究に見られる構図である。
（10）『村上春樹〈訳〉短篇再読』（みすず書房二〇〇九・三）一九九～二〇〇頁。
（11）「メタフィクションを超えて」（『英文学春秋』一九九九）二〇～二一頁。
（12）寺澤由紀子「「お話の真実性」を感じ取る」（『文芸研究』二〇一二）七六頁。
（13）「村上春樹の翻訳小説「レイニー河で」」（『〈教室〉の中の村上春樹』ひつじ書房二〇一一・八）二三五～二五五頁。
（14）「「待ち伏せ」（ティム・オブライエン／村上春樹訳）における記憶と物語」（前掲『〈教室〉の中の村上春樹』）二七〇頁。
（15）「教材としての「待ち伏せ」」（『村上春樹と一九九〇年代』おうふう二〇一二・五）二一三頁。

(16)「凍りついた川」(『麒麟』二〇一三・三) 一〇頁。
(17)『美学イデオロギー』(平凡社ライブラリー二〇一三・一二) 一八八頁。
(18) 前掲『美学イデオロギー』三一三頁。
(19)『シニフィアンのかたち』(彩流社二〇〇六・一〇) 一一一頁。
(20) 前掲『シニフィアンのかたち』一一六頁。
(21) 前掲『シニフィアンのかたち』一四四頁。
(22) 前掲大勝論文四〇頁。
(23) 前掲大勝論文四一頁。
(24) 坪井秀人『感覚の近代』(名古屋大学出版会二〇〇六・二) 三三〇頁参照。
(25) 前掲早川論文二〇九頁。
(26) 前掲高野光男論文二七八頁。
(27) 前掲早川論文二〇八頁。
(28) 前掲高野光男論文二八〇頁。
(29) 前掲高野光男論文二八一頁。
(30) 上岡氏は、無名の若者が「オブライエン」であると指摘し、オブライエンとして登場させなかった理由を「まったく同じことが自分におきたように誤解されることを恐れたからではないか」(前掲上岡論文三一頁) と推察する。
(31)「レイニー河で」は、シアトルのホテルで吐き逃亡計画書を燃やし、「私は臆病者だった。私は病気だった」と語る『僕が戦場で死んだら』六章よりも「内面のドラマ」が「はるかにパワーアップされている」(前掲上岡論文二三頁) と評される。また、幻視されるブライトンは『僕が戦場で死んだら』の登場人物である。
(32) 前掲服部論文二六五頁。

（33）前掲松本論文一三頁。
（34）「愛」で書く／書かない範囲外に置かれるのはヴェトナム民間人であった。「スピン」で徴用した老人への感謝に老人は感動してお礼を言ったとされる。しかし、お互いのコミュニケーションはとれていない。侵略者の男と民間人の男の間に相互理解があるように描くのは語り手なのである。また、「フィールド・トリップ」では、カイオワの手斧を遺体を見つけた場所に埋めて弔った後、老人が「暗く、厳しい」顔で自分を見ていることに「私」は気づき、「戦争のときの話を私と交わす」ことを期待する。しかし、老人は「怒ってる」ような「難しい顔」をして仲間と話す。ここでは暗い表情で堅い大地で作業する老人と斧を湿地に沈めて満足した「私」が対比される。ヴェトナム人犠牲者ではなく自分の仲間だけを弔う「私」に、怒っている老人が話しかけるとすると、「赦しのしるし、個人的恩寵」だけを求めヴェトナムを破壊したことへの罪の意識も持たないアメリカ人への抗議になるだろう。しかし、政府通訳がいることで政府によって「私」は守られている。この点で、老人が「私」に話すことはなく「戦争の終結可能性に対する終結不可能性」（前掲大勝論文四二頁）が示されている。そうした様々な事態を、現在の「私」は記述することができるのである。
（35）前掲『シニフィアンのかたち』五八頁。
（36）「序文」（『偶発性・ヘゲモニー・普遍性』青土社二〇〇二・四）八頁。
（37）前掲『シニフィアンのかたち』五二頁。

5　プレカリアート・マネージメント
――「ニューヨーク炭鉱の悲劇」

一　はじめに

村上春樹「ニューヨーク炭鉱の悲劇」（『BRUTUS』一九八一・三・一五、『中国行きのスロウ・ボート』中央公論社一九八三・五、中公文庫一九八六・一、『村上春樹全作品1979~1989③』講談社一九九〇・九、『めくらやなぎと眠る女』新潮社二〇〇九・一一）は、友人達が次々に死んだ二八歳の「僕」は台風の日に動物園にいく趣味を持っている友人に葬式がある毎に喪服を借りていたが、暗い「僕」の顔を見て、友人は夜中の三時に動物園に行った話をし（第一パラグラフ）、その年の年末のパーティーで女性から「僕」にそっくりな人を殺したと言われ（第二パラグラフ）、ニューヨーク炭鉱では閉じ込められた坑夫達が助けを息を潜めて待っている（第三パラグラフ）という物語である。

先行論では、生きようとすることが確実に死に結びつく炭鉱を描く第三パラグラフについて、山根由美恵氏は死の危険の接近と解放の反復する二つのパラグラフから不確定的な死の危険を示し改稿がそれを強調すると説き、[1] 津久井秀一氏は、登場人物が生きる「現実」世界の象徴とともに、登場人物の頭の中に非現実の封じ込められた場所として「炭鉱」は同時に存在し、考えないことも恋愛／追悼も拒否する「僕」は死の気配に満ちた意識の領域、つまり「炭鉱」に止まり続けると説く[2]。作品の置かれた文脈として、加藤典洋氏は、連合赤軍事件で社会から孤立した人々を生き埋めにされた坑夫に見立て、偏在する「死」への作者の思いが描かれたとし[3]、日高佳紀氏は『BRUTUS』のおしゃれさの枠組からの逸脱として作品が書かれたとする[4]。

先行論の多くで注目される本文異同は第三パラグラフにはない。本文異同を、表現変更によって意味合いを変えられる可変項として考えるならば、第三パラグラフは変えられない不可変項として、物語解釈に重要な関連がある。

また、作品のコンテクストを連合赤軍と雑誌メディアに見いだすとして偏在する死が連合赤軍事件にのみ限定されるわけではなく、また雑誌との回路が逸脱としてあるならば、それに限らない別のコンテクストを導入することもできるのではないか。

たとえば、ニューヨークには炭鉱はなく、原曲は一九六六年のマシール・ヴェール炭鉱事故を素材として一九四一年のニューヨーク炭鉱事故を創造したものである[5]。表現とコンテクストとの関係性は一つではないとすれば、事件は原曲の着想とした事件、時期的に先行する連合赤軍事件以外にも想定することができる。分析者の選択するフレーム・イデオロギーによって、コンテクストが選ばれるからである。物語分析に妥当性を与えるコンテクストは自明ではなく、コンテクスト化される想定に他ならない。ニューヨークの炭鉱労働者は、ニューヨークの建設労働者として読み替えることも出来るだろう。

無署名「ポストフォーディズム」（『文化と社会を読む』研究社二〇一三・九）によれば、ほぼ安定した雇用と大量生産大量消費によるフォーディズム労働に対して、現代においては消費を確保するために、余剰人員を作らないフレキシブルな雇用、各人の相違工夫においてなされる生産にもとづくポストフォーディズム労働へと転換しているという。しかし、ニューヨークの建設労働者は、フォーディズム化されたプレハブ工法以前もしくはそれ以外の分野では、現場毎にチームをその都度編成し、個人やチームの創意工夫によって臨機応変に対応して労働していた(6)。

ここで言いたいのは、プレフォーディズムがポストフォーディズムに類似するということではなく、語られる対象のコンテクストから語るコンテクストに切り離されることで新たな意味が生まれることである。高度経済成長以後の現代日本で語られた炭鉱の悲劇には、個別歴史的事件ではなく、現代の生の問題が示されていると考えるべきだろう。

二　プレカリアートの生

第一パラグラフでの様々な突然の死は「僕」の主観的には一斉射殺として描かれ、物語は「僕」の個人的経験として世界を認知＝構成するとともに、第三パラグラフは死と生をめぐるパラドックスが描かれる。

その背景となるコンテクストには次のような世界観を想定できないだろうか。

近代では、事態の原因や理由は、経験に照らして過去という時間的連続性に求められ、時間的連続性に基づいて事態を考える長期的展望を持つことができた。しかし、グローバル化では、自分たちの経験してきた時間的連続性による長期的展望が価値を持たなくなり、変化の連続が人生における人格的指針を失調させる。長期的展望の欠落は個々の局面での危機を増加させ、短期的な利益追求を重視させる。慣習性のない、瞬間的行動の生活は、人間の精神活動を失った生活である。今日のフレキシブルな変化は、現在と過去とを不連続にし、個人も方向性を見失う。

こうして、リチャード・セネットは、新資本主義（ネオリベラリズムのグローバル市場原理資本主義）が長期的展望の否定による時間認識の変化と経験の喪失の結果、人格の指針の機能不全に陥り人格の腐食をもたらすと説く。

ルーティンワークへの反撃というかたちを取る自由の新たな装いは、人の目をあざむきやすい。企業組織の時間と個人の時間は、過去の鉄の檻から解き放たれたが、代わって新たなトップダウンの管理と監視が君臨するようになった。フレキシビリティの時間は新しいパワーが支配する時間である。フレキシビリティは無秩序を生みこそすれ、拘束からの自由を生み出すことはない(7)。

ネオリベラリズムや新資本主義における労働・雇用・組織のフレキシブル化は、「自由」を得たい、「自己実現」したいという欲望を導くが、一方ですべての人々に不安定さを強いていく新たな権力の統制を生み出してしまう。

フランコ・ベラルディは、情報を知ることが強いられた認知労働者は「ただ、ネットワークの連続的流動体のなかにとけ込む記号組み替え課程のミクロな断片の、相互に置換可能な生産者でしかな(8)」く、「資本がかれらのすべてを貫通するうちに（なぜなら資本は一般化されたコード化の行為主体であり続けるから)、知的労働の諸形象は同時にかれらの内奥の組成において断片的なものとなり、技術の媒介によってその外的な関係においてはグローバルなものとな」[9]る。このとき、「接続的であることと不安定であることとは同じコインの裏表である。記号資本主義的生産の流れが普遍的価値増殖の細胞化された断片を捕らえ接続[10]」してしまう。資本主義に包摂されている点で、生と死とが融解する人間の不安定化(プレカリ化)が進展する状況の寓話として、つまり、それが反逆の(不)可能性を喚起するということではなく、ネオリベラリズムの形成過程のアレゴリーとして「ニューヨーク炭鉱の悲劇」を捉えることができるのではないか。

本章は、「ニューヨーク炭鉱の悲劇」を、切断や死への停滞ではなく、ネオリベラリズム下の主体形成の寓話として読解する。そこで、第三節では二項対立のパラドックス性を、第四節では選択することから浮上する主体形成を論じる。

三　突然の生起＝到来

第一パラグラフは、「僕」の周りで次々と起こる友人の死と「僕」が喪服を借りる友人の奇妙な振る舞いを語る。

友人は、一人目は自殺、二人目は油田事故、三人目は心不全、四人目と五人目は交通事故で死亡した。以下に示すように死の連鎖は、「上り慣れている階段を何も考えずに歩いてると踏み板が一枚ぽっかりとはずれていた。そんな感じだ」と評されるように、意識する余裕のない突然の死である。

殺戮は奇妙な銃声とともにやってきた。誰かが形而上的な丘の上に形而上的な機関銃を据え、我々に向けて形而上的な弾丸を浴びせかけているようだった。しかし結局のところ、死は死でしかない。言い換えれば、帽子から飛び出そうが、麦畑から飛び出そうが、兎は兎でしかない。高熱のかまどは高熱のかまどでしかなく、煙突から立ちのぼる黒い煙は、煙突から立ちのぼる黒い煙でしかない。

その点では、外的理由によって命を奪われた二人目以降の友人と、一人目の自殺した友人も同じである。なぜなら、一人目の友人は死ぬ直前に使い切れないシェービング・クリームを買っていた。直接的には死は自らの手でもたらしたとしても、その死の決意は突然、生起＝到来させられたものであり、いわば非人称的な行為として現れたものである。

しかし彼がいったいどんな目的で使う見込みもないシェービング・クリームを（それも二缶も）買ったのかは誰にもわからなかった。自分があと数時間か後には死んでいるのだという思いにうまくなじめなかったのかもしれない。

「僕」は、「最近顔つきが悪い」という友人の発言、「ひどく混乱していた」という表現、「喪服を買うことで、なんだか誰かが死ぬのを認めてしまうような気が」するという理由でいつも友人から喪服を借りる点から示されるように、「死」を恐怖もしくは忌避する。そして、「殺戮」されるのは「我々」であるように、友人が死に「僕」が生きているのは偶然である。こうして死は日常生活を送っている誰のもとにも突然、生起＝到来しうる。

「僕」が喪服を借りる友人は、台風のたびに動物園に足を運ぶ習慣を持ち、喪服を綺麗に整え、半年ごとにガールフレンドを「取り替え」るように、要領・手際がいい。ガールフレンドは「細胞分裂」したかのように似ているとすれば、友人の付き合う対象として友人、そしてそれを観察している「僕」には互換可能な存在として彼女たちは捉えられ、友人と恋愛関係になるのは彼女たちの誰のもとにも半年ごとに突然、生起＝到来しうる。彼女たちの友人との恋愛と、「僕」の友人達の死とは突然の生起＝到来と、死をもたらす形而上的な力と、交際を可能にする友人の力によって相同的なのである。

友人は、顔つきが暗い「僕」に夜中にものを考えるのを止したほうがいいと忠告し、夜中の三時の動物園での出来事を話し出す。

「でもあれは実に奇妙な体験だったな。口ではうまく言えないけどさ、まるで地面が方々に音もなく避けて、そこから何かが這い上がってくるような、そんな気がしたね。そして夜の園の中をね、地の底から這い上がってきたその目に見えない何かが跳梁しているんだ。冷やりとした空気の塊りみたいなものさ。目には見えない。でも動物たちはそれを感じる。そして俺は動物たちの感じるそれを感じる。結局、俺たちの踏んでいるこの大地は地球の芯まで通じていて、そしてその地球の芯にはとてつもない量の時間が吸い込まれているんだよ」

夜の三時は動物すら考える時間であり、「冷やりとした空気の塊みたいなもの」として現れる地球が有する「とてつもない量の時間」を動物たちの思考を通して、夜の動物園を訪れた友人に認識させる。夜の動物園で地の底から這い上がってくる死に近い何かを感じた経験から、友人は夜の動物園には二度と行きたくないと言う。改稿において「だからひとりひとりがそれに対抗する方法を考えなくちゃいけない」という友人の言葉が追加されたことは、友人が「僕」に行為選択を促すことで「僕」によくない考えをさせず、死を回避する方法を示唆しているのである。それが友人の夜の三時への対抗策である。

また、友人はテレビについて「好きな時に消せる。消しても誰も文句は言わない」ことを利点としてあげる。

「スイッチを切った瞬間、どちらかの存在がゼロになったんだよ。俺たちか、それともあの男か、どちらかがさ。いずれにせよスイッチを軽く押すだけでコミュニケーションがブラックアウトする。そういうのは楽だよ」

友人は、テレビの世界と視聴者の世界がスイッチによってどちらかの存在がゼロになると発言する。視聴者の存在がゼロになることは存在の消滅、死を示唆する。ここでも死は突然、生起＝到来するものなのである。スイッチを切っても批判されないことは、生死の境界の不安定さが自明視されているとも捉えられる。一方で、スイッチを切る行為は、事態を変更する自らの存在を確かなものとする行為である。干渉されることなく一方的に世界を自らの意思で操作・認知できる力が誇示されているのである。

続く友人の「でも世の中には葬式の出ない死に方もある。匂いのない死もある」という発言には「僕」は黙って頷いている。葬式とは死の発生を他者に知らせ、他者と共に死者を弔う儀式であり、「匂い」とは、「背広に葬式の匂いが浸み込んでなきゃいいんだけれど」という「僕」の言葉から直接的には葬儀場での焼香の匂いである。この点で友人の発言は死には弔われない死があることを意味する。匂いとはテレビと違い視覚的には捉えられないが、嗅覚によって知覚できる限りで、目には見えないけれども確かに死が存在していることの痕跡である。

最後に、友人は「シャンパンには用途なんてない。栓を抜くべき時があるだけだ」と言って「僕」とシャンパンを飲む。シャンパンには栓を抜くべき時期があるという規定は、栓を抜く／抜かないという行為選択があると共に、最終的には飲まれてしまう経路が一貫している。それまでは、「僕」は友人の見解には沈黙したり、深く考えなかったのに対し、ここでは一緒にシャンパンを飲んでいる。ではここで、「僕」は、死を回避するような選択をここで行っているのだろうか。

四　生を選択する困難

第二パラグラフは、葬式の多い年の終りに開かれたパーティーに出席した「僕」が、誰かに紹介された「おそろしく感じのよい」女性から、過去に「僕」によく似た人間を殺したことを告げられる。それは「法律的な殺人」でも「道義上の殺人」でもなく五秒もかからないとすれば、想像の中での殺人であり、女性が想像の中で殺したのは「僕」によく似た人物である。山根氏は殺されたのは「僕」の分身かもしれないと指摘しているが、やや根拠にかける。ただ、「僕」とその人物とは彼女には似ている点である程度互換可能であり、想像としての死は第一パラグラフで話されていた匂いのない死にも類似する。その点で「僕」にも想像としての死が突然、生起＝到来し得たとも言いうる。

「そう」と彼女は楽し気に肯いた。「あなたによく似た人をね」部屋の向こう側で誰かが大きな声で笑った。それにつられてまわりの何人かが笑った。グラスの触れ合う音が聞こえた。その音はものすごく遠くの方から、でも恐ろしいくらい鮮明に聞こえてきた。どうしてかはわからないけど、胸がどきどきした。心臓が大きくふくらんで、それが上下に揺れていた。水の上に浮いた地面を歩いているような気がした。

「部屋の向こう」からの引用部分は改稿時に追加された記述である。遠い音は近い音と比べ小さく鮮明さが失われがちであるが、引用部では「僕」には恐ろしいくらい鮮明に聞こえている。似ているだけで無関係であるはずの「僕」とよく似た男の死が、「僕」には心臓を上下に揺らすほどの恐怖を感じさせている。「僕」は、彼女から告げられたよく似た男の死を自分に重ね合わせ、自分の死とそれをもたらした彼女に強い恐怖を抱いている。

このせいか、「僕」と女性は質問を混ぜながら話すが、「返事のしようがない」「気が進まない」という心情表現が示すように、「僕」は軽く相槌をうつだけで、「ＩＱテストみたいだな」と少し困惑する。そもそも、二人の会話は過去を語る女性に対して「僕」は未来を語るようにかみ合わないのである。

それを端的に示すのが、「蛍の光」を勧める女性に対して「峠の我が家」で応える「僕」のズレである。津久井氏によれば、「蛍の光」は「「古き忘れがたき友」への〈追悼〉」の歌で、「峠の我が家」は原詩からまだ存在しない「理想の家を希求する」「未来の〈夢〉」の歌とされる。過去を志向する女性に対して、「僕」は未来を提示するのである。過去という後退／停止に対し未来という前進／活動は、死を語る女性と重ねるとき、死と生の対比でもある。「僕」は喚起される死に対して生を選択する行為を提示する。むろん、「僕」がうまく応えられていないやりとりもあるように、死は生と共にある。[11][12]

五　マネージメントされる生

第三パラグラフは、第一・第二パラグラフと違い、「僕」は登場せず、日本とも異なるニューヨーク炭鉱において、エピグラムで引用されたザ・ビージースの同題の歌詞に基づいて、炭鉱に閉じ込められた坑夫たちが生き延びようと息を潜め、外からの助けを待つ物語が展開する。

地下では救出作業が、／続いているかもしれない。／それともみんなあきらめて、／もう引きあげちまったのかな。／（作詞・歌／ザ・ビージース）

村上春樹は、「僕はこの曲の歌詞にひかれて、とにかく「ニューヨーク炭鉱の悲劇」という題の小説をかいてみたかったのである」[13]と述べており、炭鉱を舞台とする第三パラグラフは、物語において重要な意味作用を果たす。

三つのパラグラフは、死の危機とそれに対する行為選択という共通項で繋がっている。第一パラグラフでは実際に死人が出ているものの「僕」には他人事的な立場をとることが多いが、第二パラグラフでは想像上の／類似した「僕」が殺されて「僕」は怯えつつ未来を指向し、第三パラグラフでは実際には死んでいないが、坑夫たちの死の危険性が一番強く、生きようとして死に接近する。

死が突然生起する世界の中でも、生の選択行為がなされ、それによって人は生きうる主体となる。そうした選択の可動性が高ければ、生の自由度は高まるとは一応は言えよう。そして、選択肢が限られ、生が限りなく死に近接したのが第三パラグラフの抗夫たちであった。

この場面は、「カンテラが吹き消され」た真っ暗な炭鉱は、坑夫の「ひっそりとした声」でさえも「天井の岩盤が微かに乳んだ音をたて」るほど岩盤が弱く強度的に危険な状況であり、「みんな、なるべく息をするんじゃない。残りの空気が少ないんだ」という発言から、空気が薄く危い状態にあることがわかる。「闇が少しずつ現実を融解させていく」記述は、坑夫たちが酸素が不足して意識が朦朧としているために、この場にいるにもかかわらず、どこか遠い世界でおこったことのように感じるのである。

一方で、坑夫たちは視覚を奪われたが、聴覚では「天井から落ちてくる水滴の音」、「天井の岩盤が微かに軋んだ音」を認識し、生を告げる「つるはしの音」が聞こえるのを待ち続けている。坑夫たちは、生を望みながら「なるべく息を」しないようにする死に向かう行動をとっている。

外ではもちろん人々は穴を掘り続けている。まるで映画の一場面のように。

第一・第二パラグラフでは死は認識されずに突如生起するものとされている。第三パラグラフも同様だが、一方で生も認識されずに突如生起しうるとされているのではないだろうか。また、抗夫は「僕」と違い、死について考えているわけではない。むろん、第三パラグラフでは生きることの行為選択が積極的になされているわけではない。

第三パラグラフでも使われる太文字は、停止行為の表現である。

みんな、なるべく息をするんじゃない。残りの空気が少ないんだ。

第一パラグラフの太文字も動物園の休園（開園の停止）、自殺する友人の最後の言葉の想像（剃らない）、死んだ友人が最後に口にした言葉（不良動作）として、活動の停止のモチーフとして解釈できる。そして、第三パラグラフの太文字では、呼吸を限りなく停止しようとしている。また、生きるために息をしないという行動はパラドキシカルな行動でもある。そうして獲得される生はきわめて不安定となる。

ところで、第二パラグラフの女性とのやりとりの中で女性は「僕」に「自由について考えたことはある？」と問いかける。「僕」は過去を追悼する女性に対して未来への希望を対置してみせる。なるほど、ここから自由とは選択の自由のことになる。しかし、そうした選択の自由の枠組み自体が縛られていると考えることもできる。過去と未来、生と死の二項対立は相互補完的に生き方を提示する。

第三パラグラフの閉じ込められ自由に行動できない坑夫に対し、第一・第二パラグラフの「僕」は自由に行動できているかのようだ。突然の死の到来の危機がある点では同じ両者だが、「僕」は身体を拘束されないし、友人や女性から提示された生き方を強制されているわけではない。一方、坑夫は身体を拘束され呼吸までも強制される。個人の意思による積極的な自由が保たれる「僕」とそうではない坑夫として対比され、一見、「僕」の自由度は高いとなろう。しかし、「僕」が女性から脅かされるように、他者の自由と自分の自由とは葛藤し、自らの自由度を高めるためには社会において競争が必要となり、満たされる者とそうではない者とに区分される。

さて、坑夫のおかれた落盤の危機に対してそもそも坑夫の作業現場を危険なままにし、あるいはそのような危険な現場に送り込まれたからこその危機がそこにある。しかし、ここで坑夫たちは、落盤の責任を誰かに問うのではなく、この窮状からどう脱出するかという行為遂行的な問いを選択している。

大貫隆史・河野真太郎両氏は、英語の manage には「難しいものを、なんとか切り抜ける[14]」という語義があることをふまえた上で、現代日本で管理ではなくマネジメントが好まれる理由を「悪いのは誰か、という管理の発想ではなく（「他罰的問い」）ではなく、自分は何をすべきか、という「前向き」のそれ（「遂行的問い」）へのシフトが、マネジメントという言葉には反映されている[15]」からだと指摘する。したがって職場では困難を切り抜けるべく、心や体をやりくりすることが求められ、「「創造性、反応性、柔軟性」を自ら不断に養っていく[16]」ことが必要とされる。

しかし、その結果導き出されたのが、息をするなという方策であるとすれば、生は極めて絶望的に不安定となる。しかも、危険は炭坑＝職場にのみ限られているわけではなかった。第一・第二パラグラフにおいても「僕」はいつ到来するかわからない死・危険を生き延びねばならない。むろん、極限へと追い込まれる前の「僕」には「困難を切り抜ける」という発想は弱く、第三パラグラフへと至る中で不安定性のマネージメントが強化されるのである。

さて、競争し勝ち抜くこととやりくりすることとは親和性がある。では、このとき坑夫たちは互いに競争するのであろうか。息をするなという言葉に対し、応答する者はいない。このことは沈黙すらも応答としてあるような状況において、それが最善の選択として個人の判断が全体化すると共に、個々の判断としてはそこからの逸脱もありうるが、ここでは同じように行動することが生き延びられる方法だからに他ならない。

こうした不安定な生をいかにきりぬけるかを描く物語として「ニューヨーク炭坑の悲劇」はある。

［**注**］

（1）「〈切断〉という方法」（『村上春樹〈物語〉の認識システム』若草書房二〇〇七・六）参照。
（2）「村上春樹『ニューヨーク炭鉱の悲劇』」（『宇大国語論究』二〇一一・八）参照。
（3）「「耳をすませる」こと」（『村上春樹の短編を英語で読む1979～2011』（講談社二〇一一・八）参照。
（4）「一九八〇年代メディアと村上春樹」（『昭和文学研究』二〇一四・三）参照。
（5）前掲『村上春樹〈物語〉の認識システム』二〇二～二〇三頁参照。
（6）南修平『アメリカを創る労働者たち』（名古屋大学出版会二〇一五・七）参照。
（7）『それでも新資本主義についていくか』（ダイヤモンド社一九九九・一二）七一頁。
（8）『プレカリアートの詩』（河出書房新社二〇〇九・一二）一三〇頁。
（9）前掲『プレカリアートの詩』一四九頁。

(10)　前掲『プレカリアートの詩』二〇四頁。
(11)　前掲「村上春樹『ニューヨーク炭坑の悲劇』」二九頁。
(12)　前掲「村上春樹『ニューヨーク炭坑の悲劇』」三〇頁。
(13)　「自作を語る」(『村上春樹全作品1979～1989③』講談社一九九〇・九)参照。
(14)　「マネジメント」(『文化と社会を読む』)七三頁。
(15)　前掲「マネジメント」七五頁。
(16)　前掲「マネジメント」七六頁。

6　女語りと自己承認――「眠り」「加納クレタ」「緑色の獣」「氷男」

一　はじめに

村上春樹は一九八九～九一年にかけて女語りを発表している。「眠り」（『文学界』一九八九・一一、『TVピープル』文藝春秋一九九〇・一、文春文庫一九九三・五、『村上春樹全作品 1979～1989⑧』講談社一九九一・七、『象の消滅』新潮社二〇〇五・三、『ねむり』新潮社二〇一〇・一一）、「加納クレタ」（『TVピープル』文藝春秋一九九〇・一、文春文庫一九九三・五、『村上春樹全作品1990～2000①』講談社二〇〇二・一一）、「氷男」（『文学界』一九九一・四臨増、『レキシントンの幽霊』文藝春秋一九九六・一一、文春文庫一九九九・一〇、『村上春樹全作品1990～2000③』講談社二〇〇三・三、『めくらやなぎと眠る女』新潮社二〇〇九・一一）、「緑色の獣」（『文学界』一九九一・四臨増、『レキシントンの幽霊』文藝春秋一九九六・一一、文春文庫一九九九・一〇、『村上春樹全作品1990～2000③』講談社二〇〇三・三、『めくらやなぎと眠る女』新潮社二〇〇九・一一）の四作品である。

村上春樹の女性を語り手や主人公とするジャンル名称として「女性性の語り《フィメール・ナラティヴ》」(1)がある。しかし、男性の語り手が女性を描く構図は女性を謎として描く近代小説そのものであり、(2)主人公の認定にも個人差がある。むろん、社会・人間関係の中での様々な諸力・価値観の交錯する主体として、「矛盾を抱えた女性性《コントラディクティブ・フェミニティ》」(3)を位置づけることは、良妻賢母、今日においては男女平等ならぬ男女共同参画的な男尊女卑的な規範と消費主体／労働主体としての激しい内的な「葛藤＝主体の砕　片　化《フラグメンテーション》」(4)として村上春樹小説の力学を探る読解のフレームとして有意義であろう。

また、村上春樹の女語りは夢と関連づけて論じられてきた。「眠り」や「緑色の獣」は夢もしくは夢か現実か区別できないと指摘されており、(5)四作すべてに共通しよう。そして、中村三春氏は、傷つけられやすさ《ヴァルネラヴィリティ》（脆弱性・攻撃誘発性）の観点からジェンダー的・政治的に四作を検討する。(6)

この可　傷　性《ヴァルネラヴィリティ》は、対テロ戦争と称する世界を席巻する国家の暴力とそれによって人間とは見なされない例外状態に置かれる人々との関係、さらにはその応酬から、人々の生のあやうさや戦争を支える枠組みを問う概念である。

> 私たちは皆、このように暴力によって傷つけられる可能性とともに生きている。それが肉体を持った生の一部分である他者に対する可傷性であり、私たちには予測できない。そして特定の社会的・政治的状況の下では、この可傷性が増幅されるのだ。(7)

しかし、そうした極限状態でなくとも、日常において自分の生が他者の生と根源的にからまりあうように、可傷性は人々の生に物理的に関わる。

齋藤純一氏は、人々が対等な立場で自分の言葉で語り／聞くことができる空間が成立することを政治の条件として、親密圏を「具体的な他者の生への配慮／関心を媒体とするある程度持続的な関係性[8]」と定義する。親密圏において、「私たちの生は身体を通じて互いに曝され、互いに含みあっているのであり、依存性こそ私たちの生の基本的な条件[9]」であり、「社会的な承認とは異なった承認を、社会的な否認に抵抗しながら、人びとの生に与え[10]」られると説く。

ここで、村上春樹の女語りの多くが専業主婦であり、夫を含む異性関係において葛藤を抱えている点で、親密圏における政治の条件がそこでは問われているのである。しかし、友人や家族、恋人や仲間など親密圏を構成する人々の関係にも虐待や暴力は見いだされうる。それを回避するには、他者との葛藤のない自己が支配するユートピアを強力に創出するか、日々変化する状況に対応し他者との葛藤を避けて選択された外的な自己と内面の自己を分断する自己の二重化の方略が想定される。前者は自分が被害を受けないだけで他者を傷つけ、後者は自分の内面を守るものの選択には終わりはなく自分らしさにこだわればこだわるほど自分らしさが不確定となるだろう。

本章では村上春樹の女語りを女性の自己承認と男性肯定のせめぎ合いとして捉える。そのため、第二節では「眠り」において親密圏から離脱した「私」のありかたを検討し、第三節では可傷性の加害と被害のそれぞれの立場を描く「加納クレタ」と「緑色の獣」を考察し、第四節では親密圏の内部に非親密性を見出す「氷男」を分析する。

二　親密圏との切断

「眠り」は覚醒し続けている「私」がそれまでの夫や息子への愛を失いつつ義務として家族関係をこなし、夜中は自分のための読書やドライブに使うが、乗っていた愛車を二つの影にひっくり返されそうになる物語である。

「私」の覚醒は老人が「私」の足元に水を注ぐことによって生じる。

私は目を閉じて、これ以上はあげられないくらいの大きな悲鳴をあげた。でもその悲鳴は外には出なかった。（略）私の体の中で悲鳴は音もなく鳴り響いただけだった。
私の中で何かが死に、何かが溶けてしまった。爆発の閃光のように、その真空の震えは私の存在に関わっている多くのものを、根こそぎ理不尽に焼きはらってしまった。

このとき焼却＝切断されたものについて、加藤氏は「身体と心をつないでいる抑制のライン＝連関[11]」と捉えるが、平野葵氏が「「私」の他者に対する沈黙が続いていること、そして排除される他者という夫の位置[12]」に注目するように、切断されたのは後述する親密圏との関係である。また、リヴィア・モネは、夢を「男性のまなざしおよび女性を抑圧し続けている父権制度の力のメタフォリカルな表象」として捉え、覚醒後は「現代日本におけるジェンダーによる非対称性の現実や女性たちの社会的文化的周縁化が継続しているという現実に目覚める[13]」と指摘する。

「私」は学生時代は読書しチョコレートを好んでいたが、結婚後はやめ、覚醒した現在では再開している。読書を再開することは結婚していない状態、すなわち夫や子供のいない状態への「私」の意識の移行をもたらしている。歯科医の夫との昼食も、覚醒前は「夫と一緒に食べたほうが楽しい」と思い、午後の診療がなければその後はセックスしていたが、覚醒後は話題の後は「黙って蕎麦を食べ」、セックスも「全然そんな気になれな」いと夫を拒絶する。このため、夫や息子との生活も、結婚当初は楽しかったが、覚醒後は「義務として」処理している。覚醒によって「私」は夫や息子との間に感じていた親密性を喪失する。

私は靴の踵が片減りするように傾向的に消費されていき、それを調整しクールダウンするために日々の眠りが必要とされるのだ。

頭と肉体のコネクションを切ればいいだけなのだ。（略）それはただの現実にすぎないのだ。（略）ただの繰り返しなのだ。

覚醒前の「私」は夫・息子を中心とする家族に消費される。家事等の感情労働による女性消費を強いる家族に対し、闘争するのではなく、「人生の拡大」すなわち自分の時間を作ることで家事と自分を両立させる。覚醒後の「私」は家族が寝静まった夜中に活動することで「人生を拡大」する。しかし、公共圏においては周縁的な時間帯に活動する「私」が拡大する時間は私的領域にとどまる。平野氏は、「深夜のドライブを除けば、彼女の犯した逸脱行為はごく少な」いと指摘し、結婚によって抑圧された「嗜好品に対する執着心」を「認めかつ満たそうとする行為は、不眠である自己の肯定に繋がる[14]」と説く。

心を伴わない義務的な家事に対する家族の反応はよく、「私」の内面の変化に家族は無関心であった。「私」が読む『アンナ・カレーニナ』はヒロインが夫の容貌に不満を持ち姑と諍いがある点で、「私」の状況に類似し、最終的にはヒロインが死ぬ点で「私」をめぐる危機のアレゴリーとして、家族に対する信号でもありうるが、夫は全く気づかない。

一方で、眠る夫は「年をとって、そして疲れている」「ひどい」顔をしているが、眠る必要のない「私」の身体は若返る。「私」の家族のための労働に奉仕する身体は、機械として駆動するため若いままなのである。また、私が、「体の線」を維持することが「非常に重要」なのは、「後期資本主義の父権的秩序というまなざしによって、見られる地位のなかに逃れがたく閉じ込められている女性として、愛しているのであり、現代日本の大衆文化において広告され、商品化された女性の肉体として、スリムで魅力的で、セクシーな女性の肉体として、愛している[15]」からである。また、モネは、「伝統的で男性的なブルジョア的価値のなかに拘束されているフェミニズムの価値転倒の言説をみごとにシミュレートしたもの[16]」と指摘する。「私」は家事の感情労働のみを女性消費と捉えるが、身体や若さすなわち外形的な美、性的身体を消費する眼差しは未だ内面化している。

このとき、「私」は、身体を家族のために労働させるが、自己の二重化を行って身体と精神を切り離し、「私の精神は私自身のものなのだ」と精神の自分らしさを確保する。「私」が愛車での行動を重視するのも、車内は「私」の心のメタファーだからである[17]。

そもそも、「私」の覚醒は「私」という自己から発しているわけではあるまい。ジュディス・バトラーは、「どんな身体も公的な次元を持っている。公共圏における社会的現象の一つとして構築された私の身体は、私のものであって、同時に私のものでない[18]」と指摘する。つまり、私たちは行動すると同時に、周りの影響によって行動させられる動物である。影に襲われる前日に「私」は「死が休息であるべきだなんて、そんなものは理屈にもなっていない。それはどんなものでもあり得るのだ」と死の恐怖に囚われる。これは「生の無意味さの実感の裏返し」であり、「自分の行為の帰結が自分のものになりえず、オートマチックな「繰り返し」に過ぎないような世界[19]」に生きているからである。しかし、そうした無意味さのなかで「私」は間違っていると思う。

体の中から何かを追い出してしまいたいように感じたのだ。追い出す。でもいったい何を追い出すのだろう。（略）わからない。でもその何かは私の体の中である種の可能性のようにぼんやりと漂っていた。

何かが間違っている。でも何が間違っているのか、私にはわからない。

「私」は意識と肉体とがずれており、そうした違和感が体内の何かを追い出したいという欲求を感じるのだが、その対象が何かがわからない。また、愛車をひっくり返されそうになっているときも、間違っていると感じるが、その対象が何かわからない。意味づけられない、名づけられないものをなんとかしたいという欲求はつまりは現状に対する不満と解決策のなさであろう。

その意味では、「私」は女性の自立を目指しているわけではない。愛さないにしても夫・息子が作る家族から離脱しようという意識はないからである。ゆえに、「従属（依存）的な女性役割の抑圧から解放された女性としての自我意識を取り戻している[20]」という指摘、「意識と身体のずれが「黒い影」を生み出す」(21)という指摘は正しくない。「私」の逸脱はごくわずかであり、影による転覆は生じた異常事態の復元現象とも考えられる。

三　生のあやうさ

「加納クレタ」と「緑色の獣」の二人の語り手は可傷性において対照的な存在であろう。

「加納クレタ」は、人の体を浸している水の音を聴く仕事をする姉・加納マルタの手伝いをしていた「私」（クレタ、本名・タキ）は、人間の身体を浸す水の音を聴けず、男によく犯され家に閉じこもっていたが、姉が殺した警官の幽霊に応対することで自信をつけ、火力発電所設計の第一人者として資産家となり購入した警戒厳重なビルで優雅で幸せな生活をしていたが、緑の目の男に強姦され殺されたときに水の音を聴く物語である。

工藤正広氏はクレタ島の恐怖の伝承に同化して「クレタ」と名乗ったと説き(22)、三重野由加氏は名前と設定から「火を盗んだ罰として人間に与えられた女(23)」としてヒロインを位置づける。

「私」は、男達から受けた性暴力によって「私にも責任があるのだろう」とおどおどしていた。マルタも「私」に問題があり、それは体の中の水が体と合っていないためであり、水の音を聴けるようになれば答えが見つかるという。

それは「私」の属性としての火が水と一致しないためかもしれない。しかし、それならば「私」にわかる説明をすればいいはずだが、答えがわからない「私」は一方的に責められる。「私」が聴けない音を聴くよう指示するマルタは超自然的な真理を知るが、その口調は女らしくなく男性的である。

かつまたマルタは「私」の庇護者であり、女の年長者による束縛が強い。マルタのふるまいは犯罪被害の責任を被害者に負わせる点で性暴力の加害者と同じである。

さて、「私」を犯しかけた警官を姉が喉を切り裂いて殺したことで、その警官はみっともない格好で幽霊として徘徊する。「私」は最初怯えるが、腕力と言葉がないことで無力化された警官の幽霊に裸になって挑発し、おどおどしない、怖くない、つけこまれないという自信をもつ。むろん、死者が無害であることと生者が無害であることとは異なる。レイプから守るために殺すこととレイプして殺すことは、いずれも人としての取り扱いをしない恣意的な非合法的な暴力行使の主体の拡張なのである。

「私」は最後におどおどしないにもかかわらず強姦され、のどを切り裂かれ、意識、いわば魂は体の中の下の壁におりて水音を聴く。中村氏は水音を「攻撃誘発性に支配された、女性の運命の音[24]」と捉える。「私」にはそれは死なないと聴けない音であった。

とすれば、「加納クレタ」は、疑似男性が女性に真理を教育する物語であり、一方で女性は生きたままではその真理にたどりつけないことを含意する。「私」は殺害によって、公共空間から抹殺されて火力発電所による資本主義的成功が水泡に帰し、死後の水の音を聴く空間へと非現実化される。その点で、「加納クレタ」は、保護者の元を離れて社会の中心で才能を発揮できる自立した女性の存在が男性社会にとってあってはならないものとして排除する物語である。

一方、「緑色の獣」は、夫の出勤後に庭の椎の木から現れた緑色の獣に屋内に侵入され心を読まれた「私」が獣の心の弱さを利用して残虐なイメージを思い浮かべて駆逐する物語である。

獣は、夫という解釈もあるが[25]、「私自身の体の中から聞こえ」てきたような音を発する点で「私」

の生み出したものでもありうる。また、外見上・行動上は「モンスター（怪物・化け物）[26]」とされる。しかし、「私」に恋い焦がれ、緑色の毛皮ではあるが人間の目を持つ者として獣は男性として認識される。人間の目は生の脆さと暴力の残虐さを伝える形象である。人間の目は、殺害を誘惑し、その無防備さが攻撃性をかきたてるのだろう。自分より弱い傷つけやすい者に対して「私」の容赦のない攻撃が描かれる。このため、「日常の暴力性[27]」・「好きではない相手への女性の残虐性[28]」の問題が指摘されてきた。

専業主婦である「私」は夫以外とはふだん話さず、夫に関わる家事労働以外の仕事がない。高度経済成長、資本主義の発展によってこうした核家族化・専業主婦化が可能となり、家庭内領域で侵入者との戦闘がなされる。

プロポーズに現れた獣に対して「私」は害意を武器に男と認識した獣を打倒し排除していく。夫に依存する「私」は夫との生活を守るために獣を傷つけていく。人は傷つけられやすいが、傷つけやすくもある。むろん、「私」に好意を寄せる獣は読心・変身等の特殊能力を持ち、「私」の結婚や浮気・離婚する気もないことを知っているはずであり、にもかかわらず求婚して侵入してくることは害意を持つと見なされうるのであり、十分恐怖の対象である他者なのである。「私」は、身の安全のために人間以上の能力を持つ獣を消去せざるを得ない。中村氏は、「私」の対処を「政治的に正しい防衛の仕方[29]」と評し、それが「弱者の暴力」となりうることを指摘する。

暴力をふるう欲望は、こうして、暴力をふるい返される不安に常にともなわれることになる。その場における普在的な行為者のすべてが、等しく、傷つきやすい存在だからである。[30]

人は傷つきやすいからこそ、傷つけられないために傷つけてしまう。とすれば正しさとは常に状況に照らして判断されることになるだろう。

さて、獣が空気中に拡散し薄れていくことは「私」の暴力が非現実のものに対してなされていると言え、「私」の暴力の対象である獣は執拗にその死の状態のままで生き続けているように見える。だからこそ殺されなくてはならない。「私」が過剰な残虐行為をイメージするのは自らの敵がこのような亡霊として無限に生き続けているという理由によって、「私」を自己正当化する。「私」のそうした自衛行動は残虐で狂気に満ちたものとして描かれ、公的領域で働く男性の背後で私的領域で待つ女を狂気の側へと位置づけるのではないだろうか。

四　メランコリーの承認欲求

「氷男」は、スキー場で氷男と出会った「私」が周囲の反対を押し切って氷男と結婚したが、反復する日常に耐えられなくなり、南極旅行を提案するものの不安になり取り下げたいと思うが、南極に連れてこられ、他の南極の人々とコミュニケーションできないまま妊娠しつつも孤独を感じ泣く物語である。

松本常彦氏は、「氷男自身には意味がない[31]」と言う。しかし、物語として解釈したとき、すでに意味は作られる。また、氷男の胎児は「獣を撃退することに失敗した後の帰結を暗示[32]」する。「緑色の獣」では「私」の反撃が有効な相手だから「私」は無事だったのであって、「私」の方略がほとんど無効であった場合が「氷男」なのである。

さて、氷男は氷の名のもと冷たく論理的で理性的な男性として形象され、熱く感情的な非理性的女性とは対照的とされている。また、記憶を保存する氷男は過去を持たないと言うが、実際には氷男は前の約束を記憶するように過去を持つ。氷男は「私」の家族構成・年齢・趣味・健康状態・学校・友達を熟知し、女性の秘密を見通せるのである。

氷男は、孤独な非社交的な男だったが「私」は関心をもち、恋人関係となり、二人だけの世界を作る。このとき、「私」は他の交友関係・人間関係を切断する。しかし、「私」は二人だけの現状の退屈さに耐えられなくなり、南極を訪ねることを提案する。そして、そのことにも不安を感じ南極行きをやめようとするが、押し切られ、不本意な南極の地では氷男は人々とコミュニケーションをとっており、孤独の憂鬱に苦しむ。

このとき、「私」は「未来を失っていく」[33]あるいは「心が失われ、最後に残された悲しむという感情さえも次第に薄れていくことを自覚している」[34]わけではない。

私は泣く。氷の涙をぽろぽろと流し続ける。遠く凍えた南極の氷の家の中で。

中村氏は、最後の「遠く」は、「語り手＝「今の私」の現在地がここ南極なのだから、語り論的に説明のつかない錯乱をはらんでいる」[35]と指摘する。つまり、「私」が南極とは違う日本に心的な参照点を置いているのであり、「私」を仮設する話者が見ている日本のスクリーンにおいて南極の「私」が描かれる。

「私」は自分が氷男に結びつけられている仕方を見出すことによって、「私たち」に達するのであるとすれば、「私」が氷男を知るためには、「私」の拠って立つ地盤の喪失が必要となる。そこで、「私」は氷男と親密性を築くために氷男と関わるが、氷男は必ずしもそれにこだわるわけではない。南極行きをとりやめないのも様々に手配したことをキャンセルすることの公共性へ与える危惧である。むろん、氷男は「君がそれを望むなら」と女のサービスを女の意思として搾取している。一方で、ロマンティック・ラブやメランコリーは今・ここに満たされぬ承認欲求を別の場へと投影することで充足しうるという戦略のもと突き進み続ける無限運動である。その意味では「私」の承認欲求は一時的に満たされても常に破綻しうる。

五　境界を越えるということ

「眠り」は女性が能力を拡大して罰を受ける物語であるとすれば、「加納クレタ」は能力を発揮して死に至る物語である。その点では「氷男」の「私」は専業主婦になるのであり、特別な能力を発揮してはいないかのようである。「緑色の獣」の「私」と同じく専業主婦は生き延びられる。しかし、「氷男」の「私」はいわば自分の世界を作るために行動する女だったのであり、氷男との関係を築く積極性を持ちつつも、氷男の決断には抗えず半ばヒステリーを起こしている。この点で、村上春樹の女語りには常に女性を劣位のもとに捉える男性優位のまなざしが働いていることは自明であろう。

しかし、男性と女性という二分法から物語を捉えてしまうとき、ジェンダー・アイデンティティは排除の根拠として機能してしまう。なるほど、捉える自己と対象化された自己を一致させることによって私達は安定を確保する。しかし、このとき起きるのは、矛盾や二面性を抑圧してしまうことである。たとえば、本章では女の抹殺の物語である「加納クレタ」において加納マルタを男性性として捉えたが、この捉え方自体がステレオタイプを再生産する。しかし、アイデンティティに内在する二面性や矛盾のゆえに、環境に囚われるだけではなく、距離を取って環境に働きかけていくことによって、新たな世界を開く緒を見出しうる。可傷性の問題設定が示したのは、どんな自己も自らを至善とし他者を悪として排除できるほどの完全なる正当性をもつことはできないということである。

このとき、男性／女性、親密圏／公共圏、公的領域／私的領域等の境界を越えることによって正当化された境界の彼方にたどり着くことは常に努力目標、言い換えればロマン主義的な理想として想定される。しかし、それを特別なことではなく、普通のこととしていくことができれば、境界という矛盾・二面性を総体として受け入れながら周りの環境に関わっていくことで、ありふれた多様性のある生の世界が広がるのではないだろうか。

［注］

（1）加藤典洋『村上春樹の短編を英語で読む1979～2011』（講談社二〇一一・八）三六〇頁。

（2）石原千秋『近代という教養』（筑摩書房二〇一三・一）参照。

（3）加藤前掲書三八〇頁。

（4）加藤前掲書三八四頁。

（5）中村三春「パラノイアック・ミステリー」（『文学の迷宮』笠間書院二〇〇〇・九）一六四頁参照、酒井英行『『ノルウェイの森』の村上春樹』（沖積舎二〇〇四・二）三六、五五頁参照。

(6)「〈傷つきやすさ〉の変奏」(『層』二〇一一・三)参照。本章は多くをこの論に負っている。
(7)ジュディス・バトラー『生のあやうさ』(以文社二〇〇七・八)六二頁。
(8)『政治と複数性』(岩波書店二〇〇八・八)一九六頁。
(9)注8に同じ。
(10)斎藤前掲書二〇六頁。
(11)加藤前掲書四一四頁。
(12)「村上春樹『ねむり』と『アンナ・カレーニナ』」(『北海道大学文学研究科研究論集』二〇一四・一二)一〇九頁。
(13)「テレビ画像的な退行未来と不眠の肉体」(『国文学』一九九八・二)二一頁。
(14)平野前掲論文一一一頁。
(15)モネ前掲論文二五頁。
(16)モネ前掲論文二六頁。
(17)自動車を、花田俊典は「現実をエスケープした「私」の自閉的な避難所の比喩」(「『眠り』」(『国文学』一九九八・二)一六八頁)と捉え、酒井氏は「家庭」(酒井前掲書三八頁)と捉えるが、家庭は「私」を抑圧する場である。
(18)バトラー前掲書五八頁。
(19)前掲「〈傷つきやすさ〉の変奏」一一三頁。
(20)酒井前掲書三八頁。
(21)浅利文子『村上春樹物語の力』(翰林書房二〇一三・三)一八九頁。
(22)『TVピープル』を読んだ時と場所から」(『国文学』一九九五・三)参照。
(23)「加納クレタ」(『村上春樹作品研究事典増補版』鼎書房二〇〇七・一〇)五四頁。
(24)前掲「〈傷つきやすさ〉の変奏」一一六頁。

(25)　酒井前掲書五六頁参照。
(26)　注24に同じ。
(27)　金子堅一郎「緑色の獣」（『村上春樹作品研究事典増補版』）二一〇頁。
(28)　山根由美恵「短篇「集」という力」（『広島大学大学院文学研究科論集』二〇一三・一二）七〇頁。
(29)　前掲「〈傷つきやすさ〉の変奏」一一八頁。
(30)　バトラー『戦争の枠組』（筑摩書房二〇一二・三）二一七頁。
(31)　「氷男」（『国文学』一九九八・二）頁。
(32)　前掲「〈傷つきやすさ〉の変奏」一二一頁。
(33)　高根沢紀子「氷男」（『村上春樹作品研究事典増補版』）六五頁。
(34)　山根由美恵「絶対的孤独の物語」（『国文学攷』二〇一〇・三）二九頁。
(35)　前掲「〈傷つきやすさ〉の変奏」一二〇頁。

7　動物性と人間性
――「恋するザムザ」、テリー・ファリッシュ『ポテト・スープが大好きな猫』

一　はじめに

生きものについてのジャック・デリダの哲学を人間から動物への脱構築と動物から人間への脱構築でもあるとして、パトリック・ロレッドは、人間的秩序に対しての動物の民主主義を主張する。なぜなら、主権的権力は個別的主体あるいは政治的主権として具現化し、政治的主権は共同体、最終的には近代国家という形態をとって現れる。男性は自らを理性的と考え、人間に固有とされる話し言葉によって理性性を示し、権力を正当化する。この権力の思想である動物の供犠の哲学が「みずからを形成し発展を遂げるために動物たちを利用する西欧のあらゆる象徴的構造(1)」である。

ここで、動物の殺生があらゆる道徳的次元を免れる正当な営みとされることで、人間は動物とは区別された主権的主体となることができるのであり、人間と動物の不確定な境界はつねに脱構築可能なものである。スケープゴートは、排除されつつ飼い慣らされるように、都市の外と内に属するという二重の存在論的地位をもち、この政治的な中間地帯から動物―政治的近代性が形成されてきた。デリダは人間と動物、さらには文化と自然のさまざまな境界を倍増させ多様化させることで、両者の関係を変動させる。政治的主権は人間と動物のアナロジーによって説明され、「理性的動物」と規定されるように人間は動物との同一化から規定される。他方で、人間はあらゆる動物性の支配を遂行し、動物の生を我有化する。人間の主権的構造は二重に動物性に曝されている。動物の飼い慣らし＝家内化は主人の法のもとで動物を順応させるエコノミーであり、人間的秩序の内と外を境界づける。移動の自由を持つ動物を飼い慣らす振る舞いは暴力でその自由を抑圧する生権力として作用し、当の動物を我有化するエコノミーである。自由と主権は互いに切り離せない人間に固有な概念であり、人間の応答可能性＝責任に対し、動物は機械的な反応しかしない。しかし、飼い慣らしの脱構築は人間の応答可能性と動物の反応という二分法を解体していく。また、触覚は、他者に対して自らを開くと同時に閉ざす感覚である。触れるとき、対象に触れる主体という二分法が撹乱し、「誰」と「何」の現前が問われる。触れることは、人間の特権的な地位を不安定にしうるが、身体を差し出すことは対象を我有化する暴力に転化するおそれがある。触れることの贈与は、無媒介的な現在において他者への暴力に陥りかねない。そこで、ロレッドは人間と動物がその固有なものを放棄しつつ触れ合い、世界への共通の帰属を再創造するような動物倫理の可能性を探るのである。

動物性とは「人間と動物の諸限界を撹乱し、洗練し直し、したがって複雑化する概念」[2]であり、本章では動物性／人間性の相互性の意味を村上春樹の翻訳『ポテト・スープが大好きな猫』、短編小説「恋するザムザ」の分析を通して検討する。それは人間という主体のあり方を考えるための緒たりうるはずである。

二　変わらないことを望む意味　『ポテト・スープが大好きな猫』

テリー・ファリッシュ『ポテト・スープが大好きな猫』（講談社二〇〇五・一一、講談社文庫二〇〇八・一二）は、テキサスに住む「おじいさん」こと老人の作るポテト・スープが好きな雌猫が、老人が釣りに行っている間に姿を消し何日か後に大魚を捕らえて帰宅して老人に抗議するが、いつの間にか仲直りしていたという物語である。

老人は「これまで、とてもたくさんの猫たちと一緒に暮ら」したが「どれもこれも同じような見かけの猫だったので、今となっては、全部で何匹の猫」と過ごしたのか「数えきれ」ない。指導書は「現在ともに暮らしている猫の唯一無二性[3]」を説くが、「生活もずいぶんこぢんまりとし」た結果、相対的に一匹になったのであり、今いる猫の互換可能性も含意しうる。

指導書は、猫を「「おまえ」と呼ぶ彼の世界が「おまえ」との二人だけで完結している」と捉えるものの、「名づけるという行為は分節して新たに概念を作ることだが、名づけないのはその必要がないから[4]」、とも指摘するように、老人の世界が老人の主観で完結しているのであり、固有名ではない「おまえ」は唯一の存在ではなく、それまでの猫たちと互換可能性がある。「おまえ」の不在によって老人が喪失感を持つとすれば、それは老齢によって新たな猫を飼わないための猫の減少に由来するからである。猫の唯一性は猫が特別だからではなく、人間である老人がそれ以外の多数の猫たちの死を忘却したためでもある。そういえば、老人は「根っからのテキサスっ子です。そう、フライド・チキンやら（略）を食べて、すくすくと成長したわけです」と、典型的な人物として形象される。とすれば、これは人一般と猫一般との関係の寓話として読まれるべき物語である。

さて、冒頭での「おじいさんはこの猫のことがけっこう気に入っているのですが、そんなそぶりは、ほとんど見せません」という記述と、猫が戻った後の「おじいさんはそんな猫の姿を目にしてほっとしました。今では、そんな気持ちがはっきりと目に見えます」という記述から、指導書は老人は「最後には気持ちをそぶりで示すように変容した」と指摘する。なるほど、猫と老人は「また、すっかり仲よしになっていました」とあるように、仲直りしたかのようである。

しかし、これは問題の改善なのだろうか。改めて検討しよう。

老人は、鳥を眺めたときには「おまえは生き物を捕まえたことなんて、一度だってないんだからなら」、食事を寝床に運んだときにも「まったく、何の役にも立たんのだからな。ねずみ一匹捕まえやしない」、とそれぞれ言うように、老人の気持ちとは裏腹に小言しか猫には伝わらない。一方、猫は冬に老人が電気毛布をもってくるとき、「ただ目を細めるだけ」だが、語り手は老人には「猫が考えていることがわかりました」と叙述する。意図に反する言葉を表出する老人に対し、猫は意図を言葉にすることはない。老人が釣りをするとき魚を捕まえない猫が舟の先頭にいるさまは「舟の飾り物」とされ語り手も「何も捕まえ」ない役立たずと叙述する。発話しない者を「女王様」として持ち上げることは、無能力への苦言と同様に動物嫌悪＝女性嫌悪である。

さて、釣りに行くために、寝過ごした猫を置いて出かけた老人だが、ボートは「言うことをきいてくれないし」、魚も「かかってくれ」ない。さらに帰宅した老人は「姿が見えません」、「いません」、「戻りません」と猫の不在を否定の反復で捉える。否定の連続は老人の猫への期待と現実の落差を示す。

しかし、老人は「起こってしまったことはしょうがない」と自らに言い聞かせ猫を諦めようとする。これは、事態を他人事として捉え、自分には関係が無いかのように意味づける言葉である。むろん、「どうせなんの役にも立たない猫なんだ」という発話（外見）は、「うつむいて、足取りも重く、寂しそうな顔」という行動（本心）によって、強がり、言い聞かせであり、猫への愛がある。しかし、否定的な発話のみが反復されることで、愛情がハラスメントとして猫がいなくなった時点までも繰り返されることになる。

それに対し、老人に置いて行かれた猫は「私を残して、おじいさんが出かけるわけはないのに」と思うものの、やがて家から去り、数日後に魚を捕まえて戻ってくる。指導書は「あいかわらず「猫」は自分のことしか考えていない。彼女は何も変わっていない(6)」とし、「「猫」がいる変化のない平凡な「日常」こそが自分にとって代替不可能なかけがえのないものであることを」老人は「喪失を（疑似）体験して知った」と説く。

蓋然性の高いこの解釈を成り立たせているのは、猫の内面の表現である。

①猫の目は怒りに燃えていました。（略）猫はおじいさんの顔をじっとにらみつけました。（略）この魚はおじいさんにも触らせるもんか、という険しい顔つきです。②猫はしゃべりません。ただ遠ぼえするような鳴き声をあげるだけです。③猫がそのように語る話を、おじいさんは詳しいところまでは、よく聞き取れませんでした。（略）④でもおおよそのところ、猫は水に濡れるのはいやだったけれど、一生懸命に泳ぎに泳ぎ、魚を相手になにやかやあった、ということらしいのです。

ロレッドは、「西欧において認められているような主体は、動物を肉として食べられるという機能や合目的性へと還元された実在としないかぎり、主体として思考されることも生きられることもできない。主権的主体は、この動物の殺生という手段を介して生殺与奪の権力を保持しないかぎり、主権的主体として理解されえないのだ[7]」と指摘しているが、このとき、猫は大魚を殺して見せるように、老人と対等な地歩を手に入れようとしているかのようでもある。

この猫は人の言葉を理解し、人の言葉こそ話さないものの、人とコミュニケーション可能な言葉を発しているかのようである。語りは、人と不十分であれ相互意思疎通が成立するために猫を主体として仮構する。動物一般は人とコミュニケートすべき他者とは限らないが、愛玩動物であるこの猫をコミュニケートすべき他者として形象する。

改めて確認すれば、語りは①では観察対象の目の比喩を通して猫の怒りに焦点化するように、猫を外側から観察すると共に猫の内面を代弁する。③では老人の内面に焦点化し、④では老人が理解した猫の言葉の意味を提示している。しかし、②では、実際に示されているのは猫のふるまいの外見だけである。猫の怒りも言い分も猫の様子としばらくの不在と獲物の魚という状況から老人ないし語り手が解釈した間接話法である。

なるほど、猫は変わっていないかもしれないが、それは「平凡な「日常」」の象徴として語りが猫の内面や言葉を価値付けるためでもある。象徴とは遂行的な行為であって、現実的なものと象徴的なものとの様々な境界、何が象徴で何が現実かを判定すること、また象徴を現実として提示することは、人間の動物たちに対する権力の行使であり、それによって人間が主体化するのである。このとき、老人は、猫の言葉はよくわからない一方で、その猫の言い分を懸命に聞こうとする。これは女の話はよくわからないがとにかく聞くことが大事だという寓意でもある。男は女に振り回され、女の言い分が理解できない。「動物とはおそらく、人間ならざる生きものに対する人間の幻想の投影にほかならない[8]」ように、人間／動物が男／女のアナロジーとなっている。指導書が「彼は最も大切なことを彼女に伝えなければならなかったことに気づいた[9]」と、老人と猫の関係を、気持ちを口に出して伝える恋人ないし夫婦のメタファーで捉えるのも、そうした物語の枠組みをふまえてのことである。なるほど、老人は外見から「気持ちがはっきりと目に見え」るようになった。しかし、ただ餌をもらうだけの受動的な姿勢から自ら能動的に魚を捕まえるという変化した猫に対して、老人は「おまえは今のおまえのままでいい」と変化以前のあり方を肯定する。それは外で稼ぐ男に対して愛玩される存在として気まぐれで無能力な女という構図を肯定する。そして、不機嫌な猫は老人とは最初一緒には寝ないが夜更けには仲良しになる。これも、女とは夜を一緒に過ごせば関係が深まるという通俗的な女性観の表れであろう。

とすれば、猫の不満は解消されたのだろうか。たしかに夜更けには「すっかり仲よし」になってはいる。しかし、語りは気持ちを表現するだけで、人と同じく魚を捕まえ所有を主張する変化をなかったことにする。愛玩動物を保護する生権力は「世話、保護、暴力の混同によって成り立っている[10]」ように、それは支配の側の欲望が明示されるだけで、多様なあり方をする猫を認めたわけではない。とすれば、猫は今後とも不満を生じさせうるはずである。

三　「恋するザムザ」

「恋するザムザ」（『恋しくて』中央公論新社二〇一三・九、中公文庫二〇一六・九）は目覚めるとグレゴール・ザムザになっていた男が食事や着衣の方法も分からず手探りで過ごしているところに、鍵屋の娘が修理に訪れ、親近感を覚えてまた逢いたいと願う物語である。

『恋しくて』のあとがきに「元ネタであるカフカの『変身』を読んでしまうとかえって書きにくくなりそうなので、遙か昔に読んだぼんやりとした記憶を辿って、『変身』後日譚（のようなもの）を書いた」とあるように、「恋するザムザ」は『変身』のアダプテーションである。ザムザの部屋は、「恋するザムザ」ではベッドしかなく、窓枠には内側から木材が打ち付けてあるように、『変身』のそれとは異なる。また、リビングは『変身』ではザムザの部屋と同じ階にあるが、「恋するザムザ」では下の階にあるように間取りも異なる。また、物語世界の時期も『変身』を執筆時の一九一二年と仮に設定するとしても、「恋するザムザ」で進行中のプラハに外国の戦車が侵略に来たチェコ事件は一九六八年である。したがって、両者のザムザは別世界の同じ名前の人間である。また、『変身』は家族思いのザムザが虫になったことへの家族の物語であるが、「恋するザムザ」ではその家の家族が消失したかのように描かれており、家族をもたないザムザが鍵屋の娘を求めることで、将来的に家族形成へと至りうる物語である。

さて、語りは「目を覚ましたとき、自分がベッドの上でグレゴール・ザムザになっていることを彼は発見した」と、彼を「ザムザになった人」とみなしている。このとき、語りは「自分」という自称詞でザムザの内面に焦点化すると共に、「ザムザ」「彼」と三人称的にザムザを対象化する。語りは、「ここがどこなのか、これから何をすればいいのか、ザムザには見当もつかない」とザムザの知識のなさを提示する。

ザムザになる前には、自分はいったい誰だったのだろう？　何だったのだろう？　しかしそれについて考え始めると、意識がどんより重くなった。そして頭の奥の方に暗い蚊柱のようなものが立ち上がった。それは次第に太く濃密になり、軽いうなりを上げながら、脳の柔らかな部分に向けて移動していった。それでザムザは考えるのをやめた。

ザムザは過去の記憶を持たない。ザムザは人間体以前の形態では記憶を持たない存在のため、過去に遡行できないと考えられる。このため、ザムザの軌跡は現在と未来に向けて開かれていく。また、ザムザは、過去の本能や人間の欲望に由来する思考・反応にとまどり、それを思考化している。ザムザは、指が動かしにくく、起き上がるのに慣れず、立ち上がるのが難しく、歩くのが困難であり、人間の身体を不格好とみなしていた。しかし、なれない行動で節や筋肉を痛めながら自室を出て鍵屋の娘と応対するにつれて人間らしからぬふるまいが、社会化された人間らしいふるまいに変化していく。身体行動や後述する突然の知識が人らしい心を作り出している。
　一方でザムザがブラが合わない鍵屋の娘の「屈み込んだ姿勢のまま、また身体をもぞもぞと大きくねじって動か」す「動かし方に、本能的な好意を感じ」てしまい、また娘の「虫が這うような格好で階段をずるずると上ってい」く「姿は、彼の中に何かしら懐かしい共感を呼び起こ」す点でも、虫の蠕動運動への懐かしさが娘への好意を触発している。また、このとき、ザムザは「たとえば獰猛な鳥たちに襲いかかられたら、生き残れる見込みはまずあるまい」と怯え、ガウンを羽織った後には「自分の柔らかいむき出しの肌が無防備に鳥たちにさらされていないことが、ザムザを落ち着かせ」る。あるいは鍵屋の娘に「鳥たちに気をつけて」と注意するなど、「鳥」への恐怖が伺える。機能障害・記憶喪失でなければ、ザムザは人間になる前は虫であり、そのため虫を啄む鳥に恐怖・警戒していた。ザムザは鳥という形象から恐怖という象徴を感じる。虫から人になるときに象徴を操作することができるようになった。しかし、意識・記憶が断絶しているだけで、あるいは虫のときも象徴を操作できていたのではないか。

それはこの世界の中だけでの知識ではない認識・情報が突然到来することのアナロジーとして考えられないだろうか。そのような到来する認識は次のように叙述される。

彼にはなぜかそれがわかった。それは推測でもなく、知識でもなく、全くの純粋な認識だった。そのような認識がどこからどのような経路を辿って訪れてくるのか、ザムザにはわからない。それもまた循環する記憶の一部なのかもしれない。

この「純粋な認識」は飛躍する直接認識である。それ自体とは飛躍した、しかし、関連付けられた限りで、この認識は象徴的な高次レベルのものである。そもそも自分がザムザであると自覚することも、語りは「なぜそれが彼にわかるのだろう？　眠っているあいだに誰かが彼の耳元でこっそり囁いたのかもしれない。「おまえの名前はグレゴール・ザムザなのだ」と」と提示するが、それも同様である。それはザムザの虫以前の人間時の、あるいは虫の時点での記憶かもしれない。こうして虫と人との境界は曖昧となる。

このとき、ザムザは元の存在から魚、ひまわり、人へという複数の変態の可能性を想定し、魚や花になった方が、人間体のザムザになるよりも遥かに筋が通ると感じていた。このことは人と動植物との連続的な関係を示唆する。

そもそもプラハは、外国の侵略によって治安が悪くなり、「検問所ができて、たくさんの人がどこかに引っ張られていく。（略）いったん目をつけられて引っ張られたら、いつ戻ってくるかわからない」という、人間としての尊厳が損なわれる例外状態にある。そして、鍵屋の娘も「そういう変態的なことを考えるやつがね、世間にはけっこういるんだよ。そしてそいつらはみんな、私ならすぐに簡単にやらせてくれるだろうと思っているんだ」と述べるように、障害者は人間の尊厳が軽視されている。この世界の人間は、人間として見てもらえない。この点で、虫から人間になり未だ人間としては不十分なザムザとは似ている。

さて、この世界での過去の記憶を持たないザムザは鍵屋の娘との会話もちぐはぐになる。

「グレゴール・ザムザさん、あんたとお話するのはとても楽しいわ。語彙が豊富だし」と彼女は乾いた声で言った。

娘は扉の鍵の修理を依頼されて来たにもかかわらず、家人のザムザが曖昧な受け答えしかしないことに対して、簡潔に直接明示する語彙とは異なる豊富な間接的に示唆する語彙を用いていることを楽しいと言うことで、その的確ではない不適格なザムザの言葉にうんざりしているという皮肉を示している。

また、勃起を罵り、「ファックについて考えることとは別に、ただ心臓のせいなんだ」「神様にそう誓える？」と問いかける娘に、その言葉に聞き覚えがないザムザは「神様」と言ったきり「しばらく沈黙をまもっていた」。これは、性的な関係には至らないとは約束しないことを意味するが、「まあ、いいよ、神様のことは。（略）神様はきっと何日か前にプラハから出て行かれたんだろう。」と娘はザムザの言い分を認めてしまう。プラハの人々の危機に対して、ザムザが自分に脅威をそれほど与えないとも判断したからだろう。このやりとりの前には、娘はザムザについて「悪意もなさそうだ。たぶんうまく知恵が働かない」だけで、「育ちはよさそうだし、顔立ちもなかなかハンサム」で「礼儀正しい」と外見的には評価していた。さらにまた会いたいと告げるザムザに娘は「あんたはあたしには育ちが良すぎる。ご両親だって、大事な息子が私みたいな娘とつきあうのを歓迎しないだろう」と「以前ほど冷ややかではな」い声で答える。これは婉曲的な断りとも考えられるが、あるいは単に修理業務の円滑な実施のために顧客との良好な関係を保とうとしたのかもしれず、一方で娘は障害を持つ自分を奇行を行うザムザよりも低く見て、恋愛関係になる可能性も考えたのかもしれない。

「世界が今まさに壊れかけていても、そういうものごとのあり方をそのままこつこつと律儀に維持していくことで、人はなんとか正気を保っているのかもしれない」という娘の言葉は、非日常的な大状況の中で小状況の日常を営むことに価値を見ている。この日常とは仕事と恋愛である。このため危害を加えられない限り娘は顧客である頭の弱いザムザにサービスし、あるいはまた会えるかというザムザの問いかけに「誰かに会いたいとずっと思っていれば、きっといつかまた会えるものだよ」と答える娘の声は「僅かに優しい響きを帯び」ることになる。むろん、この響きはザムザの主観的な判断にとどまるのであるが。いずれにせよ、主観的にはザムザは娘に受け入れられたと感じ、「胸の奥がほんのりと温かくなった。そして自分や魚やひまわりでなかったことがだんだん嬉しく思えて」くる。

チェコ事件（とは断定できないが、それに類する軍事的緊張）において、特定の思想的立場に基づく選別によって人が人を殺す世界では、主権者は人を殺すことで人たりうる。殺される人間は法の保護の外側に置かれるが、同時に殺す者も法の外側に置くことになる。ロレッドは「主権の論理は、主権者がその権力を行使できるようにするために、その存在をいわば例外の論理に従うものとすることによって、主権者がある仕方で法の外の立場にいるように命じるのだ。このことから主権者の獣との同一化が生じ、これを糧にして主権が獣にとり憑く[11]」と指摘する。人を殺すことで獣、動物となってしまう人間に対して、元は虫であったらしいザムザは殺さず「心ゆくまで話し合」うことをめざし、この世界を「学習」しようとする。人と動物との境界が曖昧な世界で、ザムザは人として生きようとするのである。

［**注**］

（1）パトリック・ロレッド『ジャック・デリダ　動物性の政治と倫理』（勁草書房二〇一七・二）二一～二二頁。

（2）前掲『ジャック・デリダ　動物性の政治と倫理』五四頁。

（3）無署名「テリー・ファリッシュ『ポテト・スープが大好きな猫』」（『現代の国語2学習指導書』三省

堂二〇一六・三）二九四頁。

（4）前掲「テリー・ファリッシュ『ポテト・スープが大好きな猫』」二九七頁。

（5）前掲「テリー・ファリッシュ『ポテト・スープが大好きな猫』」二九〇頁。

（6）注4に同じ。

（7）前掲『ジャック・デリダ　動物性の政治と倫理』三四頁。

（8）前掲『ジャック・デリダ　動物性の政治と倫理』四〇頁。

（9）注5に同じ。

（10）前掲『ジャック・デリダ　動物性の政治と倫理』八〇頁。

（11）前掲『ジャック・デリダ　動物性の政治と倫理』六七頁。

III　視覚性と物語

1　解釈的断片性――『ふわふわ』

一　はじめに

村上春樹『ふわふわ』（講談社一九九八・六）は、「ぼく」が飼い猫だんつうとの思い出を通して年老いた猫が好きなことを語る絵本である。

テクストの冒頭と結末は共に「ぼく」が年老いた大きな猫を好きだと語る。その間の本編部分は年老いた大きな猫への思いとだんつうとの思い出を語る。結末部分では本編部分が猫を好きな理由とされる。「ぼく」は、「長いあいだ使われていなかった広い風呂場を思わせるような、とてもひっそりとした広がりのある午後に、太陽の光のあふれた縁側で昼寝をしているとき、そのとなりにごろりと寝ころぶのが好き」であり、「やがてごろごろと猫がのどを鳴らしはじめるのを聴くのが好き」であった。「ぼく」は、ある種の空間的感覚が好きなのである。

このテクストにはほとんど先行研究がないが、回想形式や二元論的世界観など村上春樹文学のエッセンスは『ふわふわ』にも看取できる。また、絵本は挿絵と文字の複合メディアでもある。そこで、本章では基礎作業の一環として、第二節ではタイトルと挿絵と本文、第三節では春樹的直喩、第四節では重要なトピックであるいのちの空間、第五節では語りのノスタルジー性についてそれぞれ検討する。

二　タイトルと挿絵

「ふわふわ」のタイトルは猫の毛の柔らかさを指すと共に猫の柔らかさ、猫が持つ温かさや生命力、だんつうと過ごした「ぼく」の温かな気持ち、猫のいる世界の空間的質感をイメージするオノマトペである。また、猫の柔らかさや温かさは、猫への優しさを生み、癒しをもたらす。

挿絵は、『ふわふわ』では、テクストの周縁部に位置する補助的要素ではなく、基本的構成要素である。なぜなら、挿絵が喚起する物語と本文が喚起するイメージとは相補的な関係にあるからである。挿絵は視覚的イメージの部分的実体化であり、物語の理解ではテクスト中に描かれない登場人物の心情の推測や出来事の推測、物語全体や登場人物への評価が、テクストレベルを越えた表象として構築される場合がある。挿絵は、多様にイメージされうるそれの限定的方向付けであり、映像化作品とないしノベライズ作品に対して原作視聴者から不満が出るのは、本文のイメージと映像化作品との間の葛藤が起こるためである。

挿絵は本文の書き手と同一の書き手が描いたものとそれぞれの書き手が異なるものとがあり、『ふわふわ』は本文村上春樹、挿絵安西水丸という合作絵本である。とすれば、挿絵は本文に対する解釈的イメージを持つ間テクスト的な表現であり、複数の作者を持つ間作者的な表現である。

挿絵は本文の解釈的表示であり、比喩的な関係にある。この本文と挿絵の関係は以下のいくつかの類型[1]に整理することができる。

①情報整理型　具体的　人物紹介、次回予告等
②情景反復型　具体的　写実的な物語と絵の対応関係
③情報解釈型　具体的・抽象的　解釈的な物語と絵の対応関係

このうち、『ふわふわ』では、情報解釈型が多い。描かれる猫は毛がふさふさしているが模様のない猫であり、本文の解釈的提示である。

村上春樹には『ふわふわ』以外にも絵本があるが、『ふわふわ』は、『羊男のクリスマス』（講談社文庫一九八九・一一）・『ふしぎな図書館』（講談社二〇〇五・二）と異なり、本文のストーリーと挿絵とは情景を等しくしているわけではない。『ふわふわ』のような解釈的関係の絵本には他に『夜のくもざる』（新潮文庫一九九八・二）・『象工場のハッピーエンド』（新潮文庫一九八六・一二）があるが、これらはショートショート集であり、テクストと挿絵とは逐一対応しているとは言えない。

『ふわふわ』の講談社文庫版（二〇〇一・一二）の挿絵は、以下のようなものである。

カバー：猫の上半身、タイトル。1頁：横たわった猫の全身、前向き。2〜3頁：猫の顔とトレイ。6〜7頁：猫の背中と図形。10〜11頁：猫の上部と貝殻。14〜15頁：猫の尾とピエロ人形。

18〜19頁：猫の顔と地球儀・UFO。22〜23頁：猫の尾とラジオ。26〜27頁：目を閉じた猫と塔、レコードプレーヤー。30〜31頁：猫の尾とヨーヨー、ペンギン人形。34〜35頁：猫の上部と橋、小山。38〜39頁：猫の背中と飛行機、UFO。42〜43頁：猫の顔と鳥、観葉植物。46〜47頁：横たわった猫の全身、後ろ向き。48〜49頁：縦じま。

このうち、貝の絵は後述の猫の時間を聞くことの象徴であり、「猫は何かを差し出すように二つの前足をそろえ」とある時、挿絵の猫の前に二つのものが置かれる。また、前向きの猫は猫を紹介する時や重要な展開で大きく顔の絵が紹介されることが多く、寝ている猫は大きな感じ、後ろ向きの猫は、連れ戻された場面での決意を示し、猫の一部は猫の存在感を示す。そして、挿絵には「ぼく」の像がなく、「ぼく」が猫を観察する視点の位置を占めている。ストーリーとは一見関係のないUFOやヨーヨー等の事物は、「ぼく」がだんつうと遊んだ少年時代にふさわしい小道具として配置された要素であり、猫と小道具を共に引用し組み合わせた構成的なテクストとして、『ふわふわ』の挿絵があることを意味する。

一方、本文は「ぼく」の回想形式によるノスタルジーを基調としているが、挿絵はそうした時間的標識をもたないと補足しておかねばならない。「絵とは時間を越えて語られる作者の語りかけであり、時間軸にそって物語ろうとする試みを少なくとも一時的に宙吊りにする永遠の瞬間(2)」である。

三　直喩

「ぼく」は猫といるとき、「あらゆる考え事を頭から追いはら」い「ぼく自身が猫の一部になったように」うに感じる。動物絵本は動物に言葉を話させるナンセンス・ファンタジーを基本原理とするが[3]、『ふわふわ』は「ぼく」の内面性にファンタジーの根拠を置いている。「ぼく」は、外界を切断して自己にとっての内的価値を求めている。

「ぼく」が猫とふれあう「長いあいだ使われていなかった広い風呂場を思わせるような、とてもひっそりとした広がりのある午後」とは、静かで寂しい午後である。それが「長いあいだ使われていなかった広い風呂場」という活気が失われてしまった広がりをもつ空間、そして「とてもひっそりとした広がり」という人気のない広い空間として、午後の時間が捉えられる。人々の活気のある世界からは忘れ去られたような時空間として、その午後が位置づけられる。また、その午後に「ぼく」がいるのは「太陽の光のあふれた縁側」であり、そこは世間からは忘れられた温かい光に充ちている。

そこで、猫が喉を鳴らす音は「まるで遠くから近づいてくる楽隊のように」、「やがて夏の終わりの海鳴りみたいに」大きくなる。始めは無かった音が「鳴らしはじめ」られ、「だんだんおおきくなっていく」様が喩えられ、その音を生む猫のおなかが「せり上がり、また沈む。せり上がり、また沈む」様が「まるでできたての地球みたいに」と、火山活動や地震が盛んであり地盤が揺れ動いていた誕生まもない地球として、捉えられる。つまり、始まり大きくなっていく音のリズムは、猫→楽隊→海鳴り→できたての地球へ、小さなものから大きなものへと繋げられる。猫の呼吸から、無機的な地球はいのちを持ち、猫は地球と同じ大きさの世界を持つに至る。思えば、挿絵と本文のページと、本文のみのページとは、見開き二ページ置きに交替で配列されることでリズムを作りだし、呼吸のリズムと相同的なものとなっている。そして、そもそも猫が喉を鳴らすのは「ぼく」を信頼し「ぼく」といることに安心しているからだとすれば、「ぼく」は猫を通していのちとしての地球と結びつく。

「ぼく」と猫とは「からまりあうようにして、まるでおなじあの泥水みたいに」いる。「泥水」は土と水が混じったものであり、糸がからまりあうのと等しく、「ぼく」と猫が分かちがたい関係であり、「おなじみの」は「ぼく」と猫との結びつきが見慣れていて自然であることを意味し、「ぼく」は猫と命ある空間を共有している。だが、「世界にはぼくらだけしかいないみたいに感じられる」ように、「ぼく」は他者の存在を無視して一体感を獲得している。とすれば、「泥水」は汚く誰も相手にしないという両義性を持つ。

「ぼく」の指は猫の毛にそうしたリズムが作り出す時間の流れを感じ取る。その「猫の時間」は、「まるで大事な秘密をかかえたほそい銀色の魚たちのように」「時刻表にはのっていない幽霊列車のように、猫のからだの奥にある、猫のかたちをした温かな暗闇を人知れず抜けていく」。ここで、「大事な秘密を抱えた細い銀色の魚」はこっそり密かに動こうとする小さなものを、「時刻表には載っていない幽霊列車」は人が知らない静けさを意味する。そして「猫の時間」は「猫のからだの奥にある、猫のかたちをした温かな暗闇を人知れず抜けていく」のであり、大事な秘密や時刻表に乗っていないものは実体ではなく人が捉えるのが難しく、幽霊列車や銀色の魚は透明感のある、手では捕まえられないものであり、それはさらに暗闇というベールによって隠されており、「猫の時間」の得難さ、かけがえのなさを示している。そもそも「猫の時間」は猫の毛を通して感じるのだとすれば、猫の毛のつややかさや規則性のない毛立ちから幽霊列車や銀色の魚のようなものとして得難きを得るものである。

「ぼく」は猫との関わりや一体化を通じて日常的な世界、社会からは離れた空間を感じとり、作り上げていた。猫がいる午後は人々が気づかない時間である。そして、「ぼくらの世界を動かしている時間とはまたちがった、もうひとつのとくべつな時間が、猫のからだの中」にあり、「ぼく」は「猫の毛の中に、そのような時間の流れかたを感じる」ことができる。「猫の時間」は日常の時間とは異なる時間として空間的に捉えられている。直喩はこうした二重性を作り出していたが、直喩は後半では消えていく。

前半の物語は猫が好きな「ぼく」の気持ち、「ぼく」が猫をどう捉えているのかが語られ、後半ではだんつうという猫との出会い、思い出が語られている。その点で、「ぼく」の猫への気持ち、「ぼく」だけが把握できる猫との世界を説明するために、AとBとの距離のある非日常的・意外性のある結合を行う直喩が前半では使われ、後半では出来事を語るためにAとBとの距離が違い隠喩や日常的な構文が使われていると考えられる。

四　いのちの空間論

直喩の項でも触れたように、「ぼく」は猫と呼吸のタイミングを合わせ猫とリズムを同調させて「猫の時間」を感じると共に、「まわりのだれにも」そして「猫の時間」にも「ぼく」が感じていることを気づかれないようにする。「ぼく」は人々とは距離をとって猫の時間の側によりそいつつ、猫の時間とも乖離している。だから、「猫はそこにいる。でもぼくはそこにいて、そこにいない」と「ぼく」は語るのである。時間を感じることはできてもその時間の中にはいない。猫の一生と「ぼく」の一生は違い、猫の内側の時間＝生命を想像＝創造できても「ぼく」の実体は猫の外部にいる。
そもそも、猫の毛は「太陽の温かさをしっかりと吸いこ」み、いのちの「いちばん美しい部分」を教えてくれる。猫の毛は猫の生命活動による体の動きを一番体の先端で繊細に伝える媒体である。猫は太陽の光の温かさを吸収した命の固まりである。だが一方で猫には「暗闇」もある。光と闇は対極ではなく、光を受けた存在は「温かさ」をもち、いのちの美しさを示せるようになる。いのちの美しさとは温かさのことである。
そして、「ぼく」は次のように語っていた。

いのちの一部が数かぎりなくあつまって、この世界のそのまた一部をつくりあげているのだということを、ぼくに知らせてくれる。この空間に存在しているものは、きっとどこかべつの空間にも存在しているのだ。ぼくはそのことを感じる。ぼくはやがて、ずっとあとで、どこかべつの場所で（思いもかけないような場所で）、それを知ることになるだろう。「なあんだ、ここにあったのか」と。

「ぼく」は、ここでいのちの一部が集まって世界の一部を形成するという、いのちの空間論を主張している。人々が見ることができない空間としていのちは存在し、それを表面的にぼくが感じることができる。このようにして、いのちは分割されその一部が集まって集合を形成する。その集合は「この空間」とここではない「別の空間」に存在している。こちら側とあちら側の二つの世界があって、しかもその二つの世界は背後で連続・通底・呼応しあっている。それは今ではなく「ずっとあとで」、ここではなく「思いもかけないような場所で」理解される点で、直線的なつながりではなく、点線的・波線的なつながりである。『ふわふわ』のテクストがリズム・響きを生むこととも対応する。

長くて白いひげが、ときどきなにかを思いだしたみたいに、ぴくりと小さくふるえる。庭のすみのほうには白とピンクのコスモスの花がかたまりあって咲いていて、だから季節はきっと秋だ。どこか遠くから、ちいさく音楽が聞こえてくる。遠くのピアノ。長くのびた空の雲。誰かがだれかを呼んでいる声。コスモスと、そのちいさな音楽は、そしていくつかの世界のこだまは、猫の時間とともにいる。

猫の長く白いひげ、長く伸びた空の雲は、「猫の時間」の時間的長さ、空間的広がりを示す。また、コスモスが庭のすみにあること、ピアノの音が遠いこと、音楽が遠くから聞こえること、庭、ピアノ、音楽など日常のものが小さく遠く周辺にあるということは、「猫の時間」と現実世界との距離の遠さを示している。「ぼく」と猫は、ほかのだれも知らないかくされた猫の時間によって、ひとつに結びあわされている」と感じる。大きな、といっても大人から見れば小さな、猫のもつ「猫の時間」というリズムによって、ぼくと猫とは結びつき、そしてそれだけではなく、コスモス、ピアノ、雲、声はこだまによって響き合い共振することで結びあわされる。一つ一つの小さないのちであるそれらは共鳴し合い集合する。音楽もこだまもいのちの響き・リズムであり、その故に「ぼく」も猫もいのちあるものとして結ばれるのである。

結末近くで「ぼくは指先でそのいりくんだ模様の地図をたどり、できたばかりの記憶の川をさかのぼり、見わたすかぎりに広がるいのちの野原を横ぎっ」たという。いのちの野原とはいのちの広がりであり、いのちの野原を横ぎるとは生きていくということである。人生は空間を通過する旅なのである。

五　ノスタルジーの語り

ここでようやく「ぼく」の語りについて言及できる段階になった。

『ふわふわ』の物語は前半と後半とで、年老いた猫の話からだんだんつうの話へとして、一般性の話から特定性の話へと変わる。だ形の文末は非過去形的な総称的・一般的な経験性を語るのに対し、した形の文末は過去形として「ぼく」の経験した具体的な出来事を語る。前半部分は具体的な個別的出来事ではないが、具体性を帯びる瞬間がある。それが前節末での「猫の時間」の空間性を示す引用場面での「季節はきっと秋だ」という瞬間である。

その前の「ぼくはやがて、ずっとあとで、どこかべつの場所で（思いもかけないような場所で）、それを知ることになるだろう。「なあんだ、ここにあったのか」と。」という先説法は、通常の日常では気づくことはできないが、それを知る特別な機会が「ぼく」にはあるという予測として、ここまで読んできた読者には把握されるだろうが、この「秋だ」という言葉で物語の前半が過去の情景を提示するものとして捉え返される。この結果、「ぼく」がそれを知り得た特別な機会を全て経験した時点からこの物語は語られていることになる。二つの世界が通底していること、「ここにあったのか」という再発見は、かつて失われた世界の片割れを新たにこの世界で見つけたことを意味する。猫を通して捉えたいのちの温かさ、かけがえのない幸せを別の時、別の場で別の形として手に入れる。

秋の場面では、コスモスの花がかたまって咲いている。コスモスの花言葉は白が美麗、純潔、優美であり、ピンクが少女の純潔である。そしてそのコスモスは庭の隅にあるのであり、若き日の思い出との距離を意味する。「季節はきっと秋だ」という秋のイメージは、紅葉、夕焼け、赤とんぼ等があり、赤は暖かみのあるものであると同時に枯れる、終わるというイメージがある。ここから「ぼく」の老いと温かみが看取できる。

ではこの別の時、別の場とはどういうことか。後半部からは語られる過去と現在の関係が読み取れる。

　ぼくがその猫といっしょに暮らしていたのは、小学校にあがったばかりの六歳か七歳のころのことだった。

「ぼく」は、「ぼく」と猫との間に「それほどの大きさの（あるいは考えかたの）ちがいはない」と語る。子どもとはいえ人間と、いかに大きいとはいえ猫とは大きさには違いがある。また猫の考えなどわかるはずがない。猫を生命活動の動きの点で生まれたての地球に喩えることで「ぼく」と猫の年齢差は無化され一体化される。

ヒントになるのは「ぼく」とだんつうとの類似性である。だんつうは「ぼく」の家にもらわれた後もとの飼い主のもとに二度戻っていった。その後は二度と「ぼく」の家から逃げようとしなかった。

　兄弟がいなかったせいもあって、ぼくは学校から帰ると、いつもその猫といっしょに遊んだ。


「ぼく」とだんつうは似たもの同士であった。兄弟がいない点、不安で本来の居場所がない猫と孤独なぼくという点、そして、猫の中にある、人が忘れかけていた命の温かさ、魂という見えないもの、いのちを支え合う心を「ぼく」が理解できるという点で、「ぼく」と猫は似ている。それは、「ぼく」は猫の時間の大切さを理解でき、そして猫はそうした猫の時間を自ら維持しつづける点で相補的なのである。

「ぼく」は「いのちあるものにとってひとしく大事なことを猫から学」ぶ。それはいのちとは猫の温かさ・やわらかさであり、太陽とつながった幸せである。猫と「ぼく」は新しい場所に幸せを伝えるのであり、「ぼく」は読者に向けて幸せを語る。

　それは、猫とであったからなのか、暖かい布団に入った瞬間の気持ちなのか、家族に囲まれて温かい気持ちなのか。「ぼく」は「そんなわけで今でも、ぼくはこの世界に生きているあらゆる猫たちのなかで、だれがなんといおうと、年老いた大きな雌猫がいちばん好きなのだ。」と言っている。それは「ぼく」がつかめた限り生きるものに大切ないのち、いのちにとって重要な温かさなどについて教えてくれたからである。

　現在の「ぼく」は、もうだんつうとは暮らしていないし、年老いた大きな雌猫はだんつうとは限らない。しかし、だんつうへの想いは、より多くのだんつうへ、年老いた大きな雌猫へと向けられる。

「ぼく」は、だんつうと過ごした日々を回想し、挿絵の無時間性もだんつうのイメージを現在に想起させ、それによって猫の時間を今、再び生き直す。この点で、「ぼく」の語りの基調ともなるノスタルジーは、生きられた生の回帰・再生を意味するのである。

［注］

（1）塩田英子「文字テロップと推論モデル」（『表現研究』二〇〇一・一〇）五〇頁の文字テロップとTV画面の三類型に基づく。

（2）J・ヒリス・ミラー『イラストレーション』（法政大学出版局一九九六・一二）八九頁。

（3）矢野智司『動物絵本をめぐる冒険』（勁草書房二〇〇二・九）一〇一頁参照。また、佐々木宏子『絵本の心理学』（新曜社二〇〇〇・三）のいう変換・見立てとふりで言い換えれば、「ぼく」が「猫の時間」を感じるのは、猫の身体が別空間へとつながり、それを感じられるふりをしているためである。

2　写実的物語性――クリス・ヴァン・オールズバーグ『西風号の遭難』

一　はじめに

クリス・ヴァン・オールズバーグ著・村上春樹訳『西風号の遭難』（河出書房新社一九八五・九）は、崖の上のヨットの残骸を見た「私」に、遭難した少年が見知らぬ島で空飛ぶヨットの操縦法を教えてもらいヨットを飛ばせることに成功するが、自慢しようと地元の教会に近づいたとき墜落し足を骨折したという風変わりな話を語り終えた傍らの老人は、船乗りだからとびっこをひきながら去って行くという絵本である。

『西風号の遭難』は見開きで左ページに文字、右ページに挿絵という構成であり、挿絵は全部で一四枚ある。考察の便宜上、各挿絵を挿絵①～挿絵⑭と呼称する。

まず、挿絵①には「海を見下ろせる～横たわっていたのだ」という叙述に対応する場面が描かれるが、挿絵にはヨットの残骸のそばに「私」も描かれている。文字テクストでは「私」は語り手であるが、それを対象化できる限りで挿絵の写し手は語り手とは不一致であり、ヨットの残骸が距離をもって描かれるように離れたところから描かれていることから、「その朽ちた木々のあいだに腰を下ろし」ていた老人も写し手とは異なる。また、挿絵②~挿絵⑬では、語り手は老人であり、写し手は老人と第三者が想定される。挿絵⑭では挿絵①と同じく「私」が語り手であり、「私」と老人が距離をもって描かれている点で挿絵①と同じく写し手は第三者である。

挿絵と本文が対応しない『ふわふわ』等の春樹の創作絵本とは異なり、春樹の他の翻訳絵本と等しく『西風号の遭難』の挿絵は物語の展開と対応し、場面のイメージ化の補助として機能する。また、『ふわふわ』に比べれば写実的な画風であるが、村上春樹が、「空の色にしても海の色にしても、それは本来の空や海の色ではない。注意深く眺めてみれば、その色は不自然と言っても差し支えないくらい誇張され変形されている」(「訳者あとがき」)と指摘するように、異化されている。

たとえば、挿絵④では、「空は暗黒と化し」という叙述に対して、暗い空はごく一部で、上の方は晴れており、ヨットも明るく描かれている。挿絵⑫では、西風号は教会のすぐ横まで到達しているが、「ぐらぐらと揺れはじめた」叙述に対応する描写はない。挿絵⑬も、「枝の折れる音や帆の裂ける音」という叙述と異なり、ヨットも林の木々も、静かで穏やかな描写である。こうして文字テクストと挿絵テクストとは葛藤が生じている。

本章では、以下において、文字テクストの分析を試みることにする。翻訳テクストではあるが、原典との比較ではなく、翻訳された結果としてのテクストが何を意味しているのか、『西風号の遭難』の物語世界の二元論的な越境が何によってもたらされ、そうした事態がなぜ語られるのかを考察したい。

二　越境の風

老人が聞かせるのは「風変わりな話」であり、その話で少年の乗るヨットは「西風号」であり、風による非日常世界との交流がテクストでは語られる。ヨットの名前につけられた「西風」は、たとえば、パーシー・ビッシュ・シェリー「西風に寄せる歌」では目に見えぬ霊性・神性を持ち、変革と共に破壊をもたらすように描かれており、通常のヨットとは異なる飛翔と世界の越境が可能な「西風号」の名称は少年の人生の崩壊を予告しよう。

少年は、「村の人々やあるいは海そのものに向ってどれほど自分の腕が良いかを見せびらかすという、そのためだけ」に操縦する高慢な男だが、語り手は「舵とりの腕はたしか」というように腕の確かさも認める。「どんななぎのときにも風をちゃんと拾うことができ」る少年は、大人の注意を「笑いとばして」いくように、風との相互交渉によって世界と関わることができた。風をうまく利用することでうまく船をあやつることができた。しかし、少年は、漁師や見知らぬ島の住人に制止されても聞く耳をもたず、強引に自分の望みを実現しようとする。単独行動を行うことは共同体には居場所をもたないことであり、共同体からの逸脱を意味する。

少年は、嵐に漁師に止められてもこちら側から船出し遭難して見知らぬ島に着き、島から夜に船出し空を飛びこちら側の教会に接近し制御不能となり墜落する。島と海岸とは非日常的世界と日常世界として区別される。対立する理法や異なる秩序が嵐・風によって切断されることで境界が生まれるが、切断された世界を交通させるのも嵐や風なのである。境界には嵐がある。そこに近づくには「強い風がもう既に吹きはじめ」たり、「夕暮どきの微風は夜になってその勢いと冷ややかさを増してい」くこと、あるいは「風向きが変」わり「再び風が変」るように、風が制御不能になることが必要なのである。風はこの世界を循環しているが、流れが乱れ、変わるとき世界が変貌する。

同様に、見知らぬ島の唄「陸の風は気まぐれな風よ／陸を飛ぶ船乗りの運命は／いつも同じ」は、陸を飛べば思うにまかせぬ風でうまくいかなくなることを意味する。つまり、風は突然変化し船乗りは制御不能の事態を回避できないことを含意する。あちら側とこちら側が交通できるときには嵐があり、行きには「突然一陣の突風」が吹き少年は失神し、帰りには「風向きが変った」・「再び風が変った」ため制御できず墜落する。

嵐に遭うことと、夜に旅立つこと、あるいは教会に接近することとは大自然や神等の大きな力によってそれぞれの世界内での人為から離脱することである。あちら側でもこちら側でもヨットは水の力では戻れそうにない場所に乗り上げる。あちら側の島のブルーは生と死の境界を越えたと言えようが、少年はこちら側とあちら側の境界を越えるのである。そうした越境は「きっと嵐の波にはこばれて暗礁をのりこえてきたんだろう」とあちら側で漁師が言うように、嵐による非日常によってもたらされているとも言える。

ところで、こちら側とあちら側とは海上の帆船の飛翔の有無で区別される。陸上での飛行を戒める唄が見知らぬ島にあることは陸上を飛ぶことの禁忌が唄としてあるように帆船の飛行システムはほぼ海と空の間の風に由来するようだが、帆船の飛行が可能なのはそこが非日常的世界だからである。こちら側の教会への接近で墜落することは帆船は空を飛ばないという日常世界の理法が教会によって守られ、教会による理力が日常世界を覆うことを意味しよう。また、少年は昼間に「波の上を飛ぶ方法を習」っているときは、「ヨットを浮かびあがらせるその風を帆にとらえることはできなかった」が、夜には「ボートを前に進め宙に浮かびあがらせてくれる風を探りあて」ることができた。ここから、教えられる客体ではなく操縦する主体となったとき、少年は空を飛ぶことができると言えよう。みんなに自慢したいという少年の高慢さと結びついたとき、共同体の秩序と衝突する。少年が教会に接近し墜落することは、教会の権威を汚しうることに対する処罰でもありうる。それは、いずれにせよ、この物語の日常世界での主体化が超越的な神に対する信仰に基づく生を必須としていることを意味している。

三　語りの枠組み

ところで、ヨットの残骸に注目する「私」に気づいた老人は「まるで私の気持を読みとったかのように」問いかける。「そよ風が木々のあいだをとおりすぎ」たことに気づいて老人は航海に出ようとする。空を飛んだヨットと風に関わる老人は、空飛ぶヨットに魅せられて人生を棒にしてしまった少年と行動パターンを類似し、「気持ちを読みと」るかのような反応は老人自身が航海の物語を話したいと思っていたからと言えよう。

老人は崖上の朽ちたヨットの残骸に①嵐で打ち上げられた、②空から墜落したという二つの説を提示する。また、物語世界内の少年と物語世界外の老人との関係はa同一人物、b別人という二つの説が想定しうる。こうして二つの説が対比されることで、一方の説の成り立ちがたさから、もう一方の説を信じるように語りが仕掛けられている。

もっとも、a・bはともかく①・②は排他的関係ではない。①・②はいずれもありそうにない説であり、たとえば、陸上移送中にヨットが壊れて放棄したということも場合によっては想定しうる。また、②は共同体には受け入れがたいことは老人も少年も悟っている以上、老人が「私」に②を真実として信じさせようと思っているわけでもないだろう。とするならば、老人が示したいのは現実とは「別の話」、すなわち虚構の話なのである。

また、テクストの導入として「私」は海岸伝いに旅をしていた当時を回想する。回想とは出来事との距離化であり、この距離が現実にはない出来事も虚構の物語としてリアリティをもつことが可能なのである。

3　現勢化／潜勢化という方法――『アフターダーク』

一　はじめに

村上春樹『アフターダーク』（講談社二〇〇四・九、講談社文庫二〇〇六・九）は、「私たち」という一人称複数形の語り手が、美人で注目される姉・エリに距離感をもつ主人公マリが、大学生の高橋、中国人娼婦や、カオルらアルファヴィルの従業員らとの交流によって、姉との一体感を獲得する経緯を深夜23時56分から翌朝6時52分に至る18章で語るテクストであり、従来、「私たち」の視点を監視社会と関連づけ[1]、その描写を交換可能性への嫌悪と捉え[2]、ヒロインの成長物語[3]やアダルトチルドレンの物語[4]として読まれてきた。

『アフターダーク』では、真夜中の都市空間の中を人々は歩いて移動し、マリが携帯をもたず、高橋がマニュアルやシステムを拒否するように、連続性の場の中で計算論的操作への嫌悪が一見あるかのようである。一方、エリの部屋にあるテレビの向こう側の世界や、鏡の向こう側にも現実空間とは異なる空間があり、そこではエリの変化、残像の自律化などが生じる点で不連続性・断続性があるかのようである。また、アナログ時計の図と「ａｍ」／「ｐｍ」の文字からなる時計アイコンは、世界が連続的に移行する一方で、「ａｍ」／「ｐｍ」の切り替えで飛躍・断続するという二面性の象徴のようでもある。また、エリとマリとの一体化の思いや、報復メッセージの誤配は、他ならぬことと他でもありうること、結合と脱結合の問題が示されるようである。

本章は、こうした『アフターダーク』を作る方法をテクスト分析に即して見出すことを目標とする。第二節では交換可能性を提示する「私たち」の語りをメタコミュニケーションの顕在化として捉えることで叙述対象の現勢化／潜勢化が生じることを明らかにする。第三節では物語内容レベルでの現勢化／潜勢化の一例として白川の暴力と計算論との関係を整理する。第四節では現実とは異なる空間を志向する飛躍や断絶のモチーフである部屋や夢や鏡を、テクストの時空間を連続化／不連続化する半透明のメディアとして捉える。本章の前半の第二節から第四節では語りや人物の行為、物語世界のモチーフレベルでの非連続・非因果的な現勢化／潜勢化の事例を確認する。本章の後半の第五節から第七節では人物レベルのプロットである和解の内実を考察する。和解・一体化も非連続的・非因果的な事態を隠蔽することで成立しているからである。第五節では、交換可能性を忌避する立場が別の交換可能性をもたらす意味をおさえる。第六節では一体化の信仰による解決が信仰に過ぎないことの意味を確認する。第七節ではメッセージや事態の生起の不連続性がもたらすテクストの帰結について考察する。

二　非連続・断絶する語り

『アフターダーク』の「私たち」は、「鳥の目」や「架空のカメラ」や「テレビ」を通して、または観念的な視点となって物語の世界を見る。

私たちはひとつの視点となって、彼女の姿を見ている。あるいは窃視しているというべきかもしれない。（2）

「私たち」は「観察はするが、介入はしない」「中立的」な「侵入者」（2）として自己規定しており、先行論では大澤真幸氏は、「私たち」を「「監視社会」の「個人認証装置」として解釈[5]」し、渥美孝子氏は「「監視」と「見守り」という二義的存在[6]」だと指摘し、清水良典氏は、「小説的な描写を、徹底的にスクリーン上のカメラの動きとして翻訳[7]」したものと捉える。また、「私たち」の描写を勝原晴希氏は「この世界の「物」が「記号」であるから[8]」「無機質で無表情[9]」だとするが、片山晴夫氏は「リフレインや対句を多用する表現技法[10]」を指摘する。「私たち」のデニーズの店内描写は機能性を評価しつつ、「面白みはない」と寸評するように主観的で、語り手が自己規定する無機質とは言いがたい。

さて、観察する／される関係でテクストを読むことを促してきた「私たち」は、「同時進行的に、ここで生起する出来事とマリとの関わりの帰趨を追[11]」う。

私たちは判断を保留し、その状況をありのまま受け入れるしかなさそうだ。（4）

ここでは「私たち」は自己言及的に実況中継の場面の把え方に寸評を加える。「私たち」の視覚把握のあり方への言及はメタコミュニケーション要素の顕在化である。また、「私たち」という呼称の複数性と、物理的に介入しない透明な存在という規定は「私たち」の中立性を演出し、読者との価値観の共有を騙ろうとする。しかし、渥美氏が、読者は「『私たち』という人称のゆえに、自らの読む行為を「窃視」と意識させられ[12]」ると指摘するように、メタコミュニケーションの顕在化は語りの客観性・信頼性を否定する。こうした伝達における再帰的注意を喚起するメタフィクション性を『アフターダーク』は持つ。

『アフターダーク』の語りは、監視カメラ／見守り、システム／人間性という二項関係では特徴を捉えきれない。

まず、「私たち」は十全な情報を与えられた者として仮構されていない。「私たち」は見逃し／聞き逃しを避けられず、物語世界は断片として与えられ、「私たち」の場面からの離脱に見られる、認知領域の外部はそのまま「私たち」の認知限界となっている。

『アフターダーク』の主題を柴田氏は「流動性に満たさされた主題[13]」と指摘する。確かに次の引用では、変化は視覚的に把握され、テレビ、エリとその周囲の空間の異常が示される。

テレビの画面が突然落ち着きをなくし始める。電波がぐらりと乱れる。浅井エリの輪郭がいくらか滲み、細かく震える。彼女は自分の身体に異変が持ち上がっていることに気づき、振り返ってあたりを眺める。天井を見上げ、床を見下ろし、それから自分の揺らぐ両手を眺める。鮮明さを失っていくその輪郭を見つめる。不安げな表情が彼女の顔に浮かぶ。いったい何が起ころうとしているのだろう？（14）

より正確には、「私たち」の視界は現象が浮上し消滅する現勢化／潜勢化として現れるのではないか。ここで、現勢化／潜勢化とは、連続的・因果的な過程としての現象の流動ではなく、非連続的・非因果的な生起／消失としての現象の生成変化と定義しておく。

私たちは純粋なひとつの点となり、二つの世界を隔てるテレビ画面を通り抜ける。こちら側からあちら側に移動する。壁を通過し、深淵を飛び越えるとき、世界は大きく歪み、裂けて崩れ、いったん消失する。すべてが混じりけのない細かい塵になって、四方に飛び散る。それからまた世界が再構築される。新しい実体が私たちを取り囲む。（10）

ブラウン管の光が次第に薄らいでいく。それは小さな窓のかたちに四角く縮小し、最後には完全に消滅する。あらゆる情報は無となり、場所は撤収され、意味は解体され、世界は隔てられ、あとには感覚のない沈黙が残る。（14）

引用のうち、前者の空間転移と後者の空間消滅は、そこへ／からの「私たち」の移動を描くが、視界において、古い空間が収縮・消滅し、別の世界に転移すると「新しい」要素が現れる。

テレビの電源プラグが抜かれていることを示す。そう、このテレビは本当は死んでいるべきなのだ。論理的に、原理的に。でも死んでいない。走査線が画面に現れ、ちらつき、かすれて消える。それからまた走査線が浮かび上がる。（略）やがて画面に何かが映り始める。（2）身体の中に穏やかな揺れのようなものを感じるからだ。私は今大きな船に乗っているのかも知れない。（10）

次の引用の前者では、電源が切られているにもかかわらずテレビが突然起動するように過程ならざる非因果的な現象が表象される。後者では、現れようとする変動が体内的な異常として非視覚的に提示される。「私たち」の語りはエリやマリら主要人物の内的情報を組み込む点でカメラそのものではなく、不可視の何かが空間の外部や人物の体内から非連続的・非因果的に生起する事態が描かれる。

このように捉えるとき、「エリが明け方になんの理由も語られぬままあっけなく「こちら側」に戻っているのは作品としては、大きな瑕疵[14]」と批判する石川義正氏の把握は再考が必要だろう。石川氏は、「内部と外部の通底器である穴[15]」に注目するように、隠喩の写像関係を穴を通した移動・因果と捉えているようだが、『アフターダーク』の接続は非連続・非因果的であることに意味がある。

したがって、『アフターダーク』の語りは、潜勢化と現勢化の非因果的・非連続的な交替によって織られているのである。

三　計算論と暴力

白川はオフィスの鏡の前で、「自分という存在を、可能な限り背景に溶け込ませ（略）全てを中立的な静止画のように見せかけ」(12)、コムギに防犯カメラの映像を「なんかやたら普通っぽいやつ」（6）と言うように、白川は没個性的に他の事物と同じ客体に一体化する。映画『アルファヴィル』では「ものごとはみんな数式を使って集中的に処理され」（5）るのと同じように、妻との応答もどこかからのカット＆ペーストであるＳＥ・白川は表面的には計算論的な操作、交換可能性を是としているようである。

白川は、中国人娼婦の突然の生理に怒り、殴って身ぐるみ剥ぎ取って持ち去る。

手の方だって相当痛いはずだよ。（略）頭がぶちきれたんだね。あとさき考えてない。（3）相手を理不尽に殴打し、衣服をはぎ取って持っていくようなタイプには見えない。でも現実に彼はそうしたし、そうしないわけにはいかなかったのだ（7）

白川の行動は前者でカオルに非理性的行為と評されるが、語り手には後者で行動は必然と把握される。理性的主体の論理を暴力によって他者に適用することは計算論とは矛盾しないからである。渥美氏も、白川が「そうした自分の行為に、何らの動揺も見せることはない[16]」と指摘する。しかし、実際には白川は動揺してないわけではない。

そこにあるのはただの痛みではなく、記憶を含んだ痛みである。（略）身体はたしかな疲労を訴えているのだが、頭の中に、彼を眠らせまいとするものがある。何かがつっかえているのだ。その何かをうまくやり過ごすことができない。（16）

白川は終始「どうしてこんなものがここにあるのだろう？」という顔をしている。微量の怪訝な表情だ。もちろん彼は、「アルファヴィル」の一室で自分がどんなことをしたのか、そっくり記憶している。（12）

白川にとって娼婦への暴力は、見たように「記憶」に残っており、自分の行動であることを認めている。一方、行動の結果である盗品や痛みに「怪訝」さを感じ「やり過ご」せないように、困惑し動揺してもいる。[17] 白川は、娼婦暴行の計算性・合理性の帰結を、自分の計算性・合理性の規範・想定に照らして許容できず不審に思うのである。

ここから導かれるのは、二つある。一つは白川の計算論的な客体化・合理化の志向は、家族との関わりを拒否するように、自己に親和しないと見なされる他者を排除するという主観性の現れとも捉えられることである。もう一つは、暴力・衝動はその都度の計算の帰結でも、もともとの論理水準からすれば、不規則的であり、いわば偶発的に浮上してくる力であることである。つまり、主体にとって潜勢的なものは突然、現勢化しうるのである。

四　半透明のメディア

二項間の関係を連続的な移行過程として捉えるのではなく、非連続的な生成変化として捉えるとき、二項間の接続＝断絶というモデルは分析に有用だろう。本節では、それをマスク・埃・残像という半透明のメディアから考察する。

「顔のない男」の「半透明のマスク」は男の五感には支障がでない状態で他者に男の顔立ち・表情や思考を隠し、「呪術性と機能性が等しく備わ」り「古代から闇とともに伝えられたものでもあるし、また未来から光とともに送り込まれてきたもの」（4）である。つまり、半透明の仮面は二項対立の「あわい」に位置しつつ、その両極を媒介する。

「顔のない男」とエリが共にいた部屋は「風景もなく出口もない、ほこりっぽい奇妙な部屋」（10）である。埃に満ちた部屋は、空間が閉鎖され、「冷ややかで、かすかに黴臭」く「長いあいだ、掃除されていない部屋の匂い」（10）を伴う。また、鋭い鉛筆をもち「服装は清潔で、こざっぱりしている」（7）白川と似ている「顔のない男」は、先の丸い鉛筆のある部屋で「洋服ごとほこりをかぶり、深く疲弊している」（4）ように対照的である。埃は時間の堆積とともに、経過した出来事の蓄積を示唆すると共に、様々な出来事や主体を埋没させる。「顔のない男」や部屋に積もる埃は、仮面と同様に、「見えるものと見えないものの境界をなすもの[18]」である。

他者のまなざしは、外側から力を加え、自由を拘束し、本来性を減損させる。対象となった主体は、たえず負荷を受けて疲弊し、男はよれよれになり、エリは眠り続ける。これは、マリも同様である。

マリは姉と比較される妹として常に他者のまなざしにさらされ、自分でもそれを内面化して他者に相対する。マリは次のようにこちら側の世界で排他空間を作ることで負荷に抵抗する。

時間をかけて、自分の世界みたいなものを少しずつ作ってきたという思いはあります。そこに一人で入りこんでいると、ある程度ほっとした気持ちになれます。(15)

負荷の記述が次でテレビの影響下にあるとされるエリは、テレビの停止後に戻れる。

部屋にある事物はひとつ残らず、多かれ少なかれ、テレビの発する磁力の影響下に置かれている。(8)

これはメディアの側からのフレーム／レッテルの作用を示す。しかし、考えてみれば、仮面や埃という半透明のメディアは主体と世界をつなぐあいだであり、そこにおいて／をとおしてこそ、世界は主体に現れる。とすれば、あらゆる主体は自己の側からも他者の側からもフレーム／レッテルによって覆われている。

ところで、「顔のない男」はエリとも次の引用で客体化に機能的に類似する。

エリも、顔のない男も、ひとつの姿勢をひたすら維持し（略）沈黙をまもり、筋肉をなだめ、意識の出口を塗りつぶしている。(8)

同様に、白川やマリが、いずれも変化や出現を感じて鏡を見たところ、自分の顔しか映らないものの、本人がその場を去ったあと鏡の残像が自律する場面がある。

> ひたすら気配を殺しても、別のものは出現しない。鏡の中にある彼の姿は、現実どおりの彼の姿でしかない。ありのままの反映でしかない。（12）

> 鏡の中のマリは、向こう側からこちら側を見ている。真剣な目で、何かが持ち上がるのを待ち受けているみたいに。でもこちら側には誰もいない。（5）

前者は白川がオフィスの鏡に期待する場面であり、後者はマリが去った後のすかいらーくの洗面所の鏡の場面である。亡霊のような存在を召喚する鏡は現実に存在する人物と鏡の中に写っている人物として、事態を二重化する。鏡像は、別の自己像を期待されるが、別の自己像はその期待に即応せず、また鏡の外の自己から分離して自律的に機能する。

一方、高橋は鏡像を出現させない。だが、高橋はマリに「過去形を使うのが好きな性格なの？」（1）と聞かれ、自らも「夢の中では、僕はいつも七歳に戻っている」（13）と語るように、現在の状況から外れた言動をし、見る夢は常に過去に囚われる。夢は見ようとして主体的に見るわけではなく、夢でも鏡の残像と同じ不連続な残像が生じている。

こうして複数の似たものたちは、外見や機能の部分的な類似を介して結びつき、単独性は複数性に開かれる。あちら側の空間の住人は「顔のない男」のように声を奪われ、エリの声も「私たち」以外には届かないように、事物の中に埋没している。これは全てが示されるわけではない点でテクストの潜勢的多重性を示している。

部屋や夢や鏡は、現実とは異なる空間を志向する飛躍の修辞なのであり、そこでは、テクストの時空間や主体や声は曖昧に連続化／不連続化する。

五　システムへの嫌悪の内実

交換可能な世界では他人と替えが利くため個別性・必要性としての主体は意識されにくく、法・国家権力から物理的に危害を加えられなくても、主体としての存在意義が社会的に承認されないため、主体は社会不適応状態になる。

高橋も、「あらゆる人間が名前を失い、顔をなくし（略）ただの記号になってしまう」裁判を国家や法律と結びついた「巨大なタコ」にたとえ「恐怖」（9）する。高橋は「僕ら自身の中にあっち側がすでにこっそり忍び込んできている」（9）というように、犯罪者の父と自分が同一でありうる点で否定される立場にあり、法システムの執行によって自分を認めてくれる父が不在だったためである。ここから、渥美氏は、アドルトチルドレンの形成を論じる。[19] しかし、前節でみたように、エリ・マリ・高橋と白川が同じであり、白川の親との関係が描かれないとすれば、アダルトチルドレンよりも、個人的なことは政治的なことであるように、交換可能性を行使する力の局所性が示されているのではないか。

高橋は、『ある愛の詩』の説明で「最後の方はよく見なかった」（9）ためとはいえ描かれていない父の死を捏造する。犯罪者の父と自分との同一性を回避する方法が「一度でも孤児になったものは、死ぬまで孤児」（13）という自己規定や父の死の捏造などの父を切断するレトリックである。

ただし、この父を消去するレトリックは、父としての法システムの否定ではない。注意すべきは、交換可能性が計算論的操作、すなわち力の介入によって、実現ないし否定／評価されている点である。法や裁判を嫌悪する高橋は実は司法試験の勉強を続けている。高橋は交換可能性を否定するが、交換可能性をもたらす法システムに参入しようとしている。

また、高橋の「モラリティーの根幹に関わ」（7）るローファット牛乳への嫌悪は、生乳の無調整な個別性を余剰として排除し均質的に調整した交換可能性を実現した商品だからだろうが、高橋の好むチキンサラダも「わけのわからない薬物を投与され（略）ベルトコンベアに載せられて機械」（1）的に生産される限りで交換可能な商品である。したがって、ローファットを拒否しチキンを食べる高橋のモラリティーとは個人的嗜好、局所的・限定的な価値観に基づいている。つまり、高橋の正義とは局所的である。

ここから導かれるのは、高橋が介入することで高橋化したシステムならば、高橋は是とするという帰結である。いわば、自分の意思、自分にとっての都合が重要なのである。

思えば高橋は、マリの都合を聞かずにマリのテーブルに座り、エリに関心があったために二年前のダブルデートを覚えていたにもかかわらず「君がかわいかったからだよ」（1）と強弁するように、強引に事態に介入する。

彼女は君ともっと親しくなりたいと思っていた。（11）

君のお姉さんはどこだかわからないけれど、べつの『アルファヴィル』みたいなところにいて、

誰かから意味のない暴力を受けている。そして無言の悲鳴を上げ、見えない血を流している。(11)

高橋は二年前のエリとの会話から、前者ではエリのマリへの親しみを語り、後者ではエリの苦しみを代弁する。後者はエリに共感したものだが、郭冬莉への物理的暴力と類似した象徴的「暴力」がエリに行使されたと捉えるように、高橋はエリを弱者として形象し同情する。

高橋はエリの心情を自らが代弁可能なものとして操作し、交換可能な記号としてしまう。高橋の言動は自らの嫌うシステムと同じふるまいをする点でアイロニカルであり、高橋の言葉は限定的な射程しかもたないことは注意しておきたい。

六 信仰の亀裂

むろん、代理表象が暴力を伴うものでも、その全てを否定しきることはできない。高橋が、マリに関わり、エリの思いを伝えることは、カオルら他の人々のサポートによってマリとの間に相互承認を導き、交換可能性の世界で存在意義を獲得する方法と言えるだろう。

「今ではなんだかあの女の子が、私の一部になっているような(略)」「君はその女の子の痛みを感じることができる」(11)

そもそも、前節最後の引用は、ここで掲げた郭冬莉へのマリの同情に呼応した和解への高橋の説得のレトリックでもある。また、他者を認知し理解しようとする姿勢はささやかに他者と関わることで他者との相互承認への道を開きうる。

とはいえ、やはり改めて相互承認の問題を結末での姉妹の抱擁に確認したい。

マリとエリ、一字違い。彼女は微笑む。そして姉の身体のわきで、ほっとしたように身を丸めて眠る。姉と少しでも密着して、身体のぬくもりを伝え合おうとする。生命の記号を交換し合おうとする。エリ、帰ってきて、と彼女は姉の耳元で囁く。（略）目を閉じると、柔らかな大波のように、眠りが沖合からやってきて、彼女を包み込む。（略）窓の外は急速に明るさを増している。(18)

これは、深夜から夜明けに至る中で、周囲を拒否して自分の世界を作り、エリとの間の「歴史というか、経緯みたいなものがある」(11)不和を感じていたマリが、朝の光の中でエリとの絆を深めていく場面である。この点に注目するならば『アフターダーク』のプロットとは、ジル・ドゥルーズの信頼による世界との絆＝結合と言えなくもない。

現代的な事態とは、われわれがもはやこの世界を信じていないということだ。（略）引き裂かれるのは、人間と世界の絆である。そうならば、この絆こそが信頼の対象とならなければならない。それは信仰においてしか取り戻すことのできない不可能なものである。信頼はもはや別の世界、あるいは変化した世界にむけられるのではない。人間は純粋な光学的音声的状況の中にいるようにして、世界の中にいる。人間から剥奪された反応は、ただ信頼によってのみとりかえしがつく。[20]

なるほど、マリは、エリとエレベーターに閉じ込められた幼時の記憶を甦らせる。

私たちは暗闇でひとつになることができた（17）

ここでは、マリはエリとの一体感、エリ（と結びついている世界）への信仰によって、それまでの不和を解消しようとする。これは不可視のエリの意識と自分の意識の接続を感じる次の引用も同様である。

意識はたまたまそこから失われている。（略）それは地底の水流として、どこか目に見えない場所を流れているはずだ。マリはそのかすかな響きを聴き取ることができる。（18）

マリは、高橋らの代理表象の方法をふまえ、一体感や把握によってエリ・世界との絆＝結合を可能にする。それは、自分の思うことが他者の内面となるという交換可能性による信仰である。しかし、これでは、世界の結合の内在的な根拠不在を、世界に対する外在的な信仰へとすり替えることで解消してしまっている。[21]

結末で描かれる姉の微少な動きは覚醒・回復の可能性を示すものである。しかし、それは最終的ではない。テクストの末尾に至るまで姉は復活していない。

このように、結合の必然性を欠いた場所で、信仰によって関係が浮上する。しかし、そこでは、結合の必然性、すなわち正しさを論証することはできない。あくまで確信されるだけである。それが結合の可能性に開かれた理性の盲点なのである。

七　不連続で隣接的な潜勢力

白川がセブンイレブンに置き去りにした携帯電話を後ほど手にした高橋は、メッセージを受け取る。次の引用では中国人マフィアは白川あてのメッセージを読みあげ、高橋側からの声は聞こえない。

「逃げ切れないよ」と男の声が出し抜けに言う。「逃げ切れない。どこまで逃げてもね、わたしたちはあんたをつかまえる」印刷された文章をそのまま読みあげるような、平板なしゃべり方だ。（略）相手が何の話をしているのか、当然ながら高橋にはさっぱり理解できない。「ねえ、ちょっと待ってよ」と高橋は前よりも大きな声で言う。しかし彼の言葉は、どうしても相手の耳に入らないようだ。（略）「あんたは忘れるかもしれない。わたしたちは忘れない」（16）

白川への言葉は、個別白川の罪に対する報復であると共に、日本の中国への侵略の想起のメタファーでもある。[22]また、高橋は、「逃げ切れない」という言葉を「ひとつの隠喩」として「彼個人に直接向けられたものであるように思」（16）う。ここで、渥美氏は、「高橋が自分の個人的問題で「逃げられない」と感じているのは、七歳の時の「孤児」体験の記憶である」[23]と説く。

ただし、テクストでは高橋は自分宛と捉えるのみで孤児体験と関係づけていず、送り元の「わたしたち」が誰かも見当がついていない。「逃げられない」という言葉が機能するためには、高橋自身が囚われていないと思いつつ、囚われているものでなければならない。とするなら、高橋の自らの参入による法システムの変容が、結局は高橋の避けたかった他者を記号化し交換可能にする操作を不可避のものにすることとも解釈できよう。「自分の重心が今どちらの世界にあるのか、高橋にもうまく見定めることができない」（16）ように、高橋はシステムを拒否したつもりで、システムにとりこまれている男なのである。

「不条理な呪いのような残響」（16）であるメッセージは白川ではなく高橋やバイトも受け取るように多元的であり、突然の接続と切断がなされるように、対話の空間は非連続化している。直接的には中国マフィアから白川宛であるメッセージは、多元的に中国から日本へ、誰かから高橋やバイトへ、有意なだけではなく、それとしては機能しない様々な方向性をもち、現勢し潜勢する到来する力である。対話の背後には潜勢力が現勢化し、現勢的なものが潜勢化する不連続で隣接的なメカニズムが作動している。

現勢し潜勢する運動のモチーフに対応するのが、第四節でみた半透明なメディアであるが、ここでは、もう一つゆらぎを確認していく。

人は常に同じであるわけではない。マリはカオルに「本当はそうじゃないときだってある」（5）と言われるようにゆらぐからである。マリが高橋に拒絶としてではなく声かけしたとき、マリは次のように自己の変化に気づく。

それはなんとなく自分の声には聞こえない。私は私であって、私ではない。(16)

ただし、それは状況との関係からその都度主体を有契化することで主体が変容するという社会構築主義的なアイデンティティ観をテクストに対応させることではない。テクストでは、白川、高橋・マリと中国マフィアの男はすれ違うだけで直接には対面しない。『アフターダーク』は隣接的な非連続的な運動の世界なのである。

これはマリの記憶・心情においても同様である。

急に記憶がよみがえったの。出し抜けに。(17)

何かに対して――それが何なのか具体的にはわからないのだけれど――ひどく申し訳ないような気持ちになる。自分が取り返しのつかないことをしてしまった、という気がする。それは前後の筋道がつかめない、ひどく唐突な感情だ。でも、切実な感情だ。(18)

「はっきり思い出せているうちに、誰かに話しておきたいの」とマリは言う。「そうしないと、細かいところが消えてしまうんじゃないかという気がするから。(17)

最初の引用ではエリとの一体感の記憶が突然浮上し、次の引用では贖罪の感情が対象も定かではなく唐突に出現する。マリの心の動きは断続的である。だから、マリは三番目の引用で浮上した記憶としての感情を定着する努力を行う。努力が必要ということは、努力をしなければそれは再び消え去るかもしれない動きである。

一方、エリは結末では微細な身体反応が描かれ、エリが目覚めうることが示唆される。しかし、それまでも家族が不在・就寝中の時期にはエリは活動していたのであり、マリは眠りにはいっており、覚醒は問題の解決になるとは限らない。また、マリのエリへの親愛の情は突如生起した故に、また突然消滅しうるものである。ここでは不和から一体性が生じたが、それまでの経緯として一体性からやがて不和が成立したのであり、ここでの一体性が再び不和に至らない保証はない。

また、時空間的に、以下の引用では、いったん去った「闇」として示される潜勢的なものは、再来しうる。日常空間の原理が通用しない場としての真夜中の「暗黒の入口」=「深い裂け目のような場所」は人物を呑みこみ、吐き出すように世界を変容させる。

朝が近づいていることが気配として感じられる。夜の闇のいちばん深い部分は既に過ぎ去ってしまったのだ。でも本当にそうだろうか(16)

テレビの画面が一瞬ちらりと光ったように見える。ブラウン管に光源が浮かび上がりそうになる。そこで何かが動き始める気配がある。画像らしきもののわずかな揺らぎがある。(略)しかし次の瞬間、画面にはもう何も映ってはいない。(18)

まず、語り手は日常世界の安定性・恒常性に疑念を示している。また、次の引用では、あちら側を支配していたテレビの力が作動しかけ突如停止する。朝がきたことでこの物語は幕を閉じるが、「次の闇が訪れるまでに、まだ時間はある。」(18)という結末が示すように、非日常的な力は日常世界に再び干渉しうるのであり、停止しているテレビも突如として作動しないとは限らない。

結論を要約する。テクストでは複数の空間の関係である全体は実体としては獲得されず、共約不可能な諸要素が並置され、全体はその離接的な間から吹き荒れる潜勢的な力として働くことになる。テクストは多元的で混線的なそうした潜勢化／現勢化する力の時間継起を描写する。潜勢化／現勢化する生成変化の表象が『アフターダーク』の方法である。

［注］

（1）大澤真幸『思想のケミストリー』（紀伊國屋書店二〇〇五・八）。
（2）勝原晴希「暴力装置としての近代」（『日本文学』二〇〇五・一）。
（3）岩宮恵子『思春期をめぐる冒険』（新潮文庫二〇〇七・六）。
（4）渥美孝子「村上春樹『アフターダーク』の居場所」（『社会文学』二〇〇八・七）。
（5）大澤前掲書二三五頁。
（6）渥美前掲論文一〇八頁。
（7）清水良典『村上春樹はくせになる』（朝日新書二〇〇六・一〇）二一四頁。
（8）勝原前掲論文八八頁。
（9）勝原前掲論文八七頁。
（10）「私説・村上春樹『アフターダーク』を読む」（『旭川国文』二〇一〇・一一）三〇頁。
（11）柴田勝二『中上健次と村上春樹』（東京外国語大学出版会二〇〇九・三）二四六頁。
（12）注6に同じ
（13）注11に同じ。

(14)「壁を通り抜けること」(『ユリイカ』臨増二〇一〇・一二)一一九頁。
(15)石川前掲論文一一六頁。
(16)渥美前掲論文一〇〇頁
(17)酒井あゆみ「多重性の物語としての村上春樹『アフターダーク』論」(二〇一一年度愛知教育大学卒業論文)参照。
(18)岡田温司『半透明の美学』(岩波書店二〇一〇・八)一一五頁。
(19)渥美前掲論文一〇三頁参照。
(20)『シネマ2』(法政大学出版局二〇〇六・一一)二三九～二四〇頁。
(21)柴田氏はマリを「通常人びとが〈眠らせている〉部分の意識を彼女が覚醒させている」(柴田前掲書二四一頁)と捉えるが、マリ以外の人々も起きており、マリも向こう側に期待している。
(22)水牛健太郎「過去メタファー中国」(『群像』二〇〇五・六)一六二頁参照、橋本勝也「具体的《デジタル》な指触り《キータッチ》」(『群像』二〇〇七・六)一六五頁参照。
(23)渥美前掲論文一〇三頁。

4　写真とマイナーチェンジ――『辺境・近境』『辺境・近境写真篇』

一　写真と紀行

これまで、小説の視覚性を考える上で、小説の視覚的な描写、絵本における挿絵と本文の解釈的／写実的関係をたどってきた。本章では挿絵・映画とは異なる写真という媒体を取り上げる。

以前、フィリップ・ルジュンヌ『自伝契約』（水声社一九九三・一〇）の自伝契約を改訂して、自伝を「実在の人物が、自分の個人的生涯を題材として自己の体験を回顧的に意味づける物語的テクスト」[1]と定義したが、それにならえば、紀行とは「実在の人物が、自分の旅行を題材として自己の体験を回顧的に意味づける物語的テクスト」と定義できよう。このとき、語り手＝主人公は物語外の現実での作者を喚起する。

さて、紀行には訪れた場やそこで出会った人々、紀行の作者等の写真が含まれる場合がある。紀行の写真は撮影者が被写体を紀行に掲載するために撮り、出来事の再現や作者イメージを付与する点で行為遂行的である。写真の対象は、カメラマンにとって過去の被写体であり、読者にとってはこれから想像／現実で出会うものである。写真は、「写真を見る者が、そこに写された光景を超えて、その向こうにある世界へ踏みこむことができる[2]」境界として、可視以外の不可視・象徴的側面を見いだす敷居となる。たとえば、作者のイメージは「テクストが作者の身体への、目に見えるその物質性への参照を指示する関係であり、それによって作者は、エクリチュールの非―図像的な一貫性の中に溶け込[3]」む。作者の写真は、作品に作者・出来事を関連づける。一方で、写真は、「テクストの裏をかき、信頼を失わせ、語りの土台を揺るがす[4]」こともある。

本章で取り上げる村上春樹の紀行に関する先行論は、紀行を作者の旅行経験を知る素材として捉え[5]、小説との対応関係を探り[6]、短評する等[7]、多くは作家論的な視点で紀行を副次的に位置づけ小説とは異なる人生経験の叙述を読解の補助資料とする。紀行の写真の機能の問題には、『使いみちのない風景』に対する今井清人氏の「写真と協同、あるいは競合する[8]」という指摘があるのみである。

本章で注目したいのは、村上春樹の紀行が旅行ガイドとしての有用性を持たず、村上春樹のイメージ、村上春樹的雰囲気とも言うべき価値を備えて読者を誘惑することである。

桑田光平氏は、次のように指摘する。

芸術作品に、商品がもつような超感覚的なオーラを与えること（略）、このような芸術の商品化を決定的に高めたものこそ、他ならぬ写真ではなかっただろうか。（略）写真は芸術作品に限らずあらゆる対象を商品化できるといえるだろう[9]。

村上春樹の紀行ではヴァージョンの差異化を図る要素の多くは写真である。写真の選択や配置の変化によって紀行はマイナーチェンジし商品として流通するのではないだろうか。本章では、写真と本文、作者との関係が村上春樹の紀行で現れるあり方を確認し、マイナーチェンジの機能を論じる。このため第二節では村上春樹の紀行エッセイを概観し、第三節では『辺境・近境』の「イースト・ハンプトン」の章のマイナーチェンジと資本主義との親和性を確認し、第四節では紀行における作者の資本主義的意義を検討する。

二　紀行エッセイの写真

本節では村上春樹の紀行エッセイの写真を中心とする変化を概観する。その際、紀行を写真と本文との関係から、A解釈系、B写実系に大別する。解釈系は写真が本文と対応せず雰囲気を喚起するタイプであり、写実系は写真が本文と対応するタイプである。

A解釈系

『使いみちのない風景』（朝日出版社一九九四・一二、中公文庫一九九八・八）は、旅の風景を論じる。カメラマンは稲越功一、単行本四六枚から、文庫版は一枚を削除した「使いみちのない風景」四五枚に、「ギリシアの島の達人カフェ」八枚、「猫との旅」五枚を増補するが、村上春樹の映った写真はない。本文には単行本［　］・文庫｛　｝で異同がある。

本文：［正直に言って］｛というのは｝、それまで［僕は自分の趣味が旅行だと思っ］｛旅行が趣味だなんて考え｝たことはただの一度もなかった｛からだ｝。たしかにこの七年ばかりほとんど日本に住むこともなく、あちこちと流れ歩いているわけだし、そう思われても仕方ない［かもしれないとは思う］｛というところはある｝。でも本当のことを言えば、自分が（自分たちが）旅行をしているのだという意識は、僕の中にはほとんどない。｛いや、｝僕はむしろ旅行というものをあまり好まないと言ってもいいくらいなのだ。

写真：木にかけられた鞄とノート

写真と本文とは特に関係がなく解釈的に写真は旅の雰囲気を生む。写真が映す対象をここで風景と呼ぶ。「僕」は「我々を囲んでいるあらゆる風景は、我々の存在そのものにもっと直接的なコミットメントを持」ち、引っ越しである「住み移り」は「クロノロジカルな風景」なのに対し、「移動するスピードに現実を追いつかせ」ない旅行の風景は「「束の間」の通り過ぎていく」という。旅行の風景は、「細部はとても鮮明で現実的なのだけれど、そこでは前後の順番や、相対的な位置の認識が失われ」、「何も始まらない」「どこにも結びついていない」「何も語りかけない」「使いみちのない風景」として、「僕らの意識の深層にあるものを覚醒させ、揺り動かそうとする」のである。したがって、旅行の写真はガイド的に実用的ではなく、非実用的な断片的なイメージである限りで、実在のクロニクルとは非対応の事後的な雰囲気を作り出すのである。

B写実系

α『遠い太鼓』（講談社一九九〇・六、講談社文庫一九九三・四）はギリシャ・トルコ紀行である。カメラマンは村上陽子、単行本ではカバー一四枚、扉二枚、グラビア四頁九枚が、文庫ではカバー一枚、扉一枚に削除される。村上春樹の映った写真は単行本ではカバー一枚、グラビア四枚であり、共通の写真はないが、単行本と文庫の扉は同じ石段に座る村上春樹の別カットである。扉の写真は「ミコノス撤退」の章の「敷地には細かい階段が多く」と対応するが、単行本での比較的広い時期の春樹の写真と異なり、文庫本はそれだけである。しかし、村上春樹のいた現地と村上春樹本人が指示されイメージ化される。

β『雨天炎天』（二分冊『アトス』『チャイと兵隊と羊』共に新潮社一九九〇・八、合冊新装版二〇〇八・二、新潮文庫一九九一・七）はギリシャの修道院巡りとトルコ一周を、カメラマン・松村映三と共に旅する紀行である。単行本は合冊新装版の場合、モノクロ写真がアトス編本文五五枚（村上春樹一一枚）、チャイと兵隊と羊編本文八八枚（同四枚）で松村によると思われるキャプションがつくが、文庫では各編三枚計六枚でキャプションは削除され、村上春樹が映った写真はない。新装版と文庫のカバーは単行本アトス編の岩山道を行く春樹が採用されている。単行本と文庫本で共通するのはこのカバーとアトス編一枚の計二枚であり、チャイと兵隊と羊編にはない。

それら写真とキャプション、本文とは対応する。

写真：林の中の坂道
キャプ：カラカル〜グランテ・ラヴラの道
本文：気持ちの良い山道である。様々な種類の鳥が林の中で鳴き、

写真と本文は、実在の作家や現実を喚起させる。現実とはリアリティ効果である。「トルコで検問

のこわばった兵士に写真撮影許可をもらうとにこっと表情を崩して雰囲気が変わった」という記述、あるいは女性を撮ろうとして拒絶される挿話は、写真がリアルに働きかける力を示している。一方、そうしたリアルへの疑念も記述には見られる。

彼ら（アトスの正教僧侶）にとっては、それは疑いのない確信に満ちたリアルワールドなのだ。カフソカリヴィアのあの猫にとって、黴つきのパンは世界でもっともリアルなもののひとつだったのだ。さて、本当はどっちがリアル・ワールドなんだろう？

信仰と食べることを対立させ、リアルの相対性を語るこの紀行において、写真はリアルを招いてしまう。

γ『シドニー！』（文藝春秋二〇〇一・四、『シドニー！①コアラ純情編』文春文庫二〇〇四・二、『シドニー！②ワラビー熱血編』同）は、オリンピック観戦日誌を出場できなかった有森裕子と途中棄権した犬伏孝行の小説・記事で挟みこむ。単行本はカバーを宮本敬文、カラーグラビア八ページ一一枚は宮本敬文・佐貫直哉・藤田孝夫・山田一仁・西山和明・JMPA・Shaun Botterill・Adam Pretty・Pascal Pamfli・Mike Poweell が提供したものとされ、単行本・文庫いずれも村上春樹を映した写真はない。しかし、単行本の写真全てを文庫は削除し、カバー画像も単行本の青空から、『シドニー！②』ではサブタイトルにあるワラビーへ、『シドニー！①』ではタイトルにない海岸を歩く犬に改められ、オリンピックあるいはタイトルの直接的なイメージからの逸脱が強められる。

δ『辺境・近境』（新潮社一九九八・四、新潮文庫二〇〇〇・六）・『辺境・近境写真篇』（新潮社一九九九

八・五、新潮文庫二〇〇〇・六）は、辺境・近境への紀行であり、カメラマンは松村映三。単行本はカバー一枚（村上春樹一枚）、扉一枚（村上春樹一枚）、グラビア七頁一三枚（村上春樹六枚）、本文一五枚（村上春樹二枚）、文庫はカバー一枚（村上春樹一枚）、本文三三枚（村上春樹五枚）。写真集単行本はカバー二枚（村上春樹一枚）、本文一六三枚（村上春樹写真一七枚）、写真篇文庫版は本文一三一枚（村上春樹一四枚）、補遺三七枚（村上春樹二枚）である。

	辺単	辺文	辺写単	辺写文
無人島・からす島の秘密	1	3	9	7・2
メキシコ大旅行	4	7	36	29・6
ノモンハンの鉄の墓場	4	11	46	37・12
アメリカ大陸を横断しよう	3	7	37	27・10
神戸まで歩く	2	2	18	18・3

「イースト・ハンプトン」（次節で検討）は金持ち作家達の聖地を、「無人島・からす島の秘密」は自然に逆襲される孤島生活を描き、「メキシコ大旅行」は資本主義先進国の外側であるメキシコという〈現実〉を「僕」の印象で消費し、「ノモンハンの鉄の墓場」ではノモンハン戦争の残骸と共振し、資本主義の中心を行く「アメリカ大陸を横断しよう」、故郷の町を散策し後日松村が撮影にいく「神戸まで歩く」と、写真篇で削除される安西水丸の図解つきで讃岐うどんを食べる「讃岐・超ディープうどん紀行」からなる。

「メキシコ大旅行」で「僕」は自らを「あやふやな」「一時的な」「不正確な人間」として位置づけ、

「いつ、どんな角度から見るかによって、ものごとの印象というのはがらりと変わってしまう」と語る。これは「辺境を旅する」での写真と本文の関係に類似する。

記録用のカメラもほとんど使いません。（略）この目でしっかりいろんなものを見て、頭の中に情景や雰囲気や匂いや音なんかを、ありありと刻み込むことに意識を集中するわけです。（略）いちいち写真を見なきゃ姿かたちが思い出せないようなことって、そもそも面白い生きた文章にはならないです。

「僕」は写真を参照して記述するのではなく、「ありありと」記銘することを重視する。内的なリアリティの確保は、実際の出来事とは異なっても、回想・執筆の際に「浮かんだものだけがすっとうまく自然に繋が」り、「面白い生きた文章」になる。

ε『走ることについて語るときに僕の語ること』（文藝春秋二〇〇七・一〇、文春文庫二〇一〇・六）はマラソン体験と小説執筆をつなげる。単行本はカバー一枚、扉一枚（カバーと同じ写真）、グラビア八ページ一三枚（村上春樹一二枚）、文庫はカバー一枚、本文一二枚（三章・五章・六章・八章に分載、村上春樹一一枚）で、カメラマンは小平尚典・景山正夫・松村映三。

写真と本文の記述はほぼ対応し、「ほとんどは僕の「今の気持ち」をそのまま書き記した。走ることについて正直に書くことは、僕という人間について（ある程度）正直に書くことでもあった。」と、実在の作者のイメージ・軌跡を喚起する。しかし、類似した出来事を記述・撮影していても時期がずれている場合がある。二〇〇五年一〇月の記述に対し、一九九〇年代の画像・キャプションがつく事例である。

本文：「さてそろそろお膳立ても整ったし……」という感じでボストン・マラソンは巡ってくる。
写真：マラソンを走る春樹
キャプ：1994年4月18日、ボストン・マラソン当日。中央やや左、紺のウェアが著者。

これは「チャールズ河畔における私の密かなランニング生活」(『Class X』一九九五・一一)を再利用したため写真と本文の間にズレが生じたのである。

A・Bいずれの系列においても、各作品は文庫化の際に写真の配置や枚数を変えて異なるヴァージョンとなったと言えよう。その点で、特に注目すべきはδである。なぜならオリジナルの単行本・文庫に加え写真集の単行本・文庫と、ヴァージョン数が最も多いからである。

三　マイナーチェンジされた写真

本節では『辺境・近境』と『辺境・近境写真篇』の差異がいかなる物語を紡ぎ出すか、『辺境・近境』『辺境・近境写真篇』の「イースト・ハンプトン」の章を検討し、いかに写真が組み替えられ配置し直されていったか、を検討する。

『辺境・近境写真篇』は、『辺境・近境』の本文を抜粋して配列し直している。

①イースト・ハンプトンはロング・アイランドの東のほうにあって、ニューヨークからの距離はぴったり百マイルである。車でなら二時間少しで到達できる。お金が余っていればヘリコプターをチャーターして半時間で行ける。もっとお金があれば自家用ジェットで行くこともできる。

②十月にもなると、ハンプトンの町には娯楽と呼べるほどのものは何もなくなってしまう。そうなるとあとは本を読むか、仕事をするくらいしかやることがない。そして本を読んだり、仕事をするのに飽きたら、散歩をするだけである。もっとも具合のいいことには、散歩をするのにここはまことに理想的な場所である。

③11年前にここで古本屋を始めたとき、開店の日に目つきの悪いおっさんがやってきて、じろじろと店の中を見まわしていった。それがオルグレンだった

④イースト・ハンプトンは成功した作家を好み、成功した作家もまたこの土地を好む。そういう意味ではここはアメリカの作家にとっての後天的かつ便宜的な聖地ということになるかもしれない。

次に、本文の対応関係を整理する。

辺写文	辺文
④	I聖地の説明1 Ia成功した作家達の聖地

①	Ⅰb高級避暑地、文筆家が好んで住む場所
	Ⅰc美しさとスケールの大きさ
	Ⅱ人々との出会い
	Ⅱa購入を勧める編集者ジリアン
	Ⅱb作家スウェットのライフスタイル
③	Ⅱc書店主カニオの作家オルグレンの没落
	Ⅱdゲストハウス主人ロンのもてなし
②	Ⅲ聖地の説明2
	Ⅲaハンプトンの町並み
	Ⅲb有名人が住む理由

なお、③は『辺境・近境写真篇』文庫版では本文からキャプションに移っている。『辺境・近境』は、作家にとっての聖地とそこで出会う人々の物語であり、イースト・ハンプトンという場の不変と、そこに住む人々の移り変わりが描かれる。一方、『辺境・近境写真篇』はオルグレンの栄光と没落を組み込み『辺境・近境』に類似した簡略構造であり、『辺境・近境写真篇』文庫版で②を本文から削除することで、作家にとっての聖地の提示のみが強調されることになる。②はこれだけが個人に関する記述であり、聖地の特徴とは無縁とも言える。

続いて写真の配列を確認する。

辺単	辺文	辺写単	辺写文
グ5a グ6c			

16-17 A			19 D	21 下 E	32 F	21 上 G		24 上 I	24 下 J	22-23 K	25 L	26-27 M	28-29 N	31 上 O		31 下 Q	226 上 B / 226 中 C / 226 下 H / 227 上 P
12-13 A	14 上 B	14 下 C	15 D	16 上 E	16 下 F	17 上 G	17 下 H	18 上 I	18 下 J	19 上 K	19 下 L	20 上 M	20 下 N	21 上 O	21 下 P	22 Q	
12 A							19 上 h				19 下 l						
17 A																	

a別荘　c野菜トラック　hスウェット氏　lカニオ氏

Aコテージ　Bドーナツ店　C野菜売り　D犬を連れた老人　Eヨット・ハーバー

Fメイン・ストリート　Gメイドストン・クラブ　Hスウェット氏と家族

Iミドルスクール　J中庭　Kジョリスの本棚　Lカニオ氏　M別荘　N荒れる海
Oレストラン　Pパブリック・ビーチ　Q鳥

全てのバージョンで共通するのはAである。コテージは作家達の聖地のイコンである。

『辺境・近境』単行本と、文庫版及び『辺境・近境写真篇』との間で違う画像の事例である。Cとcは野菜売りの写真として類似しているが、キャプションは前者が「朝掘りの野菜を、路上で売っていた。近くに野菜のみの大きなマーケットもある。」、後者が「イースト・ハンプトン。トラックが野菜を売りに来る。」であるように画像は異なる。

同様に『辺境・近境』文庫版と『辺境・近境写真篇』との間で違う画像の事例である。Hとhはスウェットを映した写真として類似しているが、キャプションは前者は「ハンプトン在住の作家、ピーター・スウェット氏（中央）とその家族。」であり後者は「ハンプトン佐住の作家ピーター・スウェット氏と。」で村上春樹と映っているように、画像は異なる。

また、バージョンが異なると再録される写真（及びその配列）が異なり、そして、『辺境・近境写真篇』の本文に添えられる写真もそれぞれ異なる。

	辺写文	辺写単
①	D	A
②	E G	G H
③	L	K L
④	O Q	O P

このとき本文と写真との関係は解釈的な関係であり、雰囲気を示すものとなっている。『辺境・近境』『辺境・近境写真篇』は本文や写真を追加・削除し、配列・構成を変更することで、同一でありつつ異なる作品となっている。これを同一性から逸脱する、闘争＝逃走するテクストとして評価することもできるだろうが、むしろマイナーチェンジとして捉えた方が適切なのではないだろうか。

前節と合わせ本節の結論を要約する。村上春樹の紀行の写真は作者を直接、あるいは全く描かず、実人生の直接的な痕跡となる場合もあれば、追体験的な表象の場合もあれば、全くそれとは異なる雰囲気の場合もあった。村上春樹の紀行は本文や写真を変更し、配置を改めることで、各ヴァージョン間の差異を作る。その差異は新ヴァージョンを旧ヴァージョンから際立たせ、新ヴァージョンを認識させると共に読者の欲望を喚起する。資本主義は商品の差異化、さらには差異そのものによって欲望を喚起し、商品が過剰化する。村上春樹の紀行テクストのマイナーチェンジは、そうした商品の過剰を駆使する資本主義の欲望のシステムのありかたに忠実なのである。

四　作者と資本主義

資本主義はあらゆる人間の本物の経験を商品に変換して売り込む。村上春樹の紀行はマス・ツーリズムあるいはマス・スポーツの尖兵的な旅行・実践でもある。今井氏は、「何処にでも行けるし、何処にも行けないのだ」という『遠い太鼓』の記述から「バブル経済の熱病の蔓延する日本からの脱出」[10]を指摘する。しかし、その言葉が意味するのは、後述の『辺境・近境』での「行こうと思えば

――つまりその気になって、しかるべきお金さえ出せばということですが――まあだいたい世界中どこにでも行ける」と語っていたことを想起すれば、資本主義システムのもとでは個人は物理的にどこでも行けるが、システムに拘束され何処にも行けないという人々の生のあり方を語っている。『辺境・近境』は、旅行記と小説を「機能的には同じ」であり、旅行が「旅行する人に意識の変革を迫る」なら、「旅行を描く作業もやはりその動きを反映」し、「辺境の消滅した時代にあっても、自分という人間の中にはいまだに辺境を作り出」せるとする。それゆえ、ここで求められる「意識の変革」は辺境（の記述）のみで起こるのではない。『走ることについて語るときに僕の語ること』では、作者にとって「意識というのはずいぶん重要な存在になっている。意識のないところに主体的な物語は生まれない」と意識の重要性を強調していた。

さて、小説を書くことも走ることも『走ることについて語るときに僕の語ること』では「そのモチベーションは自らの中に静に確実に存在するものであって、外部にかたちや基準を求めるべきではない」と「僕」は言う。これを個人に内面化された労働のメタファーと捉えるならば、「少なくとも最後まで歩かなかった」ことは、身体を資本・賭金とするランナー＝作者にとって労働に挺身する意識の重要性を示すとも解釈できよう。ともあれ、旅することと走ること、書くことは意識の変革をもたらす点で同じなのである。

では、こうした作者がもたらす意識の変革には抵抗・逸脱として意義を見いだせるだろうか。たとえば、『シドニー！②』は「国家主義」と「商業主義」によって闘争のイベントとして駆動するオリンピックを「退屈」と見なし、ワラビーとの仲の良い関係を語るブルース・チャトウィン『ソングライン』を読むとき「人生を退屈でもないものとして感じる」ことができ、「ただの即物的なワラビーの尻尾」の「助けを借りて、オリンピックというメタファーを今のところなんとか地べたにつなぎ止め」られる限りで「僕にとっての護符」とする点で、商業ベースへの作者の抵抗とも捉えられる。しかし、そうした逸脱こそが卓越性の証として消費資本主義に回収されてしまうのではないだろうか。なぜなら、カウンターカルチャーでは体制への抵抗として自発的に快楽を得る力を取り戻すこと、言い替えれば逸脱・抵抗としての意識の変革が求められる。こうしたカウンターカルチャーの価値観は、ヴァージョン・アップやマイナーチェンジによって新商品や流行を作り出す資本主義経済システムの機能と構造的に類似する。[11]

したがって、『辺境・近境』の「ノモンハンの鉄の墓場」において、古い砲弾を拾った夜のホテルで、「僕」は「そこに何かの濃密な「気配」のようなものの存在を感じ」、真夜中に「部屋全体がまるでシェーカーに入れられて思いきり強く降られているみたいに上下に大きく振動し」たが、揺れていたのは「僕自身だったということに」「はっと気づ」くという体験は、「自己の深層へ降下した精神の衝撃が身体とシンクロしたもの[12]」という把握とは異なった理解が可能となる。

朝の光とともに、僕の中の凍りついたような恐怖もだんだん溶けて消えていった。まるで憑き物が落ちるみたいに。（略）それは闇とともにどこかに去ったのだ。

振動体験は外界ではなく「僕自身」に原因があり、それは「憑き物が落ちる」ように去って行く。こうした認識の反転と到来する憑き物という構図は村上春樹小説に多く見られ、『ねじまき鳥クロニクル』あるいは本作自体の販促・宣伝的な側面を持つのである。小説の作者が紀行において小説と同様の体験をする、それは意識の変革を提示できる作者という消費資本主義において求められるふるまいの一つでもある。

カウンターカルチャーであった村上春樹小説が日本現代文学の主流となる逆説は、それが消費資本主義の一形態であったためだが、村上春樹の紀行の展開もそれに呼応するものであった。

［注］

（1）小著『政治小説の形成』（世織書房二〇一〇・一一）一〇一頁。

（2）塚本昌則「時のゆがみ」（『写真と文学』平凡社二〇一三・一〇）四五頁。

（3）ジャン゠リュック・ナンシー、フェデリコ・フェリーニ『作者の図像学』（ちくま学芸文庫二〇〇八・一一）三三頁。

（4）内藤真奈「エルヴェ・ギベールと写真」（前掲『写真と文学』）八五頁。

（5）宮越俊文『村上春樹ワンダーランド』（いそっぷ社二〇〇六・一一）は、「作家村上春樹が実際に見たことが綴られている」（二一四頁）と捉える。

（6）山﨑眞紀子「『遠い太鼓』」（『村上春樹作品研究事典増補版』鼎書房二〇〇七・一〇）は「この期間中に書き上げられた長編二編と短編集一編が誕生する過程を、つぶさにできることに注目したい」（一三二頁）と主張する。他に山田吉郎「『辺境・近境』『辺境・近境写真篇』」（前掲『村上春樹作品研究事典増補版』）・今井清人「ローマとギリシャの滞在の記録」（『ユリイカ』臨増二〇〇〇・三）・同「身体観の延長としての紀行」（前掲『ユリイカ』）等。

（7）今井「聖地への船出、俗世への帰還」（前掲『ユリイカ』）・米村みゆき「『雨天炎天』」（前掲『村上春樹作品研究事典増補版』）・波瀬蘭「『シドニー！』」（前掲『村上春樹作品研究事典増補版』）・原善「『使いみちのない風景』」（前掲『村上春樹作品研究事典増補版』）等。

（8）「写真稲越功一、旅の風景をめぐって」（前掲『ユリイカ』）一七八頁。

（9）桑田光平「透明で不透明な像」（前掲『写真と文学』）二三〇頁。

（10）前掲「ローマとギリシャの滞在の記録」一六一頁。

（11）ジョセフ・ヒース＆アンドルー・ポター『反逆の神話』（NTT出版二〇一四・九）参照。

（12）今井清人「身体観の延長としての紀行」（前掲『ユリイカ』）一九七頁。

5　レイヤーとコンポジティング
——山川直人『パン屋襲撃』『100%の女の子』

一　はじめに

山川直人は『パン屋襲撃』（一九八二）と『100%の女の子』（一九八三）という二つの村上春樹短編小説を原作にした映画を制作している。

『パン屋襲撃』の原作・「パン」（「パン屋襲撃」『早稲田文学』一九八一・一〇、引用は『夢で会いましょう』講談社文庫一九八六・六）は、パン屋を襲撃するが店主から音楽を聴くことを条件にパンを恵まれる物語である。『パン屋を襲う』（新潮社二〇一三・二）を含むバージョンの総称を〈パン屋襲撃〉とする。

加藤典洋氏は、「パン」を「六〇年代末から七十年代初頭にかけての若者の戦いぶりが——想像力の不足のために——いかに高度消費社会の到来のなかで、うまく矛先をそらされ、（略）社会の側に「回収」されていったか[1]」を窺える物語であり、パン強盗という反逆に「新しい「労働」による「交換」を提案[2]」する、すなわち、音楽を聴くことも「立派な産業[3]」だとして、揚げパン／メロンパン／

クロワッサンを第一次／第二次／第三次産業に区分するが、強引に過ぎよう。そもそも、消費は価値生産の要因と結びつかなければ産業として持続しまい。

一方、『１００％の女の子』（以下『１００』と略記）の原作・「４月のある晴れた朝に１００パーセントの女の子に出会うことについて」（『トレフル』一九八一・七、引用は『カンガルー日和』講談社文庫一九八六・一〇、以下「４月」と略記。また、「四月のある晴れた朝に１００パーセントの女の子に出会うことについて」『村上春樹全作品1979〜1989⑤』（講談社一九九一・一）を『四月』と略記）は、男女の運命的な再会と破綻の物語である。なお、全てのバージョンを〈女の子に出会うことについて〉と総称する。

運命的再会のプロットについて、内田樹氏は「凡人に一生に何度かだけ例外的に訪れる「ウェーバー的直感」のあらわれ[4]」であり、そうした判断が下せるのは「全知全能の僕[5]」だと指摘する。こうしたプロットは、『１Ｑ８４』の青豆と天吾にも見られる[6]。

ただし、一〇〇％の内実とともに、運命的な再会の差異にも注目すべきだろう。『１Ｑ８４』（新潮社二〇〇九・五〜二〇一〇・四）では再会には男以上に女が主体的に行動し真実を見極める。〈女の子と出会うことについて〉では男が真実を見極め行動することはない。一方、〈パン屋襲撃〉では男が判断し行動するが行動しきれない。歴史的な文脈に定位すれば、運命的再会において、グローバリゼーション、ネオリベラリズム下では女も男以上に有能に業務や性愛の主体となることを描くのが『１Ｑ８４』であり、日本型終身雇用体制下の〈女の子と出会うことについて〉ではそうした判断する主体から女は排除される。運命的再会とは異なる〈パン屋襲撃〉でもこのジェンダー秩序は同様である。

だが、ここで注目したいのは歴史的意味づけとは少し異なる。〈パン屋襲撃〉・〈女の子と出会うことについて〉は、物語／映画テクストの物語表現／物語世界がレイヤー、断片の多層化・合成によって作られることで意味を現勢化／潜勢化させる。本章は、物語／場面に対し物語／映画表現の提示の前後関係や様々なイメージの同時的な重ね合わせを合成《コンポジティング》として捉え、物語分析することを課題とする。(7)

第二節で検討する〈パン屋襲撃〉で共産主義を否定する主人公たちが「ヒットラー・ユーゲント的」(8)であり、一方で被害者がナチスに親和するワーグナーを好み、共に聞くことで犯罪が未遂に終わることは、映像空間が一義的な意味づけによっては決定されないことを示している。『パン屋襲撃』のテロップや追加エピソードは合成によってそれを可視化する。

第三〜五節で検討する〈女の子に出会うことについて〉は、男女の出会いの必然とその破綻を複数の物語の葛藤によってアレゴリーとして語り、モンタージュ、レイヤーの合成によって、失恋・孤独のショックの緩和と対話・運命の未発・死産を顕在化する。

二　合成される『パン屋襲撃』

本節では『パン屋襲撃』の空間の様態と意味の関係を検討する。

『パン屋襲撃』の冒頭は中心の四角の白とその外側の黒枠が回転し、空白の拡大・回転によって画面に「僕」が広がる。(9)「僕」は中心の空白として位置づけられる。空白は、物語では空腹感＝食料不足＝価値交換物の不足、そして最終的には想像力の不足と結びつく。空腹は、交換関係の中で価値づけられ、意味を付与する想像力も価値を作る。神の死と空腹によって想像力が失調し、「僕」と相棒は「悪」へ至る。

赤旗とハーケンクロイツのオーバーラップは、共産党批判や学生運動への否定でもある。その否定が「僕」の「悪」ならば、共産党や学生運動の承認にもなる。そもそも、相棒と「僕」の服装はツナギやテキヤ風であり、「仁義なき戦い」のポスターは二人の枠組みの中心からの逸脱と反抗の中心への同調を意味するように、空間は多重決定される。同様に空間は均質ではない。パン屋では「僕」たちの側から奥の店主へという視線の移動と奥から手前へという動きによって、入口近くの「僕」たちと真ん中の女性と奥の店主によって空間の奥行きが作られる。貧困者を支援する共産党員とダイエット中かもしれない女性、貧困から空腹となりつつ慈善を拒否する「僕」たちは空間的にも対立している。

また、パンからそれを選ぶ女性の顔へという流れるカメラワークの反復は揺れでもある。彼女の体の揺れはいわばテーゼへの迷いの比喩としてナレーションでは語られるが、一方で映像では実際に揺れている。空間の映像と声とのズレは逸脱の兆しと共に意味づけの力の行使を示す。そもそもパン屋に向かう際に、道の奥から手前へと「僕」と相棒が移動し、相棒は刃物をちらつかせ「僕」に制止されるが、これは「僕」が言葉で物理空間を制御することを意味する。

そうした意味づけの力学を可視化させたのが字幕である。

字幕「過多」は、空腹と強盗に入ることへの相棒の緊張過多を指すと共に「カタカタ」という揺れの擬態語の両義語である。次の「同調か」／「逸脱か」の二項対立は、どのパンを選ぶかについての「僕」あるいは字幕の送り手の価値観からの同調／逸脱である。パンの選択へのステレオタイプ的な捉え方、揚げパンに対する偏見が「画一的」とされるのである。そうした捉え方は意識レベルであり、次の字幕は「意識の画一性」となる。パンの選択の画一性とは画一的な意識の主体性の現れでもある。

次の「欲望の多様化」は、パンの好みの多様化を指す。「パン」ではパンの演説の反応という擬人法をふまえ女性は新しさからクロワッサンを選んでいる。『パン屋襲撃』では演説は削除されるが、ダイエットから餓死する女性の事例も想起される。階層・階級からの逸脱が多様化として喚起されるが、一方で強制的異性愛社会からの承認欲求を満たすものとも解釈できる。

パン屋はワーグナーを聴くことを条件にパンを与える。ワーグナーの文化圏に属していない者にパンという福利を与えてワーグナーを普及させる点で、パン屋は「暗黒大陸の宣教師」なのである。[10] 共産党員がワグナーを聴くことの是非は、「僕」には「わからない」ものと判断停止されるゆえに「僕」たちは聴くことができる。この中で、「僕」はふと「ファシズムは民主主義である」と思いつく。民主主義／パン屋が言語によって多様性を抑圧し画一化を進めることはファシズム的でもある。そこで、字幕は「打倒民主々義」を表示し、既存の言語秩序に対する否定、そして暴力・行動が肯定される。一方で、そうした言語の否定は、ナレーションや字幕という言葉によって語られる。

パンを食べると「僕」の想像力が作動する。そして、作動した想像力は、「パン」や『パン屋襲撃』では落下による動き、転落であるのに対し、『パン屋を襲う』では「着々と正しく動」いているとされる。

その後、「僕」は壁を殴り続けるが、サングラスの男性に注意され止めてしまう。

男「おい、うるせえぞ」僕「どうもすみません」

ここで、画面は「僕」が殴る前景とサングラスの男がやってくる背景の二層構造となる。壁殴りは暴力への衝動や反抗のモチーフとしても、逆に強い力に影響されるように、反民主主義ないし反抗は二元論的な鏡像関係にとどまる。とすれば、一方を否定すれば変革が成立するわけではない。特に映画では反抗と反省とはベクトルが異なるが、「僕」は自己充足の場を確保する点で共通している。

こうして『パン屋襲撃』では多義的・対立的な映像空間は、字幕やナレーションの層を合成することで意味づけが方向付けられる。しかし、層と層とは緊張関係にある。とすれば、層と層との力学を検討する必要がある。

三　潜勢的なものの現勢化への抵抗

そこで、本節では「4月」を潜勢的なものと現勢的なものとの関係から考察する。

「4月」は、街ですれ違った平凡な女性を「僕」が一〇〇％の女の子として友達に語り、どうすれば親密になれたかを考え、最善の方法としてお互いに一〇〇％の男女が記憶喪失になった後にすれ違い、気づかず別離する「悲しい話」を話すことを思いつく物語である。

一〇〇％とは、「100パーセント相手を求め、100パーセント相手から求められる」とあるように相手に夢中になることと、「この世の中のどこかには100パーセント自分にぴったりの少女と少年がいるに違いないと固く信じている」という「僕」の発言から自分へのふさわしさ・適応度のことになる。しかし、夢中になる好意とふさわしい関係の成立との間には距離がある。

「4月」の物語を便宜的に女の子との出会いや語りの水準によって、①出会いの事実の指摘、②「あなた」への一〇〇％の呼びかけ、③「誰か」との会話、④出会いの情景、⑤現在の言葉の考え、

⑥仮想の昔話、⑦語る現在に区分する。

①客観的には平凡な女の子を、一〇〇%と意味づけることは主観的である。主観ゆえに一〇〇%は強い価値をもち、「僕」は胸が震え口が渇く。

②「僕」は聴き手である「あなた」の好みを「足首の細い」、「目の大きい」等の属性で仮定し、自身の好みを「鼻の形」とする。「僕」は「100パーセントのタイプファイは誰にもできない」という。これは典型は具現できないという主張である。「僕」は、「あなた」の好みの属性をあげ、理想と現実との断絶を主張する。同じく、「彼女の鼻がどんな格好をしていたかなんて、僕には絶対に思い出せない。いや、鼻があったのかどうかさえうまく思い出せない。」という発言は、鼻が気になるはずの「僕」と矛盾するが、これは、一方で理想が現実化しないこと、イメージの優先を意味する。

③「僕」は、一〇〇%の女の子との出会いを「誰か」に語る。「僕」の言葉・「目がどんな形をしていたかとか、胸が大きいか小さいかとか、まるで何も覚えていないんだよ」は、外見や性的な魅力への否定として、自分の関心が具体性に基づかないことを示す。また、彼女に声をかけたり「あとをついていくとか」したのかという問いに、「僕」は「何もしない」と答える。「僕」は、行動しない、すなわち具現化しないのである。また、「僕」の会話が、「誰か」が聞き手である点で、この会話も実際になされたわけではない。一〇〇%とは否定性としてある。「僕」はイメージするだけで、対象に関わらないからこそ、彼女との関係は決して浮上することはない。

④「僕」は、彼女とお互いの「身の上」を話し合い、「一九八一年の四月のある晴れた朝に、我々が原宿の裏通りですれ違うに至った運命の経緯のようなものを解き明かしてみたい」と思う。彼女との運命が「平和な時代の古い機械のような温かい秘密が充ちているに違いない」とされることは、彼

女との親密な関係を望む欲望の現れである。また、「僕」は、彼女との昼食や映画、バー、そして「うまくいけば、そのあとで彼女と寝ることになるかもしれない。」と夢想する。「僕」の性愛の欲望は具体的に発露しない「うまくいけば」という幸運＝偶然性によっている。「可能性が僕の心のドアを叩く。」と、潜勢的なものは現勢的なものたろうとするが具現しない。

実際、「僕」は彼女に話しかけられない。「僕」は彼女への言葉を考えるが、次々と自ら否定する。三十分だけ話したい第一案は保険の勧誘みたいで「馬鹿げている」と却下し、クリーニング屋の場所を聞く第二案は「僕は洗濯物の袋さえ持ってはいないではないか」と取り下げる。単刀直入に「僕にとって100パーセントの女の子」と伝える第三案は、さらに「信じてはくれない」、「僕」と話したくないと「思うかもしれない」、「私にとってあなたは100パーセントの男じゃない」と幾重にも否定される。第三案では「僕」と彼女との一〇〇％が否定された場合、「おそろしく混乱してしまうに違いない。」と関係を具現化する際の破綻を恐怖する。

さて、「僕」は彼女と花屋の店先ですれ違う。「僕」と彼女の交錯には個体としての二人をつなぐ「バラの匂い」や「温かい小さな空気の塊り」が伴う。これは、「僕」の好みの女の子との出会いの雰囲気であり、それ自体ではなく隣接的なものを「僕」は感じる。雰囲気は運命と同種の重層性なのである。

彼女は、「白いセーター」を着て「まだ切手の貼られていない白い角封筒」を持っている。純白や未然の修辞は彼女の処女性のメタファーである。彼女の「秘密の全てが収まっている」封筒が未投函であることは、彼女が誰の所有でもないことを示し、「僕」が彼女を口説ける好機でもある。しかし、それは彼女が人混みの中に消え、実現しない。

⑤一方、「僕」は現在では彼女に話すべき言葉が「わかっている」という。

しかし何にしてもあまりに長い科白だから、きっと上手くはしゃべれなかったに違いない。このように、僕が思いつくことはいつも実用的ではないのだ。

恋愛の実現した地点からの言葉が存在しないことや、「上手くはしゃべれなかったに違いない」という言葉から、「僕」に彼女に話す機会がこなかったことが明らかである。また、「実用的ではない」という発言は、「僕」の行為は現実的な対応としては不適切であり、実は話す言葉をわかっていないことを示す。そもそも、「昔々」ではじまり「悲しい話だと思いませんか」で締める枠組みは、過去の悲劇を語り悲劇の人物として現在の自分たちを語る、いわば運命の破綻を語る枠組なのである。

⑥「僕」は、二人が「本当に１００パーセントの恋人同士だったとしたら、いつか必ずどこかでまためぐり会えるに違いない。」と別れるが、記憶喪失によって再会しても気づかず別れる昔話を語る。

しかし本当のことを言えば、試してみる必要なんて何もなかったのだ。彼らは正真正銘の１００パーセントの恋人同士だったのだから。

語り手は、作中人物レベルでは知り得ない思いの強さと適合度を保証する。その点では、互いが一〇〇％の二人の出会いは運命的である。ただし、一〇〇％は思いの強さにも起因するので記憶を失えば適合度を満たす相手とは結ばれない。このため、完全性が損傷し、不完全な状態になる。

そうした背景のもと二人は原宿ですれ違う。

失われた記憶の機かな光が二人の心を一瞬照らし出す。／彼女は僕にとっての100パーセントの女の子なんだ。／彼は私にとっての100パーセントの男の子だわ。／しかし彼らの記憶の光は余りにも弱く、彼らのことばは十四年前ほど澄んではいない。二人はことばもなくすれ違い、そのまま人混みの中へと消えてしまう。

失われた記憶の微かな光が二人の心を一瞬照らすことは、潜勢なるものが一瞬は到達する運動なのである。しかし、それは現勢性として固定化しない。光は弱く、言葉も十四年前ほど澄んでいないことは到達不能、障害のレトリックである。完全な相手との関係が「すれ違い」であることとは、運命が実現しない決定的な距離を示す。こうして「100パーセント」は実現しない[11]。

昔話の最後で「僕」は「悲しい話だと思いませんか」と事態を悲劇として意味づける。悲劇とはそうあるべきものが実現しない苦痛・苦難である。状況の悲劇性を確信できないときに、それを悲劇と捉えるために用意されるのが一〇〇%の概念なのである。テリー・イーグルトンは、ポストモダニズムによって「都合よく無視[12]」される悲劇に見られる「犠牲」に「革新的な使い道をみつける[13]」ことで、現実的で社会に参画する行動力として悲劇を蘇らせ倫理を目指している。イーグルトンにならえば、昔話の結末の言葉は二人の関係の変革を期待するとも言えよう。

⑦しかし、「そんな風に話を切り出してみるべきであったのだ。」というように、「僕」は結局、行動できない。「僕」は、昔話を語る前に自分の考えは実用的ではなく、口説きの言葉としては役に立

たないと自覚している。これは神や世界法則が保証する運命的な必然など存在せず、理想の女の子と出会えないことをあきらめた語り手が語る言葉なのである。

それは、恋愛の物語としては失恋の弁明であり、革命の物語としては苦難が乗り越えられ革命が到来するという唯物史観的な歴史の目的論に対する批判となる。イメージと現実との差異を恐れ行動しないことを悲しい話と括ることで「僕」は悲劇として演出する。ふりかえれば、「僕」の昔話の世界では「僕」は言葉を話せるが、現実のすれ違いでは話せない。現勢性を規定しそれに代わりうる潜勢的なものが現勢化できないという物語は、運命論を運命という言葉に縛られ必要な内実がないアイロニーとして機能させる。

四　潜勢性と現勢性の対立の強化

そうしたプロットは〈女の子と出会うことについて〉のヴァージョン間でどのように変化しただろうか。本節では「4月」「　」と『四月』〔　〕の間で検討する。

まず、「僕」の彼女への把握と意味づけの落差である。

［たいして］〔正直言ってそれほど〕綺麗な女の子ではない。〔目立つところがあるわけでもない。〕（略）〔しつこい〕寝ぐせがついたままだし、歳だって［おそらく］〔もう若くはない。〕もう三十に近いはずだ。

『四月』では彼女の平凡さを強調し、大人の女性を女の子と呼ぶように、彼女を賛美する「僕」の主観と現実との断絶が示される。

彼女が接近する際に、「僕」は様々に彼女への声のかけ方を案出し、「｛これはあまりにも｝馬鹿げている。」、「僕は洗濯物の袋さえ持ってはいないではないか。｛誰がそんな科白を信用するだろう？｝」と次々否定し、彼女に「僕」が一〇〇％ではないと言われたら、「きっと僕は［おそろしく］｛どうしようもなく｝混乱してしまうに違いない。｛僕はそのショックから二度と立ち直れないかもしれない｝」と想像しする。こうした改稿は、「僕」が彼女に声をかけない判断を強化する。

一方、「僕」の語る昔話では二人の相思相愛が「なんて素晴らしいことなのだろう。｛それはもう宇宙的な奇跡なのだ。｝」と強調されることは裏返せば現実には成立しにくいことを意味する。また、一〇〇％の関係は、「正真正銘」と超越的に意味づけられるが、「｛あまりにも若くて、そんなことは知るべくもなかった｝」と別れる当事者には判断できない。さらに、二人は記憶を喪失してしまう。「｛なんということだろう。｝彼らが目覚めた時、彼らの頭の中は少年時代のD・H・ロレンスの貯金箱のように｛まったくの｝空っぽ［だった］｛になっていたのだ｝。」の追加部分に見られるように、『四月』では空白（への変化）の強調によって二人の関係を再構築する根拠が失われたことがより強められる。

このように、潜勢するものが現勢化することに対する抵抗や、両項の断絶が、『四月』では強化されている。

一方、結末間近で『四月』で一〇〇％の過去が微弱なりに再帰する追加がある。

失われた記憶の微かな光が二人の心を一瞬照らし出す。〔彼らの胸は震える。そして彼らは知る。〕

現勢性への再帰が示されるこの記述は、「震え」「知る」ように瞬間的に現勢化するが、安定しない。『四月』では最後に「〔そうなんだ〕」とこの昔話を語ることを強調し、受け手の同意を求める。しかし、上手くいかない非実用的な言葉を語ることに同意を求めることは、運命的な必然論の否定をより強化する。

五　レイヤーのコンポジティングと未了

同様に、「4月」（異同を〔　〕で表示）と『100』（同じく〔　〕で表示）の対照をふまえつつ、実写映画であるがアニメ的な技法も使われている部分もある『100』を考察する。本節では、物語展開の統辞的側面に関わるカットの配列・構成と、レイヤーによって多層的に合成された画面が『100』で作り出す意味を考察する。

風丸良彦氏は、「安づくり、かつ、日常的で凡庸な光景の描写であるがゆえに、「僕」の語る非日常的な物語とのあいだに、叙情的な原作にはないシュール性が生まれる」[14]と指摘する。しかし、もしシュール性があるならば、本節ではレイヤーの二層性から生まれると捉え返すことになる。

物語の季節は「4月」の一九八一年の四月のある晴れた朝から『100』では制作時期に合わせて一九八三年の一一月の晴れたカンガルー日和の朝へと変更される。彼女とのすれ違いは実際には晴れ、映画では昔話で想定された再会には雨の水曜日とされ、現勢的な現実と「僕」の想像としての潜勢的なものとの対立が明確化される。

『100』の冒頭では彼女とのすれ違いは五回反復して表現される。ⅰ全景のロングショット、ⅱ全景のミディアムショット、ⅲ主人公目線のショット、ⅳ交錯地点の主人公のそばからのショット、ⅴ交錯した彼女の前方よりの地点からのショット、ⅵスローモーション（主人公よりのカット、主人公目線のカット、交錯地点の彼女側の位置からのカット）からなる。奥行きの中で合成することで空間性とすれ違いが強調される。

「4月」で冒頭にあった一〇〇%のタイプファイの困難さを巡る記述は、『100』では削除される。それによって『100』では対象への到達が容易になる。さて、彼女と「〔昨日〕〔さっき〕」会ったことを「僕」は口にする。その相手は「4月」では「誰か」という実在しない一人に対し、『100』では実在する二人の友人である。

A「胸の大きさも覚えてないのか」僕「ああ」A「胸の大きさくらい覚えておけよ」B「足首はどうだ」僕「足首？」B「足首の細い女の子かどうか」A「足首なんて覚えてるわけないだろう」B「足首も見ないで100%だなんて言えるわけないだろう」A「足首なんて関係ないじゃん胸だよ胸」B「足首足首足首足首足首」僕「とにかく覚えていないんだ」

「4月」での特徴を覚えているか否かの会話とタイプファイの際の足首への関心が、『100』では胸と対になって会話に組み込まれ、直接的な欲望を持つ二人とは異なる関心を「僕」が持つことが示される。一方で、会話の終わりに外を歩く彼女が「僕」たちを見ていることに「僕」は気づかない。

ここには、前方の室内の「僕」たちと後方の屋外の彼女という空間の二元性がある。一方的な「4月」に対し、『100』では彼女が何気なくであれ「僕」たちを見ることは、彼女の「僕」たちへの微少な関心を示してもいる。ただし、「僕」はそれに気づかない。この点で、「僕」は内向的であり、彼女と「僕」とは切断している。

「僕」は彼女と話をしたいと思う。このとき、モノクロ画面ですれ違いが反復する。二回とも「僕」からの目線であるが、最初は彼女がぱっと歩き去るのに対し、二度目は煙草を吸いこちらを見て、また振り返り微笑む。最初が実際の遭遇を切り取ったのに対し、二度目は「僕」の話したい願望によって作られた親近性が増した世界である。このあと「僕」が想定したデートの展開は、街中の写真、食事写真、映画館の写真、ホテルの写真を順番に配置することで時系列的なモンタージュになる。カラーのリアルタイムスピードが物語の現実であるのに対し、グレー化し低速化するそこは仮想空間である。ここで、「僕」は「彼女と寝ることになるかもしれない〔、んだぜ〕」と思う。『100』での語尾の追加は、「僕」の不安定な高揚を示している。

そして口説きの思案をする「僕」は、バストショットで画面の正面を向く。画面の固定による動きの減衰は一方で否定的な内面の動揺によって補われ、先にも触れた「僕」の不安定さは『100』では強化される。声かけの第二案は、「四月」でのクリーニング屋の場所を聞く点で穏当な方法から、『100』では「〔へい、彼女、ハマじゃよ、これっきゃないんだぜ〜、ぜ〕変態みたいだな。やっぱり。」という格好をつけきれない言葉に変わる。一方、第三案の「100パーセントの女の子」と伝える方法に対し、「4月」での「彼女はおそらくそんな科白を信じてはくれないだろう。それにもし信じてくれたとしても、彼女は僕と話なんかしたくないと思うかもしれない。」という自己否定的な内省は、『100』では削除され彼女への到達不能性が軽減される。

「僕」が語る昔話は、モノクロ写真を部分着色したアニメーションで描かれ、「僕」や彼女は出会ってのち赤青黄で枠取られる。元画像と着色による多層化がなされ、二人の出会いやすれ違いは横の動きとして描かれる。

二人は出会う前はサングラスをかけ、出会った後に外す。実際にはサングラスでも識別できるが、象徴的に出会う前の黒いはずの世界が、外した後は一〇〇％の赤色の双方向の矢印と☆を並べた♡マークによって相思相愛が彩られる。一方、二人が抱いた一〇〇％の疑念は破線で示され、再会のために別れた後、二人の姿が消え、壁で風が回り記憶喪失事件が起きたことが示される。二人の社会復帰と社会生活の時間経過はカレンダー高速めくりで比喩的に示される。

七五％の恋愛をした「僕」は青色で、八五％の恋愛をした彼女は黄色で示される。赤が一〇〇％なら黄色はその途中、青色はそれ以下である。「僕」はそれまでの恋愛に不満を持ち、彼女はそれまでの恋愛に彼女なりに満足する。しかし、「僕」と彼女との恋愛は、彼女の満足を、凌駕することを意味する。雨の中で再会したとき、「僕」は満たされていない故に、赤色の運命を透視する。透視できたとき二人は一〇〇％の赤に変化する。そして、二人の記憶が澄んでいないために二人はまた黄色と青色に戻る。

しかし、これを語るのは「僕」である。二人の色彩はレイヤーとして事後的・外的に付与されたものである。エンディング(15)での合成も本編との差異を生む。雨の路面に写った信号や街の景色が青・黄・赤で示されることも一〇〇％の恋愛の実在とは無関係に世界が存在し、事後的・外的に意味づけられたもので、それ自体が無根拠であることを示す。

したがって、「4月」での昔話の後に語られていた「僕は彼女にそんな風に切り出してみるべきであったのだ。」という科白が『100』で削除されたのは、「僕」が自分を正当化するだけの「4月」に対し、『100』では「僕」のナレーションを映像によって肯定も否定もしているため、決定的には語れないためである。

とすると、ナレーターの「僕」は誰に対し語っているのか。『100』は、「4月」での聴き手への問いかけが欠落している点で、自分の中で完結した可能性の破綻の物語なのである。つまり、一〇〇%とは幻想であって実在はせず、運命をめぐる対話の未了、すなわち未だ始まっていないにもかかわらず既に終わっていることを示すのである。

〔注〕

（1）『村上春樹の短編を英語で読む1979〜2011』（講談社二〇一一・八）二三七頁。
（2）加藤前掲書二三八頁。
（3）加藤前掲書二三九頁。
（4）『村上春樹にご用心』（アルテスパブリッシング二〇〇七・一〇）二四二頁。
（5）内田前掲書二四五頁。
（6）中村三春「村上春樹『1Q84』論」（『iichiko』二〇一〇・四）五九頁参照。
（7）本章では、コンポジティングを「複数のフレームにわたって広がるイメージ内の空間」（トーマス・ラマール『アニメ・マシーン』名古屋大学出版会二〇一三・五、一四頁）として使用する。

(8) 『パン屋を襲う』では「無法」に改められるが、戦後民主主義への否定の失効の点で本章の分析はあてはまる。
(9) 結末では中心の円が黒枠によって縮小されて終わる。四角から円という変化が物語の変化の枠組みを示している。
(10) 「パン」でパン屋が聴かせる「トリスタンとイゾルテ」は不義の恋の話であり、実際には僕もパン屋も正義・秩序を破壊しているが、『パン屋襲撃』では省略される。
(11) 記憶喪失は「「この世界」と「あの世界」、あるいは「この状態」と「別の状態」を結びつける（あるいは切り離す）ための媒体」（小田中章浩『フィクションの中の記憶喪失』世界思想社二〇一三・一〇、一八〇頁）である。ここでは、彼女と結ばれた世界と無関係の現実とを接続し、あるべき二人というイメージを探るのである。
(12) 『甘美なる暴力』（大月書店二〇〇四・一二）x ix頁。
(13) イーグルトン前掲書四一四頁。
(14) 『村上春樹短篇再読』（みすず書房二〇〇七・四）一四六頁。
(15) エンディングの佐野元春「君をさがしている（朝が来るまで）」は、「でも今夜は　いつもの夜とはちがう／君に会えそうな気がするのさ」と「朝が来るまで　君をさがしている」というように、探し続けようとする行為の途中を唄う歌である。実際には会えないけれど求めるメッセージは既に出会いが失調していることを意味する。

6　物語のサンプリング
――新海誠『星を追う子ども』『言の葉の庭』『君の名は。』

一　はじめに

先日、ある広告が物議をかもした。文藝春秋を核とした文学産業化プロジェクト・日本文学振興会の意見広告「人生に、文学を。」（『朝日新聞』二〇一六・七・二〇）の「文学を知らなければ、／どうやって人生を想像するのだ（アニメか？）」というフレーズが文学（小説）の意義を強調する一方でアニメを文学から排除し否定することが問題となった。「男の落魄。女の嘘。」といったステレオタイプのジェンダー観といい、中高年男性の保守的な小説観が現れた広告は批判にあい、謝罪を余儀なくされた。そもそも、文学の価値を高めたいのなら、ジョナサン・カラーが「「つねに、あらゆる種類の言説に文学的なものがさまざまな姿で潜んでいることを、したがって文学的なものが中心的な位置にあることを、われわれに気づかせる[1]」と指摘するように、むしろあらゆるものに文学的なものを見出す想像力の方が戦術的には有効ではないだろうか。文学とは文字／音声で作られた虚構の表現芸術とするならば、アニメの中にも文学が潜んでいるのであり、アニメも文学である。また、フランコ・モレッティは、文学史を進化論による複数化作用、世界システム理論による中心・半周縁・周縁の同質化作用の二つの側面から分析するが[2]、文学という大樹の枝としてのアニメ、小説、詩を捉えられよう。このときカテゴリーとしての文学は小説やアニメの上位クラスに位置する。

したがって、小説とアニメとの間には相互テクスト的な関係、第二次テクスト的な関係が形成される。リンダ・ハッチオンは、「先行する作品を意図的、明言的、拡張的にとらえ直す[3]」アダプテーションを以下の観点で整理する。

・ひとつ、もしくは複数の認識可能な別作品の承認された関係
・私的使用／回収という創造的かつ解釈的行為
・翻案元作品との広範な間テクスト的繋がり[4]

オリジナル・原典と模倣・副産物・二次創作の関係をテクストのクラス（ジャンルなど）とテクストそのもの（引用・改作）の検討から追求する仕事として、映画についての中村三春編『映画と文学交響する想像力』（森話社二〇一六・三）等があげられる。むろん、文字・声からなる小説と、動画・静止画・音響・声・文字からなるアニメとはメディア的特性が異なるが、作品／メディア間翻案によって伝達される側面、新たに創造／喪失される側面がある。

近年、注目される新海誠アニメは村上春樹との関係がよく指摘される。たとえば、石岡良治氏は「彼の作品は多くの素材を、たとえば文芸面では村上春樹や宮沢賢治など、日本のオタクカルチャー

で広く共有された共通財産から得」た上で「映像や音響などによってそれらの諸要素をどうつなぎ合わせ、構成するかというトータルコーディネートに、新海作品のオリジナリティがある」[5]と指摘する。新海誠自身も「僕も一時期本当に村上春樹の作品に強い影響を受けたし、今も確実に影響下にある作家だと思うんですよね。ただ、自分にとって村上春樹が一種の環境のようなものになってきて、それほど強い意識はしなくなってきた」[6]と語っている。つまり、新海誠アニメには、村上春樹をはじめとする小説・詩歌の要素の引用を見出しうる。事実、小澤英実氏は「マジック・リアリズム」として新海誠と村上春樹を接続している。[7]それらの要素の収集によって物語を織り成すことは、映像化によって書かれた／読まれたものをサンプルとして収集し、配列することで、新海様式とも言いうる物語のコレクションを開示する。本章では、村上春樹の小説や自作をサンプリングした物語として新海誠アニメを捉えてみたい。

ここで、TV放映・劇場上映された新海誠アニメを二つの系列に整理する。

a『彼女と彼女の猫』『ほしのこえ』『雲のむこう、約束の場所』『星を追う子ども』
b『秒速五センチメートル』『言の葉の庭』『君の名は。』

aは第三者のノベライズ・コミカライズのみのアニメ、bは監督がアニメ／小説両方を手がけたアニメである。かつて旧稿ではa系列のアニメを中心に論じたが[8]、本章ではb系列の小説・アニメと、b系列が公開された時期に同じく公開されたa系列の『星を追う子ども』を取り扱うことにする。

そこで、次節では新海様式を概観し、三〜六節では個々のアニメと村上春樹小説との対応を確認し、

第七節では新海誠自身の小説とアニメの関係とアニメの軌跡について整理する。

二　新海様式

新海誠アニメの様式的特徴は村上春樹文学との関係から見れば、少なくとも以下の四つを数えることができよう。

i 自己言及性
ii 成熟の停止
iii 喪失、孤独
iv クラウドメディア

i 自己言及性は、自作を先行テクストとするテクスト生成を指す。村上春樹で言えば、短編小説「螢」が長編小説『ノルウェイの森』となり、中編小説「街と、その不確かな壁」が長編小説『世界の終りとハードボイルド・ワンダーランド』になるような事例である。新海誠で言えば短編漫画「塔のむこう」が長編アニメ『雲の向こう、約束の場所』となるような事例である。また、村上春樹は同一の短編小説を次々と書き換えるが、これは新海誠では後述するアニメを自ら小説化することで物語の書き換えを行うことに対応する。

ii 成熟の停止は、成長が停止してしまう、あるいは成熟していないながら幼ないままであることに対応する。[9]『星を追う子ども』では森崎が復活を目指す亡妻は死んだときの姿のままであり、明日菜が憧れるシュウも死んでいてこれ以上成長しない。『言の葉の庭』では主人公が出会った時点で雪野は出勤できず公園にいる。『秒速5センチメートル』では小学校の頃の完全な関係に囚われ、貴樹は現実に顕れることのない疎遠になった明里にこだわる。『君の名は。』は三葉は当初においては第一次物語言説の三年前に死んでおり、それ以上関係を深められない。むろん、『君の名は。』では成長の停止したヒロインを瀧は再び現勢化させていくことになる。

村上春樹で言えば、『1Q84』の青豆・天吾や『国境の南・太陽の西』での「僕」と島本さんのような小学生の頃の恋愛体験が物語に重要な意味を持つ。また、『ノルウェイの森』の直子や『一九七三年のピンボール』のピンボールマシンなど、主人公がこだわるのはもはや成長することのない彼女の記憶、彼女の身代わりのものである。あるいは『ダンス・ダンス・ダンス』のユキはおませであるが死の予兆を伴い、『1Q84』のふかえりらは幼くして教団指導者と性行為を行う。

iii喪失・孤独はiiの裏返しとして運命的な恋の相手とは結ばれない、社会不適応に陥ることを指す。『秒速5センチメートル』では明里を想う貴樹は他の異性との関係を深めることなく、孤立し、会社を辞める。また、『星を追う子ども』では森崎は明日菜以外の教え子からは怖がられ、ずっと帰属していた組織アルカンジェリを裏切り、復活した妻はすぐに消滅し、思い出の品も壊れる。また明日菜も地底行によって父的な森崎と遊び相手のミミを失う。『言の葉の庭』では孝雄と雪野は午前中雨の公園で会うが教員・生徒のあるべき場所ではなく、二人の気持ちは通じても雪野は遠い地方へ去ってしまう。初期村上春樹にもある、喪失した彼女への想いを持ちつつ大人になるしかない傷ついた男性像が新海誠にも繰り返し現れる。『君の名は。』は三年前の三葉の死や、入れ替わりによる周囲との不調和や、異界への没入といった喪失・孤独が見られるが、一方で、恋が蘇る。[10] こうしたハッピーエンドも村上春樹には少ない。

ⅳクラウドメディアは、「メディアネットワークが徹底的に非物質化し」た「外的な境界のない純粋に水平的・横断的な接続可能性[11]」を持つ事態を指し、宇宙・ロケット・高層ビル・鳥・彗星等を直接指すだけではなく、手紙・携帯、さらには憑依などの不安定な到来・到達現象をも挙げることにする。『秒速5センチメートル』では鉄道や手紙は伝達・交通の媒体であると共に関係の遠距離化を示し、即時的なはずの携帯すら心的遠距離化の媒体となる。『星を追う子ども』では生死の往還を可能にするシャクナ・ヴィマーナや明日菜を誘うミミの導く力、『言の葉の庭』では二人の逢瀬を左右する雨、『君の名は。』では二人のコミュニケーションは自らの意思ではどうにもできない時空間を距てた入れ替わりによる。こうした不安定な、ときに災厄を伴う到来・到達する憑依とは、村上春樹の憑き物・亡霊・コミュニケーションでもある。

三　通過儀礼の物語　『星を追う子ども』

『星を追う子ども』（二〇一一・五・七公開）は、次の粗筋の物語である。

明日菜は、新任教師の森崎の授業で死後の世界の話を聞いた帰り道、先日怪獣（ケツァルトル）から助けてくれたシュンの弟シンと出会う。森崎は組織アルカンジェリを裏切り、明日菜と共に地下世界アガルタを旅する。数日後、フィニス・テラの崖下にある生死の門にたどり着いた森崎は、クラヴィスの欠片を使い、シャクナ・ヴィマーナ（死を司るケツァルトル）に亡妻リサの復活を願うが、明日菜を生け贄に選んでしまう。しかしシンがクラヴィスを破壊したため、リサが消え、シャクナ・ヴィマーナも去った。夢の中でシュンと別れを告げて目覚めた明日菜は、殺してくれと嘆く森崎を抱きしめた。その後、森崎はシンと共にアガルタに残り、明日菜は二人に別れを告げ、地上へと帰った。『星を追う子ども』は幾重もの越境の物語である。谷・山・穴・水辺は境界であり、鉄橋は異界の者（シュン、ケツァルトル）との出会いの場でもある。ケツァルトルは境界の門番であり、かつては人々に知を教えていた使者であった。

消えたシュンを探し岩場で眠った明日菜は父の死に際しての母の言葉を夢で想起する。

明日菜「お父さんもう戻ってこない？　ねぇお母さん」／母「それを願うことはきっといけないことなんでしょうね。死ぬことは生きることの一部だとお父さんは言っていたから。でも、私」

ここは村上春樹『ノルウェイの森』の「死は生の対極としてではなく、その一部として存在している。」という言葉を織り込んでいる。死者の死を受け入れその記憶と共に生きるという『ノルウェイの森』の言葉は、死者を復活させる物語に織り込まれる。

森崎は『古事記』の死者の世界から妻を復活させようとする黄泉国神話を講じ、同型の神話・伝説の舞台となる地下世界、冥府、ハデス、シャンバラ、アガルタを列挙し、後にアガルタに向かう。

この物語では、地球は空洞であり、地上世界は人が生きて死ぬ日常の現代的世界であり、地下世界は死んでも復活が可能でありうる非日常の伝統的な禁忌の世界である。アガルタとは『世界の終りとハードボイルド・ワンダーランド』の中世的世界である「世界の終り」に類似し、夷族は日の当たる場には出現できない闇の住人である点で同作のやみくろに類似し(12)、秩序を守る点では他の部族と共に門番に相当しよう。

境界を越境して過剰な願いを実現しようとするとき代償を必要とする。むろん、生命を復活させられる生死の門に至る崖が遙かな高さを保ち、門の内側が地下世界では本来見られない星空があることも境界の多重化、越境の困難を意味する。

森崎は、シャクナ・ヴィマーナにリサ復活を願い、代償として視力を失い、さらに霊体であるリサ受肉のために明日菜を肉の器とする。失明した森崎は明日菜の肉体の周囲に魂の溶液をまとって復活したリサを視認できないが、リサはリサの姿として森崎には認識される。人は対象を自分のみたいフレームを通してしか見ることが出来ないという事態は村上春樹の主人公の視点の偏りが示していよう。

一方、それまで、森崎は旅には邪魔なはずの明日菜の面倒を見てきたのであり、「先生って、お父さんみたい」という明日菜の言葉をいなしたのも明日菜を大切に思っていたからだろう。その故に、森崎は「ああ、明日菜、君に今この場に現れて欲しくなかった」と泣きながら決断する。一方、明日菜は、リサ復活に失敗して殺してくれと懇願する森崎を抱きしめる。

ここには生命復活と近親相姦の禁忌が二重化されているが、村上春樹にも親と子どもが交わる『海辺のカフカ』『1Q84』といった物語がある。そうして禁忌を犯した親は死に追いやられ、森崎もアガルタにとどまり、地上世界には回帰しない。

四　断片性の美学　『秒速5センチメートル』

『秒速5センチメートル』（二〇〇七・三・三公開、『小説・秒速5センチメートル』メディア・ファクトリー二〇〇七・九、MF文庫二〇一二・一〇、角川文庫二〇一六・二）は次のような物語である。

小学校卒業と同時に栃木へ転校した篠原明里と文通していた中学生遠野貴樹は、鹿児島に転校することになり、会いに行くための列車は大雪で遅れ深夜に到着し、貴樹と明里は唇を重ねて別れる（「桜花抄」）。種子島の高校生・澄田花苗は、貴樹に告白を決意するが、貴樹が自分を見ていないと悟り、告白を断念したとき、ロケットが発射された（「コスモナウト」）。彼女と別れ仕事も退職した貴樹は線路上で女性とすれ違い振り返るが、電車が過ぎ去った後には誰もいなかった（「秒速5センチメートル」）。

物語は当初の全体性・緊密性が断片化・遠隔化される。

ｉ）同一性の幻想：二人は中学校時に大雪の最中再会したときキスを交わすように、苦難を乗り越え結ばれる完全なる一体化を果たす。また、貴樹は明里との関係を「似た者同士」として捉え、小学校時はいつも一緒にいた。そこでは、コミュニケーションが成立し、同一性の幻想が満たされている。

ii）喪失される基盤：しかし、貴樹はキスの最中にも二人の別離を予感する。

貴樹「明里のそのぬくもりを、その魂をどこに持っていけばいいのか、どのように扱えばいいのか、それが僕には分からなかったからだ。（略）僕たちはこの先もずっと一緒にいることはできないのだと、はっきりと分かった。僕たちの前には未だ巨大すぎる人生が、茫漠とした時間が横たわっていた。」

恋人達はキスによって一体化していても、キスによって接触する皮膚の薄皮によって隔てられている。それはメロドラマの基本原理でもあるが、ここでは別離が既に内包されていることを押さえたい[13]。また、明里とは「桜花抄」で電車で会いに行くものの雪で遅延し、「コスモナウト」では飛行機では会えないように物理的・金銭的距離が拡大する。また、手紙は往復に時間がかかり、郵便事故もあってか途絶する。伝達・交通の障害はコミュニケーションの不確かさの比喩であり、同一性を確認する基盤が喪失することを意味する。

iii）断絶・断片化：単独で飛ぶ鳥や、貴樹があこがれるロケットは孤独の象徴であり、物語の始まりと終わりに置かれる踏切はその後に二人が別れ、明里が消えるように関係の断絶を示し、実際の落下速度よりも遙かに遅い速度[14]として語られる桜の花びらは断片化そのものである。「秒速5センチメートル」の中心は過去の出来事をモンタージュした山崎まさよしの主題歌のMVである。MVでは時間の線状性は破棄され循環・断片化される。

こうした断片化・非物語的な手法を村上春樹で見いだすとすれば、カルタ形式の『またたび浴びたタマ』・『うさぎおいしーフランス人』、断章集積形式を採用しつつバラバラの物語内容を配列した「アイゼンハワー（あるいは戦後史における1958年の位置）」「ニューヨーク炭鉱の悲劇」が想起されよう。むろん、その場合でも物語の統合は可能であり、『秒速5センチメートル』では運命の恋の破綻とかつてのヒーローの零落・不幸が語られる。同様に、明里を中心人物とするとき、様々な悲しみは現在の幸福に繋がる素敵な思い出として『秒速5センチメートル』の物語を書き換えていくことになるだろう。

四　損傷と回復　『言の葉の庭』

『言の葉の庭』（二〇一三・六・一三公開、『ダ・ヴィンチ』二〇一三・八〜二〇一四・四、『小説言の葉の庭』メディアファクトリー二〇一四・四、角川文庫二〇一六・二）は以下に内容を要約できる物語である。

高校生秋月孝雄は、庭園で和歌を口ずさんだ雪野百香里と雨の日だけの交流を続け、靴職人を目指す夢を語りつつ、弁当を作って雪野の味覚障害を改善させるが、梅雨が明け会わなくなってしまう。二学期に、孝雄は雪野が生徒の嫌がらせで古文教員退職に追い込まれたことを知り、首謀者の相沢を叩くが取り巻きの男子生徒に返り討ちにされる。二人は庭園で再会し、孝雄は雪野に好意を告げるが、四国に帰る雪野は泣き出す。冬、孝雄は「もっと遠くまで歩けるようになったら」雪野に会いに行こうと思う。

壊れたヒロインを男性主人公が癒やす点で、『言の葉の庭』は損傷と回復の物語である。

さて、『言の葉の庭』とは第一義的には和歌が読まれる公園を指すとともに、人の心を言葉として言い交わしていくことで男女関係が進展していく世界を意味する。よって、『万葉集』の問答歌のやりとりが物語線を形成するのは故ないことではない。

a雪野「雷神の少し響みてさし曇り雨も降らぬか君を留めむ」
（雷の音がかすかに響いて、空も曇って雨も降ってこないかしら。そうすれば、あなたのお帰りを引き留めましょうに。)

b孝雄「雷神の少し響みて降らずとも我は留らむ妹し留めば」

(雷の音がかすかに響いて、雨が降らなくても、私は留まりますよ。あなたが引き留めるならば。)

雪野はaを単に教え子である孝雄に対して自らが古文教員であることを示す標識として口ずさみ、孝雄はbを古文学修の成果として返す。

しかし、人間関係の進展の中で、aは結果的に療養のカウンセラーとして孝雄を求めることになり、孝雄にとっては結果的に謎かけとして恋を誘発される。そしてbは孝雄にとっては雨の交流の場を大切に思っていることを示すのであり、結果的に恋心の提示となり、その後の告白へと繋がる。『万葉集』が教育から恋へと文脈が切り替えられることで、『言の葉の庭』の人間関係が恋愛モードへと変容していくのである。

次に、村上春樹的要素をあげる。

孝雄は、靴作りの職人を目指すが、職人、こだわりのある男性像はレーダーホーゼン作りにこだわる「レーダーホーゼン」、芝刈りを言い訳にする「午後の最後の芝生」など、村上春樹小説には多い。また、孝雄は料理が上手いが、村上春樹小説の男性主人公は基本的に料理上手である。そして、雪野は中傷によって公での活動ができなくなり周囲との関係も破綻する女性であるが、村上春樹では『ノルウェイの森』の玲子が該当しよう。雪野も玲子も隠れ家的な場で回復して主人公と親密な関係を取り結ぶからである。ちなみに玲子の言葉によれば中傷はレズビアンの少女の仕業だが、『小説言の葉の庭』では雪野は嫌がらせ首謀者の相沢の軽いレズビアン的な憧れの対象となっている。同様に、

『小説言の葉の庭』では孝雄は兄とその恋人のデートに同行させられるが、村上春樹の「めくらやなぎと眠る女」での親友の彼女を見舞いに親友に同行させられる構図と対応しよう。

五　恋の潜勢性　『君の名は。』

『君の名は。』（二〇一六・八・二六公開、『小説・君の名は。』角川文庫二〇一六・六）は次のような物語である。

岐阜県糸守町の女子高生・三葉と、東京の男子高校生・瀧は夢の中で入れ替わり、残されたお互いのメモを通じ、相手の人生を楽しむ。入れ替わりが起きなくなった瀧は、三葉に会いに風景スケッチを頼りに飛騨に向かうが、糸守町は三年前のティアマト彗星の破片の衝突により消滅、三葉ら住民数百人が死亡していたことを知る。宮水神社の御神体の前で三年前に奉納された三葉の口噛み酒を飲んで、被災前の三葉の身体に入った瀧は町民避難の計画を立てるが失敗し、瀧の身体に入った三葉と黄昏時に話し合い、再度身体が入れ替わった三葉は町長である父を説得し、災厄を回避した。五年後、瀧も三葉も、入れ替わりのこともその相手の名前も忘れていたが、偶然相手を見つけて名前を尋ねる。

『君の名は。』の先行テクストとして木村朗子氏は男女の入れ替わりを『とりかえばや』、憑依を『源氏物語』などに求めるが[15]、より直接的には山中恒『おれがあいつであいつがおれで』（『小6時代』一九七九・四〜一九八〇・三、旺文社一九八〇・六、角川つばさ文庫二〇一二・八）、『転校生』（一九八二・四・一七公開、二〇〇七・六・二三公開）等に求められよう。

また、村上春樹の場合、自分では制御できない憑依は自分が取り憑かれる物語であり、他人に取り憑く物語はない。男性主人公にとってのヒロイン変更の物語とすれば、直子から緑へ恋愛対象が変わる『ノルウェイの森』があげられる。

三葉が仕える宮永神社は糸や人をつなげること、組紐・神の力を「ムスビ」として尊ぶが、「ムスビ」は糸と糸、人と人を繋げるだけでなく、体と魂をつなげることでもあった。また宮永神社の御神体の場は「隠り世」としてこの世とあの世（現在と過去、現在と未来）を往還可能とされ、黄昏時・彼は誰時・「カタワレ時」には異なる時間の瀧と三葉が互いに入れ替わりを元に戻し、視認し会話することができた。

トーマス・ラマールは、新海誠アニメにおけるコミュニケーションは「二人の人間の間で言葉や手紙や物を交換するだけ」ではなく「非物質的な何か、二つの項以前にある関係[16]」であると指摘する。瀧と三葉がノート、携帯、身体を通して意思疎通する以前に、入れ替わることで他人との関係ではなく瀧と三葉の関係が特権化される。

しかし、入れ替わりとは、理解できない相手の気持ちを理解したいという現状超克の欲望の表現であろう。これらの設定は二つのものが一体化していく『君の名は。』のモチーフの現れ方の一つである。そもそも、入れ替わっても普通は恋は起こらないはずである[17]。むしろ、時間・空間・夢・異性といった障壁の超克は恋愛の成立の困難を本来は意味する。それがスルーされることで、ハッピーエンドのラブロマンスが成立するのである。

そうした恋の潜勢性は因果的な過程を経て現勢化されるのではない。

①三年前に三葉が死んだ後、瀧と三葉の入れ替わりが停止し、それと共に日記やノートの文字や記憶が消失する。入れ替わりの相手が存在しなくなったとき、相手とのコミュニケーションの痕跡が消

失する。

②最終的に彗星の被災から糸守町を救った後お互いの全てを忘れてしまう。相手に自分の名前を書こうと約束した二人だが、三葉の体には「好きだ」と書かれ、瀧の体には棒線一本書かれただけで時間切れとなってしまう。

③彗星落下の前日、上京した三葉は中学生の瀧と会うが、入れ替わり前なので瀧は三葉がわからないため、三葉は瀧に失恋したと思い、帰宅後、髪を切る。

三葉「覚えて、ない」／瀧「誰？　お前」

④五年後、瀧も三葉も、入れ替わりのこともその相手の名前も忘れていたが、漠然と「誰かを探している」思いだけが残存し、ときおり相手の気配を感じる。

①〜④は、恋愛の成立が潜勢的で顕れがたいかを示しているが、⑤では急展開する。

⑤ある日、並走する電車で互いを見つけ、階段ですれ違ったところで瀧が話しかけ、二人とも互いに探していた相手だと分かって涙を流し、同時に相手に名前を尋ねた。

ここでも別の二つの一体化のモチーフが物語を大団円へと非因果的に前進させる。思いがあっても相手を忘れていれば、相手と会っても誰か分からないが、逆説的にそれでもわかってしまう運命的な恋の無根拠性が示されている。また、最後に奥寺が瀧に言う「幸せになりなさい」は『ノルウェイの森』で玲子が「僕」に告げる台詞と同じであるように、主人公を来たるべき彼女に向けて送り出す性的に魅力的な歳上の女性という行為項の共通性も物語を前進させる仕掛けなのであった。

たとえば、そうした物語の推進力について、石岡氏は「回顧的な要素がないというのは組紐をあっさり返してしまう」点にも表れ、「現在進行形で動いている視点の側に乗り込んで、物語を前に進めてゆく」[18]と指摘する。むろん、瀧は過去の糸守町の壊滅と三葉との死で回顧しているのではないのかという指摘は粗探しに過ぎるが、組紐は好意のメッセージの媒体であるが故に、むしろ三葉と瀧との間を往還したと捉えるべきだろう。

一方で、彗星によって破滅した過去の人々の救済は、現在のそれ以外の人々とも関わる重大な歴史の軌道修正であるが、それに対する逡巡は見られない。村上春樹で言えば、『ねじまき鳥クロニクル』で主人公が義兄を倒すこと、『１Ｑ８４』でヒロインが不当な存在と見なされる男たちを暗殺することに対して逡巡が見られないこととも対応しよう。自分にとって好都合な歴史を作り上げることが肯定される物語群の一つとして『君の名は。』を捉えることも出来よう。

六　小説版の位置と新海誠における陶酔

これまで新海誠アニメと主に村上春樹小説との関係を概観してきたが[19]、本節では同じアニメと小説の関係でも新海誠自身のアニメ版と小説版の関係について概観する。

本章執筆時においてＤＶＤ発売前の『君の名は。』は考察から除外するとしても、たとえば、『秒速五センチメートル』のアニメでは主観的に周囲を批判するものの、周囲とうまく合わせられない独善的な貴樹が会社を辞めてニートになる物語であったのが、小説版ではプロジェクトをめぐる対立で退職が主観的にやむを得ないものとして示される。

また、『言の葉の庭』のアニメでは①雪野は同僚の伊藤と不倫していて長期欠勤時に別れたようであり、②雪野と女子生徒との対立に伊藤が助けず、③雪野への嫌がらせのリーダーは相沢であり、④孝雄は雪野との再会を願うが、小説版では①伊藤は独身でたまたま出会った昔の恋人の家で雪野と電話していただけで不倫ではないとされ、②伊藤が助けなかったのは問題解決は当事者が行うべきだからという伊藤の考えが示され、③相沢は嫌がらせを後悔して昔の男が嫌がらせのリーダー的な位置であったとし、④孝雄は雪野と実際に再会する。しかし、②では指導困難生徒に対して周囲の教師が連携しないことは生徒指導の常道に反している。①は雪野の恋愛関係を浄化し、③は男が悪く女には非がないという含意を示すように、②は孝雄と雨の公園で出会わせるために雪野を教師集団・恋人から孤立させる方法なのである。

また、小説版では、一見、孝雄との関係においてはハッピーエンドのようだが、まだどうなるかわからない。たとえば、孝雄の靴作りのために足をみせてもらう際、雪野は「やっぱり、あの時の私の予感は正しかったのだと、その先の人生で雪野は知る。誰かを損ないなにかを失おうとしているという、あの予感。ある意味では――あの庭での時間が、私の人生のピークだった」と思い、語り手もそう意味づける。雪野のその後の人生は転落の過程であり、孝雄との関係も再会しても一時的なものであったことが含意されるのである。

小説は小説として自立して読むこともでき、アニメもアニメとして自立して読むことができる。しかし、原作と二次創作の関係として捉えれば、小説はアニメから書き直され、アニメとして読み替えられて流通する。新海誠の場合、小説版はアニメ版の補完的な役割を果たしている。

最後に、旧稿で論じた作品も合わせ新海誠アニメの軌跡を陶酔の観点から整理する。むろん、人々との距離、孤独を主題としてきた新海誠アニメを個的存在をゆるがせる陶酔で捉えることには異議があるかもしれない。しかし、陶酔は「個人の拠り所を、あるいは枠組みを奪ってしまう[20]」際に、時間（過去／現在／未来）、個人（自分／他人／共同体）を超越する。このとき、恍惚の媒体となるのが夢・白昼夢・夢想である。

『ほしのこえ』はミカコが地球の無人の都市にいる場面から始まる。しかしミカコはタルシアンとの戦争でアガルタにいるのであり認識が歪んでいる。また、『雲のむこう、約束の場所』で佐由理が未来／過去を幻視する／夢見ることは、『君の名は。』での時空を越えた入れ替わりに昇華し、『雲のむこう、約束の場所』において浩紀は病室を移送されて不在の佐由理の精神体とコンタクトする場面は『君の名は。』で「カタワレ時」において一時的に外輪山頂で三年の時間を跳躍して再会する瀧と三葉の場面として変奏される。

科学・機械は一見陶酔とは無縁だが、『雲のむこう、約束の場所』では佐由理は量子コンピュータがもたらした睡眠症によって逆説的に世界と繫がるように、科学・機械は忘我をもたらす。『星を追う子ども』では地上世界を越えた知を持つアガルタにおいて死者の復活が目指され、『秒速5センチメートル』では貴樹が宇宙を夢想するとき明里が傍に居るものとしてイメージされMVのリズムが貴樹の陶酔を表現し、『言の葉の庭』では高層ビル群の中で関係が進展し、『君の名は。』では彗星と、そして交互に交替する場面のリズムが二人を結びつける。すなわち、陶酔をもたらすリズムは機械の作動でもある[21]。

融解のモチーフと対応するのは、発光や水の表象であろう[22]。なぜなら水は固体を溶かし馴染ませ一体化させていくことが可能だからであり、さらに光は液体の性質も持ちつつ、実体が存在しない周りにその効力が及びうるもの示しているからである。

『星を追う子ども』では光を通し水容体としてリサは現れ受肉する。『言の葉の庭』では二人が会うのは雨に降り込められた公園の休憩所であり、雨は二人の境界を幾分洗い流しているかのようである。『君の名は。』では彗星の美しい輝きは災厄をもたらしつつも人々を魅了し、口噛み酒は二人を繋ぎ酔わせる。

そうした陶酔の果てが合理的には説明できない糸守町の彗星避難作戦である。瀧は三葉に憑依することで父の町長を説得するが聞き入れられず親友を巻き込んで変電所を破壊し偽放送を流す。それも失敗すると、再び三葉に体を戻し、父に避難訓練という名目で町民避難を実現させる。しかし、それは説得困難なものであって、後日譚におけるメディアの検証に捉えられてしまう。入れ替わりという自他の境界の融解がもたらす陶酔はいつしか共同体の統率・行動へと至るのである。

その意味では、新海誠アニメの軌跡は個人の陶酔が全体主義へと至る物語でもあるが、それに対する受け手の反応は両義的であり得る。

［**注**］

（1）『文学と文学理論』（岩波書店二〇一一・九）六頁。
（2）『遠読』（みすず書房二〇一六・一）二六頁参照。
（3）『アダプテーションの理論』（晃洋書房二〇一二・四）xi頁。
（4）前掲『アダプテーションの理論』一一頁。

（5）「新海誠の結節点／転回点としての『君の名は。』」（『ユリイカ』二〇一六・九）一〇八頁。
（6）「新海誠と村上春樹について」（『新海誠、その作品と人』スペースシャワーネットワーク二〇一六・八）六一頁。
（7）「新海誠の「マジック・リアリズム」」（『新海誠、その作品と人』）六二頁。
（8）小著『ファンタジーのイデオロギー』（ひつじ書房二〇一四・五）Ⅱ―1では、『ほしのこえ』『雲のむこう、約束の場所』『秒速五センチメートル』を考察した。
（9）中村三春「小川洋子と『アンネの日記』」（『北海道大学文学研究科紀要』二〇一六・二）はネオテニーとして小川洋子のアンネコードを捉える。
（10）中田健太郎氏はそれまでとは異なり「危険な恋愛を実現させてしまう」（「色彩と陰影の向こうに」『ユリイカ』一二八頁）と指摘する。
（11）トーマス・ラマール「新海誠のクラウドメディア」（『ユリイカ』）五七頁。
（12）「新海誠の「マジック・リアリズム」」六三頁。
（13）語り方の点でモノローグの貴樹は一三歳当時ではなく大人になっている。
（14）小澤氏は「距離と数字の使い方も村上春樹に通じる」（「新海誠の「マジック・リアリズム」」六三頁）とする。
（15）木村朗子「古代を橋渡す」（『ユリイカ』）参照。
（16）「新海誠のクラウドメディア」六〇頁。
（17）三葉が恋に陥るとすれば、田舎を出て来世は都会の男子高校生になりたいという願望の実現対象にふさわしいよほどの美少年として瀧があったからであろう。
（18）前掲「新海誠の結節点／転回点としての『君の名は。』」一一六頁～一一七頁。
（19）他に『雲のむこう、約束の場所』での物語世界の書物として『アフターダーク』（パイロット版では『海辺のカフカ』）の表紙が登場し、『秒速5センチメートル』でも『蛍・納屋を焼く・その他の短編』を明里が読んでいる言及関係がある。

（20）鍛冶哲郎「陶酔の美学、あるいは個の趨勢とテクノロジーの陶酔」（『陶酔とテクノロジーの美学』青弓社二〇一四・六）一二頁。

（21）ベルント・シュティーグラー「機械の陶酔のなかで」（『陶酔とテクノロジーの美学』青弓社二〇一四・六）二六〜三五頁参照。

（22）細馬宏通「緑の領域」（『ユリイカ』）はゴースト／フレア効果を物語の主題と関連づけて論じる。

Ⅳ　倫理とイデオロギー

1　解釈と倫理――「めくらやなぎと眠る女」

一　はじめに

村上春樹「めくらやなぎと眠る女」(『文学界』一九八三・一二、『蛍・納屋を焼く・その他の短編』新潮社一九八四・七、新潮文庫一九八七・九、『村上春樹全作品1979～1989③』講談社一九九〇・九)は、仕事をやめて田舎に帰った僕が、耳の悪いいとこを連れて行った病院で、一七才の頃、友人と見舞いに行った友人の彼女がめくらやなぎで眠らされた女の子が蠅に内側から食べられる詩を書いていたことを思い出し、いとこも蠅が食べていると想像する物語である。

「めくらやなぎと眠る女」は、のちの『ノルウェイの森』(講談社一九八七・九)に連なるモチーフを持ち、また『レキシントンの幽霊』(文藝春秋一九九六・一一、文春文庫一九九九・一〇)に収録された改稿版「めくらやなぎと、眠る女」があるため、田中励儀「『めくらやなぎと眠る女』」(『国文学』一九九八・二)が両者を丹念に比較検討するように、単独で論じられることが少ない。そこで、数少ない単独の論考を概観する。川村英代氏は、「いとこの何度となく時間を尋ねるという行為が、連続しているはずの時間をこま切れにし、さらに切り取られた時間が入りこみ、物語の時間の層を厚くしている」[1]と指摘する。また、酒井英行氏は、様々な登場人物を「僕」の分身として捉え、友人は異性愛への志向がみられず自我同一性の確立に失敗したとし、「僕」自身である彼女の記憶を想起することで「自己回復を遂げた」[2]と主張し、いとこの耳をみんなと同じと語る「僕」は「心の病は癒やされた」[3]と説く。

だが、いとこが時間を聞く行為はいわば「僕」とのコンタクトを望む行為である。生きていく上で厚い時間の層とされるものは彼女の見舞いの記憶に至るまでであり、それ以外の時間の層は存在しない。また、「僕」によって回想されるあらゆる対象は「僕」によって把握＝構築される限りで「僕」に近しいと言える。しかし、個々の登場人物や語り手の文脈を捉えるならば、回復・癒やしとは異なる事態が解釈されよう。本章は、テクストの解釈を可能にする文脈の妥当性の検証を遠い目標としつつ、解釈を行うものである。

二　接続回路の縮減

東京で二年間働いた仕事をやめて故郷に戻ってきた「僕」は、「急にいろんなことが嫌にな」り、新しい仕事をするために東京に戻ることもできず、といって故郷には「もう何の魅力もな」いまま、「家でのんびりと庭の草をむしったり塀をなおしたりしてい」た。「僕」は、社会不適応なのである。かつて自分が乗り、今回いとこを転院先の病院に連れて行く際に乗った路線バスの話題を「いずれにしても僕とはもう関わりのない話」といい、「僕」とコミュニケーションをとろうとしているいとこの様子を見て「こちらが慣れていないと、なんだか変なものだ。いつも何かを求められているような気分になってしまう」と思う。今の「僕」は過去の思い出とは距離をとりたいのだし、周囲の人々とのコミュニケーションを回避するように、人間関係の深まりを避けたいと「僕」は考えている。

一方、いとこは耳が悪く、聞こえるのは左耳で、それも聞こえたり聞こえなかったり、伝達が接続したり切断したりする。いとこは他人の言葉を、聞きたいときに左耳を向け、聞きたくないときには右耳を向ける。自ら聞かない姿勢をとるいとこは自分の気に入った相手や状況の時にコミュニケーションをとるということは、いとこの耳は聞こえないのではなく実際には聞こえているようである。そもそも、今回の転院は家族が治療の進展に苦情を伝えた医者に「家庭環境に問題がある」と言われて喧嘩になったためであり、どうやら医者はいとこが悩みから聞こえないふりをしていると診断しているようだ。このことと、近代社会と個人を連結する時計が「狂って」おり、いとこが時計を紛失することとは関係がある。時計を持つことでの不本意な外部との関係の全面化ではなく、時計を失い「僕」に時間をきくことで望んだときに限定された関係の回路を開くことができるからである。

さて、主人公といとことは周囲から「一対として考え」られていた。「僕といとこのあいだに、それほどの共通点はないように思え」る「僕」には「ずっとその理由がわからな」い。そうした「僕」の自己認識はともかく「いとこ」との間には上述のように社会不適応という共通点がある。そもそも、「僕」はいとこに「もう少し親切にいろいろと話しかけてやらなければならないことは、自分でもよくわかっていた」が、「いったい何を話せばいいのか」わからず、「必要なことを言おうとしても、ことばが一瞬うまくでてこな」い。「僕」が「ことばを詰まらせるたびに、少年は哀しげな顔つきで僕を見」るように、言わば失語症であって健康な精神状態ではない「僕」をいとこは心配しているのである。しかし、「僕」はいとこの気持ちを十分には理解しようとしない。「僕」もいとこも社会との接続回路を縮減することで、自分の居場所を確保しているのである。

三　記憶の断層性と視覚性

いとこの診察が終わるのを食堂で待つ「僕」は、庭・テニスコートから海や兎・山羊が見え、双子の女の子がオレンジジュースを飲むという場面の風景に「既視感」を感じつつ、「僕」が最後に病院を訪れたのは八年前でここととは違う病院であり、双子の女の子も見たことはなく「もちろん錯覚だ」と思う。そこで「僕」は記憶を確かめるべく一七歳の当時を想起しようとするが、クラスメイトの顔が浮かぶだけで「出来事や情景と直接に結びつ」かない。存在する記憶をうまく外化できないのは記憶の「制御装置」が作動し「ばらばらな断片」に変えるからだと「僕」は思う。また、友だちのガールフレンドを想起したときも、記憶は「記憶の層」の断層として「ぷつんととぎれている」のである。ここでは、記憶は個々に存在するだけで統合されないために有意味な物語が紡ぎ出せないとされている。それだけではなく、「僕」は、「それ以上の事件は何もない。わざわざ真剣に思いおこすほどのことじゃない。」と自らに言い聞かせ、想起する価値がないものとして記憶を位置づけようとしている。

また、「僕」の記憶は共感覚的な視覚性を持っている。回想する際に「僕」は、「目を閉じる」行為により現在を後景化し過去を視覚的に前景化する。記憶は、存在したり存在しなかったりするような変化する記憶内容として「しこりのようなもの」「白いダイヤ状のガス体」として記憶の障害として現れる。また、「ざわざわとした音」は記憶の想起を阻む障害であり、その音の弱まりによって記憶は障害を越えて復活する。このとき、「平らな煙みたいに、僕の目の高さを漂」うとされるように、音が物理的に「僕」の視界を遮ることで記憶の全貌を封印している。音が弱まればそうした不透明性が解除され、想起がうまく行くのである。しかし、想起が順調にいけば、後述するように、封印していた理由もまた明らかになるため、記憶は再び不透明性が強化されるのではないか。そのように考えられるのは、視覚的印象の強さが想起を阻止する、「〈彼女の白い胸の骨〉（略）の印象があまりにも強かったので、時間がそこでとまってしまった」ような事例があるからである。単に強い印象であるならば、それは想起を助ける標識として作用するはずだが、ここではそれが記憶の封印につながる否定性となっている。

「僕」は、彼女の白い肉に注目する。酒井氏はこれを「無垢な、同時に（略）傷つきやすい自我の表象」[4]とするが、一人称の語りが語り手の自己正当化を紡ぎ出していくことを考慮していない。「僕」の回想には「ふさがれた肉が一個の女の肉として再び機能する」ことや「ブラジャー」をつけてないため「乳房のあいだの平らな肉が見え」たこと、その肉が見えた後に「セックスに関する話」をするように、彼女を性の対象とする「僕」のまなざしがうかがえる。語る現在の「僕」はそうしたまなざしを持っていたことを、「わからなかった」「思い出せなかった」というように、認めることができないのである。

四　排除される友だち

「僕」は、「一人で病院に行って顔つきあわせて、何を話せばいいのかよくわかんないよ」と「どうしても僕に一緒についてきてほしいと頼」まれて友だちの彼女の見舞いにいくことになる。酒井氏は友だちと彼女には「「異性愛的行動」への欲求が見られない」[5]と指摘するが、友だちの言葉が示しているのは、端的に言えば、恋人同士なら二人を望むのに、第三者を介在するのは二人がうまくいってないからである。親しい関係であるのに「何を話せばいいかよくわかんない」という友だちの言葉は、関係が危機的になっている彼女との緩衝剤の役割を「僕」に想定しているかのようだ。途中休憩した海岸でも友だちは「なんだか変だと思わないか？（略）つまり今、こういう風にして、二人でここにいることがさ」と問いかけるように、友だちは何事かを匂わせつつ「僕」に内心を明示できない。しかし、「僕」は、ただ呼ばれてついてきて途中休憩しているだけと思い「変じゃない」と答えるように、友だちの苦悩に気づくことができない。

また、彼女が病室で作る「めくらやなぎの「詩」」は若者が女を訪ねるが、めくらやなぎによって女はすでに内側から蝿に食われてしまったという内容である。それを聞いた友だちは「ある意味では蝿に食われるというのはある意味で哀しい話なんだろうね？」という。思えば、「僕」の回想の契機となった双子の女の子は彼女の二面性のメタファーであり、そのゆえに「既視感」をもったと考えることができるだろう。さて、「ある意味では」において文脈の選択がなされている。最初の「ある意味では」は外見的には問題がない文脈を取らず、内部をみる文脈では損傷していることを採用し、次の「ある意味では」は娘の損傷を哀しいと思う者とそうでない者の文脈で前者をとっている。私小説的読解では娘は彼女であり若者とは友だちとなるだろう。だから、友だちは詩の価値を否定するが、二人の痛みに気づけない「僕」は「とても面白いと思うよ」と言う。「彼女は僕の方を向いてにっこり笑った」ように、「僕」だけが彼女に認められるのである。

ところで、「僕」は人が病むことで自分が混乱すると語る。

ほんの少しだけ骨がずれること、耳の中の何かがちょっとゆがんでしまうこと、ある種の記憶が不規則に頭の中につめこまれていること。人が病むこと。病が体を冒し、目に見えぬ小石が神経のすきまにもぐりこみ、肉が溶け、骨があらわになること。

骨のずれる彼女、耳がゆがむいとこ、記憶が不規則になる「僕」はいずれも逸脱としての共通項を持ち、同列で語られる。病んだ者として「僕」は自らをアイデンティファイするのだが、問題は、友だちと彼女・いとこの価値が等しくない点である。「もう死んでしまって、今はいない」と語られる友だちはこのカテゴリーから排除されている。

友だちは彼女の病室で「本当はそれほどたいしたことでもな」い「僕のやった失敗談を大げさに味つけしたかなりきわどい話」をして「笑」いをとっていた。そうした彼に対する不満と、彼女への欲望が、友だちを「僕」に近い同一カテゴリーから排除するのである。

五　成長と傍観

話をさかのぼれば、病院に向かうバスは「僕」の高校時代とは違う新しいバスであり、「僕」は行き先に不安を感じたり、乗客の老人集団を不審視する。老人たちは「顔つきも体つきも体つきもしゃべり方も何もかもが似て」おり、「社会的地位とか、ものの考え方とか、行動パターンとか、育ち方とか、そういったものが渾然一体となったトーン」が共通している点が「僕」は「奇妙」だと思う。しかし、「僕」は個々の老人たちの地位や考え方、行動パターン、育ち方を知っているわけではないのに同一視し、「奇妙」と劣位のレッテルを与え、「口出しはしない方がよさそうだった」と判断するのである。

しかし、すべては「僕」の独り相撲であり、恐らく老人たちとは普通に話しかければ、普通に会話ができたはずである。劣位のカテゴリー化を行いたい「僕」は社会生活に復帰できているわけではない。とすれば、ここでは奇妙／正常、劣位／優位のフレームは文脈に照らして反転する。この新しいバスには「結婚式場だけで全部で五つも広告がある。その他に結婚相談所と貸衣裳店の広告もひとつずつ」あったように結婚は通過儀礼であり、老人たちは結婚を経て社会生活を送った大人だとすれば、「僕」はそうした社会復帰・成長ができない大人になれない人物なのである。

結末でかつて乗車した古いタイプのバスが来たときに不安を感じないのもこれに起因しよう。また、いとこも「これから先、何度も何度もいろんな痛みを体験しなくちゃならない」なら「年なんて取りたくない」と言う。とすれば、いとこの耳が聞こえないのは痛みという新たな出来事に出会う主体として自己を形成することを避けるためなのである。同様に、「僕」も社会人としてあるべき認識・行動実践を回避しようとする。

これはいとこや彼女に対する「僕」の姿勢とも関わる。

いとこの覚えている『リオ・グランデの砦』の話をふまえて「僕」は、「誰の目にも見えることは、それほど重要なことじゃないっていう意味なのかな」と思う。いとこは耳のことで同情されるたびにこの台詞を思い出す。目に見えることではなく見えないことが、ある表層の問題はその背後・周縁が大事なのである。しかし、「僕」はいとこに耳を見てと頼まれても変わったところはないと答えるように、依然として真相には気づかない。いとこは「ちょっとした雰囲気とかさ、そういうことでも、何も感じなかった？」というように耳自体ではない点に気づくよう示唆する。外見からは正常と異常は区別できないだけでなく、目に見える表層の異常は重要ではなく、隠された他の原因が重要なのだとすれば、いとこの「雰囲気」から異常が生まれた理由を探らなければならない。だが、「僕」は、「ごく普通の耳だと思うよ。みんなと同じだよ」と語り、いとこを落胆させる。(6) また、「僕」はいとこの耳の中に潜む蠅を想像する。

彼らはいとこの薄桃色の肉の中にもぐりこみ、汁をすすり、脳の中に卵を産みつけているのだ。そして時の階段をゆっくりと上方に向ってよじのぼりつづけているのだ。誰も彼らの存在には気づかない。

身近ないとこが損なわれていても「僕」は具体的な行動を取ろうとはしない。他人事のようにふるまう「僕」はただ世界を認識しても世界とは距離をとりたいのである。

六　記憶の再封印

テクスト冒頭で「五月の風が持つ奇妙な生々しさのことをすっかり忘れて」いた「僕」は風の痛みを「久しぶり」に感じる。

目を閉じると、風の匂いがした。まるで果実のようなふくらみを持った五月の風だ。そこにはざらりとした果皮があり、果肉のぬめりがあり、種子のつぶだちがあった。果肉が空中で砕けると、種子は柔らかな散弾となって、僕の裸の腕にのめりこんだ。そしてそのあとに微かな痛みが残った。

「僕」は目を閉じ、風の匂いを果実のふくらみと破裂、さらにはそれによる痛みを感じる。五月の風は、実体的には無だが「僕」に働きかける力があり、それは病院で目を閉じたときに見たしこり＝ダイヤ状のガス体とも同種のものであり、村上春樹文学につきものの、忘却していたものの到来・反復である。

「僕」は、そうした風についていとこに説明しようとして、「失った経験のない人間に向って、失われたものの説明することは不可能だ」と思って辞める。もちろん、いとこは何かを失っていないわけではない。ありえた人生、ありえた関係、様々なものを失っているはずである。そうしたいとこの損傷を、このつきそいで「僕」は察知する。だからこそいとこが蝿に食べられる想像をする。しかし、「僕」は結局、失ったものを説明しない。それは「僕」が過去や他者と距離をとりたいからである。「僕」が想起によって思い出した彼女の記憶は「夏の終わり」、八月であった。彼女との関係が破綻した後に何らかの理由で友だちは死んだものの、「僕」は友だちをそれほど気にしていず、むしろ関心のあるのは彼女の方だった。もちろん、彼女とは「僕」はもはや一緒にいないように、「僕」が彼女を失ったのが五月だから風が痛いのではないか。「僕」は過去の過ちを認めて改める男ではなかった。彼女や友だちの痛みを知り得ても関わろうとはしないからである。そのことを「僕」は忘却し封印していた。そして、今のいとこと「僕」が似ているように、昔の彼女と今のいとこは似ている。「僕」のいとこへの関わり方は確かに同質性を確認することであり、前進ではなく停滞することを選んでいる。だが、それは回復や自己治癒とは異なり、思い出した過去を再び封印することなのである。

こうした世界から閉じた空間の中で自分の想い人との恋愛の欲望を封印するテクストの構造は、後のセカイ系では恋愛の過剰性というギミックとして現れることで、恋愛の不可能性を提示することになる。

七　おわりに

本章では、「めくらやなぎと眠る女」解釈によって、先行論の文脈を検討する手法を用いた。テクストの細部を読み解くことは、テクストと文脈を関連づけることだが、その文脈はテクストから関連づけられる点で、テクスト相互関連的な解釈の問題となる。たとえば、語り手の言明を真としてのみ捉える酒井氏が作る文脈は、テクスト全体が構成する文脈によって反転していく。大きな文脈を再構築する点でモデルとなるのは複雑な物語テクストなのである。(7)

［**注**］

（1）「めくらやなぎと眠る女」（『村上春樹作品研究事典増補版』鼎書房二〇〇七・一〇）二一九頁。
（2）『村上春樹分身との戯れ』（翰林書房二〇〇一・四）八八頁。
（3）「分身との呼応」（『村上春樹テーマ・装置・キャラクター』至文堂二〇〇八・一）一〇一頁。
（4）前掲『村上春樹分身との戯れ』八二頁。
（5）前掲『村上春樹分身との戯れ』八〇頁。
（6）酒井氏は「主観的世界での自己納得の意味は大きい」（『村上春樹分身との戯れ』八七頁）とするが、「僕」がみんなと同じであることを望んでいず、いとこも落胆している点で、「僕」の凡庸さ、あるいは距離感を読み取るべきであろう。
（7）ドミニク・ラカプラ『思想史再考』（平凡社一九九三・一一）一二一〜一二二頁参照。

2　虚構のモラリティー――「納屋を焼く」

一　はじめに

村上春樹「納屋を焼く」（『新潮』一九八三・一、『螢・納屋を焼く・その他の短編』新潮社一九八四・七、新潮文庫一九八七・九、以下文庫版と呼び、底本とする。『村上春樹全作品1979〜1989③』講談社一九九〇・九、『象の消滅』新潮社二〇〇五・三、以下全作品の本文を全集版と呼ぶ。）は、次のようなあらすじである。

妻帯者で作家である「僕」と不倫関係にあった彼女が、旅先のアルジェリアで知り合った恋人を連れて帰国し、彼女と遊びに来た彼は大麻を吸いながら時々納屋を焼くし今度はこの近くの納屋を焼くつもりだと「僕」に告白する。それから「僕」は近くの納屋を調べて回るが焼けた形跡はない。再会した彼は納屋を焼いたし彼女と連絡がとれなくなったと伝える。彼女が消えてしまい、「僕」は納屋を調べて回る。それから一年後、夜の闇の中で「僕」は焼け落ちる納屋をイメージする。

研究史上の論点はタイトルでもある納屋を焼くことの意味、それに関連して彼が用いた「モラリティー」概念の検討にある。

納屋を焼くを彼女を殺す意味とする説[1]と、殺人は描かれておらず同時存在であるモラリティーを重視すべきだとする田中実氏[2]に対し、殺人と殺人以外の両説が成り立つとする山根由美恵「二つの「納屋を焼く」」（『広島大学大学院文学研究科論集』二〇〇九・一二）はモラリティーの世界の媒介機能に注目し、酒井英行『村上春樹』（翰林書房二〇〇一・四）は蜜柑むきはパントマイムだが納屋を焼くは言語行為として区別し、モラリティーを虚構制作による日常維持の問題と捉えるのである。

先行論に共通するのは、語り手の「僕」の認識を無謬とし、その男性的な偏向に盲目なまま女性を他者化する点である。「僕」たちが彼女と接触できなくなったことと、納屋を焼くことに「僕」たちが賦与する意味とは区別して考える必要があるだろう。また、文学教育に浸透しているいわゆる田中理論と春樹テクストとの齟齬が検証されないまま反復・伝播していくことの弊害も大きい。

本章は、テクストが構成する文脈と先行論との齟齬を解消することで、上述の問題点を解決することを試みる。第二節では彼女の殺人とされる事態に関する主要な先行論の方向性を批判的に検討し、第三節では彼女をその奪われた声を回復することで考察し、第四節では納屋を焼くことと蜜柑むきの関係を整理し、第五節ではモラリティーの意味を文庫版と全集版との比較によって整理し、「僕」と彼との関係性を考察する。

二　彼女の消失

一年前の一二月半ば「僕」は彼から一月半ほど彼女とは会えていないと告げられる。「僕」もまた連絡がとれず、やがて彼女のアパートには別の誰かが住み、「彼女は消えてしまったのだ」と思う。前節で記したように、先行論では彼女の消失をめぐって、①殺人②異世界への越境という主張がなされる。

①はサスペンス・ドラマのフレームによってテクストを殺人の物語へと変形するアプローチであり、タイトルの英語「barn burning」が殺人を意味する俗語である点から殺人を読み取る平野氏[3]、自動車事故が原因で殺されたギャッツビイと似ている彼の車に傷があることから彼が車で彼女を殺したと考える小島氏[4]を例に挙げられよう。しかし、殺人事件はあるのだろうか。たとえば、彼の車の傷は固い何かが接触したことの痕跡であり、車の汚れとともに時間経過の標識でもある。単なる自損の傷とも、誰かの嫌がらせとも考えられるように、このテクストから喚起されるものは死に限定されない。そもそも、彼が納屋を焼いたのは十月だけではない。彼女が春（三〜五月）に出国して三ヶ月後に戻ってくれば夏（六〜八月）である。「二ヶ月に一つくらいは納屋を焼」くと語る彼の言葉によれば、殺人説では「僕」と出会っておよそ八月・十月・十二月と殺人がなされなければならないが、テクストにはそうした人物の失踪は彼女にのみ限られ、殺人事件の痕跡がそれ以前には現れない。

車の傷に言及した場面の全集版での記述には「でもそれは僕の錯覚かもしれなかった。僕は自分の記憶を都合よく作りかえてしまう傾向があるのだ」ともある。語る現在からすれば一年前の記憶を改竄したかもしれないと語る「僕」は、彼を犯人としたてようとしている言葉を紡いでいるが、それは彼とのライバル関係において「僕」が優位に立とうとしていることを示唆しているとも解釈できる。

テクストで描かれている「現実」は彼女が「僕」や彼から姿を消したという事態であって、納屋の焼却と彼女の失踪を直結する把握を「リアリズム」[5]としたり、彼女の殺人を「現実」[6]とすることはできず、それらは解釈のレベルに位置する。ここでなされているのは類比の拡張である。登場人物の形象やタイトルが先行テクストのそれと引用・参照関係があることと、それによって先行テクストのストーリー・機能と当該テクストのストーリー・機能とは一致するわけではない。テクストはその先行テクストの関係のみでできているわけではなく、かつまた先行テクストの引用のモザイクとしてのテクストが何をどのように表現しているかをふまえなければならない。描かれない事態を読み込むのは、先行テクストであれ、中学生の意見であれ[7]、サスペンスを参照枠とする立場であることに論者が自覚的ではないため、解釈のすべての方向性が殺人へと向けられてしまうのである。

②はテクストをファンタジーのフレームによって変形し、彼女を人間外の領域の存在と捉えるアプローチである。田中氏は、「彼女」は、「「ない」ことが「ない」という次元、捉えた対象・現実の〈向こう〉＝「第三項」の領域と行き来する「ない」領域」へ「行き、〈こちら〉の「僕」から見れば、消え[8]」ると捉える。田中理論は、主体と主体が認識した世界と、認識の外部である第三項という世界認識の枠組みで、外部を「ファンタジー」としてテクストを読む。

だが、この構図は外部を「〈言語以前〉〈認識以前〉の事象[9]」と呼ぶように、テクストにおいて表現の効果である外部を「以前」と捉える点で田中氏が批判する実体論そのものである。関係論であると主張するならば、外部と語り手との間の矢印の向きが逆でなくてはならない。また、そうした外部は「あらゆる解釈とは無縁のニュートラルなもの[10]」として、田中氏は「了解不能の他者」と呼ぶ。ところが、彼には「自己同一性、アイデンティティがない[11]」とするが、仮に田中氏の主張の通り彼が物理的に同時存在が可能な人間だとしても、そうした存在としてアイデンティティ形成を果たすはずであり、同時存在である故にアイデンティティが欠落すると主張するのは短絡的である。そして、「愛する対象は〈向こう〉側、了解不能の《他者[12]》」という主張も、彼女を他者とすることで自己の主体形成を語る、日本近代文学研究が伝統的に行ってきた男性中心的な評価の踏襲である。さらに、「登場しない妻との間に愛を生きるにはこの〈向こう〉側、自分の捉えている相手ではなく、相手そのものをいかにして捉えるか、この不可能性が「僕」の問題だったことを〈僕〉は語[13]」るといい、ここでは限界のある登場人物としての語り手「僕」ではなく、話者としての〈僕〉によって「僕」の他者を「捉える」こと、他者認識の反転が示唆される。しかし、愛は認識の問題なのだろうか。他者との関係を作るには認識も必要だが、他者との交渉も必要なのである。ここでは解釈の方向性の制限に見られるように、妻への愛という枠組みで読みたいのは田中氏自身であり、自身が自己倒壊することで自分の固定的な枠組みを否定し、様々なアプローチに触れていく永久運動をしていかねばならないのに、他者を拒絶する理由として愛が使われている。

そもそも、他者の実体視を批判すると言って他者への到達不可能性を語る議論は素朴な実体論を批判したつもりで再生産している。他者とは到達可能／不可能の反復であって、他者の実体論と関係論とはその産物である。さて、他者の到達不可能性の主張者には、啓蒙の前提として他者は到達可能である。この種の発言では到達不可能自体が目的ではなく、その言明で他の主張を行っている。他者の到達不可能性に言及できれば不可能性は解消される必要がないのである。この場合、田中氏の世界・価値観を守るために他者の到達不可能性が用意されているため、論理的な破綻は無視される。

たとえば、田中氏は、モラリティーを「パラレルワールド[14]」とするが、自説の根拠とする村上春樹「目印のない悪夢」(『アンダーグラウンド』)の、同時に主体／客体、総合／部分、実体／影、メーカー／プレーヤーである「あなた」という主張は文脈において主体の置かれた位置・機能が異なり、同一の主体が複数の文脈、大きな物語と関連・交渉しているのであって田中氏の言う「パラレルワールド」とは異なる。ここでは田中氏は「了解不能の他者」と了解されたレッテルをはるだけで自分の立場を再検証することがない。また、田中氏は「客体が永遠に読み手に還元される「還元不可能な複数性」がない」[15]点で殺人説を否定するが、この田中氏がよく使うキーフレーズも、「還元」される「還元不可能性」といい「永遠」といい、過剰なレトリックや支離滅裂な主張が展開されているのであり、田中氏の論点自体が矛盾を抱えている。さらに、田中氏は、茂木健一郎の印象批評を称揚しつつ、読むことを「読み手の「宿命」を創造し、そこに「極点」を折り返した「読むことのモラリティー」の場を創出する」[16]こととするが、「納屋を焼く」における「モラリティー」を同時存在と捉えて読みのアナロジーで説明するならば本来複数の解釈があるという結論になるはずである。しかし、「宿命」とは田中氏の解釈のみを固定化することであり、「究極」・「「極点」を折り返した」といった意味不明の修飾によってその熱意が表示される。こうした理由づけ、論理的整合性を欠いたまま、他人に対し方法的態度・関与を勧めて自分の方法的態度・関与を表明するという点において、田中氏の主張は文学研究における倫理的主観主義としての情緒主義に他ならない[17]。情緒主義に欠落しているのは判断・主張に対して適切な関連性のある根拠を提出することであり、田中氏の主張もその例外ではない。

こうして①・②のテクスト解釈にはいずれも難がある。そこで、先行の論者の採用しなかった立場を次節ではとることにしたい。それは彼女の声を聴くことである。

三　彼女の言葉を聴くということ

田中氏は彼女の言葉には「社会的文脈を持っていないし、社会的に帰属するものがない」ため「意味がなく[18]」、「世俗的常識のその外、社会的な価値基準から全くかけ離れてしまい、いわゆる〈現実〉の外にある」ため、彼女は「人間という枠組みからも逸脱している[19]」という。

田中氏は、語り手がいかに彼女を認識するかを考察しているが、語り手の立場・位置・状況・文脈をおさえてはいない。つまり、田中氏は個人的な認知を考察するのだが、個人的認知がいかなる社会環境の元で可能になっているのかという認知の社会性を考慮しない[20]。彼女の特徴を文脈において捉えるのではなく「僕」の判断を鵜呑みにしている。「僕」の女性軽視の言葉をそのまま肯定する限り、彼女をきちんと受け止めることはできず、彼女の現実性を捉えられないのである。

とすれば、埋没させられた彼女の声を浮上させることが必要だろう。さて、「僕」が彼女といる理由には不確かなものの自明化と不自然さの忘却という自然化がなされている。

僕はちょうどそのころ頭を悩ませなければならないことが他にいっぱいあった。彼女はそもそも歳のことなんて考えもしなかった。僕は結婚していたがそれも問題にならなかった。彼女は年齢とか家庭とか収入といったものは足のサイズや声の高低や爪の形なんかと同じで純粋に先天的なものだと思いこんでいるようだった。要するに考えてどうにかなるものではないのだ。

彼女との関係を語る「僕」が考えるのは彼女のことではなく他のことである。結婚や年齢・収入を先天的なものと考えるような非常識な考えを彼女が持っていたわけではない。「僕」は彼女の心の中を勝手に推測し「思いこんでいるようだった」と判断し、その不確かな根拠をもとに「考えてどうにかなるものではない」と結論づけることで、彼女が考えないように（見えるから）自分が彼女について考えないことも妥当と語るのである。

したがって、田中氏が言う彼女の無意味性・非現実性も別の意味を持つ。

彼女の話す言葉の殆んどには百パーセント意味なんてなかったけれど、それに耳を傾けていると遠くを流れる雲を眺めている時のように、ひどくぼんやりして心地良かった。僕もいろいろ話をしたけれど、たいしたことは何ひとつ話さなかった。話すべきことはべつに何もなかった。

「僕」は彼女を対等な存在と見ないから彼女に大切なことは何も話さないのだし、彼女の言葉に意味を見ることはない。全集版では「僕は相槌を打ちながらその内容をほとんど聞いていない」とも記されているように、まともに聞いていないために他者性が見いだされることがなく心地良いのである。ところが、山根氏は全集版では「彼女はかけがえのない存在であることが強調されている。このことは、彼女を失うことが「僕」にとって痛手であり、「納屋を焼く」という「彼女の失踪をめぐる物語」が「僕」によって語られる必然性が生まれている[21]」という。

彼女も僕と同じように聞き流してうんうんと相槌を打っていたのかもしれない。でももしそうだとしても、僕は全然構わなかった。僕が求めていたのは、ある種の心持ちだった。少なくとも理解や同情ではなかった。

しかし、この全集版引用部が示しているのは互いに同情も理解もない、単に言葉がやりとりされるだけで意思疎通がなくともかまわないという関係である。ここにあるのは相互理解なき一方的な気持ちの吐露であって、「ある種の心持ち」とは自己の満足感のことに他ならない。とすれば、「かけがえのない存在」という把握は誤読であり、かつまた彼女を軽視している「僕」の物語から彼女が途中で消えるのは、ファンタジー（異世界への越境）やミステリー（殺人）ではなく、「僕」にとって彼女の価値がないからなのであり、本作は決して彼女の失踪が主題の物語なのではない。

同様に、「僕」が軽視していたのは彼女だけでなく「僕」の妻もである。彼女たちが訪ねてきたとき妻は親戚をたずねて不在であり、「僕」が妻のためにプレゼントを買う場面はあるが[22]、物語に妻が登場することはない。

彼女を相手にしてない「僕」だが、彼女は彼に不満を持っていた。

「でも……よくわかんないのよ。だってべつに働いているようにも見えないんだもの。よく人に会ったり電話をかけたりはしてるみたいだけど、とくに必死になっているって風でもないし」

彼女と彼は確かに恋人同士かも知れないが、二人の間には信頼関係があるわけではない。彼は「あなたのことは信頼してましたよ。お世辞じゃなくてね」というように、彼女が彼とつきあうのは、彼に比して比較的長くつきあってきていた「僕」に見せつけ嫉妬させようとした可能性もある。しかし、これまで「僕」がまともに応答していなかったように、彼女の彼に対する不信を「僕」は察してあげられない。なるほど彼女と「僕」とは対抗心をもったかもしれない。しかし、彼と「僕」はいずれも彼女にまともに向き合おうとしないのであり、愛想を尽かした彼女が二人の前から姿を消したという可能性も想定できよう。

四　納屋を焼くことと蜜柑むき

「二ヵ月にひとつくらい」「他人の納屋に無断で火をつける」彼は「犯罪行為」と認めつつも「火事をおこしたいわけじゃなくて、納屋を焼きたいだけ」だという。彼の主張によれば「納屋を焼く」＝火事という現実的な理解が成立しない。とすると、「納屋を焼く」ことの意味が問題となる。殺人説やパラレルワールド説が成り立たないことは先述した。では、納屋を焼くとは何か。

彼は納屋を焼くことは「大麻煙草を吸っているのと同じ」だという。火事ではないとすると「犯罪行為」とは直結できないが、ではどういう機能を大麻は持っていたのか。

「これを吸っていると不思議にいろんなことを思い出すんです。それも光とか匂いとか、そんなことです。記憶の質が（略）まるで変っちゃうんです。そう思いませんか?」

大麻は現在とは異なる過去の世界を想起させる。大麻は記憶の質を変化させることによって非現実的世界を制作するのである。

彼は「僕」に納屋を焼くことを伝えた理由を次のように説明する。

「僕はつまり、小説家というのは物事に判断を下す以前にその物事をあるがままに楽しめる人じゃないかと思っていたんです。」

全集版ではこの後に「もし楽しめるというのがまずければ、あるがままに受け入れられるというべきかな。」と続く。小説家は、物事を楽しめ、そのまま受容できるという彼の主張は、物事、すなわち話された世界を楽しむ＝受容することが大切であることを意味する。それは小説、つまり虚構を受容することとそのものである。事実、「僕」がどれだけ探しても実際に焼けた納屋が発見できないことをふまえれば、納屋を焼くという発言は「その想像上の〈焼くべき納屋〉を〈言語行為、言葉によって〉焼いているだけ」[23]と酒井英行氏が指摘するように、虚構の言語行為の遂行を意味し、虚構を制作するのが小説家だとすれば彼も声の小説家なのである。

さて、彼女の「蜜柑むき」も存在しない蜜柑をむくことで「だんだん僕のまわりから現実感がすいとられていくような気」にさせる。彼女はそのコツを「そこに蜜柑があると思い込むんじゃなくて、そこに蜜柑がないことを忘れればいい」と言う。「蜜柑むき」は「僕」を非日常的な想像に誘うものであり、その点では大麻吸引中に聞いた彼の納屋を焼くことと対応する。酒井氏はいずれも虚構を制作する行為でありながら、彼女の虚構は言語を必要とせず、彼の虚構は「純粋に言語的な創作行為」[24]であり、「〈焼け落ちた納屋〉がないことを忘れさえすれば、「僕」のパントマイムには、「現実感がすいとられていくような」リアリティが獲得されるはずだ[25]」と主張する。
さて、納屋を焼くことで最初から納屋が存在しない実際とは異なる状態、虚構状態が作り出される。納屋の多さはそうした虚構創出のトリガーの多さを示している。[26]

「世の中にはいっぱい納屋があって、それらが僕に焼かれるのを待っているような気がするんです。（略）十五分もあれば綺麗に燃えつきちゃうんです。まるでそもそもの最初からそんなもの存在もしなかったみたいにね。」

とすれば、彼は納屋を焼くという虚構、現実とは異なる虚構を作る小説家は認めることができるはずという主張をしているだけなのである。ところが、「僕」の反応は「この次はいつ焼くことになってるの？」といい、実際の納屋が焼けていないか確認して回るように、言葉は現実と対応しなければならないと考えているのである。おそらく、ここには「僕」の虚構観が関わっている。
では、「僕」はどんな小説を書いているのだろうか。テクスト中には小説創作に関わる記述はない。しかし、彼の噂を彼女から聞いて「まるでギャッツビイだね」と言うように現実と虚構とを接続する思考をしている。「僕」は「記号表現に対応する記号内容の究明から逃げている[27]」と酒井氏は言うが、そうではない。「僕」の虚構観のフレームからすれば、言葉は現実と対応しなければならないのである。

「きれいに焼きました。約束したとおりね」「僕の家の近くで？」「そうです。ほんとうのすぐ近くです。」「いつ？」「この前、おたくにうかがってから十日ばかりあとです」「綿密で理論的です。でもきっと見落としたんですよ。そういうことってあるんです。あまりにも近すぎて、それで見落としちゃうんです。」

納屋を焼くことは「理論的」というように焼却とは異なる。彼の「近い」という発言は物理的な近さではなく、虚構を作るという「僕」の仕事に対する近さなのである。

五　虚構のモラリティー

また、納屋を焼くことはモラリティーと関係しており、文庫版と全集版では「僕」の姿勢が異なるかのようである。

「僕は判断なんかしません。観察しているだけです。雨と同じですよ。雨が降る。川があふれる。何かが押し流される。雨が何かを判断していますか？　いいですか、僕はモラリティーというものを信じています。モラリティーなしに人間は存在できません。僕はモラリティーというのは同時存在のことじゃないかと思うんです」／「同時存在？」／「つまり僕がここにいて、僕があそこにいる。僕は東京にいて、僕は同時にチュニスにいる。責めるのが僕であり、ゆるすのが僕です。それ以外に何がありますか？」／ぱちん。／「少し極端な意見じゃないかって気がするな」

と僕は言った。「そういうのは結局仮説のに上に成立しているわけだからね。厳密に言えば同時という概念ひとつとりあげてもあやふやなものだよ」（文庫版）

「僕は判断なんかしません。そこにあるものを受け入れるだけなんです。それは焼かれるのを待っているんです。僕はそれを受け入れるだけです。わかりますか。何かが押し流される。雨が何かを判断していますか？　雨と同じですよ。雨が降る。川があふれる。何かが押し流される。雨が何かを判断していますか？　いいですか、僕は何もアンモラルなことを志向しているわけではありません。僕は僕なりにモラリティーというものを信じています。それは人間存在にとって非常に重要な力です。モラリティーなしに人間は存在できません。僕はモラリティーというのはいうなれば同時存在のかねあいのことじゃないかと思うんです」／「同時存在？」／「つまり僕がここにいて、僕があそこにいる。僕は東京にいて、僕は同時にチュニスにいる。責めるのが僕であり、ゆるすのが僕である。たとえばそういうことです。そういうかねあいがあるんです。そういうかねあいなしに、僕らは生きていくことはできないと思うんです。それはいわば止めがねのようなものです。それがないことには僕らはほどけて文字どおりばらばらになってしまいます。それがあればこそ、僕らの同時存在が可能になるんです」／「つまり君が納屋を焼くのは、モラリティーにかなった行為であるということかな？」／「正確にはそうじゃありませんね。それはモラリティーを維持するための行為なんです。でもモラリティーのことは忘れた方がいいと思います。それはここでは本質的なことじゃありません。僕が言いたいのは、世界にはそういう納屋がいっぱいあるということです。僕には僕の納屋があり、あなたにはあなたの納屋がある。本当です。僕は世界のほとんどあらゆる場所に行きました。あらゆる体験をしました。何度も死にかけました。自慢しているわけじゃありません。でももうやめましょう。僕はふだん無口なぶん、グラスをやるとしゃべりすぎるんです」／僕らはまるで何かの火照りをさますかのように、そのままの姿勢でしばらく黙っていた。何をどう言えばいいのか僕にはよくわからなかった。まるで車窓に次々に現れては消えていく奇妙な風景を座席に座って眺めているみたいな気分だった。体が弛緩して、細部の動きがよく把握できなかった。でも僕は僕の体の存在そのものを観念としてくっきりと感じることができた。それはたしかに同時存在的と言えなくはなかった。考えている僕がいて、その考えている僕を見守っている僕がいた。時間はひどく精密にポリリズムを刻んでいた。（全集版）

酒井氏は、「多数に存在する自己と折り合いをつけること」[28]であるモラリティーは、「〈納屋を焼く〉という犯罪行為をフィクションの次元、イメージの世界に解き放って、生動させてやることによって、社会に適応していける道徳的存在となる」[29]と説く。また、山根氏は、全集版と単行本版を比較し、納屋は「人間が持つ無意識の領域を表」しモラリティーは「自分自身を維持するために、無意識の領域にある闇の部分を消去するということ」[30]と説いている。両氏は、モラリティーを犯罪・闇の解放・解消によって現実適応するものと捉えている。改めて検討しよう。

文庫版ではモラリティーは「同時存在」として人間の存在に必須のものとされる。「同時存在」とは、同時に異なる空間に存在し、異なる立場を選択することとされる。こうした「同時存在」は物理的・物質的には不可能でも、思考実験としてなら可能である。現実に対する虚構、規範に対するオルタナティヴとして「同時存在」は道徳的意義をもちモラリティーと呼ばれるのである。

全集版ではモラリティーは「同時存在が可能になる」「かねあい」であり、人々が「ばらばらになってしま」うのを防ぐ「止めがね」としての統合する力を持つとされる。「僕」は彼の発言を受けて「考えている僕がいて、その考えている僕を見守っている僕」を感じ「たしかに同時存在的」だと思う。「車窓に次々に現れては消えていく奇妙な風景を座席に座って眺めているみたいな気分」というように、そうした風景を観察する「僕」と「僕」自身を観察するもう一人の自分が想定される。この主体の観念的分裂は、語り手が語ることと語られた世界に語り手が登場人物としてある構図でもあり、「僕」は語ることで「僕」を観念＝虚構として感じられる。こうして「僕」は虚構レベルで多重化する。

一方、虚構は多様であると共に人々を統合する装置でもある。ベネディクト・アンダーソンは、誰もが同じという想像がネーションを形作ると説く。[31]また、ヘイドン・ホワイトは文化の平均的成員が共有する信念からなる真であったり偽であったりする平凡な命題の集合として物語を捉える。[32]「僕には僕の納屋があり、あなたにはあなたの納屋がある」ように「世界にはそういう納屋がいっぱいある」のであり、様々な虚構は誰もが等しく生成することができ、互換可能性をもつ虚構の生成が人々をつなげていくのである。この点で、モラリティーは、作られた虚構の統合機能、イデオロギーとしての力を持つ。その故に現実とは異なるオルタナティヴとして納屋を焼くことは、既存の規範に適合させるよりは新たに規範としてのモラリティーを構築する支えともなる。その点で、納屋を焼くことは「モラリティーにかなった行為」ではなく「モラリティーを維持するための行為」となる。

もっとも彼はこうしたモラリティーの統合機能ではなく虚構の多重性を「僕」に理解してもらいたかった。モラリティーのことは忘れてほしいというように、納屋を焼くことをそのまま真に受けるのではなく虚構の生成として理解することを求めていたのである。それに対し、全集版の「僕」はモラリティー論をふまえる場合にだけ同時存在を理解する。彼をギャッツビイみたいだと実在の人物を虚構になぞらえる「僕」は、しかし、個別の納屋を焼く問題については文庫版と同じく素朴に実体との対応を考えるのである。

このように、全集版では同時存在という考え方への理解を示す「僕」だが、納屋を焼くことについては別である。

「わからないな。君は納屋を焼くし、僕は納屋を焼かない。そのあいだにははっきりとした違いがあるし、僕としてはどちらが変かというよりはまず違いをはっきりさせておきいんだ」

大麻を三人で吸い、彼女が寝た後に彼から納屋を焼くことを聞いた時の「僕」の反応である。「僕」は納屋を焼く犯罪者である彼とそうでない自分との差異を作りたいのである。だが、本当に「僕」と彼は違うのだろうか。納屋について話し合った後起きてきた彼女に「男どうしの話さ」とだけ言うように、女性を排除しつつ、卓越性を競い合っている点で、「僕」と彼とは同質の存在である。

また、彼は「あなたのことは信頼してましたよ。お世辞じゃなくてね」と最後にあった時、「僕」に告げる。次の引用は全集版の同じ箇所と、全集版で追加された別れ際の「僕」の反応である。

あなたのことは信頼してましたよ。これはべつに社交辞令なんかじゃありません。あなたは彼女にとって特別な存在だったと思います。僕だってちょっと嫉妬したくらいです。本当ですよ。僕はこれまでに嫉妬したことなんてほとんどない人間なんですけどね」（略）僕は肯いた。でもことばはうまく出てこなかった。いつもそうなのだ。この男を前にするとことばがうまくでてこないのだ。

彼女をめぐって彼は「僕」に嫉妬したと語り、彼を目の前にすると「僕」は何も話せなくなってしまう。酒井氏は、「「僕」が明言しない性的嫉妬、「彼女」を「恋人」にしている彼に対する性的嫉妬(33)」を指摘する。彼に対する屈折したライバル意識が納屋を焼くことと同時存在とを「僕」につなげさせないのである。だからモラリティー論をふまえる限り同時存在を理解する全集版においても、「僕は実際に納屋を焼いたりするタイプではないのだ。納屋を焼くのは僕ではなく、彼なのだ」と、虚構としてではなく実際に納屋を焼く現実の放火として、放火しない「僕」は彼に対する優位性を確認しようとするのである。

さて、彼の焼いた納屋を探し続けるうち、「時々僕は彼が僕に納屋を焼かせようとしているんじゃないかと思」い、結末でも「夜の暗闇の中で、僕は時折、焼け落ちていく納屋のことを考える」と語られる。

こうした点から、酒井氏は、「僕」と彼の分身関係を指摘し、「僕」が焼かれた納屋を確認することを、「彼の焼こうとしている納屋」を特定化する作業は、自動的に〈納屋を焼く〉主体を「僕」に転換させてしまう行為(34)」と説く。しかし、「僕」と彼とは同一性があるとしても、彼は現実とは異なる虚構の価値を語り、「楽しめる」「あるがままに受け入れられる」ことを求める点で虚構の受容・享受を勧めている。ただ、その受容・享受は感染・拡大であったとしても移行としての転換ではないだろう。酒井氏は「実在（痕跡）によってしか、パントマイムの役柄に自己同一化できない(35)」というが、

識を占めているのは、実際に納屋が焼けたかどうかなのである。

六　結論

『蛍・納屋を焼く・その他の短編』は、「僕」の関心が他者としての彼女（「蛍」）から同質の存在としての彼（「納屋を焼く」）を経由して自己の内的イメージ（その他の短編＝「踊る小人」「めくらやなぎと眠る女」「三つのドイツ幻想」）へと移行していく短編集である。もっとも「蛍」にしても内的イメージとしての蛍の残存や、「納屋を焼く」において納屋を焼くことが「僕」には理解できなかったことをふまえるならば、イメージは常に内的に限定的であるとも言えよう。

現実とは異なる虚構世界はあるがままに楽しめる。虚構世界は、彼も「僕」もともに持つことができるからである。しかし、虚構世界は自動化し、現実からの飛躍・衝撃が消尽・摩耗していくため、それを活性化させるには異化させる必要がある。それが虚構世界の創出としての数ヶ月毎の納屋の焼却なのではないだろうか。納屋を焼くことは新たな価値観の創出としてモラリティーを、作り上げることによって維持することでもある。しかし、そうした彼の主張は、彼女を軽視していたのに嫉妬する「僕」によって、あくまで現実世界での放火として理解される。それは彼を放火犯あるいは殺人犯として措定することで、彼に対して優位にたてるという「僕」の願望の表れだとするならば、「僕」の語り自体が再考されていかねばならない。

［注］

（1）平野芳信「構造と語り」（『日本文芸の系譜』笠間書院一九九六・一〇）、加藤典洋『テクストから遠く離れて』（講談社二〇〇四・一）、今村楯夫「フォークナーと村上春樹」（『フォークナー』二〇〇四・四）、小島基洋「村上春樹「納屋を焼く」論」（『文化と言語』二〇〇八・一二）参照。

（2）「消えていく〈現実〉」（『国文学論考』一九九〇・三、引用は『村上春樹』（若草書房一九九七・一二）による）・「「読むことのモラリティー」再論」（『国文学』二〇〇七・五）・「〈原文〉と〈語り〉再考」（『解釈と鑑賞』二〇一一・七）参照。

（3）平野前掲論文二五一～二五二頁参照。

（4）小島前掲論文六五頁参照。

（5）平野『村上春樹――人と文学』（勉誠出版二〇一一・三）一八〇頁。

（6）山根前掲論文六頁。山根氏は「二つの解釈が反発しながら同時に存在するという構造を私は「納屋を焼く」の特徴」（六頁）とするが、これはテクストの一般的な多義性を個別の特徴とすることであり、説明にはならない。また、複数の解釈は対等に存在しているわけではない。

（7）加藤前掲書一六三～一六四頁参照。

（8）「村上春樹の「神話の再構成」」（『〈教室〉の中の村上春樹』ひつじ書房二〇一一・八）二七頁。

（9）前掲「〈原文〉と〈語り〉再考」一八頁。同様に、田中氏が主張する深層／表層も二層構造として予めあるわけではなくフレームによって制作される効果としての解釈にすぎないものを深層と表層とに序列するが、しかし、二次的なものの一方を深層と評価することは極めて暴力的である。つまり、本来断定できないものを価値付けのために言明しているのである。

（10）前掲「〈原文〉と〈語り〉再考」一八頁。

（11）前掲「消えていく〈現実〉」一八八頁。

（12）前掲「村上春樹の「神話の再構成」」二九頁。

(13) 注12に同じ。
(14) 注10に同じ。
(15) 前掲「村上春樹の「神話の再構成」」二八頁。
(16) 前掲「「読むことのモラリティー」再論」九七頁。
(17) 情緒主義についてはジェームス・レイチェルズ『倫理学に答えはあるか』(世界思想社二〇一一・五)二〇～二三頁参照。
(18) 前掲「消えていく〈現実〉」一八六頁。
(19) 前掲「「読むことのモラリティー」再論」一八七頁。
(20) 語用論的現象は認知的であり認知現象は社会的であるという立場から社会と心とは対立関係ではなく、社会の中の心として捉えられるとして語用論を心的に意味づけていくジェフ・ヴァーシューレン『認知と社会の語用論』(ひつじ書房二〇一〇・六)のようなアプローチが必要だろう。
(21) 山根前掲論文一〇頁。
(22) 「僕」はクリスマスに「ガール・フレンド」にプレゼントを買っているが、これは「彼女」と同一人物なのだろうか。「僕」は自分や自分に近しい人々にプレゼントを贈ろうとしているが、仮に「ガール・フレンド」と彼女が同一人物だとしても、そのことは妻の軽視にみられるように、彼女のかけがけのなさを意味するわけではない。
(23) 酒井前掲書二〇三頁。
(24) 酒井前掲書一九七頁。
(25) 酒井前掲書二一六頁。
(26) 酒井前掲書二一四頁は納屋を作品の素材とする。
(27) 酒井前掲書一九八頁。
(28) 酒井前掲書二〇九頁。

(29) 酒井前掲書二一〇頁。
(30) 前掲山根論文九頁。
(31) 『定本想像の共同体』(書籍工房早山二〇〇七・七)参照。
(32) 「現実の出来事の物語化」(『物語について』平凡社一九八七・六)参照。
(33) 注27に同じ。
(34) 酒井前掲書二一二頁。
(35) 酒井前掲書二一五頁。

3　夢のエージェンシー――「踊る小人」

一　はじめに

村上春樹『1Q84』（新潮社二〇〇九・五～二〇一〇・四）でのリトル・ピープルとは大きな物語や権力機構の複合がもたらす非合理性などのメタファーであり、主人公達のセックスと受胎がそうしたものに対する抵抗の可能性として描かれつつ、そのメトニミー性によって実際にはリトル・ピープルにとりこまれているかもしれない等の不可能性が示されている。

リトル・ピープルの前身の一つとして想定されるのが、象工場で働く「僕」が夢に現れた踊る小人の力を借りて女の子を口説くが、革命軍に命を狙われて追い詰められ、小人に体を明け渡せば助かると言われるが、「僕」はどちらも選べない物語である「踊る小人」（『新潮』一九八四・一、『蛍・納屋を焼く・その他の短編』新潮社一九八四・七、新潮文庫一九八七・九、以下文庫版と呼び、底本とする。『村上春樹全作品1979～1989③』講談社一九九〇・九、『象の消滅』新潮社二〇〇五・三、以下全作品の本文を全集版と呼ぶ。）

の踊る小人である。

踊っていない時の小人はとても弱々しくて、気の毒な感じがした。かつて宮廷で権勢を誇ったとか、そういう風にはまるで見えない。／「具合でも悪いの？」と僕はきいてみた。／「ああ」と小人は言った。「気分が良くないんだ。（略）」

革命前の宮廷を支配した小人は革命軍から追われ続けながらも逃げのびたが、「僕」と再会したときである前者の引用では、そうした超常的な力とは裏腹の弱々しい存在として描かれる。革命軍を洗脳してしまえばもはや追われることもないのだがそこまでの力をもたない小人は力を減衰させ続け凡庸な「僕」にすら同情されてしまうほど弱っている。小人は「活力が必要なんだ。体にみなぎる新しい活力がね」と、自らに新たな活力をもたらすものとして「僕」に執着し「僕」の人生の選択肢を少しずつ減らしていく。

中村三春氏は「踊る小人」を「空間的領域性と、登場人物の異界性に特徴[1]」を持つハイファンタジーとして捉え、「象をパーツに分けて水増しするという作業と、区画された空間のイメージがこの小説の幻想性の基礎[2]」と指摘する。そして、中村氏は、結末を「官憲というシステムと、小人による支配というシステムと、どちらのシステムも〈僕〉にとっての安住の地ではない。二つのシステムに挟み撃ちされた〈僕〉が、結局どちら側に就くのかは物語の外にある[3]」と指摘する。一方、中山幸枝氏は、「ロシア革命とその後の社会」というモチーフをあげ、「「踊る小人」の「現実的な物語」としての一面を形成している[4]」と説き、小人の〈踊り〉は、「他人に自分でも気付かない自分自身の一面を引っ張り出す性質が備わっており、その性質をうまく使うことによって、小人は「人々の感情をあやつ」ることができ[5]」たのであり、小人の踊りによって「本当の自己に気付いた」「僕」には「本当の僕ではなくなってしまう」ことを避けて「もう小人を体内に入れ生きのびるという選択肢を選ぶことができない[6]」と説く。また、早川香世氏は、「踊る小人」は単なるハイファンタジーではなく「「異世界」が歪み、変容していく過程が中心に描かれていくのであり、それは同時に語り手である「僕」の認識自体が「現実」／「夢」の間を揺れ動いていく過程[7]」であるとし、「象工場と身体に関する記述に象徴されるように「現実」／「夢」の対比の構造が明らかとなる。「現実」（「異世界」）において身体性は希薄であり、逆に「夢」の世界は身体性を有して」おり、小人は「身体性を導入しようとする存在[8]」であると説く。そして、早川氏は、「踊る小人」の「「異世界」の揺らぎが物語るのは、言語によって語られることで世界が提示、構築されるという、ファンタジー創造の構造と、その構造自体に対する批評意識なのであり、それはフィクション創造自体へのメタ意識に他ならない[9]」と卓抜な見解を提示する。なお、中村氏にも「夢のファンタジー空間の結晶[10]」という指摘があるが、山根由美恵氏は、「踊る小人」の先行テクストをあげつつ、「僕」のいる世界を「夢」の世界として読解し、「自我を譲り渡すことの危険性とメタ化された世界といった二つのテーマ[11]」を持つと説く。

本章は、踊る小人の力の内実を「踊る小人」の物語構造に基づいて読解する。

そのため、第二節では世界の二元性がどのようなかたちで実現されているかを確認し、第三節では小人の踊りが持つ力の意味を考察し、第四節では小人の力をテクストの構造として捉え直し、第五節では結末の解釈を再検討する。

二　世界の二元性

「踊る小人」は、夢の世界が日常の世界を浸食し、夢と日常との区別がつかなくなっていくことを描くテクストである。そのため、先行論では二元論的世界観が物語の起点時の前提となっており、そこで二元性の内実を確認しておかねばならない。

小人が住む夢の世界は森の世界でもある。そこで、小人は西欧文化に由来する音楽と共に踊ることが描写されている。

フランク・シナトラの古いレコードだった。小人はシナトラの声にあわせて「ナイト・アンド・デイ」を唄いながら踊った。

ここでは夢の中には現実の音楽関連の固有名詞が頻出する。このことから早川氏は、夢の世界は「「日常的世界」、言い換えれば〈現実〉をあらわすものとして機能する空間[12]」とするように、夢と日常の転倒と捉えている。しかし、日常世界では夢の音楽を奇異なものとは捉えてはいない。このことは、夢にも日常にも同じ音楽が流れていることを意味する。このとき、音楽は夢と日常を接続するツールなのである。

また、小人の力によって女の子を口説いた「僕」は小人によって女の子が腐敗していく幻覚を見せられてしまう。

彼女の顔つきが変りはじめたのはその時だった。最初に鼻の穴からぶよぶよとした白い何かが這いでてくるのが見えた。蛆だった。これまでら見たこともないような巨大な蛆だった。両方の鼻腔から蛆は次々這いだし、むかつくような死臭が突然あたりを覆った。

ただし、これには再考が必要だろう。確かに女の腐敗の描写が多いが、女の腐敗で示されているのは身体性ではなく不合理・不条理な強迫性・異常性言いえるのではないか。そもそも叙述・知覚のエコノミーからすれば、耐えられる日常性の描写は省略され、予想外の描写は克明になされるからである。

日常世界の特徴を示す事例として早川氏があげる象工場では工員の「身体性は剥奪され、記号的なものとして描かれ(13)」るという。

工場はいくつかの部分に分かれていて、セクションごとに色わけされていた。僕の場合はその月は耳のセクションにまわされていたから、天井と柱が黄色い建物の中で働いていた。ヘルメットとズボンも黄色だった。僕はそこでずっと象の耳を作っていた。(略)僕たちは耳づくりセクションに行くことを〈耳休暇をとる〉と言っている。一ヵ月耳休暇をとったあとで、僕は鼻づくりセクションにやられる。

しかし、これは大工場では一般的な分業体制であり、記号化とされる事象はリアリズム小説では労働の疎外として扱われてきたとも言える。むしろ、象工場の挿話は記号化ではなく反復・流れ作業による同一性・安定性を意味していると捉えるべきだろう。なぜなら、日常世界と夢の世界の関係の変化をたどるには、単に日常と夢との逆転現象とみなすのではなく、関係が変化していく前段階としての安定性を支えるモチーフを読み取りうる。

また、パーツとしての身体観は日常世界には支配的なのだろうか。象の身体を作るのだから身体に関する語彙が増加するのは半ば自明だろう。また、象工場の象の人工増殖は単純に身体性の希薄さだけを意味せず、工業による身体性の拡張とも言えよう。無機質な工業製品を作る交換可能な部品としてのパーツと、身体を構成する有機的な交換不能な部位としての身体語彙はすべてが部品としてのパーツなのではない。身体語彙が使われることと記号として記号化されることとは異なる。

「嘘じゃないさ。なんなら今行って見てくりゃいいよ。どうせ暇なんだもの」
「嘘じゃない。なんなら今行って自分の目で見てくりゃいいよ。あれが美人じゃないっていうんならあんた第六工程の目作りのところに行って、新しい目と取り替えてもらったほうがいいぜ。俺だって女房がいなきゃ死にもの狂いで口説くところだね」

文庫版である前者は、工場に新しく入った女の子が美人だという噂を伝える友人の言を「僕」が疑うと、友人が反論する場面である。全集版である後者では身体のパーツ性が強調された改稿が施されていることになろう。しかし、日常世界で人間の身体はパーツとして互換可能という描写は存在しないし、友人／「僕」の審美能力をめぐる象を生産する工場ならではのジョークに過ぎない。とすれば、パーツとしての身体観が日常世界を支配しているわけではないのである。

みんな帽子をかぶったりマスクをつけたりちりよけ眼鏡をかけたりしていたので、新入りの女の子がどこにいるのかさっぱりわからなかった。

また、早川氏は、作業中のマスク等で、工員は人間としての個々の身体的特徴をはく奪され、象を作るための「工程」の一つとして脱身体化されているという。しかし、個性が把握しづらいのは、個性が消えているよりむしろ工場の暗がりのせいであろう。

そもそも夢の身体性との対比に参照されるのは工場なのだろうか。不規則・非合理的な夢、あるいは個人の具体性とシステム化された生産体制とは対照的だが、対比されるべきは夢世界と日常世界全体、あるいは個人と個人である。日常世界には工場だけでなく身体性が具現する酒場も踊り場もあり、酒場では工員は老人のように個性化され身体性が描かれる者もいるからである。

老人はそう言うと、半分近く歯のかけた口を大きくあけて、つばをとばしながらひやひやひやひやと笑った。

老人はひゅうという音をたててため息をつき、ひといきでグラスの酒をあけた。桃色の液体が唇のわきからこぼれ、だらりとしたシャツの中につたたって落ちた。

そもそも身体性もまた記号なのである。

「踊る小人」の物語世界は、日常世界と夢の世界との二元関係が失われていく。しかし、それは記号性と身体性の拮抗の喪失なのではないことは確認しておかねばならない。

三　踊りの力

早川氏は、「踊りとは身体の感覚をつぶさに感じさせる」[14]という。しかし、小人の踊りとは個人の身体性を超越した次元のものではなかったか。

「僕」が小人の踊りを「まるで音楽そのものだよ」と評し、全集版では「それがいやしくも音楽であって、それにあわせて踊ることさえできたなら小人にとっては充分なのだ」と語り手に提示されるのは、何かと一体化・統合する踊りの作用である。老人の回想では、風・光・匂い・影など、全ての統合と解放として小人の踊りは捉えられていた。

　風や光や匂いや影や、あらゆるものが集まって、それが小人の中ではじけるんだ。

また、小人の踊りは単にうまいだけではなく、超常的な力を発揮できた。

　小人の踊りは観客の心の中にある普段使われていなくて、そんなものがあることを本人さえ気づかなかったような感情を白日のもとに――まるで魚のはらわたを抜くみたいに――ひっぱり出すことができたのだ。（略）客たちは小人の踊りを見ては限りのない至福に浸り、限りない悲嘆に暮れた。小人はその頃から踊り方ひとつで人々の感情を自由にあやつるやり方を身につけることになった小人の踊りは観客の心の中の普段使われていない本人も気づいていない感情をひきずりだす。中山氏は、小人が引き出したものは「元々、それを引き出された本人に内在している[15]」と説く。だが、本人が気づかない本人の気持ちとは精神分析でいう無意識的な位置づけであり、それは外側から作り出され押しつけられたものである。小人の踊りの力は、本心ではないものを本心として作り出す、観客を洗脳する力なのであり、だからこそ自由に観客の心を操ることができたのであり、「よくない力」と評されたのだと言えよう。

こうした踊りに由来する小人のマインド・コントロールによって「僕」の認識は操作されないのだろうか。

「ところで」と小人は言った。「あんたは何かあたしに頼みごとがあるんじゃないのかい?」／「頼みごと?」と僕はびっくりしてききかえした。「なんだい、頼みごとって?」／小人は木の枝を拾って、その先で地面に星の絵を描いた。「女の子のことだよ。あの子が欲しいんじゃないのか?」

ここでは、小人は、自分がその場にない情報＝通常知り得ない出来事・内心を知っているかのようである。しかし、「僕」は確かに女の子に声をかけたが自分の体を賭けてまでの切実な想いをもっていたわけではない。この後のやりとりの間、小人は地面に描き続けた不思議な図形に蝶がとまるのと、小人の踊りの力を提供する代わりに彼女をモノにするまでに声をだしたら「僕」の体は小人のものになるという危険な契約を取り結ぶのとは重なる。つまり、「僕」の「女の子への欲望を引き出したのは小人[16]」であり、小人は「僕」の思考を制御できる力をもっている。とすれば、踊りで光の球がはじけるように見えることにも単なる接続・統合以外の意味があることになろう。

僕の体はもう僕の体ではなかった。僕の手や足や首は、僕の思いとは無関係に、奔放にダンス・フロアの上を舞った。そんな踊りに身をまかせながら僕は星の運行や潮の流れや風の動きをはっきりと聞きとることができた。ダンスとはそういうものなのだという気がした。僕は足を踏み、手をまわし、首を振り、ぐるりと回った。ぐるりと回ると頭の中で白い光の球がはじけた。／女はちらりと僕を見た。彼女は僕にあわせてぐるりと回り、足をどんと踏んだ。彼女の中でも光がはじけるのが、僕には感じられた。

小人が体内に入ったこの引用では「僕」は天体の運行、外界の流れを感じ、彼女の中の様子までも感じることができた[17]。踊りは他者との共感・対話を作り出している、ようである。しかし、踊りは「僕」の意思ではなく「僕」の体を使って小人が演じている、とすれば、引用部は、接続・統合の感覚・知覚をもたらす小人の力に「僕」が眩惑・操作され一体感の錯覚を与えられている可能性がある。

四　知覚と予言

テクストの冒頭では「僕」には夢と現実の区別はついていたかのように描かれる。小人の夢は明晰夢として現実との区別がされているからである。

それが夢だということはちゃんとわかっていたのだけれど、それでも夢の中でも僕は疲れていた

全集版では美人の女の子と会った後の夢でも全集版にのみある第二文で夢と現実は区別されていたが、文庫版では最初の夢から覚めた時点で「僕」は既に異常を現実に感じ取っていた。

その夜、夢の中にまた小人が現れた。それが夢だということは今回もちゃんとわかっていた

窓の外に鳥の姿が見えた。鳥はいつもの鳥のようには見えなかった。

全集版では小人を体の中に入れ、女の子が踊るのを見たとき、現実を夢のように感じ、文庫版では小人が夢に現れた以後、現実は非現実化し、現実と非現実との境界が揺らぎ、現実と夢との区別がつかない状態になっていく。

それはまるで夢のつづきみたいに見えた。それで僕の頭は少し混乱した。もし僕がひとつの夢のために別の夢を利用しているのだとしたら、本当の僕はいったいどこにいるのだろう。

現実を現実として捉えられない事態は夢、ひいては小人の現実の「僕」への干渉である。山根氏は、『世界の終りとハードボイルド・ワンダーランド』の象工場が思考システムであることをヒントに、

「象工場で働く「僕」は現実世界の住人ではなく、「思考システム」＝心の中の住人となり、「工場長」である超越された存在が別にある[18]」と説く。現実とその外側の超越的な関係を、他のテクストを参照して工員と工場長との水平的な関係の類似とみなさなくとも、テクストの解釈だけで導き出しうる。

女の子が腐敗していく知覚を与えられた前者と、その罠から逃れた後者に小人は笑う。

耳もとで小人の笑い声が聞えた。
小人の笑い声はしばらくあたりを漂っていたが、やがて風に吹かれて消えた。

小人の笑い声は現実の空間に広がっており、小人によって「僕」が包まれている。これは「僕」の知覚が小人によって操作され、現実は小人によって与えられているためである。現実はもはや今までの現実ではなく、小人によって記号化された世界なのである。女の子の腐敗もまた「僕」に衝撃を与えるための記号化と言えよう。早川氏の「女の子の身体が腐っていくことを「本当に起る」ことと思ってしまうことは、そのまま、身体性を受け入れることを意味している[19]」という見解は、夢の身体性と酒場の身体性の両立を把握できなくなる点でも、再考が要請される。ここでは、本当に起ることとは知覚であり知覚の制御が語られているのである。

さらに言えば、「踊る小人」のテクストにちりばめられた予言とその成就も、小人の望む世界の構築がなされていることになる。

「あんたはまたここに来ることになるからさ。ここにきて、森に住み、そして来る日も来る日もあたしと一緒に踊り続けるのだよ。そのうちにあんただってとても上手く踊れるようになる」「決められているんだよ」と小人は言った。「もう誰にもそれを変えることはできないんだ。（略）」

最初の夢で小人はテクストの時間的振幅を超えた予言と変更不可能性を提示する。中山氏が「実際には、小人の予言はまだ完遂してはいない[20]」と指摘するように、予言の最終的な成否は後述するとしても、「僕」は小人と再会したことと、上手く踊ることまでは明らかに実現している。小人の予言は短期射程であれば必ず実現するのである。

「あたしの踊りさえあればどんな女だって、黙ってたってモノにできる。心配はいらん。だから舞踏場に一歩足を踏み入れてから女をモノにするまで絶対に声を出してはならん。わかったかい？」

僕は自分が小人を打ち負かしたことを悟った。僕はとうとう一声たりとも発せずに、すべてをやりとげたのだ。「お前さんの勝ちだよ」と小人はぐったりした声で言った。「女はお前さんのものだ。あたしは出ていく」そして小人は僕の体から抜け出した。

また、前者の引用も声を出さずにモノにする後者の引用までが予言されたものと見ることができよう。なぜなら、この時点での「僕」の欲求は女の子を口説くことであるが、その欲求自体が小人によって作られたものであり、小人は「僕」が口説く予定もなかった女の子を手に入れるという予言を実現したことになるからである。

というのは、女の子の実在に疑念があるからである。

女の子はとてもほっそりとしていて、中世の絵に出てくる少年みたいに見えた。

〈大丈夫〉と小人が囁いた。〈ぜったいに来るんだから、のんびりとかまえてなって〉

前者では、女の子は少年のように見える。つまり、小さい男であり、小人との関係が喚起されていた。同様に、小人の一人称も「俺」は少なく、ほとんどは「あたし」であり、女の子とも近い。「踊る小人」の小さな踊る者が「僕」を支配するプロットにおいては、女の子と少年とは類似している。思えば、女の子は「僕」と一緒に踊ることは断るものの、「僕」に踊りに行くことは勧め、踊りと関係のない仕事の話には返事をしないのである。また、官憲の行動を「僕」に知らせるだけで女の子は一緒に逃亡しようとはしない。彼女が果たす役割は「僕」を追い詰めることのみにある。とすれば、彼女の存在自体が小人によって用意されたものと考えられる。だからこそ、後者では、小人は女の子の行動を「僕」に保証できたのである。

五　夢と「僕」の決断

「僕」は前者でアイデンティティの危機を招来する小人の理不尽な執着に抗議する。

「何故僕でなきゃいけないんだ」と僕は小人に向って叫んだ
「あんたは何度も何度も勝つことができる。しかし負けるのはたった一度だ。あんたがたった一度負けたらすべては終わる。そしてあんたはいつかかならず負ける。それでおしまいさ。いいかい、俺はそれをずっとずっと待っているんだ」

しかし、世界が小人によって制作されているとすれば、なぜ「僕」は小人に対して抵抗できるのだろうか。一つには現実自体ももう一つ外側の誰かによって見られた夢であり、小人の理不尽な執着も理性的な制御の作動しない夢の性質[21]に由来するからではないか。この夢は次の入れ子構造を持つ。

「夢」（夢１）：森の世界／「毎日」（現実１＝夢２）：象工場や酒場がある世界／（現実２）：テクストには登場しない誰かの世界

テクストは、小人が主に現れる「僕」の「夢」の世界（夢１）と「僕」が「毎日」を過ごす「僕」の現実の世界（現実１＝夢２）を描くが、その外側に以上を入れ子型の夢として見る誰かの世界（現実２）が想定できる夢１と夢２はそれぞれの水準での明晰夢の認識である。山根氏にも既に次の指摘がある。

「僕」のいる世界が誰かの「夢」である可能性は、「僕」に対しての小人の言葉、「決められているんだよ」、「もう誰にもそれを変えることはできない」にも現れている。つまり、この世界は

「僕」の自由意思では変えることができない世界だと言及されているのである。更に、「何故僕でなきゃいけないんだ」「何故他の誰かじゃいけないんだ」といったように、小人は「僕」に対して特別な執着がある。(22)

これは自由意思では回避できない小人の執着の原因を夢として捉えたものであり、山根氏はテクストの結末を次の見解として二重化する。

テクストは二重の破滅を用意している。「僕」が夢から覚めなかった、もしくはこの世界が夢の世界ではない場合は、二つのシステム（官憲に捕まる、小人に乗っ取られ一生踊り続ける）を選べないまま破滅へと向かっていく「僕」の苦悩が描かれている。この世界が誰か別の存在が夢見た世界であり、「僕」が夢から覚めた場合は、結局他者の夢で生かされているにすぎない主体のない「僕」が描かれた世界となる。(23)

しかし、これはその前の見解を半ば放棄した蓋然的な考察にとどまっている。また、「踊る小人」のテクストの法則をふまえるならば別の見解が提出できるだろう。

小人を中に入れて踊ったため「僕」は革命軍に追われ続け、小人は毎夜体の中に入れろという。官憲に捕まって死刑になるか、小人に体を渡して生き延びるか、「僕」には選択肢がつきつけられる。

「どちらにするかはお前さんが自分で選ぶんだな」そう言って小人はくすくすと笑う。でも僕にはどちらかを選ぶことなんてできない。
犬の鳴き声が聞こえる。何匹もの犬が鳴いている声だ。彼らはすぐそこまで来ているのだ。

精神の自由による全面的な死と、命のみある精神と身体の自由の喪失としての死という点で、「僕」にはいずれも否定的な面しか意識されないかもしれない。そのせいか、「僕」は選ぶことができず、官憲に補足されそうになっても決断を回避し続けているかのようである。

だが、「踊る小人」は小人の予言は成就し、「僕」が小人の説得に抗することができないテクストである。二律相反的な状況で迷っている時点は物語世界の現在時ではない。最後の意味段落の冒頭はその意味段落全体の状況をふまえた「僕」の述懐であり、語りの現在時に最も近い。

結局のところ、小人は正しかった。

「僕」は小人の予言の正しさを確認する。それは「僕」が小人に体を明け渡すという予言である。むろん、客観的には小人の予言は正しいとは限らない。小人の踊りが人々の知覚を完全に制御できるのであれば、革命軍・官憲に対してそれを行使すれば、己の活力の新たな依代を容易に手に入れることができるはずである。しかし、小人はそれをしない。宮廷を支配した小人は革命において革命軍に追われ、今回も革命軍を支配することは出来ないのであり、小人は全能ではない。しかし、選べず迷っていた「僕」は犬の接近によって追い詰められ、小人に体を渡す最終決断をしたことを、小人の「正し」さという表現を使って示しているのである。

さらに、このテクストが現実2の誰かの夢であるとすれば、危機のクライマックスで到来する覚醒は小人に体を譲り渡すときになされると言えるだろう。

我々は大きな物語に操作される。それは「僕」が受けたように小人のような行為体による理不尽な暴力を伴う場合もあれば、小人が現れる以前の「僕」の生活のように一見大きな物語からは自律しているかのように捉えられる場合もあるだろう。しかし、いずれも背後の大きなメカニズムに駆動されているのである。

［注］

(1)「短編小説」(『村上春樹がわかる。』朝日新聞社二〇〇一・一二)六二頁。
(2) 注1に同じ。
(3) 前掲中村論文六三頁。
(4)「村上春樹「踊る小人」論」(『近代文学試論』二〇〇七・一二)八六頁。
(5) 前掲中山論文八九頁。
(6) 前掲中山論文九二頁。
(7)「ファンタジーと反転する「現実」」(『村上春樹と一九八〇年代』おうふう二〇〇八・一一)一九〇頁。
(8) 前掲早川論文一九五頁。
(9) 前掲早川論文一九八頁。
(10) 注2に同じ。
(11)「村上春樹「踊る小人」論」(『国文学攷』二〇一一・三)四四頁。なお、山根氏やダルミ・カタリン

「村上春樹と魔術的リアリズム」（『近代文学試論』二〇一四・一二）は、ホルヘ・ルイス・ボルヘスに言及して魔術的リアリズムとして「踊る小人」を捉えている。なお、橋本陽介『越境する文体』（水声社二〇一七・六）が諸説を検討し、原住民の伝統をふまえないボルヘスは幻想文学であって、ガブリエル・ガルシア＝マルケスが魔術的リアリズムであり、現実的なものこそが魔術的なものである魔術的リアリズムが現実を魔術的なものへと変えるものとして中国で受容されていることを文体論的に検討する。

(12) 前掲早川論文一九六頁。
(13) 前掲早川論文一九四頁。
(14) 注12に同じ。
(15) 注5に同じ。
(16) 前掲中山論文八七頁。
(17) こうした踊りの呪術性は芸術（フィクション）の魅力をめぐるメタフィクションとしても「踊る小人」があることを示している。
(18) 前掲山根論文四一頁。
(19) 注12に同じ。
(20) 前掲中山論文八八頁。
(21) 岡田斉『「夢」の認知心理学』（勁草書房二〇一一・二）参照。
(22) 前掲山根論文三九頁。
(23) 前掲山根論文四三～四四頁。

4　システムと責任
――『世界の終りとハードボイルド・ワンダーランド』

一　はじめに

a不完全な部分を不完全な存在に押しつけ、そしてそのうわずみだけを吸って生きているんだ。それが正しいことだと君は思うのかい？　それが本当の世界かい？　それがものごとのあるべき姿なのかい？　いいかい、弱い不完全な方の立場からものを見るんだ。獣や影や森の人々の立場からね（32）

b僕には僕なりの責任があるんだ。（略）僕は自分の勝手に作りだした人々や世界をあとに放りだして行ってしまうわけにはいかないんだ。（略）でも僕は自分がやったことの責任を果たさなくちゃならないんだ。ここは僕自身の世界なんだ。（40）

aで影は街の成り立ちを語り弱者の立場から行動することを求め、「僕」にこの世界から逃れようと誘うが、「僕」は最終的にbで影の誘いを断り、森で暮らすことを選ぶ。

物語の終局でこうしたやりとりをする村上春樹『世界の終りとハードボイルド・ワンダーランド』（新潮社一九八五・六、引用は新潮文庫一九八八・一〇、以下『世』と略記）は、博士の実験によって情報戦争下の二大陣営から追われて表層意識を失う「私」の物語である奇数章の「ハードボイルド・ワンダーランド」（以下「ハ」と略記）と、中世的な街で夢読みをする「僕」が女の子の心を取り戻して街を出る物語である偶数章の「世界の終り」（以下「世」と略記）が交互に配列される形式のテクストである。

従来は「ハ」を「私」の外的現実、「世」をその内的意識世界、すなわち環境と意識システムの関係で読解したが、木村友彦「『世界の終りとハードボイルド・ワンダーランド』論」（『村上春樹と一九八〇年代』おうふう二〇〇八・一二）が二つの世界での頭骨の発光は心の発見と女の子とのセックスという目標達成後に起こる共通の出来事であり「ハ」と「世」を認識によって変化し相対化される世界と分析するように、現在では「世」と「ハ」を直接的な内外関係とは捉えられない。

確かに、シャッフリングが機能し意識構造の変化で人が死ぬ点で「ハ」は現実とは異なる。「ハ」と「世」とは対応関係を持ちつつ、創出された記憶によって「ハ」と「世」とが相互に前後関係でもあるような印象[1]が作られる。この前後関係の情報は二つの世界の境界の浸透の結果として表象されている。情報は「私」の認識の変化が「僕」や世界のありように影響を与え、「僕」や世界の変化が「私」に影響を与える関係構造をもたらす。

「あんたは今、別の世界に移行する準備をしておるのです。だからあんたが今見ておる世界もそれにあわせて少しずつ変化しておる。認識というものはそういうものです。認識ひとつで世界は変化するものなのです。世界はたしかにここにこうして実在しておる。しかし現象的なレベルで見れば、世界とは無限の可能性のひとつにすぎんです。細かく言えばあんたが足を右に出すか左に出すかで世界は変ってしまう。記憶が変化することによって世界が変ってしまっても不思議はない」（27）

視点の変化が認識を変え世界の変化につながるという博士の発言は、システムの構成素が認識によって異なり、システム変容が異なる要素間の関係性として顕在化することを意味する。世界や認識の相対性は、柴田勝二『中上健次と村上春樹』（東京外国語大学出版会二〇〇九・三）がジャン・フランソワ・リオタール『ポストモダンの条件』（水声社一九八九・六）をふまえ終わりの後の物語として『世』を位置づけるように、虚構の時代におけるスーパーフラットモデルとの親近度が高いが[2]、フラットとされる現象にはその作動を可能にするメカニズムが背後に作動している点で既にそれはフラットではない。

『世』冒頭の「私」がエレベータの中で方向感覚・時間間隔を失う場面は、大きな物語から切断された主体の様態を示すかに見える。しかし、「深い川は静かに流れる」（1）という「私」の把握は、そうした状況の背後でも大きな物語が存在することを示唆する。これは街のシステムを、「見た目に永久運動とうつる機械が何らかの目に見えない外的な力を裏側で利用している」（24）と看破する影の発言とも対応する。エレベータが到着する挿話の「扉が開くというのは、それまでその扉によって連続性を奪いとられていたふたつの空間が連結することを意味する」（1）や、暗闇の中では眼の開閉の差異がないことを「人間のあるひとつの行為と、それとは逆の立場にある行為とのあいだには、本来有効な差異が存在するのであり、その差異がなくなってしまえば、その行為Aと行為Bを隔てる壁も自動的に消滅してしまう」(21)といった「私」の認識が象徴するのも同様に、新たな大きな物語の全面化、システムの変質である。

　ここで「ハ」と「世」の両方が本当の自分の発見という帰結を持ち、影が正義を語り、「僕」も「責任」を根拠にし、「私」もまた「公平」を口にするという事態は、ニクラス・ルーマンとのシステム論争[3]においてシステムからの生活世界の復権、合理的理性に基づく対等な討議による人間性の回復を唱えたユルゲン・ハーバーマスの主張を想起させる。

『世』でいかにシステムが語られ、システムにおいて正義や倫理がどのように機能しているのかを検討する必要がある。

　そこで、第二節では『世』の物語内容におけるシステムの一つとしてシャッフリング・システムをとりあげ、『世』ではシステムが開放系であることを確認する。第三節では「世」・「ハ」の開かれた関係からシステム遷移の不可逆性を確認し、自己の回復をシステムとの関連で意味づける。第四節では影の正義をハーバマスとタルコット・パーソンズの知見を参照して整理する。そこから浮かび上がるのは正義の空間性である。第五節では、「僕」の責任や「私」の公正を検討することで、責任や公正のある種の時間性を抽出したい。

二　ブラックボックスのゆくえ

「ハ」の「私」は、情報企業「組織《システム》」に属する計算士として、自分の脳を媒介に情報をコード化しデコードする暗号処理を行うことで情報戦争に関わっている。その一つは数値を右脳から左脳に移すことで変換するブレイン・ウォッシュであり、もう一つは深層意識の核を抽出して再入力したパス・ドラマをブラックボックスとして利用する暗号処理技術であるシャッフリングである。主体の意識的関与の有無はあるものの、両者はいずれも二つの思考システムの「使いわけ」(25)で機能する。特にシャッフリングは、人間という外界との交渉によって成り立つ点で入力と出力によって構成要素の交代が行われる開放系システムの中で、表層意識とは異なる深層意識の核の自律性・安定性の永続を動作の基盤とする点で平衡状態が維持される閉鎖系システムを接合したシステムである。

博士によると、シャフリング処置を受けた「私」以外の計算士全員が死んでいる。一般人には「ふたつの思考システムを切りかえて使用するということが脳にとってはもともと不可能」だが、「私」は「無意識に」「もともと複数の思考システムを使いわけ」(25)ていた。「私」が物語冒頭のエレベーターで左右のポケットの硬貨を数える行為は二つの思考システムの使い分けのメタファーである。

さて、ブラックボックスを構成するパスドラマの一部である街は、苦しみをもたらす「自我」「心」を吸着して死んだ一角獣の頭骨を夢読みが読むことで「自我」「心」を大気中に放散して「完全性の環の中を永久にまわりつづけている」(32)ことが可能だった。博士は、表層意識を第一回路、「私」の元々の意識の核を第二回路、博士が加工したパスドラマを第三回路と呼ぶ。従来のシャッフリングでは第一回路と第二回路による二重性によって情報変換がなされ、博士の第三回路の設定によって第三回路と第一回路の二重性が成立し、さらに機能的な第三回路の拡大、第一回路の縮小・消滅という事態が発生する。この結果、第三回路が第一回路に優先し、「ハ」での「私」の意識の停止、「世」での「僕」の街からの脱出という帰結で永久機関は停止する。ただし、日々刻々と意識は変動し、表層と深層の意識の二分割が仮に可能でも、表層と深層との関連パターンは一定でなく微細な変容が起こりうる。また、虐待等の経験による深層意識の核の成立、情報伝達や入力によるパス・ドラマの設定や回路の改変の点で、閉鎖系とされた意識の核は原理的に開放系である。開放系はやがて変動しパターンは崩れる。

とすれば、シャッフリング・システムが破綻するのは自明である。「ハ」冒頭での「私」の計算ミスは博士による脳の操作以前に複数の思考システムの使い分け、二つの世界の境界が崩れることの予兆であり、(4) 意識の核が開放系である点で「私」にも「幻聴、幻覚、失神など」(25)の異常や死が来ないとは限らない。博士が第三回路の解放を行わなかったとしても、「私」には第一回路と第二回路の境界の解体が起こりうるのである。

三　自己言及性と他自律

システムは、環境との境界画定によって見出される。「世」の街が心を排除するように、「ハ」の「私」もトラウマを抱えライフスタイルを壊されることを好まず、抑圧を受けつつ他者を排除することで複雑性の縮減を果たし精神の安定を得る点では二つの世界は共通する。(5) ただし、第三回路がパス

ドラマであるように「ハ」も第一回路のドラマ化であり[6]、「世」は第一回路から第三回路への支配的意識の転換として示されたシステム変容のドラマ化であって第三回路そのものではない。

意識システムは自己準拠・閉鎖的に作動し、その閉鎖性が他者との直接接触を困難にする。作動的に閉じることと外部の情報を知ることは異なる。博士は「私」の深層心理を把握・操作し、片方の世界にのみ存在する一角獣やペーパークリップを他方の世界にも配置して一対一対応的に二つの世界の接続を図り、「私」の意識構造を破壊する。だが、博士は「私」に孫娘とのセックスを勧めるが孫娘を「私」が拒否するように「私」の嗜好・意志の全てを博士は知るわけではない。柴田氏は、「「本能とか直感」という例示は示唆的であり、彼は自己の意識が作り上げた「固い殻」の内側に入ってこない対象を、躊躇せずに拒むことができる資質を備えている[7]」と指摘するが、本章の立場から換言すれば、外部からアクセス・操作できても「私」の心理は自己準拠的に働くのである。

「私」は、「もう一度私が私の人生をやりなおせるとしても、私はやはり同じような人生を辿るだろうという気がした」(33)、「ぐるぐるとまわっていつも同じところにたどりつくのだ。それはまるでメリー・ゴー・ラウンドの馬に乗ってデッド・ヒートをやっているようなものだ」・「何もかもがずっと昔に一度起こったことみたいだった。」(35)といった反復・循環意識の中で現時点の思考や記憶を「誰が何と言おうと、それは本当に私の身に起ったことなのだ。」(23)と断言し、自己の本質として捉える[8]。

「僕」の場合も同様である。「お前はなぜここにいるのだと彼らは語りかけているようだった。お前は何を求めているのだ」(14)と「僕」は街に呼びかけられたと感じる。自己の中の大文字の存在に呼びかけられ「僕」は自己同一化する。また影は街を「あらゆる可能性を提示しながら絶えずその形を変え、そしてその完全性を維持している」(38)世界と分析するが、「僕」を構成する街が「僕」によって作られるとすれば、「僕」の自己という超同一性が予め先取られていることになる。それゆえに「僕は僕の求めているものをきっとみつけだすことができる」(34)と自覚し、頭骨の心を読むことは心の無化をもたらすはずなのに、図書館の女の子の心を頭骨から読み取り「ひとつにまとめる」(36)ことで自らの望みを実現させる。

こうして作動の閉鎖性において自己言及的な特定の同一性がパラドキシカルに確保される。ただし、「世」が内的領域であるという超越的判断が正しい根拠は「世」の内部では見いだせない。「ハ」では水流に映る「私自身の影」(23)は「私」に何かを訴え、「世」の影は「ただしちょっと遅すぎたけどね」(23)と来訪の遅さをなじり「僕」に脱出を説得をするという影による超越的な呼びかけの共通の構図も、解読できるコードが結局は自分の側にあることを示唆する。「私」の喪失感や、「僕」の記憶の欠落は欠損による安定と共に、欠損の充填による自己変容をもたらす。自己の内部に絶えず不定性を作り出すことが作動的に閉じた自己を変えていくのである。

ところで、司書の女性は、循環を語る「私」に「みんな昔一度起ったことなのよ。ただぐるぐるとまわっているだけ。」(35)といい、頭骨の発光に「どこかで昔感じたことのあるもの。空気とか光とか音とか、そういうものよ。」(37)という。これらの発言は、実際に循環した発言として捉えることもできるが、前者は人の世は同じことの繰り返しだということで「私」とのつながりを求めるコンタクト志向の言葉であり、後者は昔の夫との思い出や過去に体験した温かみを想起した修辞としても捉えられる。さらには「ハ」が「私」の世界であれば「私」の外側の彼女の共感は「私」自身が作り出しているのである。これは「世」において「僕の中にしみこんだ彼女の心が体内を巡り、そこにある様々な僕自身の事物と混じりあい、体の隅にまでしみわたっていく」(38)ことと照応する。

こうして『世』は「私」が自己の生活を守ることで排他的な自我を形成し「僕」が排他的な空間の中にいることで世界の反復が強固に維持されるが、しかし完全な反復慣習を満たす遂行的行為は存在せず、世界はパフォーマティヴによって生成する未決として反復が崩壊する。これによって「私」の意識は失われ、「僕」が街を出ることによって、今の場所からの移動によるあちら側の生という共通項が成立する。

博士の言では、「私」は永遠の生で失われた物を取り戻すが、「私」は社会的地位や財産・意識の全てを失い「僕」が自分が何者かを悟り彼女の心を取り戻す点で、実際には「私」ではなく「僕」の回復である。そもそも、「僕」や「私」の行為は相互に定位しあうことにより、行為・伝達の意味は本源的に決定できず、永遠性は確定できない。博士は「人間の行為というものが神によってあらかじめ決定されているか、それとも隅から隅まで自発的なものか」(25)という自律をめぐる問いを提示しつつ解答を回避するが、ヴェルナー・ハーマッハーによれば、「自律とは、諸々の自然的前提からの自由において他者が行う法則付与である。この他者は自然でも客体でもなく、自然法則の下での客体定立から解放されており、自ら法則付与する自己である。自律とは、他自律である。自己性は単なる付与であり、そのかぎりで自己の他者化なのである。[9]」という。自律とは自らの自律を他者に負う他律であり、それによって自己に法則を与える自律としての他自律なのである。本当の回復が外的に仕組まれた内的価値の方向付けである点で、「僕」や「私」より上位のコードを設定していることになり、回復とは「私」や「僕」の本当の喪失と同義でもある。

同様に『世』では永遠は瞬間である。

「肉体の死は飛ぶ矢です。（略）思念というものは時間をどこまでも分解していきます。だからそのパラドックスが現実に成立してしまいます。矢は当たらないのです。（略）正確には不死ではなくとも、限りなく不死に近いのです。永遠の生です。」(27)

博士の語るゼノンのパラドックスは、運動体がある瞬間では概念的に停止し時間の連続を断片の集合の集積に分割して把握することであり、目標への中間点の分割は無限に続くために矢は目標に到達しない。物理空間とは異なる認識によって作られる主観的な思念空間ではさらに分割は引き延ばされ死は永遠に到達しない。

同様に、『世』冒頭での「私とエレベーターは『男とエレベータ』という題の静物画みたいにそこに静かにとどまっていた」(1)という静物画という比喩と、結末近くにおいてここ数日で体験した過去が「何かしらずっと遠い昔に見た夢であるように思えた。（略）様々な種類の記憶が奇妙に扁平になった。記憶は複雑にからみあったままクレジット・カードぐらいの薄さの一枚の板のようになっていた。」(29)というカードの比喩は、本来動的な経験が圧縮・切り出されて一枚の絵やカードとして瞬間化・断片化されることで逆説的に永遠ないし長期持続を獲得することを意味する。

四　正義の空間

ここでようやく本論冒頭のaを考察できる地点にたどりついた。影は世界から逃れることを「僕」に求めるが、「僕」が選んだ帰結はそれとは異なる。本節はこれを『世』の登場人物たちと心の関係から考察する。

「僕」の「森の中で古い世界のことも少しずつ思いだしていく。（略）いろんな人や、いろんな場所や、いろんな光や、いろんな唄をね」（40）という言葉は心の内実を示している。やみくろは光を憎み、街の住人は音楽がわからず、影は記憶するが思考力が弱く、「私」や「僕」は思考するが記憶が半ば封印されている。それぞれ人としての心が欠落した存在である。心は、思考だけでも記憶だけでもない。大佐は心を親切のような「表層的な」「習慣」と異なり「もっと深く、もっと強いもの」であり「もっと矛盾したもの」（16）と言い、「僕」が心を「決して均等なものじゃない」（22）と語るように、心は深層の諸要素の不均質な矛盾とされる。また、影は記憶がなくとも心は「それ自体が行動原理を持」（24）つという。この行動原理は認知症研究をふまえれば「感情反応性」[10]に相当し、『世』では嗜好・指向性によって織られる「僕」や「私」の人格としても看取できよう。

『世』は欠損した心の回復をめざす物語であり、音楽や光は心を満たし発見するための媒体である。心とは思考と記憶によって生成される不均質な葛藤のエネルギーであり、「世」の街は音楽が象徴する不均質・矛盾が作り出す心の光を夢読みを通して外部に排出することで世界の安定を確保するシステムである。

柴田氏は、影は情動であり、街は情動を捨象した空間であり、街の外へ出ることは情動の世界への回帰であると共に影の拒絶は情動の拒否でもあるとするが[11]、むしろ情動性を担っていたのは「僕」の方である。そして、記憶こそが影が正義を体現することの意味を説明しうると思われる。記憶は共同体（の構成員として）の情報の蓄積であり、かくあるべきという特定共同体の規範とも接続しやすいからである。

「世」の人々が永遠の生を送る街での人々や一角獣の意志・行為は能動的ではなく世界の終りというシステムによって第二義化される。行為がシステムに規定された人間の意志・行為の総体である社会的行為によって維持される街のシステムは、パーソンズの行為システムに類似する。(12)

さて、秩序・制度という自己完結する機能システムによるシステム統合の場であるシステムに対し、社会を人間らしく統合する場である生活世界を称揚したのはハーバーマスである。ハーバーマスでは討議する場（公共圏）とシステムとは明確に区別され、法は非システム的なものをシステムにもちこむ点でシステムと生活世界を媒介する装置とされる。門番は現行システムの規範を語り、影は道徳という別の規範を語る。を語る。システムの機能空間である街と距離をとりながらも街のある世界と関係を持ちつつ、それへの抗いの生活世界的空間として「僕」が選んだのは森である。かくて、「僕」は結果的に街のシステムを破壊したが、生活世界は非システムではない。

意味を構成する現実性と潜在性の区別を再編成し継続的に潜在性の現実化がなされることで、意味は複雑性を生成する。生活世界は観察の結果、複雑性の縮減、関連性による構成がなされる以上、空間的な比喩を使えば人により生活世界は異なる。さらに、生活世界は倫理・理論・嗜好をもった行為主体が活動する空間である点で既にシステムの浸透を受けている。影が森も街をも偽りの永遠として拒否したのは示唆的である。森の空間も非〈街＋森〉の空間もシステム中立的な空間ではなく、非システムとされる領域にもなんらかのシステムは機能し、それはそれぞれ異なりうるなんらかの規範＝正義をともなう。

五　責任と公正

さて、「僕」はbで街や森からなる世界から離れず、「私には私になる以外に道はないのだ」（33）・「私にはそれ（西田谷注：人生）を最後まで見届ける義務があるのだ。そうしなければ私は私自身に対する公正さを見失ってしまうことになる。」（39）と「私」もその場にとどまりたいと念じていた。木村氏は「自分の実存性から抜け出せない「私」と「僕」の様相が共通して描かれる」[13]と指摘する。ここで、「私」が自己同一性を確保することが「公正」になり、「僕」もこの場にいることが「責任」を果たすことになるという奇妙な主張に注目したい。正義が普遍的・超歴史的な規範でなく局所的・歴史的な道徳ならば、状況に応じて応答を可変させることにも責任や公正の名を与えられるからである。

北田暁大『責任と正義』（勁草書房二〇〇三・一〇）は、システム論で正義・責任を説明可能かを考察する際に、責任を果たさないような他者を規範の他者と制度の他者の二種類に分類する。制度の外部に位置する規範の他者は制度外の自分は何をすべきかを問題とし、制度への内在の仕方を心得ていない制度の他者は制度への関与に同意すべきか否かの問いを持つ。規範の他者は、世界内の自己とその世界から不可視の自己という二重の自己を持ち、不可視の自己が可視的な自己の利害追求に尽力するため「世界にとっての善」と「自己にとっての善」は異なりうる。[14]一方、制度の他者は、自己に開けてくる世界が世界そのものであり、「世界にとっての善」と「自己にとっての善」とは等しく、自己利益の追求のない生への意志だけがあり、他者との比較がなく長期視点も欠如している。[15]

こうした対立軸によって「僕」の言動の位相が整理できるだろう。影の発言aは弱い者に犠牲を強いるシステムは誤謬であり、制作者の「僕」は悔い改めねばならないという含意を持つ。自分の善と世界の善が異なるため、世界の善に基づき「僕」を裁断し、現在から未来へ「僕」の転換を要求する。一方、「僕」は影の主張の正しさ＝制度の存在は認めるが、それに従う必要を認めない。なぜなら「僕」には自分の世界が大事だからである。

責任や義務が仮にあっても、それは現在だけではなく過去や未来にも、自己だけではなく他者にも開かれていよう。人は現時点の世界だけでなく、別の世界に行くことも出来る。同様に過去や未来の「僕」の選択肢は別様にありうるが、「僕」はこの世界の今にこだわっている。かくて「僕」は「責任」によって閉じた安寧を確保する。

それは「私」も同様である。

私は彼女を好むのと同じように彼女が床に脱ぎ捨てたワンピースや下着を好んだ。（略）公正さというのは極めて限定された世界でしか通用しない概念のひとつだ。しかしその概念はすべての位相に及ぶ。かたつむりから金物屋のカウンターから結婚生活にまで、それは及ぶのだ。誰もそんなものを求めていないにせよ、私にはそれ以外に与えることのできるものは何もないのだ。そういう意味では公正さは愛情に似ている。与えようとするものが求められているものと合致しないのだ。(39)

おそらく限定された人生には限定された祝福が与えられるのだ。私はついでに博士と太った孫娘と図書館の女の子にも私なりの祝福を与えた。他人に祝福を与えるような権限が私にあるのかどうかわからなかったが、私はどちらにしてももうすぐ消滅してしまうのだから、誰かに責任を追

及されるおそれはまずなかった。私はポリス＝レゲエ・タクシーの運転手もこの祝福リストに加えた。（39）

公正とは複数への対応を同一基準に基づき等しくすることであるが、前者では「私」の「公正」は彼女や彼女の下着への好みと同義である点で愛情と類似し、需要と供給とは一致しないものとされる。需要と供給は長期持続においては一致する事態もありうるが、瞬間を切り取る限り、ズレのみが強調される。「公正」は長期的に広範に通用する原則ではなく「私」の現在的な選好なのである。また、後者では「私」は自分に利益を与えてくれる者に祝福を与える。祝福は「私」の「公正」を満たすことが対価なのである。

「僕」と「私」には現在中心的な時間の選好が見られる。いわば「僕」は未来も過去もない永遠の現在を周回し続けているような存在なのである。こうした現在中心主義は近視眼的で非合理的である。しかし、それは時間の流れで制度を守る立場からの批判であり、「僕」や「私」は「制度が存在することを承認しつつ、その制度によって自分の善が制限もしくは侵害されることは承認しない」(16)のである。

自分が作った場所に留まる点では、街で生きることも森で生きることも同じである。「世」の終章は、「ハ」の終章で「私」が他者との関係を求める方法が祝福を与えるという自己満足性の強い方法であることと共通し、『世』が個人の内的世界の中での自己回復の物語であることを示している。記憶の復活・浸透による自己の再生は、不満を避けて満足を獲得するために要請された枠組みであり、それを「責任」・「公正」と呼ぶのは現在の脊髄反射的な瞬間の快楽を維持し続けるための大義名分に他ならない。

［注］

（1）「私」が時間に整序され聴覚を利用して暗号処理を行う動的・時間性・聴覚の世界である「ハ」に対し、「永遠にひきのばされた時間の中に」（32）空間的に行動を規制された「僕」が「何かとくべつなものを見るために、門番の手によって作りかえられてしまった」（4）眼で夢を読む静的・空間性・視覚の世界である「世」が唄という聴覚で彼女の心を発見し動的な時間に縛られた脱出劇となり、「ハ」も時間の停滞を重視し「眺める」「じっと見つめる」視覚の比重が増加するように、二つの世界は互いの性質に接近するように変容する。山根由美恵『村上春樹〈物語〉の認識システム』（若草書房二〇〇七・六）は「ハ」と「世」の循環構造を説くが、二つの世界の接続は頭骨の発光のようにダイレクトの場合もあれば、「ハ」でのダム水流の影の挿話が示すように不安定で変形・圧縮・断片化が生じる場合もあるように、流入した別世界の情報が記憶・体験の情報へと変換・生産された結果であり、循環性とは異なる。

（2）大澤真幸『虚構の時代の果て』（ちくま学芸文庫二〇〇九・一）は「ハ」での「私」の意識の停止と森に向かう「僕」の軌跡から理想の時代から虚構の時代への転換の象徴として『世』を捉えるが、この「ハ」と「世」を内外関係で捉える認識は、非主体的な欲望に制御される行為体である動物にとって世界は基底となるデータベースから任意に参照される複数のシミュラクルであり、大きな物語無き価値のフラット化であると説く東浩紀『動物化するポストモダン』（講談社現代新書二〇〇一・一一）のポストモダン観と対応する。だが、ポストモダン思想が高度資本主義社会の維持を是とする大きな物語を内在させ、それをデータベースと言い換える点で、「フラット」のレッテルは大きな物語を不可視化してしまう。

（3）ユルゲン・ハーバーマス、ニクラス・ルーマン『批判理論とシステム理論』（木鐸社一九八四・八）参照。

（4）遠藤伸治「村上春樹『世界の終りとハードボイルド・ワンダーランド』論」（『近代文学試論』一九九〇・一二）は「二種類の違ったアイデンティティーを持っている状態の終りという、今後のドラマの展開を暗示」させると指摘する。

（5）柴田前掲書二〇一頁参照。また、「自己変革・自己回復・世界の再編へと導く」点に「世」・「ハ」共通の目標をみる遠藤前掲論文、酒井英行『村上春樹を語る』（沖積舎二〇〇八・九）での高野圭子氏の「私」や「僕」の恋愛が同質性を求める点で自己愛であることの指摘など、「世」と「ハ」の相同性を指摘する先行論は多い。

（6）木村氏は他人のいる前での一角獣の頭骨の発光が「ハ」の世界が現実世界とは異なる意識の世界であると指摘する。

（7）柴田前掲書一九三頁。

（8）前掲『村上春樹を語る』で高野氏は不測の事態が発生しないことがわかっている夢として「ハ」を捉える。他にも「私」や博士は「組織」に全てを告げ抹殺を回避できるのに「脅されて嘘をつかざるを得なかったとしても（略）連中は私を許さないだろう」（15）・「彼らはそれでも我々を切ろうとするでしょうな」（25）と危険な未来しか意識されないし、危険なはずが容易にフィンランドに脱出できるように、意識の方向付けや出来事の飛躍が見られる。「ハ」や「世」は、覚醒等の方向付けで複雑性を縮減して安定を得る夢や空想の意識システムのサブシステムであり、コンピュータの論理計算とは異なり、意識は顕在的な要素の崩壊と潜在的な要素の顕在化による意識状態の流動・浮動として捉えられる。『世』の断章テクスト様式は、相互に飛躍・干渉し合う意識の断片の動態を象徴しつつ、そうした飛躍する断片の物語的統合・整序を行うのである。

（9）『他自律』（月曜社二〇〇七・一二）一〇〇頁。

（10）大鹿貴子「たとえ記憶を失くしても」（『〈介護小説〉の風景』森話社二〇〇八・一二）六九頁。

（11）柴田前掲書一九七頁参照。

（12）パーソンズはN・I・スメルサーとの共著『経済と社会』（岩波書店一九五八・一一〜一九五九・五）で、シンボルの複雑性と行為の偶発性の大小によってA適応、G目標達成、I統合、L構造維持からなるAGIL図式と呼ばれる構造を設定した。「世」の「僕」で例示すれば、「世」の街は、A歌と未分化な心エネルギーの流入による精神活動の持続システム（制御不能な偶然性に支配され、シンボル環境に働きかけるシステム）、G影の切断、心の排除、夢読みによる精神の安定（行為目的を目的論的に志向し、抑圧的に機能する）、I大佐や女の子との生活（共同体の形成・規範的な方向付け）、L口頭メディアによる街システムのパターン維持（文化的確信の共通性の保持）と整理できる。

（13）木村前掲論文二五九頁。

（14）北田前掲書一二一頁参照。

（15）北田前掲書一二三頁参照。

（16）北田前掲書一五七頁。

5　コミットメントの意味
――『職業としての小説家』「貧乏な叔母さんの話」「七番目の男」「蜂蜜パイ」

一　コミットメントの書法　『職業としての小説家』

これまで村上春樹の小説を分析してきたが、そもそも村上春樹の小説は書くことをめぐるメタフィクションの性格を持つことが多く、またエッセイで自作自解や執筆活動について触れることもある。[1]書くこととは小説内の技法であると共に小説外で小説を市場・読者に向けて送り出すことでもあった。そうしたプロフェッショナルとしての小説家・小説作法をめぐる自伝的エッセイが『職業としての小説家』（スイッチ・パブリッシング二〇一五・九、新潮文庫二〇一六・九）である。ここで、その主張を小説家の姿勢、創作の技法の二点に整理したい。

ⅰ）小説家の姿勢

小説家は、異業種からの一時参入者と小説家との違いを持続的に書けるか否かで区別される。なぜなら、「書こうと思えばほとんど誰にだって書ける」（1）小説の執筆の有無は区別にならないが、「小説を長く書き続けること、小説を書いて生活していくこと、小説家として生き残っていくこと、これは至難の業」だからである。小説を書くことは、メッセージを「別の文脈に置き換え」るように「とにかく実に効率の悪い作業」であり、「小説家とは、不必要なことをあえて必要とする人種」と定義できる。それゆえ、小説家は「頭の切れに代わる、より大ぶりで永続的な資質」として「小説を書かずにはいられない内的なドライブ。長期間における孤独な作業を支える強靱な忍耐力」（1）が必要である。

また、小説のメッセージの「正しさや美しさを支えきるだけの魂の力が、モラルの力がなければ、すべては空虚な言葉の羅列に過ぎ」（2）ず、「言葉が一人歩きをし」ないように「もう一度、より個人的な領域に歩を進め、そこに身を置」き、「自分の中にあるはずの何かを信じること」（2）ことが必要である。「心の闇の底に下降してい」（7）った小説家は、「集合的無意識と個人的無意識」「太古と現代が入り交じっ」た「パッケージ」を「手に意識の上部領域に戻」ることで、「文章という、かたちと意味を持つものに転換」する。しかし、小説を書き続ける「強固な意志を長期間にわたって持続させ」、「深い闇の力に対抗するには、そして様々な危険と日常的に向き合うためには、どうしてもフィジカルな強さが必要にな」（7）ると身体の鍛錬を示唆する。

ⅱ）創作の作法

「小説家の仕事」（4）は「枠組みが堅くなりやすく、権威が力を振るいやすい」が、「体制に取り込まれ」ず、「自分の書きたい小説を、自分に合ったスケジュールに沿って、自分の好きなように書」けることが、「精神的に自由であ」る。オリジナリティーとは「自由な心持ちを、その制約を持たない喜びを、多くの人々にできるだけ生のまま伝えたいという自然な欲求、衝動のもたらす結果的なかたち」（4）である。

「自分が目撃した光景を、出会った人々を、あるいは経験した事象」（5）を、「ありのままの形で記憶に留め」るとき、「全体をそっくりそのまま記憶する」のではなく、「個別の具体的なディテールをいくつか抜き出し、それを思い出しやすいかたちで頭に保管」することで「消えるべきものは消え、残るべきものは残」り、そうした「断片的なエピソードやイメージや光景や言葉を、小説という容れ物の中にどんどん放り込んで、それを立体的に組み合わせ」る際に、「一般的」な軽重の「逆転をもたら」（5）す。その意味で、物語は「現実のメタファー」（11）であり、「現実社会のシステムとメタファー・システム」を「人の魂の中で（あるいは無意識の中で）」「うまく連結させる」ことによって、「人々は不確かな現実をなんとか受容し、正気を保っていくことができる」（11）のである。

短編小説は「文章的にもプロット的にも、いろんな思い切った実験を行うことができ」（6）る「練習場」であるが、「長編小説作家」には長編小説こそが「主戦場」である。創作は、「最初にプランを立てることなく、展開も結末もわからないまま、いきあたりばったり、思いつくままどんどん即興的に物語を進め」ていき、「食い違った箇所をひとつひとつ調整し、筋の通った整合的な物語に」するため「かなりの分量をそっくり削ったり、ある部分を膨らませたり、新しいエピソードをあちこちに付け加えたり」してきた。執筆時に第三者に指摘された箇所はとにかく「書き直」（6）す。

キャラクターは「話の流れの中で自然に形成され」（9）るが、ネガティブなキャラクターは、「自分の小説世界」を「調和的」なものから「より広く深く、よりダイナミックなものにすることが重要な課題になっ」たとき導入がうまくいようになった。また、一人称小説の語り手／主人公は「広義の可能性としての自分」であり、三人称小説では「分割した自己を他者に託することができ」た。小説家は「小説を創作しているのと同時に、小説によって自らをある部分、創作されている」(9)のである。

一方、「最低限の支持者を獲得することも、プロとしての必須条件」(10)であり、「下の方の、暗いところで僕の根っことその人の根っこが繋がっているという」「架空の読者」(10)を意識している。読者は小説創作時に内包されたまなざしを通して自分の中での自然らしさの構築を保証する機能である。

村上春樹は小説を書くことは普通のことだと主張している。つまり、誰でもが書きうる小説の意味や価値の創造にかかわる特別な階級や人間集団は存在しない。むろん、小説家が職業として持続・制度化されるように、文壇／同人、有名作家／無名作家を包括する文学場には実践と意味と価値についての中核的システムが存在するが、実際的で支配的な文化に対して代替的・対抗的な文化はありえ、かつそれは常に移り変わりうる。

村上春樹が『村上春樹、河合隼雄に会いに行く』(岩波書店一九九六・一二、新潮文庫一九九九・一)で「デタッチメントからコミットメントへ」という図式を提示したように、初期村上春樹のコミットメントへの距離は、新左翼運動の大義への反発、文壇の書く内容や書き方への暗黙の規制への反発等から生まれている。いわゆる「コミットメント」とは「芸術家は定義上自由な個人でなければならない、芸術家であるということは自由な個人であるという立場に対する反論[2]」としてあったからだ。村上春樹の「自由な個人の典型としての芸術家」という作家イメージの根底にあるのは「作家は自由でなければならず、こうした規則を打ち破り革新し、既存の価値観に沿っているかどうかにかかわらず自分に必要な経験として作品を創造しなければならない[3]」というロマン主義の重要な主張であろう。一方で、村上春樹は現代日本でもっとも商業的に成功した職業作家としての地位を確立したが、これは「市場に出向き市場において競争する自由[4]」の産物でもある。自由を確保することで関与すると同時に距離をとるという意味でコミットメントはデタッチメントであり、デタッチメントはコミットメントでもある。

一方、村上春樹は自由＝創作の追求の際に精神の闇の力との闘争を語っていた。ルポルタージュ、ノンフィクション的な作品である『アンダーグラウンド』（講談社一九九七・三、講談社文庫一九九九・二、『村上春樹全作品1990〜2000⑥』講談社二〇〇三・九）では地下鉄サリン事件の犯行を「彼らはまさにその「やみくろ」たちの群を、東京の地下に、その深い闇の世界に解き放った」と表現するように、現実の事件は精神の闇の暴走として虚構化されている。これは現実に参画し直写する[5]コミットメントの破綻ではない。春樹がよく語る「「井戸」を掘って掘って掘っていくと、そこでまったくつながるはずのない壁を越えてつながる、というコミットメントのありように、ぼくは非常に惹かれたのだと思うのです」（『村上春樹、河合隼雄に会いに行く』）というレトリックが示しているのはコミットメントのロマン主義的な精神性である。精神の奥底へ降りていくことで他者の精神と繋がるという構図は『ねじまき鳥クロニクル』（新潮社一九九四・四〜一九九五・八、新潮文庫一九九七・一〇、『村上春樹全作品1990〜2000』講談社二〇〇三・五〜七）での主人公の振る舞いに見られ、さかのぼって『羊をめぐる冒険』（講談社一九八二・一〇）での「僕」とねずみ、『ダンス・ダンス・ダンス』（講談社一九八八・一〇）での「僕」と羊男たちとのコミュニケーションに現れている。[6]

本章では、創作された小説・芸術創作の価値を検討するが、その際の補助線とするのは「デタッチメントからコミットメントへ」という人口に膾炙された転換図式とは異なる個人的な課題の発見の構図である。そこで、第二節では小説創作を断念して詩人を夢見る「貧乏な叔母さんの話」、第三節では人の心を癒やしうる芸術の価値を示唆した「七番目の男」、第四節では人生の転換と作中作の転換が対応する連作「蜂蜜パイ」・「日々移動する腎臓のかたちをした石」を、それぞれとりあげ、その意義を考察する。

二　唯物史観のオルタナティヴ　「貧乏な叔母さんの話」

「貧乏な叔母さんの話」（『新潮』一九八〇・一二、『中国行きのスロウ・ボート』中央公論社一九八三・五、中公文庫一九八六・一、『村上春樹全作品1979～1989③』講談社一九九〇・九、『めくらやなぎと眠る女』新潮社二〇〇九・一二）は貧乏な叔母さんの小説を書きたくなった「僕」に貧乏な叔母さんが取り憑き、人々から忘れ去られてしまうが、母親に怒られた少女を見た後に貧乏な叔母さんが消え、一万年後に貧乏な叔母さんのみの世界が現れるなら貧乏な叔母さんについての詩を書いてもいいと思うという物語である。

貧乏な叔母さんについて書くことを「引き受けるというのは、同時にそれを救うことでもあるのよ。でも今のあなたにはそれができるかしら。あなたには本物の貧乏な叔母さんさえいないのよ」と彼女は「僕」をたしなめる。山根由美恵氏が「他者に認識してもらえない存在に目を向けることとその困難さを強調する」(7)箇所を改稿のポイントとして指摘するように、彼女の発言は創作が現実の観察に対応し、また貧困の存在を救済しなければならない点で社会主義リアリズムの戯画的な表示と言えよう。一方、「僕」も「僕に何ひとつ救えないんだとしたら、僕が貧乏な叔母さんについて何かを書く意味なんてどこにあるだろう？」と考え、取り憑かれた後は「少しはわかりかけてきたんだ。あるいはもうずっと書けないかもしれない」と弱音をこぼす。日常でも「僕」は女の子を慰める行動を起こす前に「もちろん」救済を断念する。救済を目的としない創作の困難、理解による執筆困難、救済の放棄等の事態は救済の物語制作の破綻である。

それに対し、彼女は、「その存在そのものが理由なのよ。私たちが特別な理由も原因もなくこうして今ここに存在しているのと同じことなのよ」と、貧乏な叔母さんには存在があるだけだと言う。劣位で不可視の領域におかれた存在に理由があるならば、優位で現勢的なものとの間に関係を取り結ぶことでその意味・意義を見いだしうるからではないか。

では、「僕」は貧乏な叔母さんとの間に憑依以外にいかなる関係を設定したのだろうか。

時は全ての人々を平等にうちのめしていくのだろう。（略）それでも僕たちは貧乏な叔母さんという、いわば水族館のガラス窓をとおして、そんな時の跳梁ぶりを目のあたりに見ることができる。狭苦しいガラス・ケースの中で、時は叔母さんをオレンジみたいにしぼりあげていた。汁なんてもう一滴も出やしない。僕をひきつけるのは、彼女の中のそんな完璧さだ。

時間はその経過と共に人々を忘却へと打ち付ける。人は時間が経つとともに他人から忘却される。しかし、貧乏な叔母さんは、「時」とは関係なく搾り取られるように忘却されるため、自分たちと貧乏な叔母さんの時間作用の違いを見ることができる。貧乏な叔母さんという人々から忘却された存在があるから自らが少しずつ「時」に侵され人々から忘れ去られていくと自覚できる。「僕」が惹かれてるのは貧乏な叔母さんの完全な劣位性であろう。「僕」は貧乏な叔母さんを利用して、自らを上位と自覚するのである。

もし一万年の後に貧乏な叔母さんたちだけの社会が出現したとすれば、僕のために彼女たちは街の門を開いてくれるだろうか？　そこには貧乏な叔母さんたちによって選ばれた貧乏な叔母さんたちの政府があり、（略）貧乏な叔母さんたちの手によって書かれた貧乏な叔母さんたちのための小説が存在しているはずだ。いや彼女たちはそんなものをまったく必要としないかもしれない。政府も電車も小説も。（略）そうだ、もしその世界に一片の詩の入り込む余地があるとすれば、僕はそれについて詩を書いてもいい。そして僕は貧乏な叔母さんたちの世界の、栄誉ある最初の桂冠詩人になるのだ。

「一万年」は遠い未来であると共に「一一九八〇年」というクロニクルに定められた時間でもある。そのとき、貧乏な叔母さん達の支配する社会が誕生するのだと「僕」は夢想する。これは唯物史観によるプロレタリアート独裁の戯画である。

加藤典洋氏はプロレタリアートの「置換、代置の形象」として貧乏な叔母さんがあることを「ブラック・ジョーク」[8]として捉え、柿崎隆宏氏は貧しい過去の日本と豊かな現在の日本との断絶と連続性として貧乏な叔母さんを捉える。[9]

思えば、世界は男性優位の秩序によって構成されている。公定的な歴史の主体となるのは男性であり、プロレタリアートの解放という唯物史観は男性労働者のための物語である点で、来たるべき救済をもたらす反体制も体制と等しく男達の物語を紡ぎ出していた。

しかし、貧乏な叔母さんはそんな小説を拒否するのではないかと「僕」は考える。津久井秀一氏は貧乏な叔母さんが名前を持たないことを「曖昧でぼんやりとした存在、すなわち〈不定形〉な存在」[10]として捉えるが、不定形の方向性はもう少し検討できよう。貧乏な叔母さんとは孤独な劣位、不可視の領域に置かれた女性であり、貧乏な叔母さんを描くことは反公定的な反歴史を紡ぎ出しうる。彼女と話した後、「僕」は次のように思っていた。

そうなんだ、僕には／貧乏な叔母さんさえいない……これはまるで、歌の文句のようだな。

「桂冠詩人」・「歌」、すなわち、詩歌とはそうした社会主義的な物語に対するカウンターとしての言葉であった。この時点においても「僕」は「詩を書いてもいい」という上から目線を捨てることはない。すなわち、社会的な救済の物語として「貧乏な叔母さんの話」があるわけではないのである。一方で、そうした詩作すら一万年後の遠い未来とされるように中村三春氏は「実現度が減殺され」、「〈書くこと〉による事業の成就は、（略）不可能性を含意しつつ、可能性を望見するという両義性の中にある」[11]と指摘する。それは言い換えれば、実現が約束された唯物史観の男性中心の大きな物語に対して、不確定な夢想、安易な物語たりえない詩、ジェンダー的にマイノリティーかつまたそれを代弁する資格すら持つか定かではない発話者といった要素を配置することで、別の虚構の物語が可能であることを喚起させるのが「貧乏な叔母さんの話」なのである。

三　芸術の意義　「七番目の男」

「七番目の男」(『文藝春秋』一九九六・二、『レキシントンの幽霊』文藝春秋一九九六・一一、文春文庫一九九九・一〇、『村上春樹全作品1990〜2000③』講談社二〇〇三・三、『めくらやなぎと眠る女』新潮社二〇〇九・一二)は、四十年前に大波に呑まれたKの不気味な笑いに悪夢が消えなかったが、父の死後に届いたKの描いた絵を見て、かつて波の中で見たKは自身の恐怖の投影だったのではと考え、恐怖に向き合わず大事なものを何かに譲り渡すことを戒めて男は話し終えたという物語である。

物語は体験報告会の七番目の男の話を語り手が聞く場面から始まり、続いて男が「私」として過去を告白し、最後に語り手が再びフロアの様子を観察する場面で閉じられる。この語り手は自称詞をもたないが人物的に実体化された無人称の語り手であり、「私」の告白を聞き、聴衆の反応を語ることでありうべき「私」の話の受容を読者に提示する。また、「私」は恐怖の克服を承認されるべく、恐怖の過剰な描写と共感のレトリックを駆使する。

波は最初は「なめらかな舌先を私たちのすぐ足もとにまでこっそりと延ばし」す獲物を狙う蛇のレトリックで示され、大波は「遠いもうひとつの世界からやってきた、波のかたちをした何か別のもの」に喩えられ、「私」の眼前に「波は崩れかけたままの格好で、そこにぴたりと停止した」というように、日常世界を浸食する非現実的暴力として描かれる。

その波の先端の部分に、まるで透明なカプセルに閉じこめられたように、Kの体がぽっかりと横向けに浮かんでいたのです。それだけではありません。Kは私に向かってそこから笑いかけていたのです。（略）Kの口は文字どおり耳まで裂けるくらい、大きくにやりと開かれていました。そして冷たく凍った一対のまなざしが、じっと私に向けられていました。

Kを死なせて自分だけ生還した「私」はKのまなざしに恐怖し四十年間苦しみ続けるように、「私」は、波を「私にとってもっとも大事なもの」の喪失と「私」の存在を圧倒するものとして提示する。一方で、最も大事なものの再「発見」・「回復」を予告し、結末でも恐怖よりも「怖いのは、その恐怖に背中を向け、目を閉じてしまうこと」であり、それが「私たちは自分の中にあるいちばん重要なものを、何かに譲り渡してしまう」ことになるというように、一人称詞が冒頭で「私」から結末で「私たち」となり、具体的な地名を明示するようになるのは、自ら能動的に「発見」し「回復」したという「克服の物語」を聞き手に共感・支援される「経験者の語り」[12]によって、必ずしも回復していない「私」の回復が聞き手に承認されるのである。

中村氏はこうした「運命の支配に対する抵抗」を「村上短編の存在理由」[13]と説いているが、このとき「私」の回復の契機となったのがKの絵であった。Kの死から四十年後、「私」はKの描いた風景画を再び目にする。

不思議なほど色褪せもせず、昔見たときの印象をそのまま鮮明に残しておりました。（略）記憶していたよりも、それらの絵はずっと巧く、また芸術的にも優れたものでした。私はその絵の中に、Kという少年の深い心情のようなものをひしひしと感じとることができました。彼がどのようなまなざしをもってまわりの世界を見ていたかを、私はまるで我がことのように切実に理解することができました。（略）それは少年時代の私自身のまなざしでもあったのです。その頃の私はKと肩を並べて、同じような生き生きとした曇りのない目で世界を見ていたのです。（略）そこに私が長いあいだ意識の中から強固にはじき出してきた、少年時代の優しい風景がありました。

「私」はこの絵を通してもう一度Kと共に見た風景を思い出す。そして、それまで「私がKの表情に認めた烈しい憎悪の色はその瞬間に私を捉え支配していた深い恐怖の投影に過ぎなかったのではないか」と考えるに至る。なぜなら、「私はKの絵の中に、汚れのない穏やかな魂しか見いだすことができなかったから」である。このことによって「私」が悪夢に見ていたKは消失する。その後、「私」は故郷の町に戻り、事故のあった海岸に行き、「私はもう怖くはありませんでした。そうです。もう何も恐れることはないのです。それは去ってしまったのですから。」と考える。

この転換をもたらしたのが創作・芸術の解釈であることは重要である。加藤氏は「「書くこと」―芸術―の意味の発見」が「孤独を内側から融かし、世界と「和解」させる契機となっている」[14]と指摘しているが、「私」の鑑賞が意味するのは、Kの絵はKの魂を伝える容器である、すなわち作品は作者の魂を伝えるという思想である。そしてその絵が描かれたのが大波より以前であるにもかかわらず、その絵から読み取られたKの心情は大波のときのKの心情にも適用される。人の心情はその都度異なりうるはずであるが、芸術制作者の心情は個別かつ過去のKのものでありつつ、時空間的にも間主体的にも普遍的であるという思想が、「私」の回復の補助線となっているのではないだろうか。

四　創作と内奥「蜂蜜パイ」「日々移動する腎臓のかたちをした石」

本節では芥川賞候補に四度なった短編作家・淳平を主人公とする「蜂蜜パイ」（『神の子どもたちはみな踊る』新潮社二〇〇〇・二、新潮文庫二〇〇二・三）と「日々移動する腎臓のかたちをした石」（『新潮』二〇〇五・六、『東京奇譚集』新潮社二〇〇五・九、新潮文庫二〇〇七・一二、『めくらやなぎと眠る女』新潮社二〇〇九・一一）をとりあげる。

「蜂蜜パイ」は①大学時代如才ない高槻と不器用な淳平は仲が良く、②高槻は淳平が惹かれていた小夜子と結ばれ沙羅を設け、高槻が小夜子と別れた後、③淳平は地震男に怯える沙羅と小夜子と共に家族を創ることを決意する本編と、①蜂蜜取りの上手いまさきちと鮭取りの上手い世渡り下手なとんきちは仲が良く、②鮭がとれなくなったとんきちは動物園に送られるが、作り替えられた話では③まさきちの蜂蜜でとんきちが蜂蜜パイを作って売ることで仲良く暮らす作中作〈熊のまさきちの話〉（以下〈熊の話〉と略記）からなる。

また、前日譚「日々移動する腎臓のかたちをした石」（以下「日々」と略記）は①「男が一生に出会う中で、本当に意味を持つ女は三人しかいない」という父親の言葉に縛られた淳平が、②出会ったキリエによって小説が完成させられ、姿を消したキリエの声をラジオで聞き、③キリエを「二人目」にすると決断するという本編と、①同僚と不倫している女医が腎臓石に心ひかれ、②石に日常が支配され、同僚と別れて石を捨てても石が戻るが、③いつのまにか石が消え、女医には戻ってこないとわかるという作中作〈日々移動する腎臓のかたちをした石〉（以下〈日々〉と略記）からなる。このように両作は本編の主人公の変化と作中作の変化が対応する同型対応型メタフィクションである。淳平にとって「三人の女」説における「本当に意味を持つ女性」は、一人目の小夜子も二人目のキリエも、別れると再縁が困難なものとして意識される存在である。しかし、小夜子は離婚によって再び淳平の異性関係の対象になろうとしていた。

淳平は小夜子を愛している。疑問の余地はない。今が彼女と結ばれる絶好の機会だった。たぶん小夜子は彼の申込みを拒まないだろう。それもよくわかる。しかしあまりにも絶好過ぎる、と淳平は思った。そう思わないわけにいかなかった。彼自身の決定事項はどこにあるのだ？

小夜子の願いやキリエの助言を受け入れるように、淳平は周りに流されがちであった。「観察して、観察して、更に観察して、判断をできるだけあとまわしにするのが、正しい小説家のあり方なんだ」という発言は行動ではなく観察を優位とする淳平の受動性を示している。一方で、「蜂蜜パイ」では、自分の主体的参与が発見できないことに迷っていた。

しかし、神戸の震災は「彼の生活の様相を静かに、しかし足もとから変化させてしま」い、淳平に「これまでにない深い孤絶を感じ」させ、「神戸の地震のニュースを見すぎたせい」で沙羅が地震男に怯えて不安定・不眠になっており、「疲労困憊して、途方に暮れていて、あなた以外に沙羅を落ちつかせてくれそうな人をおもいつけなかったの」という小夜子が頼れるのは淳平だけである。また、沙羅も「変なの。ジュンちゃんはお客さんじゃないよ」といい、淳平を他人ではない存在と捉えている。さらに、淳平はそれまで見たことのない小夜子のブラはずしを見せられた夜に結ばれる。このとき、小夜子は「私たちは最初からこうなるべきだったのよ」「でもあなただけがわからなかった」と淳平に告げていた。つまり、淳平が小夜子と結ばれるために主体的に行動しないことが、結ばれないための主体的な行動になることを示唆する。こうして淳平が、小夜子と沙羅を家族として守ろうと思ったとき、淳平は小夜子との結婚を決意する。これらは高槻に与えられた女ではなく、自ら選んだ家族という判断ができるためには必要なプロセスなのである。

さて、淳平の小説は、「自分の文体を持っていたし、音の深い響きや光の微妙な色合いを、完結で説得力のある文章に置き換えることができた」とされ、キリエには「雰囲気は静かだけれど、いくつかの作品はとくに生き生きと書けていて、文章も美しい。そして何よりもバランスがよくとれている」と評されていた。さらに、語り手は次のように評する。

淳平が書く短篇小説は、主に若い男女のあいだの報われない愛の経緯を扱っていた。結末は常に暗く、いくぶん感傷的だった。よく書けていると誰もが言った。しかし文学の流行からは間違いなくはずれていた。彼のスタイルは叙情的で、筋書きはどことなく古風だった。

淳平の作風はいわば悲恋ものであり、男女には未来はない。淳平は「自身の資質に即して小説を書きつづけてきたことを証しだてるもので、世評や読者、セールスといった外部の要求よりも、自己の内奥を信じるタイプの小説家[15]」である。

しかし、キリエとの出会いはそれを変えてしまう。「執筆途中の小説の内容は他人に話さないことに決めていた」淳平は「彼女にならば話してもいいかもしれない」と思いキリエに筋書きを話す。すると、キリエは「腎臓石は、彼女を揺さぶりたいのよ。少しずつ、時間をかけて揺さぶりたいの」「この世界のあらゆるものは意志を持っているの」「あるときがきて、私たちはそのことに思い当たる。私たちはそういうものとともにやっていくしかない」と告げる。それに応えて淳平は物語を完成させていく。

その短篇小説を書きながら、淳平はキリエのことを考える。彼女が（あるいは彼女の中にある何かが）物語を先に推し進めているのだ、と感じる。なぜなら彼はもともとそんな現実ばなれした話を書くつもりはなかったからだ。

このときのキリエの発言は自己をエコロジカルなものと捉える世界観の現れであるが、プロットの根幹である憑依ファンタジーのアイディアの提示でもあるように、作家のスタイルが揺らぎつつあることが示されている。

完成した〈日々〉は次のような結末として文芸誌に発表された。

デッキから腎臓石を海に捨てる。その石は深く暗い海の底に向かって、地球の芯に向かって、まっすぐ沈んでいく。彼女は人生をもう一度新しく行き直そうと決心する。（略）しかし翌朝病院に出勤したとき、その石は机の上でそれはぴったり所定の位置に収まっている。

キリエを二人目の女にカウントしたとき〈日々〉の結末は次のように変わる。

同じころ、女医の机の上からは、腎臓のかたちをした黒い石が姿を消している。彼女はある朝、その石がもうそこに存在していないことに気づく。それは二度と戻ってこないはずだ。彼女にはそれがわかる。

細谷博氏は「作中作が淳平が擱筆した後も勝手に発展し続け[16]」たと把握するが、「同じころ」・「わかる」は「作品と作中作をわざと混融させ[17]」た語りの水準のゆらぎの表現であり、「日々」の延長世界において淳平が短編集に〈日々〉を収録する際の改稿バージョンとして、キリエを二人目にカウントした時点で想定した本文と意味の混融表現であろう。

さらに、「蜂蜜パイ」での〈熊の話〉のありかたは本来の淳平の作法とは異なり、キリエという他者との相互交渉をさらに深化させたものであった。

沙羅は話の途中でわからないことがあると、そのたびに質問した。淳平はそれにひとつひとつていねいに答えた。質問はなかなか鋭く興味深かったし、また答えを考えているうちに話の続きを思いつくことができた。

物語が対話の相互交渉によって成立する〈熊の話〉は、即興的な物語生産＝流通の現れでもあり、「日々」でのキリエという他者との相互交渉をさらに深化させたものであった。

〈熊の話〉は、「(外部からの影響を反映させた)人間関係の縮図――絵解きとしての役割を担っており、それゆえ説明可能な[18]」創作でもあるが、一方で女医の不倫相手への執着の有無と腎臓石の帰趨とが時期的にずれる〈日々〉もキリエへの執着が二人目としてなくせるとき、腎臓石が〈日々〉から消えるように人間関係の縮図・絵解きでもある。〈熊の話〉の即興性の萌芽は〈日々〉のキリエへの応答であろう。また、他者との即興によって物語が変化した〈熊の話〉だが、今後の作風については小夜子と沙羅が眠りについた後、一人で考えるように、〈日々〉と同様に「自己の内奥を掘りさげ[19]」ていると言えなくもない。

そして、淳平は結婚の決意によって、次のように明るい結末、希望に至る新たな作風を目指していく。

これまでとは違う小説を書こう、と淳平は思う。夜が明けてあたりが明るくなり、その光の中で愛する人々をしっかりと抱きしめることを、誰もが夢見て待ちわびているような、そんな小説を。

このとき、変わるのは物語内容だけではあるまい。これは単純にハッピーエンドの物語だけを意味しない[20]。読者が「待ちわび」るようにその物語を待望しうるような規模と工夫を備えたエンターテイメントのストーリーテリングであることを要しよう。

キリエは「私の印象ではあなたはいつか、もっと長い大柄な小説を書くことになると思う。そしてそれによって、もっと重みのある作家になっていくような気がする」と観察していた。もともと淳平も「短篇小説ばかり書きつづけていると、どうしても似たマテリアルの繰り返しになるし、小説世界もそれにあわせてやせていく。そういうときは長篇小説を書くことによって、新しい世界がひられる場合が多い。現実的な面から言っても、短篇小説よりは長篇小説の方が世間の耳目を引きやすい」という考えを受け入れていた。とすれば、希望を語る長編小説が今後の淳平の主戦場となると解釈することも可能なはずである。

五　まとめ

本章では、一節で小説制作をめぐる村上春樹の発言を検討し、二〜四節では小説・芸術制作を語る物語の分析を行ってきた。

冒頭で取り上げたエッセイでは個人の精神の内奥に到達することが最終的には他者との接続になり、とりあげた実作では憑依あるいは再解釈、作中作あるいはライバルというかたちで結末の帰結からすれば二つの人物・世界像が物語で語られ、災厄や事件に巻き込まれることで物語や世界の現実にコミットすることが示されていた。そしてそのコミットの帰結はとりあげた実作では回復・救済・創作の（不）可能性として語られていた。(21)

そうした意味で、千田洋幸氏が「整序された世界に亀裂を持ち込む他者性として可能世界の契機を潜ませていくこと」(22)を一九九五年の災厄に対応した村上春樹文学の問題設定とする見解は春樹文学の初期から現在にまで見いだしうるものとして拡張され得よう。

〔注〕

（1）『村上春樹全作品』の一連の「自作を語る」や、「この十年」（『村上春樹ブック』文藝春秋一九九一・四）、「村上さんに電子メールで直撃インタビュー」（『スメルジャコフ対織田信長家臣団』朝日新聞社二〇〇一・四）等参照。
（2）レイモンド・ウィリアムズ『想像力の時制』（みすず書房二〇一六・二）五九頁。
（3）前掲『想像力の時制』六〇頁。
（4）前掲『想像力の時制』六〇〜六一頁。
（5）こうしたコミットメント観として、吉田春生『村上春樹、転換する』（彩流社一九九七・一一）・黒古一夫『村上春樹「喪失」の物語から「転換」の物語へ』（勉誠出版二〇〇七・一〇）がある。
（6）デタッチメントも党派・大義からの距離として現れる。村上春樹文学において体制打破に語り手／主人公がアイデンティファイする場合、渥美孝子「村上春樹「鏡」」（『〈教室〉の中の村上春樹』ひつじ書房二〇一一・八）の言う集団運動ではなく、「鏡」のように個人的な実践として展開されるのはそのためである。
（7）『村上春樹〈物語〉の認識システム』（若草書房二〇〇七・六）一七六頁。
（8）『村上春樹の短編を英語で読む1979〜2011』（講談社二〇一一・八）一四〇頁。
（9）「断絶と連続性」（『九大日文』二〇一二・三）参照。
（10）「村上春樹『貧乏な叔母さんの話』」（『宇大国語論究』二〇一三・三）一五頁。
（11）中村三春「パラノイアック・ミステリー」（『文学における迷宮』笠間書院二〇〇〇・九）一五四頁。
（12）鈴木宏明「「語り」のなかに現れる「聞き手」」（『早稲田大学大学院教育学研究科紀要別冊』二〇一一・三）六頁。
（13）「「七番目の男」」（『村上春樹がわかる。』朝日新聞社二〇〇一・一二）六七頁。
（14）『村上春樹の短編を英語で読む1979〜2011』四六六〜四六七頁。

（15）松本和也「小説内小説の書法」（『ゲストハウス』二〇一四・一二）二五頁。
（16）「減速された神秘、仕事する者たち」（『南山大学日本文化学科論集』二〇〇八・三）一四頁。
（17）重岡徹「村上春樹『東京奇譚集』論」（『別府大学国語国文学』二〇〇六・一二）三二頁。
（18）「小説内小説の書法」二六頁。もっとも、徐忍宇「村上春樹「蜂蜜パイ」論」（『九大日文』二〇〇八・三）が指摘するように、作家、本編と作中作の人物の対応は「蜂蜜パイ」では両義的である。村上春樹に対応すると見やすい小説家の淳平は村上春樹とは異なる特徴を持ち、日本文学に無理解な高槻に対応するとされるまさきちも「言葉をしゃべったり」できる「とくべつの熊」であり周りから「煙ったがられ」ているように、かつて文壇・批評場から批判される村上春樹の分身性を持つ。
（19）「小説内小説の書法」二八頁。
（20）中村氏は「蜂蜜パイ」において「物語ることは現在そのものと固く繋がっている」（「蜂蜜パイ」『村上春樹がわかる』六八頁）と指摘する。
（21）宇佐美毅氏は、「村上春樹作品における〈ことば〉と〈他者〉」（『国語と国文学』二〇一五・一〇）で他者との言葉の葛藤にデタッチメントからコミットメントへの転換を見いだし、「巻き込まれる男たち」（『村上春樹と二十一世紀』）で巻き込まれることによるコミットの変化を説くが、その転換は九五年の災厄由来とは異なると思われる。
（22）「死者と可能世界」（『村上春樹と二十一世紀』おうふう二〇一六・九）二七九頁。

6　小説の教育――『若い読者のための短編小説案内』

一　はじめに

村上春樹『若い読者のための短編小説案内』（『本の話』一九九六・一～一九九七・二、文藝春秋一九九七・一〇、文春文庫二〇〇四・一〇）は、第三の新人とその周辺の作家の短編小説を読解する。[1]

本書のもとになっているのは、村上春樹が一九九二年プリンストン大学と一九九三年タフツ大学で行った講義、帰国後に文藝春秋社で行ったディスカッションである。講義時に、学生に求めたのは「何度も何度もテキストを読むこと。細部まで暗記するくらいに読み込むこと。もうひとつはテキストを好きになろうと精いっぱい努力すること（つまり冷笑的にならないように努めること）。最後に、本を読みながら頭に浮かんだ疑問点を、どんなに些細なこと、つまらないことでもいいから（むしろ些細なこと、つまらないことの方が望ましい）、こまめにリストアップしていくこと」である。すなわち、作家の作品に丁寧に好意的に接していくことが求められる。そうした読み方は人生になぞらえられる。

僕はいつも思うのだけれど、本の読み方というのは、人の生き方と同じである。この世界にひとつとして同じ人の生き方はなく、ひとつとして同じ本の読み方はない。それはある意味では孤独な厳しい作業でもある——生きることも、読むことも。

読むことは生きることであれば、世界との関係が問題となるだろう。

この講義の直前には一九九一年、湾岸戦争があった。戦争自体は短期間ではあったが、イラクの体制が崩壊する。戦争の後に日本の文学を講じるときそこには、戦争の影はなかったのだろうか。

講義対象である第三の新人（とその周辺の作家たち）は、第一次戦後派が「政治的にして問題意識の鮮明な」（吉）「いささか重苦しい構築性、意識性」（庄）をもった長編小説を描いたのに対し、「非政治的で日常的な作風」（吉）の「私小説的な小市民的な、身近な狭い世界」（庄）の短編小説を描いたとする。文学史的には第三の新人は、たとえば「私生活のひとこまを切り取るような、その作品群には、しかし、抽象的な寓意なども用いられ現実のありのままを虚構に再構成して、それを現代人の存在のあり方の象徴として提示する方法[2]」で描かれたとされる。しかも村上春樹も「「どこまでが私小説的であり、どこからが私小説的でないか」という見切りが、かなり大事にな」（庄）るとするように、読解の方略によって私小説とも非私小説ともなる第三の新人の小説に対して、私小説的な読解を「基本的には、その見方はとりません」（庄）と否定し、作家の日常とは異なる世界を創出したものとして捉えている。戦争に話題を戻せば、戦争に対し大上段に主張の中心を合わせる語り方もあれば、象徴的・間接的に語る方法もあるだろう。第三の新人の物語は、戦争の影が何らかの形で物語現在に関与するのである。

また、村上春樹は小説を読むのに「頭をひねってむずかしいことを考える必要なんて何もないはず」（ま）であって、「自分なりに正直に素直に作品を読もうとして」「この作品をこういう風に面白く読んだ」という「私的な読書案内」として、「文学評論では」（ま）ないものとして本書を提示する。島村輝氏は「基本的に文学を読む喜びをわかちあおうという動機に貫かれている」[3]と評価し、ジェイ・ルービンは「村上にとってなにより耐えがたいのは、何らかの形で権威と結びつけられることだ」[4]と指摘する。

戦争が正義の名の下に遂行され、物理的暴力に支えられた正義が権威として機能し世界を席巻するとすれば、講義において権威を回避することは、戦争に対する否定を意味しうる。また、権威や正義は集団運動においても体現され、かつ教育の場でも作用し、そこから身を引き離すことは自由な個人としての春樹の立場を示すことになるだろう。

しかし、権威の回避、絶対の正統性に対する否定という姿勢は、権威を持たないわけではない。実際には村上春樹も「仮説（偏見の柱）」という方法的な立場に基づき頭をひねった論述を展開している。「正直素直」が全ての人々に共通する方法や立場を約束するわけではなく、そうした論述の方法や立場の偏り、位置を示すことになるからである。また、日本の国民作家、世界文学の作家である村上春樹の言葉は、資本による大量流通するエンターテインメントとしても権威と結びついてしまう。村上春樹に可能なのはそれを避けるふるまいだけであって、避けられるわけではない。一方で、読者はそうした言説の磁場に引かれつつも反発することも可能である。

本章では、『若い読者のための短編小説案内』を通して、いかに村上春樹の小説観が受容されているかを検討する。その際、村上春樹の作品解釈とは異なる別の解釈を提示することは村上春樹の小説講義のあり方を検討するために必須の作業であるが、紙数の関係もあり、本章では村上春樹が講義の中核に据えた自我／自己モデルに絞ることにする。また、第三の新人が村上春樹文学的に読み替えられていることは既に指摘があるため、[5]本章では節を設けることはしない。講義がいかなる教育効果をもったのかは実際の講義の全てが採録されているわけではないため不明であるが、小説案内がいかなる教育効果、影響を持ち得たかは実際の受容を見ることでいささかなりとも探ることができよう。そこで、本章では、第二節で自我／自己モデルによる分析を検討し、第三節では受容の動態を考察することで、村上春樹における小説の教育の一面を示すこととしたい。

二　自我と自己の枠組

それは具体的には「テキストを書くという作家の営為を意識の中心において読み進め」(僕)ることと、もう一つは作家が「自分の自我(エゴ)と自己(セルフ)の関係をどのように位置づけているか」(ま)という観点から読むことである。そうすることで、「物語の自発性を何より大事に」し、「自由で自然な心を見いだせる」(僕)とする。

また、自我表現という解読格子は、エゴとセルフの区別に重きを置く。エゴ／セルフ／外界という構図は作中人物の軌跡と物語を分析する。厳密な理論的説明がなされているわけではないため、おおざっぱに捉えると、エゴとは個人の潜在的・欲望的な側面、セルフとは個人の顕在的・社会的な側面を割り当てているのではないだろうか。そして、村上春樹は社会と個人的心理の葛藤からその物語が何のために書かれたのかを明らかにしようとする。その際、主人公ないし語り手と作者を同一視し、欲望や感情に力点をおいて分析する。

自我／自己図式は、図解が前の四作に対して施されるが、後の二作も本来は図化可能なはずである。それがなされないのは小説が難解なためだろうか。具体的にとりあげられている六作を検討しよう。

吉行淳之介「水の畔り」（『新潮』一九五五・五）を講じた村上春樹は、「「技巧性」を「非技巧性」の上位に当然のように置いて機能させ、とくに問題もなく生きてきた」彼は「少女という不安定な揺れ動く存在にあわせるようにしてフットワークを使い、自らも軽快に移動することで」「安定性を見いだそうとしている」のであり、「技巧的なクールネス」は「より深い誠実な「実体ある」自己に到達しようと多かれ少なかれ努力する」が挫折し、「自我との回避行為」の「軌跡を示すことによって、自我というモーメントの存在」を示すと説く。

さて、病院を外出した彼はデートしていた「少女の小さな躯を掴まえて、いきなり接吻したならば、彼女はきっとはげしく感動するか、ゲラゲラ笑い出すか、どちらに違いない」と妄想する。しかし、入院直前に会ったとき、彼が「少女の露わにされた皮膚を無遠慮に眺めていると、彼女はにわかに顔をあからめて不機嫌になってしま」うように。しかし、少女を「いたわ」っていたはずの快活な頃の彼ですら性的な視線は少女には不快であった。彼は少女には親しい成人男性の一人ではあるが、恋愛の対象とは異なる。したがって、具体的な行動に出れば、怒る／泣く等の第三の結果が起きてしまうだろう。

疋田雅昭氏が指摘するように、「彼自身が対象から現象を創造（想像）しているという現象学的な自覚が、相変わらず欠如[6]」している。ここで問題としたいのは、彼女の心情や事態の真相といったものを彼が強引に対象に割り当てている構図である。少女は楽しい空間を求めているだけで安定しているのであり、安定を破壊する行為を好まない。少女が饒舌になるのは彼の性的関心の側面が減ったときであることもそれを示していよう。少女は「早熟で利口であるけれど、しかしまだ未成熟」と彼は「知っていた」とされる。しかし、服装の変化や「不器用な恋情をたしなめられている」ことからして、彼は冗談を時に未成熟、時に本気と勘違いしているのであって、少女自体は自分の成熟には自覚的であった。

すなわち、技巧とは「水の畔り」では盲目あるいは不安定な彼のプライドを守るための方便の名前であって、実際の彼は技巧を駆使することができない。技巧的に自己と自我を移動させ続けるという村上春樹の図式は主人公の主観の中以外では成立しない。

小島信夫「馬」(「家」『近代文学』一九五四・八、「馬」『文芸』一九五四・八、統合して「馬又は政治」『アメリカン・スクール』みすず書房一九五四、改題「馬」『新日本文学全集9』集英社一九六四)では、春樹は、作中人物は自分の「セルフ」[7]のまわりに強固な外壁を築くことによって外界からの圧力を遮断し、内部(エゴ)からの力を鎮めようとすると説く。

「僕」はトキ子に愛を告白した「言質を一旦とられてしまったために」トキ子の言い分を聞かなくてはならず、「今までトキ子が少しでも僕から離れて、僕自身に対してではなくとも愛の告白をしてくれることを願ってきた」と思う。しかし、「僕」にも言い分があっていいし、「僕」はトキ子に多少は抗議し、いざトキ子と他の男の関係が怪しいと思うと冷静ではいられなくなってしまう。疋田氏も「一見理詰めで考えるタイプ」の「僕」が「必要のないところに拘泥したり論理が肝心なところで飛躍してしまう」[8]発言の信頼度がパロディ性や政治性と関わることを指摘する。

告白/応答の主体になることは、国家の主権者、一家の主人としての主体になることと同義のはずである。しかし、村上克尚氏は、近代家族に囲われたトキ子にとって「僕」を親密な情愛で支え成功させることの証が家の大きさであり、「僕」を立派な主人に仕立てることを欲望するものの、「僕」はそうしたメカニズムに抵抗していると指摘する。(9) なぜなら、主人・主権者・主体のはずの「僕」は家の新築計画の蚊帳の外に置かれてしまう。トキ子は新築に必要なへそくり額について答えない。「万事秘密主義で、まるで自由党の吉田みたいではないか」と苦言を呈する「僕」に、トキ子は「とぼけた表情」をするが、それは主権者の軽視と言えよう。また、抗議しようとする「僕」に化粧したトキ子が酒をついで封じることは「待合政治」と評されるように、夫婦関係が寓された保守政治が批判される。主権者のはずの存在が民主政治から外れること、主人のはずの存在が家政から外れることを批判することは、抗議・異議申し立てなどの抵抗として主体としての同一性を強固に獲得するはずである。

しかし、「僕」はトキ子との間に同一性を感じてしまう。以前の自宅の建設の際にはトキ子は建築状況を「僕」に観察させて自分でも観察する。このとき、観察する主体としては「僕」もトキ子も等しくなる。立場・役割が同じことが存在が同じことへとスライドしてしまい、「正当な僕と思う時こそ、すみずみまでトキ子になっている」のである。

これは犬と間違われた「僕」が犬のように振る舞うことや、トキ子が自分を馬車馬のように働かせることと、「僕」の別人格とおぼしき五郎が馬であり、馬を乗りこなそうと思うにもかかわらず馬に乗られている気がするように「僕」が馬になっていることとも対応する事態である。いわば「僕」は同一性を逸脱したかたちで比喩的に生成している。

「僕」が外界の圧力に対し、怒り狂い、あるいは本来のあり方とは異なるものになることは外界の影響を遮断していない。むしろ受けているように、図式は適切とは言えまい。

村上春樹は、安岡章太郎「ガラスの靴」（『三田文学』一九五一・六）では、作中人物は「自分の中のエゴの力を見せないように」して「外からの圧力」を回避し、「自分の世界をなるべく平静に保とう」とする「内圧と外圧の技巧的な排除」としてセルフ／エゴ図式を提示する。「僕」は悦子の身体やふるまいを子供っぽいと思う一方で、その子供っぽさを「術」として理解し、惹かれてしまう。しかし、悦子が中佐宅で行うごっこ遊びは、単に子供っぽさの記号ではない。中佐から収入を得て暮らしている悦子にとって安価な娯楽であり、比喩や見立てによって事態を二重化し、制約された日常を別様に捉えて楽しむ方法である。そもそも、「僕」は悦子をかなえられない望みとして欲求と断念の混淆した対象とみなし、女にもてない縞山に悦子の攻略法を聞くように、「僕」は対象イメージの二重化を行う。(10)

村上春樹は安岡文学の女を母親に連なる太った女と、非現実的な痩せた女に類型化し、(11)「ガラスの靴」では後者を求めると指摘する。

さて、「僕」は悦子を抱きしめスカートをまさぐるとふりはらわれ、怒りつつ脱力する。中佐に挨拶が出来ず恥じた「僕」が悦子には怒るのは、アメリカ人男性にはかなわないが、日本人女性は日本人男性が攻略できるはずと思っていたからである。小野絵里華氏は、悦子との関係では性愛が満たされず家族再生産は実現しないものの、悦子の拒否は少女だからではなく、二人の望みにずれがある可能性を指摘する。(12)

悦子から見れば、退屈な日常を共にやり過ごす相手としては「僕」は悦子には選ばれている。悦子との関係を継続・発展したいのなら、未来の可能性を示せればよいはずだが、それができない「僕」

が強引に肉体関係を望んでも破滅にしかならず、かえって非現実的な振る舞いでもある。中佐宅に送ってくれることを望む悦子は「僕」との関係の切断を望んではいない。とすれば、「僕」は自らのイメージによって悦子との現実的な関係を終わりにしつつ、結末で受話器から存在しない声をイメージしようとするように悦子への欲求は依然存続し続ける。

こうした「僕」の強者には恥じつつ、弱者を意のままにしようと怒ることはイメージが決して平静なものではなく、圧力の衝突が存在しないわけではないことを意味している。

庄野潤三「静物」（『群像』一九六〇・六）では、春樹は「自己と自我の識別がつきにくい」ため「外圧は、奇妙に記号化されていく」と説く。しかし、一方で、呉順英氏は、足が基盤を示す故に足が恐怖や不安、あるいは根拠の喪失と共に描かれ、妻の自殺未遂への父親の心的外傷が癒やされず、各章末の不安な終わり方も語り手がそのように物語を捉えているからと指摘する。[13] 自我／自己モデルをふまえるとすれば、そこに両者の対立があると解釈できないだろうか。

もちろん、たとえば母を見て記憶を失ってしまう子供の記憶は母親を恐怖しているためとは限らない。安心して気を失ったとも解釈できるからである。そうした安心や不安とは表現の配列・間隙が作り出す効果である。すなわち、根拠の喪失とされた表現は前進として、怪我はあくまで怪我として解釈されうる。「静物」は断片集積形式である。断片から有意な解釈が導き出されるとして、それまでの事態とは異なる事態へといきなり突然移行する突然・飛躍のモチーフは、不安と結び付きやすいが、必ずしもそれに制約されないとすれば、それは過剰な解釈のはずである。語り手が表現したものから自我／自己の一体化／葛藤を解釈するのであって、自我や自己が予め存在しているわけではない。断片化された物語において、自我や自己は効果として制作されるのである。

丸谷才一「樹影譚」（『群像』一九八七・四）では、春樹は「エゴの安易な発露をきっぱりと抑えきることによって生じる発熱を、たしかな自己存在のための重要な滋養としているようにも見える」とし、結末で「統制された自己をほとんど完全に喪失」して「転生」する点で「継子譚のまったくの逆回し」として「呪縛をどうしても解くことができない」「怖い話」と評する。(14)

「作中人物はしばしば、作者の意識に支配されず自在に行動し、語り、思索し、そして彼らの生き方によつて作者の心の奥をあばく」という古屋の小説論は精神分析的である。また、実母と共にいた幼い頃に樹影が好みであった捨子が小説家になるという小説内小説のクロニクルとその事実の解明は古屋に衝撃を与える。疋田氏は、パスティーシュによって因果の「呪縛に意識的かつ批判的」であり、「起源」をめぐるあらゆる営為を批判的に相対化(15)すると説く。

樹影への偏愛のモチーフにみられる精神分析的なヴィジョンは、作り物の物語、すなわち虚構＝願望であることによって、精神分析の理論の妥当性を否定し、物語は組み合わせによっていかようにも作り出すことができることを開示する。古屋の講演で示された捨子、継子としての小説とは精神分析のパターン化された正統性ではなく、雑多な多様性としての小説のあり方を説明するものとしても読み替えうる。

長谷川四郎「阿久正の話」（『世界』一九五五・三）では、春樹は、「自我はしっかりと自己の中に塗り固められ、その姿をちらりと見ることすらかな」わず、「自己をも高いコンクリートの壁の中に囲い込」む「二重の隠蔽」をしていると説く。ここでは何が隠蔽されているとされるのだろうか。おばさんがおじさんを消す話を子供たちに語る主人公は、妻に嫌いなら離婚しろと言いつつ突如扼殺される恐怖を持つように、不安と隠蔽として自我と自己の葛藤を見いだしうる。

以上、六作への記述を検討したが、図式が先行し小説の実態とは対応しない。また、その把握は逃亡や防御として提示されるように、外界は抑圧・攻撃してくる場であって、自己から働きかけ変化させていく場とはされていないかのようである。ともあれ、そうした抑圧・防御によって自由な自己を確保する模索として村上春樹は第三の新人を捉えるのであって、いわば村上春樹文学の先駆的な形態として系譜化を図っている。[16]

三　小説案内としての教育作用

小説案内とは、読書すべき小説を選定し、またその内容の入門的なポイントを読者に提示するジャンルである。その際、『若い読者のための短編小説案内』は村上春樹小説の読み方で第三の新人の小説の読み方を示す。第三の新人の名を借りて村上春樹小説に類似する小説を選定するとともに、その内容と読み方を教育するテクストなのである。

村上春樹は現代日本最大の売れ行きを示すように、その文学世界は一定の支持を得ている。『若い読者のための短編小説案内』の主張も同様のはずである。しかし、愛読者は知らないから読むわけではなく、むしろ知っているが故に自らの考えに合致するものを反復強化するために読むはずである。一方、初読者・一般読者はその主張の当否を吟味することなく、ネームバリュー故に受け入れる場合があるだろう。また、当初の自分の立場とは異なると、これまた同様に主張の当否とは無関係に、それだけで受け入れ難いという者も生じるだろう。

では、実際、『若い読者のための短編小説案内』はいかに読まれてきたのか。そもそも先行論も少ないため、本章で参照するのはインターネット上の受容データである。長文で論評するサイトもあったが、網羅するのは困難と考え、多数のデータをとるため、複数人のコメントを収集できる以下の短評的なサイトを選んだ。

①「WEB本の雑誌」新刊採点コーナー（http://www.webdoku.jp/shinkan/0412/b_4.htm）、②「読書メーター：若い読者のための短編小説案内」（http://bookmeter.com/b/4163533206）③「読書メーター：若い読者のための短編小説案内（文春文庫）」（http://bookmeter.com/b/4167502070）

データ数は①七件、②二〇件、③一七五件である。[17] ①は新刊紹介としての書評によるものであり、②③は読書記録を目的としている。このため、公にすることを好まない読者の反応は含まれないが、本章では可視化された反応を分析することで受容の解明を一段階進めることを目的とするため、資料体の限界を承知しつつ、検討することにする。

『若い読者のための短編小説案内』は大学の講義をもとにしていることもあって、「大学の授業のようで懐かしかった。でもここまで断定的なもの言いで解釈を聞くのは珍しいけれど」（③佐志城凛）と強引さを指摘され、「大学講師然とした語り口で冷静に作品を分析しているんだけど、阿久正の話から少し語り口が熱くなってきて小説家村上春樹が露出しちゃっている感じが面白い」（③しょこーーる）と評される。したがって、論述の是非以前に、「村上春樹が小説の読み方についてレクチャーというだけで読みたい」（①竹本紗梨）というように春樹のネーム・バリューが重視されている。当然、「この類いの本はまあ出版社の思惑もある」（③Haruo Terashima）と、不十分な論述でも刊行されることから「編集者の責任」（③Haruo Terashima）を批判する意見もあった。

対象読者とされるのはもともとの日本文学の講義を受講する学生のような「若い読者」であるが、

「タイトルが気恥ずかしい年頃」（③たまごふりかけ）というように若者ではない読者も『若い読者のための短編小説案内』を読んでいる。しかし、若い読者に含まれる女性への蔑視表現のように「若い読者に向けて訴求しているようにも感じられなかった」（②ナカムラカツヤ）という見解もある。また、「面白い本を知りたいと思ってる人向きというよりは、小説家になりたい人や文学を勉強しようと思っている、ちょっとアカデミックな人」（②もちもむ）向けという見解もあるが、論述は前節で触れた先行論や後述の反応が示すように不十分であり、作家を志望する者は①②③にはいないようである。

『若い読者のための短編小説案内』は、「すぐれた書評・読書案内であると同時に、読み物としても面白い」（③ｓ）とされ、三度読み直したという読者もいた（③ハイちん）。「それぞれの短編が収録されている状態でテキストとして手に取ってみたかった。ぜひ、完全版として刊行してほしい」（③波多野彩夏）という要望もあるように、単体では対象への理解が不十分となるため「オリジナルのテキストを読んでから読むべき」（③とみを）という反応もある。そもそも、小説案内とは小説「読書の幅を広げるきっかけ」（③ばやし）であり、『若い読者のための短編小説案内』によって読みたい、あるいは実際に読んだという作品の合計数は、②③を合わせ、「水の畔り」七、「馬」二〇、「ガラスの靴」七、「静物」五、「樹影譚」九、「阿久正の話」八、村上春樹小説二である。実際には一人で複数作品を挙げている者も多いのでその割合はもっと下がるが、単純に全体にならせば②③の三割弱が読む幅を拡げようとしたことになる。むろん、案内された作品を「正直なところあまり読んでみたいとも思わ」（②音都）ない読者もいた。しかし、「これまで短編小説は好きではなかったが、意識が一変した」（③しろやぎ）ような、案内された作品を読みたい読者の方が多い。

読書を誘発するのは「丁寧で親切な解説ぶりで大変興味深かった」（② Mariamaniatica）というよう

な知的興味・関心の刺激と、「わかりやすい語り口」（③naotan）である。むろん、「説得されない」（③悸村成二）、「けっこう難しい」（②Tonex）、「村上氏の短編の好みは良さがあまり分からなかった」（③むう）といった否定的反応もあるが、多くは面白さである。

そうした面白さは、「ぼくなんて全然まだまだ本を読めてないことを痛感。改めて「読書」をしてみたくなった」（③Masato Hayakawa）、「村上春樹氏の「本質を掴む力」がどんだけすごいかを痛感した」（③ハイちん）といった「読み込みの深さ、またその読み込みを説明する際の表現の巧みさに唸らされる」（②amanon）という、深い解釈と表現の巧みさであり、「小説全般の読み方について参考にできる」（③yuka）という読解方法への関心と、「こんな風に小説が読めたらなんて楽しいだろう。でもこれは同じ小説家だからこその目線ということもある気がする」（③いが）というように、読解方法が小説家のそれであることによる。

論述の中核とされる自我／自己図式は、「ともすれば恣意的な読み方」であるが「魅力的な読み方」（②石臼）であり、「図式化には妙に納得」（③Junko Asai）した読者も多い。このモデルを最も好意的に受け止めたのは、「第三の新人は「私」を自我と自己に分けることで、社会という外圧に深奥で揺れる自我と表層としての自己というクールの深奥にカオスが渦巻く作風が特徴」であり「時にクールな逃走の形を取り、時に現実感覚があやふやなカオスの形を取る」（③空箱零士）という評だろう。一方で図解も途中でなくなり記述も簡単になっていくためか、簡単「「自我」と「自己」の関係はよくわからなかった」（③chie）という反応もあった。

いずれにせよ、「作品の瑕疵、欠点となり得る点から語り、転じてそれが個性や魅力となる」（③かぼちゃ）という論調から、「春樹は１つの文章が内面している潜在的な可能性を重視している」（③あきほ）という評価が可能だろう。

『若い読者のための短編小説案内』では私小説的な読解を否定しつつ、実際には作者の伝記を参照していたが、読者もまた「小説を深く読み解くためには著者と、その著者の他の著書を知ることもだいじ」（③黒珈琲）、「作家として日本文学を愛読している彼の実生活が透けて見える」（①和田啓）というように、作者と作品を接続していた。

したがって、『若い読者のための短編小説案内』も村上春樹と関連づけられる。「ハルキ節みたいなものがもっと溢れているかと思っていたが、意外と優れた批評」（③geromichi）という見解もあるが、「自分の作家的な立場や創作の舞台裏がかいまみえるような内容を話してくれる」（③solaris）と捉える見解が多い。それだけでなく、「村上春樹の解説が、いちいち彼自身の作品に対する自己言及として読める部分があ」（③ra0_0in）る、「村上作品、特に長編を読み解く時に、逆説的だが、本書自身がその副読本として機能する」（③Yuusi Adachi）という指摘がなされる。特に、「阿久正の話」を講じた章には、「村上作品と小説としての欠点をもっとも明確に共有している長谷川四郎の「阿久正」」（③ra0_0in）という把握があり、「この章にこそ春樹氏の本音が最も現れているのでは。ノモンハンに繋がるきっかけに思える」（③ケイ）という反応、「ねじまき鳥（だったかな?）に書いてある中国での残虐な描写の原型は長谷川四郎からの影響が少なからずある」（③umaster）という指摘がある。

本節では特に読書記録サイト②③を中心に『若い読者のための短編小説案内』の受容を概観してきた。そこで見られたのは、論理的には強引である村上春樹の図式や論述が、読解と読解対象とのズレといった欠点を指摘する精読者もいるものの、大勢としては村上春樹というビックネームのプロの小説家という自分たちとは異なる人間がその立場から未読の短編小説を作家と内容とを関連づけて詳細に読解したことから、未知を深さへと置換し、深い解釈として称揚している側面があるようである。また、それを小説案内として提示する表現の巧みさも賞賛に寄与していた。一方で既読作品が村上春樹の論述に現れることで喜びを感じる読者もいたように、論述の精度ではなく取り上げられること自体が評価に繋がっていた場合もある。いずれにせよ、村上春樹の論述を肯定した読者によって、実際の読書行動へと繋がっていった。

村上春樹が施した第三の新人の小説の村上春樹小説化もまた違和感を感じる読者も一定数いるものの、大勢としては肯定されていく。村上春樹からの読み込みによって関連づけが作られると、今度は第三の新人からの影響関係が作られていく。こうして両者には系譜が構築されていくのである。

こうした『若い読者のための短編小説案内』受容、すなわちその評価で重視されるのは事実や論理的妥当性を根拠にした確かさではなく、ビック・ネームの断定・熱意という権威と感情の動きなのではないだろうか。

［**注**］

（1）序文「まずはじめに」と文庫版で増補された「僕にとっての短編小説」が扱う小説創作の問題は、本書Ⅳ―5参照。
（2）鈴木貞美「日常性・存在・性」（『日本文芸史8現代Ⅱ』河出書房新社二〇〇五・一一）一五九頁。
（3）『若い読者のための短編小説案内』（『村上春樹作品研究事典増補版』鼎書房二〇〇七・一〇）二三九頁。

（4）『ハルキ・ムラカミと言葉の音楽』（新潮社二〇〇六・九）二三三頁。

（5）たとえば、河野基樹氏は「作品の主題は、春樹の思惑に沿ったかたちで確定されることになっている。その結果、分析された主人公たちの生き方はそのどれもが、春樹が自分を語った場合の春樹自身の〈生き方のスタイル〉と似通うことになっている。「第三の新人」の文学を語ったのではなくて、「第三の新人」の作品をもちいて自分自身を語ったのだ」（「村上春樹とアメリカ文学」（『芸術至上主義文芸』二〇〇七・一一）五三頁）と指摘する。取り扱われた第三の新人の作品群は、家庭が崩壊した、あるいは家庭には向いていない、不器用な男とどこか変わった女との悲恋／関係を象徴的・寓話的に描くという点でなるほど村上春樹的であり、「水の畔り」では小説構造の二元性が、「馬」では誘い振り回す女性が、「ガラスの靴」では比喩とファンタジーが、「静物」では断片集積形式が「樹影譚」では生死のあわいであるリンボが、「阿久正の話」では外国文学由来の文体と戦争が問題とされる。そうした関連づけによって村上春樹を日本近代文学の伝統に繋げるとともに、そうした伝統を創造していくのである。

（6）「こぼれ落ちる畔の雫」（『長野国文』二〇一二・三）八〇頁。

（7）「自分の台詞のまわりに」の「台詞」はセルフの誤植であろう。

（8）「欲望する家族という悲喜劇」（『長野県短期大学紀要』二〇一四・二）八九頁。

（9）「戦後家庭の失調」（『国語と国文学』二〇一四・六）参照。

（10）疋田「再帰する偶然性」（『明星大学研究紀要人文学部』二〇一三・三）が指摘する、占領軍側からのみの電話の容易度によって作られる「僕」の受動性もまた世界のイメージ化をもたらす。

（11）この類型化を先に指摘しているのは、たとえば、蓮實重彦「安岡章太郎論」『海』一九七三・七、後に『「私小説」を読む』講談社文芸文庫二〇一四・九）である。

（12）「安岡章太郎の短編小説「ガラスの靴」考」（『言語情報科学』二〇一〇・三）参照。

（13）「庄野潤三「静物」論」（『文学・語学』二〇〇七・三）参照。

(14) 三浦雅士『出生の秘密』(講談社二〇〇五・八)は、「生の意味をどう考えるべきか知る前に生きはじめることができないという不可能性」が描かれると説く。

(15) 「因果の呪縛」(『明星大学研究紀要人文学部・日本文化学科』二〇一五)二三二頁。

(16) こうした系譜は村上春樹「芥川龍之介」(『芥川龍之介短編集』新潮社二〇〇七・六)でも芥川と村上春樹との間にも設定されるが、そこでは自我／自己図式は採用されない。

(17) いずれも二〇一六年一二月一〇日閲覧。

7　ポスト・トゥルースとフィクション

――「象の消滅」「TVピープル」「沈黙」

一　はじめに

近年のドナルド・トランプや安倍晋三の政権運営のように、政策の詳細や客観的な事実より、個人的信条や感情へのアピールが重視され世論が形成されるかに見える現象に際して、ポスト・トゥルースやオルタナティブ・ファクトといった言葉が流布された。ポスト・トゥルースとは相対的な立場から見た真実を主張することによる真実の複数化、真実の多元的な状況を指すが、現代政治において客観的な事実や真理よりも個人的な感情や信念が優先される事態を示す言葉として流布されている。そこでは平気で虚偽を発信するが、その虚偽を虚偽ではなくもう一つの事実として自己正当化し、政治家や官僚も嘘を言うことに悪びれず、戦略的に情報操作することで自らにとって都合のよい事態を創り出していくのである。もちろん、政治において事実や真実に基づかない言説はこれまでもプロパガンダやデマとして展開されてきた。その点で政治は、嘘をつく特権的な場である。現代では、政治的言説や歴史的記憶が複雑に絡み合い、国家や法が介入することで嘘の検証が困難な場合も生じてきた。ハンナ・アーレントは嘘つきが「ありもしないことを言うのは、物事が現実にそうであるのとは異なることを望むからである――つまり、彼は世界を変えたいのだ。（略）嘘をつく私たちの能力こそが、人間の自由の実在を確証する明白で証明可能な数少ないデータのひとつなのである[1]」という嘘と政治との類似性に対し、いかにこのことを積極的に語りうるのか。ジャック・デリダは真理を言うことは何であるか、何であったことになるのかを言うことであり過去志向だとすれば、「嘘をつくことと行動すること、政治において行動すること、行動でみずからの自由を表明すること、事実を変容させること、未来を先取りすることのあいだには、本質的な類似性のようなものがある[2]」ると説く。その意味で嘘や欺瞞は政治においてありふれた事象である。

村上春樹にもそうしたポスト・トゥルースの政治家が登場する。

『ねじまき鳥クロニクル book 3』（新潮社一九九五・八、新潮文庫一九九七・一〇、『村上春樹全作品1990〜2000⑤』講談社二〇〇三・七）の主人公「僕」（岡田トオル）の義兄・綿谷ノボルは東大を優秀な成績で卒業し経済学研究者としてマスコミで活躍する有名人になり、さらに叔父の地盤を引き継ぎ国会議員に当選し「女性誌のおこなった政治家の人気投票では上位に選ばれ」「行動する知識人」として「旧来の政界には見られなかった新しいタイプの知的な政治家だと見做されていた」とされる。「僕」は綿谷の主張を吟味して次のように理解する。

公平に見て彼の書いた記事のひとつひとつは悪いものではなかった。（略）それでもその一見して平明で親切な文章の奥に僕は、人を見透かしたような傲慢さの影をふと認めないわけにはいかなかった。そこに潜んだ悪意は背筋をひやりとさせた。（略）ひとつひとつの論理や主張はそれなりらまともで筋が通っているけれど、それらを総合して結局何が言いたいのだということになると、途方に暮れないわけにいかなかった。（略）彼は明確な結論を持っている。でもそれを隠しているのだ。(24)

綿谷ノボルは本来の主張を隠し、別のトピックを提示することで、本来の主張を通そうとする。とすれば、表向きなされている主張はフェイクである。

フェイク、デマ、嘘とは意図とのずれのある言語表現である。嘘では話し手は事実と異なることを知りながら聞き手がそれを事実であると信じることを意図する。「嘘をつく」とは伝統的には、他人を騙す意図で、自分自身は間違っているとわかっている情報を伝えて、他人に信じさせることを意味してきた。したがって、嘘の発話に対する話し手の態度は肯定的である。なぜならば誠実にふるまっているように見せなければ、いいかえれば発話への態度が否定的であれば、聞き手に信じてもらえない。一方、皮肉・アイロニーは発話への話し手の態度が肯定的だとは聞き手に信じさせないことで成立する。

一方、フィクションは嘘なのだろうか。フィクションは事実ではないが、一般に嘘とは見做されない。中村三春氏がフィクションは嘘に比して「形象性・構築性を帯びている」[3]ように「十分に拵え上げられた制作物」[4]であり、本当と思っていることとは異なる表現をすることが受け手に対して隠される「秘密性・操作性」[5]の有無で測定される傾向性がある一方で、自らの起源・原因しして世界・情況・事象を作る点で「嘘と虚構とは、言語的なメカニズムとしては、同じもの」[6]とする。

また、フィクションと現実との関係をみるならば、たとえば、エドゥアール・グリッサンは小説を「現実全体を回復する努め」をもち、「あらゆる作品は、民衆を社会参加させせなければならない」点で「叙事詩的」(7)をであるとして、現実とフィクションを混ぜ合わせて書くスタイルを採用する。

また、歴史叙述は現実とは異なるが、これも嘘とは異なる。ヘイドン・ホワイト『歴史の喩法』(作品社二〇一七・四)は歴史という実体が存在するのではなく、歴史叙述、歴史表象の中に記された過去の物語を検討することで、歴史が構成されてゆく重み、修辞性、そこに働いているイデオロギーをどう対象化し、乗り越えていくかを問題とし、直写的な表現法によって現実をより適切に表現することを模索すると共に、修辞的な方法が直写的な表現方法よりもより適切に現実を表現しうることを提示した。

そもそも、相互テクスト性の観点からすれば、フィクションは現実を模倣しそれに類似するフィクション世界を提示すると考えられ、同様に読者もフィクションに没入し、フィクションに対応する現実を解釈的に参照することで、小説の世界をあり得ることとして想像する。(8)

村上春樹の小説は謎が多く様々な解釈を誘発する。そのことと嘘とは直接関係はない。しかし、視点のバイアスが語りの信頼性を揺るがすと共に、にもかかわらず多様な解釈を可能にする強度を小説が持つとすれば、それは不正確な解釈を輩出するための装置と考えることもできよう。不正確な世界を創出させる点でフィクションと嘘は近似する。

本章ではTV・新聞・噂等のメディアの力学の中で、言語の使用が自己と他者の信用関係のなかで、いかなる効果をもたらすのかを検討する。すなわち、「象の消滅」では新聞などの報道に対して「僕」が真実を対置し、「TVピープル」はTVの浸透の中で「僕」が言葉を失い、「沈黙」ではいじめを文持する集団に対して抗した過去を大沢から「僕」が聞く。しかし、「僕」の表現は適切なのか、言葉を失った「僕」が何故語れるのか、「僕」は必ずしも大沢の主張に賛同しているわけではない。とすれば、「僕」の言葉はどのような条件下で効力をもっているのか、検討する必要があるだろう。

そこで、第二節では「象の消滅」の字義とは異なる推意の物語を「便宜的」な言葉との距離感から検討する。第三節では「TVピープル」の物語表現と物語内容の矛盾に対し前節で採用した語り論的な枠組みの限界と、フィクションと現実との関係から考察する。第四節では「沈黙」の語りの誠実性と特定困難な真実の様相を分析する。

二　字義と推意　「象の消滅」

村上春樹「象の消滅」（『文学界』一九八五・八、『パン屋再襲撃』文芸春秋一九八六・四、『村上春樹全作品1979～1989⑧』講談社一九九一・七、『象の消滅』新潮社二〇〇五・三）は、町の象舎から忽然と消えた象と飼育係・渡辺昇についての新聞報道から四ヶ月後に「僕」は勤務先の会社のパーティで出会った雑誌編集者の彼女に象の消滅の話をする物語である。

電気器具メーカーの広告部勤務の「僕」は、「今日は特別に言っちゃいますけれど、台所にとって統一性以前に必要なものはいくつか存在するはずだと僕は思いますね。でもそういう要素はまず商品にはならないし、この便宜的な世界にあっては商品にならないファクターは殆んど何の意味も持たないんです」と言う。この「便宜的な世界」では象消滅は便宜的な理解・説明が困難な「不条理」・超自然的な事象であり報道もなくなるように、象消滅を認めずに何らかの現実的解決に収斂させ、全ての事象を消費対象としか見ない。「僕」は、「そう言った方がいろんなことがわかりやすいし、仕事もしやすい」と言うように、「便宜的な世界」の側面とは別の側面があることを認め、別の側面を無視した方が「わかりやすい」と考えている。

　こうしたことから、「象の消滅」を「生がもつ固有の価値の殲滅を象徴する現代の寓話[9]」や、「バブル経済のあり方、日本がバブル景気で世界とのバランスを崩したこととも関連する[10]」物語とする解釈が提示されるが、本章では言語表現と言及対象の問題として捉え返してみたい。

　正確さと事実との関係はどうか。「僕」は、「「象問題」にそもそものはじめから個人的な興味を抱いており、象に関する新聞記事は残らずスクラップし」「象問題を討議する町議会の傍聴にもでかけ」ていたため、「今こうして事の推移をすらすらと正確に説明し述べることができる」と言い、「いつもと同じように六時十三分にセットした目覚まし時計」も示すように、「正確」は「僕」の外部に根拠がある。だから、外部の根拠を示せない場合には彼女に「僕には正確なことは言えないんだ」と語るように「正確」ではないとする。「僕」にとって外部の根拠・規範に依存することが「正確」である。

　「僕」が「どのようにして象に命令するのか?」と質問すると、飼育係は笑って「長いつきあいですから」とだけ答える。質問するのは「僕」には理解できなかった象と飼育係の交流を理解したいからだろう。しかし、この質問で象との関係を「命令」と表現したのは「僕」が「便宜的」に用いた言葉である。象と飼育係の関係は「長いつきあい」であるように様々な要素が混交しており、他者には便宜的な説明が難しいものでもあろう。

　「僕」は象を観察して、「まるでその象舎の中にだけ冷やりとした肌あいの別の時間性が流れているように感じられたのだ。そして象と飼育係は自分たちを巻きこまんとしている——あるいはもう既に一部を巻きこんでいる——その新しい体系に喜んで身を委ねているように」思い、象の消滅を「新しい体系」の「完結しすぎた話題」と見做す。

象と飼育係の姿に喜びを見出す「僕」は「新しい体系」に惹かれている。「新しい体系」に巻きこまれた象と飼育係は信頼感で結ばれていたと「僕」は語る。「新しい体系」とは相互理解的な親密性によって成り立つ世界である。

一方、「僕」は「便宜的な世界」で家電製品を便宜的な言葉で「数多くの人々」に売り成功する。しかし、「僕」の相手であるそれらの人々は不特定多数の移ろいゆく存在であり、象と飼育係の関係とは対照的である。

彼女との会話では「この目で見たこと」を思い出そうとしているだけだと語り、目撃した象消滅の考察は行っていない。地の文では象の消滅について感じたこと、思ったことが語られている。「僕」は彼女に「正確」さを重視したために、彼女との関係の進展を果たせなかった。この物語を語るときに「僕」がそのとき語れなかった情報を書き記したのはなぜだろうか。

仕事の場で出会った彼女は、「僕」にとって「便宜的な世界」の人間のはずである。しかし、彼女は「象の消滅事件に人並み以上の関心を持」ち、「キッチンには本当に統一性が必要なのかしら?」と「便宜的な世界」からの距離を表明する。

彼女と「僕」は象消滅に関心を持ち、理解しがたい事象を便宜的に理解可能な言葉で表現しようとする点で似ている。彼女は象消滅を猫消滅で、「僕」は象と飼育係の関係を「命令」でそれぞれ捉えようとするように、「便宜的」に理解しがたいものに関心をもっても、それを他者と共有するためには「便宜的」な言葉を用いるしかないからである。

他者と共有するための「正確」な言葉を用いたとき、それは本当に起きている「正確」な事象を外れてしまう。「正確」さを求めて「正確」さを失うことが、「何かをしてみようという気になっても、その行為がもたらすはずの結果とその行為を回避することによってもたらされるはずの結果との間に差異を見出すことができなくなってしまう」という「僕」の心情に結びついている。

しかし、言語表現と言及対象の間隔を埋めることができないことと、行為の成否の帰結の差異がないこととは異なる。もし、差異がないのであるならば、「僕」は、彼女との会話の後で、そのとき語れなかった内容を補足して「象の消滅」の物語をわざわざ語る必要もない。言語表現は字義的な意味だけでなく別の推意を持ち、「僕」が語る理由は他に見いだせよう。たとえば、行為の結果の差異がないことは「僕」の積極的行動への意思の減衰を示すものであった。それは正確な言葉の獲得不可能性を理由とした行動の消極性を正当化する物語と解釈できよう。

三　偽装と信　「ＴＶピープル」

村上春樹「ＴＶピープル」（原題「ＴＶピープルの逆襲」『parAVION』一九八九・六、『ＴＶピープル』文藝春秋一九九〇・一、文春文庫一九九三・五、『村上春樹全作品1990～2000①』講談社二〇〇二・一一、『象の消滅』新潮社二〇〇五・三）は次の梗概に整理できる。

「僕」は日曜日の夕方に頭痛がして物音が奇妙な音の軋みになって聞こえる。そんなとき、ＴＶピープルという奇妙な小人が「僕」を無視して「僕」の家にテレビを設置し、帰宅した妻はそのため散乱した雑誌には触れない。「僕」が出勤すると、TVピープルが現れたが同僚には聞けない雰囲気だった。帰宅して「僕」は会議で話し続けないと石になる夢を見る。するとTVピープルが現れ飛行機を作っているというが「僕」にはその物体は飛行機に見えない。そして、TVピープルは「僕」に妻はもう帰ってこないと告げ、電話がかかってくるが、「僕」は言葉が出てこない。

「僕」と妻、あるいは周囲との「コミュニケーションの不全」や「ディスコミュニケーションは常態」[11]であるが、そうした事態が虚構制作される点を検討しなければならない。

「僕」は電機会社の広報宣伝部で働くように高度情報化消費資本主義社会のニーズをいち早く捉え効率的に利潤を獲得すべき立場にいるが、「とくに仕事に対して意欲的な人間ではな」く、新聞と書籍を読むだけで雑誌を嫌い、テレビも持たず、エレベーターより階段を好む。このため、同僚たちからも「変人だと思」われ「まだ未成熟な段階にあるという風に考え」られてしまうが、「僕」は周囲が「どうしてそんな風に考えるのか、よく理解できない」ように、効率を求める消費社会・情報化社会の流れに乗り遅れた存在でもある。遅れるということは事態展開に対し受動的でもある。

TVピープルが「僕」の家にTVを運び込むとき、「その間ひとことも口をきか」ずに「正確に手順どおり行動し」「自分の決められた職務をきちんと効率よく果たし」し、「僕の存在なんて頭から無視」するように、彼らの行動は「機能的」・「規則正しく精密」と評される。TVピープルは、時空間に対し異物を無視し効率よくふるまう主体であり、また彼らを意に介さない同僚もまた効率的な主体である。

初出時に開始されたテレビの衛星放送は地球規模で事象を放映することで時空間の圧縮をもたらし地球を「ミニチュア化」[12]し、〇・七倍の縮尺のTVピープルも「僕の縮尺の方が間違っているみたいな気がして」くるように高度資本主義社会において時空間の圧縮をもたらす存在であった。「僕」を無視し作業をこなすTVピープルを見ていた「僕」は、「自分でも自分が存在しているかどうかだんだん自信が持てなくな」るが、TVピープルがいなくなると自分の「存在感が戻ってくる」。TVピープルとの出会いによって「僕」は「だんだん僕の縮尺の方が間違っているみたいな気」になり、「それまで自分が無意識に身を置いてきた世界のバランスが絶対的なものではなかったことを思い知らされ」、「自分の体が、自分の存在がどんどん透けてい」くのを感じ、「動けなく」なり、「何も言えなくなる」。「僕」はTVピープルの侵入によって認識や言動までも影響を受け、会社でも「僕だけがTVピープルの情報から一人疎外されている」と思い、夢の中の会議では「僕は言葉を失いつつある」ことに気づく。その後、TVピープルと話した「僕」は最初、「飛行機にはとても見えない」と飛行機を作っていると言うTVピープルを批判するが、反論されると「それ以上討論することをあきらめ」てしまう。このとき、「僕」の声は、「僕の声に聞こえ」ず「分厚いフィルターで養分をすっかり吸い取られたあとの声」「すごく変な声」が「自分の体の中でうつろに響」き、「僕」の「手のひらはいつもに比べて少し縮んでいるように見え」るように、TVピープル化が進む。このとき、「ちょっと待ってくれ、僕は発言したい。僕には言うべきことがあるのだ。そうしないと僕は縮んで乾いて、そして石になってしまう。他のみんなと同じように」と焦るが、電話に出ようと「立ち上がった瞬間に言葉は消えてなくなってしま」う。

TVピープルとはテレビとその影響下の共同体の人々のメタファーと言えよう。テレビは仮想現実によって時空間の縮減を実現するメディアである。テレビは現在ではなんらかの形で双方向性が達成されている番組もあるが、「TVピープル」初出発表当時は一方向性であった。メディアはメッセージであるように、したがってTVピープルが進出・跳梁することはTVの担う象徴・価値・イデオロギーが席巻し、それが問い直されることもなく自明視されていくこと、価値観の効率的な循環・運行によって異物を無視・排除し大勢を形成することを含意する。「僕」は物語の結末で言葉を喪失するが、それは世界に対する批判的な意識の喪失でもある。

では、「僕」はなぜ今そうした物語を語ることができるのだろうか。テレビ的な価値観に取り込まれた現在の「僕」は　テレビの代弁者になっているのだろうか。

矢野利裕氏は「〈視聴者〉が「僕」のTVピープル化する物語を〈テレビ〉で見るという二重構造[13]」を指摘し、「個人の〈意思〉というものは介在しない」「〈環境〉に対して効率よくふるまう主体となる[14]」事態を読みとる。

この場合、「僕」はテレビの力を示すために洗脳された地点から語ることになる。しかし、現在の「TVピープル」はメディア支配に抵抗できない寓話であり、テレビ嫌悪が語られた物語である。とすると、語り手の「僕」はテレビ批判をしているのだろうか。しかし、それならば語る現在の批判が描かれねば根拠が薄い。

語り論は多く物語が作中人物である語り手によって語られるに至るモチーフを見いだすことで語りの主体性を制作するとともに、その主体性とモチーフから物語解釈を行う枠組を採用する。その際、過去の物語世界や作中人物の言明から導かれる解釈を現在の物語世界外の語り手の言明から反転させる手法が用いられてきた。しかし、語り手と作中人物とは同一ではなく、語り手は語りの機能に過ぎないとすれば、そうした解釈的な反転を行うことも正しいわけではない。

語ることができなくなったはずの語り手の言明をジョン・ロジャーズ・サールに基づき、フィクション制作の仮構、すなわち通常の言葉の偽装として捉えてみよう。

サールはフィクションと文学、フィクションと比喩、フィクションとノンフィクションを区別したが、特にノンフィクションとの対比から「フィクション作品の構成するまねごと上の言語行為の遂行を通して、真剣な言語行為を伝える[15]」という発話者の偽装、「まね／ふりをする[16]」意図によってフィクション性を区別する。

サールの偽装説は「「偽装」を行うという発話者（作者）の意図が、聴き手（読者）にも共有されなければ、フィクションは発生しないという特徴を持つ。これは春樹とは異なる「僕」という存在の失語・異常体験が起きたという偽装を受け手も共有することで、「僕」を語り手とする「TVピープル」の物語がフィクションとして成立する。

また、サールはフィクションが現実に関与しない方法として、フィクションにはそれを成立させる独自の慣習・規約が存在すると考える。第一に、「言語と実在との連関を確立する垂直規則[17]」では発話者の誠実さや命題の真理値によってテクストは現実世界に結び付く。「僕」の発話の喪失を真面目に発話する者はその命題を真面目に信じ誠実に語るという規則に従う垂直規則に関与する。第二に、「垂直規則により確立される諸連関を破る水平規約」は「話し手が語をその言葉どおりの意味を保持したままで、しかもその意味により通常要求されるコミットメントを引き受けずに、使用することを可能にする」。この場合、発話が喪失したにもかかわらずそれを発話する世界がフィクションとして可能になる。また、ケンダル・ウォルトンのいうごっこ遊び[18]、すなわち思い込むこと、信じることによってフィクションは起動する。しかし、それはごっこ遊びのルール、信じることを共有しなければ成立しない。こうして「TVピープル」の言葉は現実となんらかの対応を持ちつつ現実とは切り離されて展開されうるという二重性を持つ。「ＴＶピープル」は発話の喪失とＴＶの価値観の普及を語りつつそれを批判するものでもある。物語表現と物語内容の矛盾、解釈の両義性はこうしたフィクションと現実との二重性に由来する。

四　現代的な嘘の物語　「沈黙」

村上春樹「沈黙」（『村上春樹全作品1970～1989⑤短編集Ⅱ』講談社一九九一・一、『レキシントンの幽霊』文藝春秋一九九六・一一、『象の消滅』新潮社二〇〇五・三、『はじめての文学村上春樹』文藝春秋二〇〇八・一二）は、人を殴ったことがあるかという問いに答えて、高校二年の時にカンニングのデマを流した青木を殴ったこと、そのあと高校三年のクラスで同級生の自殺の濡れ衣を青木に着せられていじめを受け沈黙して耐えたことを語り、大沢は人の話を無批判に受け入れ信じる連中を恐れていると語り「僕」にビールでも飲もうと提案するという物語である。

語りは「僕」を通して、大沢が中高時代のいじめの体験を再構成した自己物語を、読者に向けて再構成する。語りは、「＊」以前は場面の現在に至る要約であり、「＊」以後は大沢の言葉をそのまま引用し、その合間に大沢の表情や場の様子を示す。これらによって語り手の立場や考えの可能性が示される。語りは大沢の辛い体験の告白に対して主観的なコメントをできるだけ避けつつ、しかし客観的とは言いがたい立場をとっている。

高校時代、大沢は身に覚えのない無責任な噂からクラスで同級生・教師から無視されるといういじめを受けた。[19] 大沢の語りの特徴は自分の被害にのみ焦点をあてることである。種類は異なるが、同じようにいじめを受けていた松本には非共感的であった。青木との対峙や学級のいじめへの抵抗には大沢は現在からのコメントを付して補足説明をするのに、松本をいじめて沈黙のまま死に追いやり、それを大沢のいじめにつなげる学級の卑劣さを告発する方向には大沢の語りは向かない。となれば、大沢の松本への無関心・沈黙が松本を死に追いやったことにもなるだろう。ところで、大沢は沈黙を恐れていた。ここでいう沈黙とは他人の言うことを鵜呑みにして肯定するサイレントマジョリティの振る舞いである。すなわち、デマを流し煽動する具体的な個人には関わらないという対処法があるが、自己の主張を聞いてくれない人々には対処法がないからである。一方で、大沢も沈黙することでいじめをやり過ごしていた。しかし、沈黙は問題の解決にはならない。その集団が拡散すれば同じ事が繰り返されかねないからである。

一方、大沢の告白が始まる前は「僕」は大沢を信頼できる人物とし、辛い過去を告白する点で大沢も「僕」を信頼しているはずだが、告白時点では「僕」の共感的な言辞や反応はほとんど見られない。大沢は話すときに「僕」を見ているが、「僕」はそのときの雲や飛行機の様子を描くように大沢のみをみているわけではない。結末のビールへの大沢の誘いと「僕」の承諾に際して、「僕」が大沢の話の続きを待っていたこともあり、「僕」の立場は大沢に共感的／批判的両様の解釈が可能である。また、大沢の証言しかないため、大沢や青木についても人物像は両義的である。そもそも、「僕」の大沢への距離の問題と大沢の告白の真偽・善悪の問題は別であり、大沢が正しくとも「僕」は批判しうる。また、集団を告発する側の個人が完全に公正ではないとしても、その欠点は告発の正当性の有無とは異なる。[20]

事件の真相は藪の中なのである。そこで、本節では岡田豊[21]・尾形大[22]・岡田康介[23]各氏の見解をもとに、

ⅰ青木黒幕説、ⅱ大沢犯人説、ⅲ「僕」の偏見、ⅳ話の続き、の四点について対立する見解を整理する。

ⅰ青木黒幕説

青木は黒幕なのだろうか。大沢は、噂の首謀者として同級生の青木をあげ計算高く自尊心の強い人間であり、集団を支配し「深み」を理解することのない者として生理的に毛嫌いする。この立場では、青木は自分の英語の成績を凌駕した大沢を憎み、ボクシングをしている粗暴な男としてレッテルを貼り、松本の自殺時にそれを利用し警察沙汰にし学校ぐるみで大沢を犯罪者視・無視するいじめを主導したとされる。

しかし、青木は「クラスのスター」「オピニオン・リーダー」とされるように人望のある優等生・好人物であり、本当にいじめを組織したのかは証拠もなく不明である。青木は弁明の機会無く、大沢の再構成したドラマで一方的に悪役を割り振られている。青木を大沢が毛嫌いする理由は生理的・本能的なものとされ説明されないがそれは両者の差異が実はないかもしれないことを示唆する。青木は優秀な生徒だが、大沢も学業優秀で親も文句の言わない程度の有力大学に進学して普通に社会生活を送っていける。本心を周囲に知られることなくその世界を生きていける点で、大沢は青木と相似形を成す。

ⅱ大沢犯人説

これに関連して、大沢は暗闇を相手に戦うのであり、深みを理解すれば負けても悔しくないという。青木が理解しないとされる「深み」とは負けることの正当化であるが、ボクシング・ジムでボクサーを目指す他のジム会員には、正当化より、いかに勝ちうるか、負けないかが課題なのではないか。とすると、「深み」のレトリックは告発する側の独善ともなる。こうした大沢の独善的な言動は、その場を支配する力によって流通させられた解釈が真実であり、価値観が正義であるという点で、フェイクニュースの被害者・抵抗者がフェイクニュースを作り出していることにもなりうる。

大沢はボクシングで自らの肉体を鍛えることに陶酔していて、級友との関係を自ら断つ。学級集団よりは校外集団を重視するとなれば、級友も付き合いにくいはずであり、大沢は自ら敵を作っていた。少なくとも当時の大沢は味方を減らしていた。また、自殺という苦しい選択をした松本に大沢は冷淡な感想を持っていた。暴力に対抗できず、追い込まれた人間には閉塞した未来の打開策として自殺はありうるにもかかわらずである。大沢は受験の「ノイローゼ」ではないかと評していたが腕力による被害という事実とは異なる。とすると、犯人のやっていない発言の事例にもなりかねない。

一方、大沢の言によれば、大沢はただ個人的にボクシングをし努力した英語の成績が良かったために青木に付け狙われ、学級集団から排除されて苦しみ、今でもそれをトラウマとし耐えて告白した。青木らへの過剰な罵倒はデマを流され、人格の尊厳を奪われた苛烈な過去に起因している。また、先んじて自殺した松本は特定個人から物理的に暴力を受けていたが遺書に加害者の名を書かなかった。松本への冷淡さは余裕がなかったためとすれば、大沢は当時の自分を「ノイローゼ」と評するように、大沢と松本とは類似していると言えなくもない。

iii 「僕」の偏見

「僕」は大沢を二十年近くボクシングを続ける人柄に見えないと思い、人を殴ったことがあるかと質問する。ボクシングをやる人間は人を殴るものだという大沢が苦しんでいた偏見を「僕」ももっていたことになる。また、「僕」は大沢から目をそらして飛行機を見るように、大沢の話に息苦しさを感じている、あるいは、大沢に距離をとっている。さらに、大沢の言動にも疑問をもっていたと見うる。この立場からは、大沢の「深み」は当時思っていたことなのか、それともいじめを受けた結果獲得したレトリックなのかは曖昧となる。大沢はボクシングあるいはいじめの克服によって「深み」あるいは精神力を手に入れたのかは、今でもトラウマになっている以上、悔しくないわけではなく、強がっている

一方で、「僕」はボクシングへの偏見を持つにしろ、現在の大沢は信頼できる人間であった。

iv話の続き

大沢は、辛い体験を話し、そこから得た処世訓も語ったように、話は終わったと考えている。一方、「僕」は話の続きがあると思っている。なぜなら、肯定的な立場では大沢の話に聞き惚れていることになり、否定的な立場では大沢の言葉では過去を自分の都合のいいように意味づけただけで、沈黙したまま大勢を形成する集団との問題は何も解決していないため、具体的な解決策ないしその可能性が示唆されるという期待があると考えられるからだ。大沢は重い気分を変えたいのに対し、「僕」は肯定的な立場では大沢と同じ気持ちかもしれないが、否定的な立場ではもどかしい気分をやわらげたいからだろう。

善悪を他人を陥れる意図があったか否か程度の意味で捉えた場合、青木と大沢の善悪の意図の有無と結果に帰結したか否かによって、物語は幾通りにも捉えられる。そしてそれを「僕」が大沢に対して批判的／共感的に語るか否かによって、物語の捉え方は倍化する。とすれば、誰か嘘をついているのか、誰が真実を語っているのかは不明である。大沢の告白・証言は青木や周囲に対するイメージを積み上げていくものであり、効果的に青木の悪を構成する一方で、「僕」が大沢への距離を持って編

集することで大沢の過剰なイメージも形成されていく。しかし、そもそも真実が何かか確定できない内容を誠実に語ったとして客観的な真実が得られるわけではない。大沢／「僕」が誠実に語ったとしても、嘘をついたことになるかもしれない可能性がどこまでもつきまとう。そうした現代的な嘘の物語として「沈黙」はある。

これは単に嘘の検証が極めて困難な事態であるだけではない。そもそも嘘の前提となる真実をどうやって知りうるのか。私たちの日常生活に置き直しても政府やメディアによって統制された情報における真実性とは何か見極めることは難しい。真実とは根本的に複雑であり、容易に到達しうるものではなく、そもそも真実すら事後的に構築されうるとすれば、それはいかなるものなのだろうか。

〔**注**〕

（1）『過去と未来の間』（みすず書房一九九四・九）三四一頁。
（2）『嘘の歴史序説』（未来社二〇一七・二）八五頁。
（3）『フィクションの機構2』（ひつじ書房二〇一五・二）八頁。
（4）前掲『フィクションの機構2』一〇頁。
（5）前掲『フィクションの機構2』二一頁。
（6）前掲『フィクションの機構2』二六頁。
（7）Édouard Glissant（1958），“Un effort de recuperationde tout le reel”, Les Letters francaises, 751, pp1-4.
（8）久保昭博「ポスト・トゥルースあるいは現代フィクションの条件」（『早稲田文学』二〇一七・五）参

照。
(9) 塩田勉「村上春樹「象の消滅」が意味するもの」(『世界文学』二〇〇八・一二)六五頁。
(10) 「村上春樹『象の消滅』を読む」(『群馬高専レビュー』二〇〇九)五〇頁。
(11) 中村「短編小説」『村上春樹がわかる。』(朝日新聞社二〇一一・一二)六五頁。
(12) ポール・ヴィリリオ『瞬間の君臨』(新評論二〇〇三・六)四〇頁。
(13) 「高度資本主義社会における世界の変容」(『村上春樹と一九八〇年代』おうふう二〇〇八・一一)二二八頁。
(14) 前掲「高度資本主義社会における世界の変容」二三〇頁。もちろん東浩紀氏の言う環境管理型権力(東浩紀・大澤真幸『自由を考える』NHK出版二〇〇三・四)を時代に対応した権力モデルと見る理論展開には検討が必要だろう。
(15) 『表現と意味』(誠信書房二〇〇六・九)一二三頁。
(16) 前掲『表現と意味』一〇六頁。
(17) 前掲『表現と意味』一〇九頁。
(18) 『フィクションとは何か』(名古屋大学出版会二〇一六・五)参照。
(19) いじめの観点からの分析は長谷川達哉「羊たちの沈黙」(『村上春樹と一九八〇年代』おうふう二〇〇八・一一)参照。また、そこからの脱学校の可能性は木村功「村上春樹「沈黙」論」(『村上春樹と小説の現在』和泉書院二〇一一・三)参照。
(20) 差別を、人をその人が属するカテゴリーゆえに否定したり害を与えることとしよう。①大沢が青木を否定した。②青木が大沢を大沢の属する歴史的に不利益を受けてきたカテゴリーゆえに否定した。①は単なる否定だが、②では大沢は被差別被差別カテゴリーゆえに被害を受けている差別である。行為者の行為の特徴としてカテゴリー使用によって差別がなされているとき、それが権力の問題であることになる。このとき、「僕」自身が大沢の語る青木的な見方を共有していたことになる。

(21)　岡田豊「村上春樹『沈黙』に関する一考察」(『駒沢国文』二〇〇六・二)参照。
(22)　尾形大「村上春樹「沈黙」を読む」(『教育・研究』二〇一二・三～二〇一三・三)参照。
(23)　岡田康介「〈再話〉される大沢／〈物語化〉する〈僕〉」(『横浜国大国語研究』二〇一四・三)参照。

あとがき

本書は二〇〇七年度から、物語の機能・内容・効果をフィールドとして展開した村上春樹研究の成果をまとめたものである。

私はもともと、政治小説から近代文学研究に入っていったため、村上春樹の作品は好きではなかったし、そもそも現代文学も不得手な領域であった。しかし、現代日本文学において一人勝ちといってよいほどの高い売れ行きの持続と、海外での翻訳件数の多さ、数年にわたるノーベル文学賞候補への期待、国語教科書への教材採用数の多さ、継続的に蓄積される研究論文の多さなど、その影響力を鑑みるとき、取り上げずにはいられない作家であった。いつしか大学の授業で村上春樹を講じることが多くなり、西田谷の十八番と言えば村上春樹と学生諸君に目されることにもなった。もともと、現代文学は専門外だったが、講じている間にいろいろと見えてきた面もあり、村上春樹や学生諸君には教えられたと思っている。

また、私のアプローチは物語論を始めとする批評理論・現代思想研究と共に作品解釈・分析を行うことが多かった。特に私が物語論の方法的検討で採用したのはジェラール・ジュネットよりはミーケ・バルに親近性を持つスキャニング的な発想だったが、これは典型的な近代小説よりは、意識の流れと断片性からなる現代小説、つまり村上春樹が分析しやすかったのではないかと思っている。またその帰結として、私の方法は、作家論的なアプローチとは異なり、村上春樹作品だけ、もしくは時代背景の検討を主眼としていない場合もあり、誤解を招くこともあった。たとえば、『ファンタジーのイデオロギー』を執筆している時期はゼロ年代批評／作品が新しいということが大変わかりやすく人口に流布し、一方で間違った評価に対して、同等以上の理論的模索は小説・詩研究／作品において展開可能であり、それらは新しくないということを示すプログラムをたてていた。こうした小説分析とアニメ分析に共通する方法論の模索をしていた時期の論考が図式的なアプローチであるのは自明だろうし、現在的な構図を整理していることに対し歴史的文脈を誤解しているという批判は単にアプローチの違いを見誤り、物語の可能な範囲を見ようとしない自己の視野狭窄に盲目になっているとも言える。

もっとも、国家統制と資本主義が進行した現代日本において、村上春樹が政策や憲法に対して批判的な作家でありながら最も愛される作家でもあるという事態は国家体制や資本主義の補完としての意味がある。ではこれは人々が考えることを好まないことを意味するのだろうか。単に売れていて近代文学の古典的名作に対して比較的読みやすいためにそれを愛読しているだけで、内実など何も考えてもいないのだろうか。なるほど、無知から自分の置かれた現状の問題に気づかずそれを肯定する者もいるだろう。しかし、きちんと知識や手立てを学んでいればそうはなるまい。いや、そういうことではあるまい。そもそも人々は考えている。ジャック・ランシエールが『プロレタリアの夜』で行ったのは、考えなどないと知識人からは思われていた労働者達が思考していたことを労働者達の書き残した文書の調査から明らかにしていったことである。とすれば、矛盾・難問に際してそれにむきあわないように見えるからといって人々は考えていないわけではない。様々な障害／支援、損害／利得、あるいは優先順位の上下の中で、人々が考えないと見なす観察者の重視したい問題とは違った問題を人々は考えているのではないだろうか。同様に、作品の解釈は作者だけが定めるものでもなく一般読者が決定するものでもなく、研究者の解釈も特権的な地位を獲得するわけではない。本書での物語解釈の模索は、後世の常識的な見解と同じかもしれないし異なるかもしれない。また忘却されるかもしれないが、物語解釈の可能な圏域のいくつかを明らかにしているはずである。村上春樹文学の表現／構造を捉えること、そのための理論を検討することは、解釈の制御と抵抗の結びついた（不）可能性を模索する道でもある。一見、支配的なまなざしからは漏れてしまうかもしれない解釈の側面を明らかにすることで、存在しないかもしれない思考を存在させ、支配的な見解と対話させる。私としては、そうした目論見を提示することの意義は、考えないと決めつける考えのなさに対する抵抗であるとともに、それがパターン化された文学的ふるまいでもあることによって、私の考えのなさを明らかにしてしまうだろう。世界をわかりやすく一義化して捉えたときには漏れている様々な要素があることを忘れてはならないが、それに届くには私の手は短いのだろう。

さて、本書は、例外もあるが、ほぼ短編小説分析を中心とする。二〇一六年度までに採用された教科書教材はなんらかのかたちでほぼカバーしたつもりではあるが、村上春樹が主戦場と自認する長編はほとんどが手つかずのままである。いずれ他日を期すほかない。もともと、本書を構想したとき、考えていたのは村上春樹の構成論、すなわち小説、作品集を貫くミクロからマクロに至る、あるいは統辞的な構成・構造を明らかにするアプローチであった。しかし、これは私の研究ペースでは時間的、分量的にまとめきれないことに二〇一一年頃に気づき、いくつかのトピック・観点に緩く関わる論考を並べることで一冊にまとめようとした。二〇一四年頃には、あと五本ほど用意すれば一冊にまとめられる予定であった。それが、依頼に応えている間に分量的にそれ以前の論考と同じ規模になってしまったのが本書である。ともあれ、本書によって、ようやくこれから私なりの本格的な村上春樹研究を始めるスタート地点を作ることができたと思う。

また、そうした経緯から本書では引用底本を統一していない。前半では人口に膾炙した文庫を用いているが、研究の進捗にともない村上春樹が手を入れた最新バージョンを用いている。それは短編代表作選集として『象の消滅』『めくらやなぎと眠る女』の価値を認めたからだが、全てをそれに統一することもできなかった。それにおさめられていないものを扱うことも多かったからである。

そんなわけで、本書は、共著論文集や学会誌、紀要、研究同人誌、商業誌・紙等に発表した論考を中心に書き下ろしをまとめたものであり、基盤研究C23520205による研究成果の一部を含んでいる。本書に再録するにあたって、表記の統一を施し、表現の未熟すぎる箇所は手を入れたが、初期のものなどは直しきれなかったと言うべきだろう。十年もかけながらこの程度の論考しか書けなかったことは、ただただ恥じ入る次第である。また、その一部は、日本近代文学会・日本近代文学会北陸支部・日本フランス語学会・日本社会文学会東海ブロック・文化史研究会・金沢近代文芸研究会・ひつじ書房ワークショップ・愛知県尾張地区国語教育研究会・室生犀星学会で口頭発表し、高志の国文学館・とやま同人誌会で講演し、愛知教育大学・愛知淑徳大学・金沢大学・金城大学・椙山女学園大学・富山大学・山梨大学の授業で講じたものがある。各学会・研究会で貴重な御意見をお寄せくださった方々（特に、前任校・愛知教育大学での同僚・水川敬章氏にはランシエールを始め、様々に御示教をいただいた。）には心から御礼申し上げる。また拙い授業を聞いてくれた院生・学生の諸君にも心から感謝したい。特に愛知教育大学・富山大学の西田谷ゼミの皆さんとのやりとりが本書のヒントとなっている箇所もあり、本書が成り立ったのも皆さんが私のゼミに来てくれたおかげである。ありがとう。

本書はこれまで私がまとめた論文集としてはもっとも大部なものとなる。博士課程でご指導をいただいた上田正行先生の代表作『実証の糸』や、修士課程でご指導いただいた森英一先生の代表作『明治三十年代文学の研究』には、内容的にはとうてい及ぶべくもないが、枚数だけはある。本書が代表作かと言われると心許ないが、これがここ十年ほどの私の身の丈なのである。そうした分厚い本書を学術書出版が困難な折に刊行を承諾してくださったひつじ書房房主松本功氏と丁寧な編集をしてくださった森脇尊志氏には心から感謝申し上げる。

また、妻の優子には日々を支えてもらい、とても感謝している。

初出一覧

はじめに

「村上春樹の世界と魅力」（『北日本新聞』二〇一五・一一・一四）＊、「危機と物語の想像力」（二〇一五・一〇執筆、『北日本新聞』村上春樹ノーベル文学賞受賞コメント、未受賞のため非掲載）＊、口頭発表「時空間メタファーとパースペクティブ」（日本近代文学会大会二〇一七・一〇・一五、「文学研究と言語研究のインターフェイス」パネル）＊

I　修辞的構成

1　修辞と構成

「村上春樹超短編小説の構成」（『愛知教育大学大学院国語研究』19愛知教育大学大学院国語教育専攻二〇一一・三）

2　幻想空間の生成

「幻想空間の生成——村上春樹「三つのドイツ幻想」論」（『国語国文学報』66愛知教育大学国語国文学研究室二〇〇八・三）

3　亡霊の偏在性と局所性

「「僕」の亡霊たち——村上春樹「鏡」論」（『金沢大学語学・文学研究』36金沢大学教育学部国語国文学会二〇〇八・一二）

4　残存のコンストラクション

「残存のコンストラクション」（『認知物語論の臨界領域』ひつじ書房二〇一二・九）

5　コンストラクションの問題

「コンストラクションの問題——超短編Ⅱ「青が消える」「とんがり焼きの盛衰」「カンガルー日和」」——（『富山大学人間発達科学部紀要』11—1富山大学人間発達科学部二〇一六・一〇）

6　物語とコンストラクション

「物語と認知」（『ライブラリ心理学を学ぶ3認知と思考の心理学』サイエンス社近刊）＊

Ⅱ　幻想の物語

1　語り手と視点

「語り手と視点——村上春樹「タイランド」——」（『富大比較文学』8富山大学比較文学会二〇一五・一二）・「語り手と視点——村上春樹「タイランド」から」『フランス語学研究』50日本フランス語学会二〇一六・六）＊

2　距離とエコー

「エコー発話と語り——村上春樹「バースデイ・ガール」」（『日本文学』66—1日本文学協会二〇一七・一）、「距離による虚構——村上春樹「レキシントンの幽霊」（『イミタチオ』58金沢近代文芸研究会二〇一七・一〇）

3　自己の重層性

「自己・動物・倫理——村上春樹「自己とは何か」「ポテトスープが大好きな猫」」（『富山大学人間発達科学部紀要』12—1富山大学人間発達科学部二〇一七・一〇）＊

4　表象不可能性／物語とアイデンティティ

「渡辺みえ子著『語り得ぬもの：村上春樹の女性表現』」『社会文学』32日本社会文学会二〇一〇・六）

＊・「物語の真実性／生き残るアイデンティティ——ティム・オブライエン『本当の戦争の話をしよう』」（『愛知教育大学大学院国語研究』23愛知教育大学大学院国語教育専攻二〇一五・三）

5　プレカリアート・マネージメント
「プレカリアート・マネージメント――村上春樹「ニューヨーク炭鉱の悲劇」」(『西田谷研究室の歩み・補遺』一粒書房二〇一六・二)

6　女語りと自己承認
「女語りと自己承認――村上春樹「眠り」「加納クレタ」「緑色の獣」「氷男」」(『女性の語り/語られた女性』一粒書房二〇一五・一二)

7　動物性と人間性
「自己・動物・倫理――村上春樹「自己とは何か」「ポテトスープが大好きな猫」」(『富山大学人間発達科学部紀要』12―1富山大学人間発達科学部二〇一七・一〇)＊

III　視覚性と物語

1　解釈的断片性
「挿絵のノスタルジー――村上春樹『ふわふわ』論」(『愛知教育大学大学院国語研究』16愛知教育大学大学院国語教育専攻二〇〇八・三)

2　写実的物語性
「虚構に吹く風――村上春樹訳『西風号の遭難』論――」(『翻訳と歴史』60ナダ出版センター二〇一二・六)

3　現勢化/潜勢化という方法
「村上春樹『アフターダーク』の方法」(『メタフィクションの圏域』花書院二〇一二・一二)

4　写真とマイナーチェンジ
「写真とマイナーチェンジ――村上春樹『辺境・近境』『辺境・近境写真篇』――」(『富山大学国語教育』40富山大学国語教育学会二〇一五・一一)

5　レイヤーとコンポジティング
「山川直人『１００％の女の子』における合成の機能——村上春樹の原作小説との対照」（『日本サブカルチャーを読む』北海道大学出版会二〇一五・三）

6　物語のサンプリング
「物語のサンプリング——村上春樹と新海誠」（『富山大学人間発達科学部紀要』11—3富山大学人間発達科学部二〇一七・三）

Ⅳ　倫理とイデオロギー

1　解釈と倫理
「再封印される記憶——「めくらやなぎと眠る女」」（『大地』48大地の会二〇一二・三）

2　虚構のモラリティー
「虚構のモラリティー——村上春樹「納屋を焼く」論——」（『国語国文学報』70愛知教育大学国語国文学研究室二〇一二・三）

3　夢のエージェンシー
「「踊る小人」の近代」（『国語国文学報』70愛知教育大学国語国文学研究室二〇一二・三）

4　システムと責任
「システムと責任——『世界の終りとハードボイルド・ワンダーランド』の構造」（『国語国文学報』68愛知教育大学国語国文学研究室二〇一〇・三）

5　コミットメントの意味
「創作の価値——村上春樹のエッセイとメタフィクション——」（『富山大学人間発達科学部紀要』11—2富山大学人間発達科学部二〇一七・三）

6　小説の教育

「村上春樹『若い読者のための短編小説案内』論」（『富山大学日本文学研究』1富山大学人間発達科学部日本文学会二〇一七・三）

7　ポスト・トゥルースとフィクション

「ポスト・トゥルースとフィクション――村上春樹「象の消滅」「TVピープル」「沈黙」」（『富山大学日本文学研究』2富山大学人間発達科学部日本文学会二〇一七・七）

あとがき

書き下ろし

*は部分使用

ミーケ・バル……137, 138, 139, 140, 150, 492
三浦雅士……471
三浦玲一……212
水牛健太郎……302
三重野由加……238
メトニミー……161
南修平……229
宮越俊文……319
宮沢賢治……340
宮嶌公夫……125
宮本敬文……308
民俗詩学……195
村上克尚……460
村上陽子……306
巡物語……073
メタ表示……169
メタファー……002, 003
メタフィクション……044, 049, 193, 284
メランコリー……243
茂木健一郎……379
物語……014, 126, 128, 134, 135, 172, 435
物語現在……136, 151
物語の真実性……204, 205
モラリティー……386, 388, 389, 391, 392

や

安岡章太郎……461
柳沢孝子……051
矢野智司……274
矢野利裕……482
山岡實……138, 139
山川直人……321
山口治彦……029, 053, 135, 142, 144, 154, 175, 176
山下航正……115
山田一仁……308
山田伸代……086
山田吉郎……052, 319
山中恒……351
山梨正明……052, 128, 129
山根由美恵……087, 088, 162, 215, 223, 246, 246, 375, 381, 388, 393, 394, 395, 398, 406, 411, 413, 414, 430, 438
山﨑眞紀子……319
唯物史……441
ユーモア……169
ユルゲン・ハーバマス……418, 426, 431
容器のスキーマ……092, 093
吉田春生……452
吉屋信子……189
吉行淳之介……458
米村みゆき……319
読み手……134

ら

リアリズム……022
リアリティ……154, 155, 162, 196
リヴィア・モネ……234, 236, 245
理想認知モデル……089, 091
リチャード・セネット……218
リンダ・ハッチオン……340
ルイ・アルチュセール……079, 085
レイモンド・ウィリアムズ……452
レイヤー……322, 323, 336
歴史叙述……475
レズビアン批評……189
連携関係……039, 040
ロナルド・W・ラネカー……090, 107

わ

ワイジャンティ・セリンジャー……052
渡邉正彦……085
渡辺みえこ……188, 189

橋本勝也……302
橋本陽介……017, 129, 135, 136, 150, 154, 414
蓮實重彦……150, 470
波瀬蘭……116, 163, 320
長谷川四郎……463
長谷川達哉……490
秦かおり……131
服部康喜……192, 193, 209, 213
パトリック・オニール……139, 140, 150
パトリック・ロレッド……247, 248, 252, 259, 259
話し言葉……135
花田俊典……245
早川香世……193, 213, 398, 399, 400, 402, 403, 407, 413, 414
原善……025, 053, 082, 086, 114, 115
原田敬三……107
パル・アルワリア……053
半透明……289, 290
ハンナ・アーレント……473
反復（不）可能性……072
東森勲……169
疋田雅昭……458, 459, 463, 470
引間……162
樋口万里子……136, 140
被焦点化子……137, 138
日高佳紀……216
表象不可能性……189, 190
平野葵……234, 235, 245
平野芳信……376, 393
ビル・アシュクロフト……053
フィクション……474, 475, 483
フィリップ・ルジュンヌ……053, 303
フェデリコ・フェリーニ……319
フォルマリズム……066
深津謙一郎……087, 088, 175, 189
福沢将樹……129, 177, 184
藤木秀朗……107
藤田孝夫……308
フランコ・ベラルディ……218
フランコ・モレッティ……340
ブルース・チャトウィン……317
フレーム……057, 076, 106
プレフォーディズム……217
プロット構成……104
プロトタイプ……066
文脈……372, 373
ヘイドン・ホワイト……106, 389, 475
ベネディクト・アンダーソン……389
ベルント・シュティーグラー……359
亡霊……071, 072, 074, 084, 085
亡霊の憑在論……072, 085
ポール・グライス……028
ポール・ド・マン……193
ポール・ヴィリリオ……490
ポスト・トゥルース……472, 473
ポストフォーディズム……217
細谷博……449
細馬宏通……359
没入……127
ホルヘ・ルイス・ボルヘス……414
ホワイト……107

ま

マーク・ジョンソン……025
マイナーチェンジ……316, 318
牧野成一……136
魔術的リアリズム……414
増田正子……119
松浦雄介……053
松村映三……307, 309, 310
松本修……131
松本一裕……191, 209, 214
松本和也……453
松本誠司……123
松本常彦……158, 241
マネージメント……229
マルクス主義……071
丸谷才一……463

高崎みどり……053
高根沢紀子……246
高野圭子……431
高野吾郎……192, 212
高野光男……192, 193, 203, 213
高橋龍夫……041, 054
高橋英光……107
高比良直美……082
太宰治……046
立川和美……053
田中実……131, 150, 174, 375, 377, 378, 379, 380, 381, 393
田中励儀……362
田村均……192
タルコット・パーソンズ……418, 426, 432
ダルミ・カタリン……151, 413
ダン・スペルベル……173
断片集積形式……462
短編小説……021, 435
断片性……021, 049, 096
置換モード……153
千田洋幸……451
超短編小説……020, 021, 023
直接モード……153
ツヴェタン・トドロフ……055
塚本昌則……319
津久井秀一……216, 225
坪井秀人……213
ディアドリ・ウィルソン……173
ディープ・エコロジー……210
ティム・オブライエン……013, 191
提喩……026, 105
デタッチメントからコミットメントへ……011, 436
寺澤由紀子……212
テリー・イーグルトン……330, 338
テリー・ファリッシュ……249
転換点ジャンル……109
トーマス……023
トーマス・ラマール……337, 352, 358
ドナルド・トランプ……472
ドミニク・ラカプラ……373
豊崎由美……017
トラウマ……192, 212
捉え方……023, 048
ドワイド・アイゼンハワー……027

な

内藤真奈……319
中野和典……119, 120, 159
中野登志美……124
永原孝道……056, 070
中村三春……046, 052, 116, 145, 146, 150, 151, 154, 232, 239, 242, 244, 337, 340, 358, 397, 398, 413, 441, 443, 452, 453, 474, 490
中山可穂……189
中山幸枝……397, 408, 413, 414
ナラティヴ・セラピー……191
新見公康……124
ニクラス・ルーマン……418, 431
二項対立……012
ニコラス・エルウィン・アロット……175
ニコラス・ライル……086
西村清和……052
西山和明……308
認知意味論……006
認知限界……096
認知言語学……107, 126, 128
認知主体……128
認知心理学……127
ネオテニー……358
ネオリベラリズム……218, 219, 322
根本啓二……125
野中潤……150
野村眞木夫……187

は

パーシー・ビッシュ・シェリー……277
パースペクティブ……006, 142

ジェフ・ヴァーシューレン……394
ジェフリー・リーチ……115
ジェラール・ジュネット……137, 154, 492
ジェラルド・ザルトマン……035
ジェラルド・プリンス……131, 150
塩田英子……022, 274
塩田勉……490
視覚性……015
自我表現……457
重岡徹……453
自己言及性……048, 342
システム……418, 420, 421, 426
視点……141
視点移動説……138
自伝契約……303
自伝的記憶……127
視点の参照点モデル……137
柴田勝二……284, 301, 302, 417, 425, 431, 432
柴田元幸……023
資本主義……316
島村輝……456
清水良典……017, 086, 283, 301
下河辺美知子……212
社会主義リアリズム……439
写像……059
ジャック・デリダ……071, 072, 086, 247, 248, 473
ジャック・ランシエール……493
シャバート……023
ジャン=リュック・ナンシー……319
ジャン・フランソワ・リオタール……417
死喩……143
自由間接話法……142, 143, 144, 154, 167, 172
自由直接話法……145, 154, 166, 167
主体の重層性……177
ジュディス・バトラー……210, 236, 245, 246
受動性……030, 032, 033
ジュリア・クリステヴァ……154
徐忍宇……453
小説案内……464
情緒主義……379, 394
焦点化……137, 139, 140
焦点化子……129, 137, 138, 140
情動……088
承認欲求……243, 325
庄野潤三……462
ジョーク……028, 169
ジョージ・レイコフ……025, 026
女性性の語り……232
ジョセフ・ヒース……320
ジョナサン・カラー……339
ジョルジュ・ディディ=ユベルマン……088, 189, 190
ジョン・ロジャーズ・サール……482, 483
ジル・ドゥルーズ……086, 295
新海誠……340, 341, 352, 354, 355, 356, 357
新資本主義……218
親密圏……233, 234
新屋映子……053
須貝千里……124
スキーマ……108
スキャニング……140
杉山康彦……086
スクリプト……108
鈴木宏明……452
スラヴォイ・ジジェク……210
成熟の停止……342
精神分析……088, 089, 190, 463
生成変化……285, 289, 301
関真彦……193
瀬戸賢一……017
セリンジャー・ワイジャンティ……106
千国徳隆……085
相互テクスト性……475
喪失・孤独……343

た

第一次戦後派……455
第三の新人……454, 455, 469, 470
タイトル……026

上岡伸雄……192, 213
辛島デイヴィッド……125
カルタ形式……045
川村英代……363
環境……420
換喩……026, 049, 105, 106
関連性理論……128
聴き手……128, 134
紀行……303, 304, 305, 316
疑似自伝的記憶モデル……127
傷つけられやすさ……232
偽装説……483
北田暁大……034, 427, 432
木股知史……160
木村功……490
木村朗子……351, 358
木村友彦……416, 427, 431, 432
キャシー・カルース……212
距離化……094, 096
空白……022
工藤正広……238
久保昭博……489
久保田裕子……023, 052, 147, 148, 149, 152
クラウドメディア……344
クリス・ヴァン・オールズバーグ……275
呉順英……462
黒古一夫……452
桑田光平……304, 320
芸術……008
血縁関係……039, 040
幻想……055
幻想文学……055
ケンダル・ウォルトン……483
小泉保……052
行為体……078, 080, 096
広告……034
河野真太郎……228
河野哲也……107
河野基樹……470
構文スキーマ……090
小島信夫……459
小島基洋……039, 376, 393
小平尚典……310
小田中章浩……338
駒ヶ嶺泰暁……160, 162
コミットメント……193, 437
小山鉄郎……017
コンストラクション……014, 090, 091, 105, 106, 107, 108, 109, 122, 129
コンテクスト……141, 157, 216
コンテクスト化……216
コンポジティング……323, 337

さ

ザ・ビージース……225
齋藤純一……233
酒井英行…244, 245, 246, 363, 373, 375, 384, 385, 388, 391, 394, 395, 431
酒井あゆみ……302
坂野唯……161
佐々木敦……017
佐々木宏子……274
挿絵……022, 023, 263, 267, 276
佐野正俊……085, 118
佐藤浩一……127, 131
佐藤彰……131
佐藤洋一……123
佐野正俊……161
佐貫直哉……308
佐野元春……338
ザルトマン……053
椹木野衣……007
参照点……058, 142
参照点能力……140
残存……088, 089, 090, 096
サンプリング……341
ジェイ・ルービン……054, 456
ジェームス・レイチェルズ……394

石橋紀俊 072, 085
石原千秋 244
異種混交性 047
一人称の語り手 023
糸井重里 025
稲越功一 305
今井隆夫 154
今井清人 304, 316, 319, 320
岩崎文人 053
岩宮恵子 301
隠喩 025, 026, 104
ヴィクトル・シクロフスキー 070
ヴェルナー・ハーマッハー 423
ウォーレンス・チェイフ 153, 174
ウォルター・ベン・マイケルズ 193, 210
宇佐美毅 453
嘘 472, 473, 474, 475, 489
内田聖二 174
内田樹 322, 337
エコー発話 166, 167, 169, 172, 173, 175
越境のスキーマ 093
エッセイ 036
エドゥアール・グリッサン 475, 489
エドワード・サイード 040
エルネスト・ラクラウ 210
遠藤健一 151
遠藤伸治 431
大勝裕史 192, 196, 197, 213, 214
大國真希 116
大澤真幸 283, 301, 430, 490
大鹿貴子 432
大高知児 114
大貫隆史 228
大庭健 178
大森望 017
岡田温司 302
岡田康介 485, 491
岡田智 123
岡田斉 414
岡田豊 485, 491
生方智子 088
尾形大 485, 491
岡本雅史 107
奥山恵 212
小澤純 053
小澤英実 341, 358
尾谷昌則 107
落合恵子 189
小野絵里華 461
オルタナティブ・ファクト 472

か

解釈的用法 173
解釈誘発性 011
概念化者 091
回文 042, 043, 044
柿崎隆宏 440
書き手 134
額縁 074
格率違反 028, 029
景山正夫 310
風丸良彦 041, 192, 333
可児洋介 163, 165, 175
鍛冶哲郎 359
片山晴夫 283
語り手 128, 134, 139, 167
語り手統御の原則 082
語り直し 202, 203, 206
語りの構造 134, 135
語り論 482
勝原晴希 301
カテゴリー 067
加藤典洋 216, 234, 244, 245, 321, 337, 440, 444
加藤義信 085
金子堅一郎 246
金原ひとみ 189
ガブリエル・ガルシア=マルケス 414
鎌田均 085, 123

索引

A–Z

Adam Pretty ……… 308
AGIL図式 ……… 432
ICM ……… 090
J・ヒリス・ミラー ……… 274
JMPA ……… 308
Mike Poweell ……… 308
N・I・スメルサー ……… 432
Pascal Pamfil ……… 308
Shaun Botterill ……… 308

あ

相沢毅彦 ……… 127, 128, 130
アイデンティティ …… 067, 084, 088, 096, 114, 126, 194, 210, 211, 243, 244
アイデンティフィケーション ……… 035, 210
アイロニー ……… 105, 331, 474
青嶋康文 ……… 121
青柳悦子 ……… 053
芥川龍之介 ……… 471
阿久津聡 ……… 053
浅利文子 ……… 245
東浩紀 ……… 430, 490
渥美孝子 …… 086, 283, 284, 287, 292, 297, 301, 302, 452
跡上史郎 ……… 086
安倍晋三 ……… 472
天野広也 ……… 107
安西水丸 ……… 047, 263, 309
アンドルー・ポター ……… 320
異化 ……… 066
五十嵐淳 ……… 163, 164, 172
石岡良治 ……… 340, 354
石川義正 ……… 286, 302
石倉美智子 ……… 039
石田茂 ……… 053

⊙**著者紹介**

西田谷洋（にしたや ひろし）

〈略歴〉一九六六年生まれ。金沢大学大学院社会環境科学研究科修了。博士（文学）。富山大学人間発達科学部教授。

〈主な著書〉『政治小説の形成』（世織書房、二〇一〇）、『ファンタジーのイデオロギー』（ひつじ書房、二〇一四）、『テクストの修辞学』（翰林書房、二〇一四）、『文学研究から現代日本の批評を考える』（編著、ひつじ書房、二〇一七）ほか。

ひつじ研究叢書（文学編）9

村上春樹のフィクション

Fiction of Haruki Murakami
Hiroshi Nishitaya

発行 ２０１７年12月５日　初版１刷

定価 ５２００円＋税
著者 ©西田谷洋
発行者 松本功
ブックデザイン 坂野公一（welle design）
印刷 亜細亜印刷 株式会社
製本所 株式会社 星共社

発行所 株式会社 ひつじ書房
〒１１２-００１１ 東京都文京区千石２-１-２ 大和ビル２階
Tel. ０３-５３１９-４９１６
Fax. ０３-５３１９-４９１７
郵便振替 ００１２０-８-１４２８５２
toiawase@hituzi.co.jp　http://www.hituzi.co.jp/

ISBN 978-4-89476-888-8